Petits mensonges entre voisins

Aux Éditions J'ai lu

Tessa ne fait rien comme les autres
N° 3685

T'aimer à l'infini
N° 13021

JILL
MANSELL

Petits mensonges entre voisins

Traduit de l'anglais
par Marion Roman

J'AI LU

J'AI LU
POUR elle

Si vous souhaitez être informée en avant-première
de nos parutions et tout savoir sur vos auteures préférées,
retrouvez-nous ici :

www.jailu.com

Abonnez-vous à notre newsletter
et rejoignez-nous sur Facebook !

Déjà paru sous le titre : *Des moments si précieux*

Titres original
DON'T WANT TO MISS A THING

Editeur original
Headline Review, an imprint of Headline Publishing Group,
an Hachette UK Company

Pour papa, Paul et Judi, avec tout mon amour.

Un immense merci à Helen Roberts, que j'ai connue grâce à Twitter. Cette merveilleuse assistante sociale m'a généreusement renseignée sur les questions de tutelle et d'adoption pendant que je rédigeais ce roman. Les informations qu'elle m'a fournies m'ont été d'une aide inestimable, et je lui suis très reconnaissante de son enthousiasme et de son expertise. Il va de soi que toute erreur éventuelle serait entièrement de mon fait.

1

Il était près de minuit. Dexter Yates était au lit avec sa petite amie du moment quand retentit soudain sur la table de chevet la sonnerie de son téléphone. Vive comme l'éclair, sa copine s'en empara.

La confiance règne... songea Dexter.

— « Laura », dit-elle, lisant le nom qui s'affichait à l'écran. C'est qui, cette Laura ?

Elle plissait les yeux. La jalousie embellit rarement.

— Je peux récupérer mon portable, s'il te plaît ?

— C'est qui ? répéta l'autre.

Puisant dans ses réserves de stoïcisme Dexter s'abstint de rétorquer : « Une fille nettement plus agréable que toi. » Il se contenta de tendre la main pour qu'elle lui rende son téléphone. Elle s'exécuta, mais avec tant de mauvaise grâce qu'il résolut sur le champ de ne plus jamais la revoir.

— Laura ?

— Dex ! Je sais qu'il est tard, tu ne dormais pas, j'espère ?

Cette chère Laura. Il n'y avait qu'elle pour craindre de réveiller Dex avant minuit.

— Absolument pas. Tout va bien ?

— Tout va à merveille !

Sa joie était audible, elle vibrait dans le combiné, de sorte qu'il comprit.

— C'est une fille, Dex ! Elle est née ! Et elle est tellement belle, si tu la voyais. Elle pèse trois kilos deux. Je n'en reviens pas.

Le sourire de Dexter s'élargit.

— Une fille ! Formidable ! Bien sûr, qu'elle est belle. Je peux passer la voir ?

— Pour ce soir, il est trop tard, les visites sont autorisées de dix heures à midi le matin et de dix-neuf à vingt et une heures le soir. Demain, ça t'irait ? Tu pourrais te libérer après le boulot ?

— Et comment ! J'y serai, sans faute. Alors, est-ce qu'elle me ressemble ?

— Ne dis pas de sottises, elle a une heure. Toi, tu as vingt-huit ans et du poil au menton.

— Ha ha. Tu devrais songer à te reconvertir, tu as des dons de comédienne.

— Après la journée que je viens de passer, je songerais plutôt à prendre ma retraite… Bon, je te laisse, je n'ai presque plus de batterie. Je t'envoie une photo, ou tu préfères attendre demain pour avoir la surprise ?

— J'attendrai de la voir en vrai. Et au fait, ajouta Dexter, d'une voix émue, félicitations.

Il raccrocha, s'appuya contre son oreiller et fixa le plafond, sidéré.

— Au risque de me répéter, c'est qui, Laura ?

Dans la chambre à coucher, la température chuta de plusieurs degrés.

— Et pourquoi tu lui demandes si son bébé te ressemble ? insista la fille.

— Il se fait tard, déclara Dex. Je te raccompagne.

Il se leva et ramassa son jean et son T-shirt.

— Mais, Dex… ?

— Quoi, encore ? s'emporta-t-il. Laura, c'est ma sœur. Elle vient de donner naissance à ma nièce.

Laura somnolait quand l'infirmière toqua à sa porte et entra à pas de loup :

— Bonsoir. Vous êtes réveillée ?

Laura ouvrit les yeux. Maintenant qu'elle était maman, elle allait devoir s'habituer à avoir un sommeil interrompu.

— Plus ou moins… C'est pour quoi ?

— Vous avez de la visite, lui susurra l'infirmière.

— À cette heure-ci ?

— Je sais, c'est contraire au règlement, mais étant donné la situation… Ce monsieur ne m'a guère laissé le choix et je n'allais tout de même pas le renvoyer.

L'infirmière gazouillait, ses yeux pétillaient. Il n'en fallut pas plus à Laura pour deviner l'identité de son mystérieux visiteur nocturne. Tout endolorie, elle se redressa péniblement.

— Quelle situation ? s'enquit-elle.

La porte s'ouvrit en grand.

— Je prends l'avion pour New York dans trois heures, répondit Dex.

Il se tourna vers l'infirmière :

— Merci, vous êtes un amour.

Laura attendit que la nouvelle groupie de son frère eût quitté la pièce pour lever les yeux au ciel :

— Tu mens vraiment comme un arracheur de dents.

— Eh bien, quoi ? Ça a marché.

Depuis des années, le charme irrésistible de Dexter faisait l'objet de plaisanteries récurrentes entre lui et sa sœur.

— Je ne pouvais pas attendre. Je n'arrivais pas à dormir, j'étais trop excité. Tiens, au fait, c'est pour toi. C'est pas terrible…

Il avait fait un saut au supermarché de West Kensington, ouvert vingt-quatre heures sur vingt-quatre, et y avait acheté une gerbe de roses orange fluo, un Toblerone géant, une pieuvre en peluche et une demi-douzaine de paquets de crocodiles en gélatine. Un cadeau de naissance tout ce qu'il y avait de plus classique, en somme. Il déversa ses offrandes sur les genoux de Laura.

— Merci, il ne fallait pas.

— Désolé, je n'ai trouvé que ça. Mais quelle idée, aussi, d'accoucher en pleine nuit. Allez, dans mes bras !

Il l'enlaça et posa sur sa joue un gros baiser.

— Bravo, je suis fier de toi. Bon, alors, il est où, ce bébé ?

— C'est une fille, Dex. Et elle a un nom.

— Ne te vexe pas. Ça fait des mois qu'on l'appelle « le bébé », j'ai pris le pli, moi. Où est-ce que tu la caches ? Dans une cage sous ton lit ?

— Si tu ne changes pas de ton, je ne te la montre pas.

Elle plaisantait. Le berceau se trouvait simplement hors du champ de vision de Dex. Laura lui fit signe de se retourner.

Il obéit et, sous le regard bienveillant de sa sœur, il tomba amoureux. Pour la première fois de sa vie.

C'était un spectacle étonnant, voire prodigieux. À son expression initiale de curiosité succéda une absolue fascination. Quelques instants plus tard, comme si elle avait perçu la puissance du phénomène, la petite remua et entrouvrit les paupières.

— Je te présente Delphi, murmura Laura.

— Mon Dieu, dit Dexter dans un souffle. Qu'elle est belle...

Laura s'attendrit :

— Elle te regarde, elle aussi.

— Elle est magnifique. Vraiment.

Il la dévisageait comme hypnotisé.

— Je te l'avais bien dit, se rengorgea Laura.

— Je peux la prendre dans mes bras ?

— Tant que tu ne la lâches pas.

Dex se pencha, glissa les mains sous les frêles épaules de la petite Delphi. Il se figea. Une mèche sombre lui tomba devant les yeux. Enfin, il consulta Laura du regard.

— Je ne sais pas comment faire.

Dex jouissait depuis toujours d'une nonchalance naturelle et d'une inébranlable confiance en lui. Il était touchant de le voir si désemparé. Laura l'encouragea :

— Tu vas y arriver. Maintiens bien sa tête. Comme ça.

Sans quitter son lit, elle lui montra le geste à effectuer.

— Parfait, bravo ! l'applaudit-elle quand il osa enfin l'imiter.

— On dirait une fleur de tournesol, avec son petit cou maigrichon, s'exclama Dex. Delphi Yates, vous êtes une sacrée beauté. Non, mais tu as vu ces mains minuscules ?

Il en secouait la tête, éperdu d'admiration.

— ... Et ces petits ongles ? Et ces cils ? Oh, elle cligne des yeux !

Laura rayonnait ; son frère avait le béguin. Elle le suivit du regard tandis qu'il promenait sa nièce à travers la minuscule chambre individuelle. Il s'arrêta devant le miroir. La petite lovée au creux du bras, il examina leur reflet, à tous les deux.

— Bonjour, Delphi. Tu as vu ? C'est toi ! Tu fais coucou ? Oh, non, ne fais pas cette tête, c'est ton anniversaire, tu n'as pas le droit de pleurer. Non, regarde dans le miroir, on va danser.

— Je crois qu'elle a faim.

— Ça tombe bien, on a des stocks de bonbecs. Tu veux un crocodile, Delphi ? Tu préfères les rouges ou les verts ?

— Dex, ne donne pas de bonbons à ma fille !

Il lui jeta un regard goguenard :

— Pas de bonbons ? Tant mieux, ça en fera plus pour nous. De toute façon, elle n'a plus envie de pleurer. Déstresse, maman.

Maman… Après toutes ces années, contre toute attente, l'invraisemblable s'était produit. Pile au moment où elle se résignait. À l'âge de quarante et un ans, elle était tombée enceinte, et voilà, Delphi était là.

— Je suis maman… dit Laura. Tu y crois, à ça ?

— Et ta fille est rudement énergique.

Delphi lui enserrait l'index de son petit poing et lui feignait de souffrir le martyre.

— Je te parie qu'elle sera catcheuse, quand elle sera grande.

— Ne bouge pas, je vais vous prendre en photo.

Laura s'arma de son portable et fit signe à son frère d'approcher son visage de celui de Delphi.

— Et sinon, l'accouchement, pas trop douloureux ? lui demanda-t-il, grimace à l'appui. Épargne-moi les détails gores, s'il te plaît…

— Impeccable, mentit Laura. C'est passé comme une lettre à la poste. Je n'ai pas eu mal du tout.

— Tant mieux.

Ravi, Dexter reporta son attention sur sa nièce :

— Je vais t'apprendre toutes les ficelles, tu vas voir. Comment dompter les mecs, comment leur briser le cœur…

Delphi le contemplait, la mine solennelle, les yeux ronds comme des soucoupes.

— Bien sûr, il faudra d'abord que je valide tes choix en la matière, pour m'assurer qu'ils sont bien dignes de te fréquenter. S'ils ne se comportent pas en parfaits gentlemen, ils auront affaire à moi.

— Tu te rends compte ? Un jour, elle sera ado, s'émerveilla Laura. Elle portera des tenues invraisemblables, elle prendra des cuites à la bière, elle nous cassera du sucre sur le dos... Ne bougez pas, je prends une autre photo.

Dex prit la pose, Delphi dans ses bras, la tête bien calée dans sa paume, et Laura fixa dans son cœur ce moment. Il s'était déjà tissé un lien fort entre Dex et Delphi, cela se voyait, ils se regardaient les yeux dans les yeux comme s'ils partageaient un incroyable secret. Physiquement aussi, ils se ressemblaient. La forme de leurs yeux, l'angle de leurs sourcils foncés étaient les mêmes. La petite lui ressemblerait certainement en grandissant. Laura prit sa photo, immortalisant la scène. Son téléphone conserverait cet instant magique pour l'éternité.

— Tu me l'enverras ? demanda Dex.

— Sans problème. Mais ne la montre pas à n'importe qui, cela risquerait de nuire à ta réputation de tombeur.

— Pas faux.

Il fit risette à Delphi :

— C'est ça, que tu veux ? Faire fuir mes copines ? Il va falloir que je t'aie à l'œil, coquine.

— À propos, comment ça se passe, avec la nouvelle ?

Laura avait oublié son prénom, mais cela n'importait guère, Dex les enchaînait à une telle vitesse qu'il ne s'en vexait pas.

— On a rompu, dit-il avec une tête de chien battu. Me revoilà seul et célibataire... Pauvre de moi.

Mais bien sûr.

— Oui, pauvre de toi, railla Laura Tu vas sans doute rester seul et célibataire toute ta vie.

Dans un grincement, la porte s'entrebâilla et l'infirmière passa une tête dans la chambre.

— Pardon de vous interrompre mais je vais devoir demander à monsieur de filer, sinon, je vais me faire attraper…

Dex répondit du tac au tac :

— Si je vous attirais des ennuis, je ne me le pardonnerais jamais. Merci mille fois de m'avoir laissé entrer. C'était adorable de votre part, et je vous en suis très reconnaissant.

L'infirmière en gloussa d'aise, les joues creusées de fossettes.

— Il n'y a pas de quoi. Je n'allais pas vous priver de rencontrer Delphi…

— D'abord vous, puis Delphi. Que de belles rencontres, ce soir. Pardon, c'était lamentable, comme réplique. Je vous en prie, faites comme si je n'avais rien dit.

Il plaça précautionneusement la petite dans les bras de sa mère et les embrassa, l'une et l'autre :

— Tâche de te reposer. Au fait, tu sais si Alice a un copain, par hasard ?

Sur le seuil, l'infirmière s'empourpra ; ainsi, le beau visiteur avait pris le temps de lire son badge.

— Aussi étonnant que ça puisse te sembler, répondit Laura, je n'ai pas pensé à le lui demander. Il est vrai que mon accouchement m'a un peu occupé l'esprit.

— En tout cas, elle ne porte pas d'alliance. C'est bon signe.

— Je n'ai pas de copain, bredouilla l'intéressée. Euh, pourquoi ?

Dex pivota sur ses talons et plongea ses yeux dans les siens.

— Je me demandais si vous seriez libre un de ces soirs. Et si vous accepteriez de prendre un verre avec moi. Parce que j'aimerais beaucoup vous revoir.

Laura assistait à la scène. Décidément, son frère était incorrigible. Il flirtait comme il respirait. Ses tirades lui venaient-elles spontanément ou bien en avait-il appris par cœur tout un répertoire ?

Quoi qu'il en soit, sa cible du moment rosissait de plaisir :

— À vrai dire, je suis libre demain soir, mais...

— Génial.

— ... Mais ça n'ira pas, dit Alice, dépitée. Vous serez à New York.

Dexter se tapota la tempe.

— Bien sûr, j'oubliais. Ce doit être le décalage horaire anticipé. D'un autre côté, je n'y ferai qu'un saut. Je serai de retour après-demain.

— Je peux jeudi prochain, dit Alice d'un ton plein d'espoir.

— J'ai une idée. Donnez-moi votre numéro et je vous appellerai. Je ne suis pas tueur en série, promis.

Il dégaina son téléphone et y entra le numéro que l'infirmière lui dictait.

— Maintenant, je file, avant de vous attirer des ennuis. Par contre, c'est un vrai labyrinthe, ici. Je ne sais pas si je saurai retrouver la sortie...

— Je vais vous raccompagner jusqu'aux ascenseurs, dit la jeune fille, visiblement aux anges.

— Salut, Dex, lança Laura depuis son lit, une note de malice dans la voix. Rapporte-moi un joli souvenir de New York !

2

Au moment où Dexter Yates quittait la maternité, Molly Hayes se garait sur le parking d'un autre hôpital, à deux cents kilomètres de là. Au milieu de la nuit.

Par quel chantage en était-elle arrivée là ?

Hélas. Elle connaissait la réponse à sa question. Elle l'asticotait comme un caillou pointu dans sa chaussure. C'était une chose d'être une bonne copine, c'en était une autre d'être une bonne poire.

Et Molly commençait à se demander si elle ne s'était pas fait avoir.

L'avantage, à cette heure-ci, c'était que les places de parking ne manquaient pas. D'un autre côté, à en juger par le raffut ambiant, les patients ivres déterminés à s'éclater malgré le tour malheureux qu'avait pris leur soirée ne manquaient pas non plus. Descendant de voiture et snobant le parcmètre, elle mit le cap vers les urgences. Parvenue près de l'entrée, elle surprit son reflet dans la vitre. Elle était échevelée, ses cheveux blonds tout ébouriffés. Bah, tant pis.

Il s'avéra que le patient ivre le plus intenable n'était autre que celui qu'elle venait chercher.

Ô joie.

— Youpi, elle est là !

Graham cessa aussitôt de brailler « Blue Suede Shoes » pour entonner « Belle ». Ce qui était particulièrement gênant, étant donné qu'à l'heure actuelle, elle ressemblait au Monstre Poilu.

Ce dont Graham ne tarda pas à s'apercevoir. Lorgnant Molly, éberlué, il lui demanda :

— Qu'est-ce qu'ils ont, tes cheveux ? Et t'as quoi sur le visage ?

Il se froissa la peau des joues du bout des doigts.

— T'as l'air… bizarre.

— Il est trois heures du matin et je ne suis pas maquillée, répondit patiemment Molly. Étrangement, quand tu m'as appelée, je dormais. Et je te ferais remarquer que, toi non plus, tu n'as pas la même tête que d'habitude, après une beuverie avec tes potes du rugby. Bon, on y va ?

— Ah, non, ne partez pas, protesta une femme assise non loin de là, un nourrisson sur les genoux. Sinon, Timmy va se remettre à pleurer.

Elle se tourna vers Molly pour lui expliquer :

— Il aime bien sa voix. Votre mari nous a sauvé la vie, ce soir, avec ses chansons.

— Ce n'est pas mon mari, la corrigea Molly.

Instantanément, le petit Timmy se mit à pleurnicher.

— En tout cas, c'est la providence qui nous l'a envoyé, insista l'autre. Vous ne pourriez pas rester encore un tout petit peu ? Le médecin ne va pas tarder à nous recevoir…

Pourquoi ? Pourquoi Molly se retrouvait-elle sans arrêt coincée dans ce genre de situation ? Graham se remit à chanter, principalement des reprises d'Elvis, sa spécialité, et Timmy se tut, muet d'adoration. D'ailleurs, incroyable mais vrai, tous les autres patients semblaient ravis du spectacle. Si Molly arrachait Graham à ses fans, elle passerait pour une mégère au cœur de pierre. Aussi se laissa-t-elle tomber sur une chaise en plastique et ramassa-t-elle un vieux magazine qui traînait sur une pile sur la table basse.

Trois mois. Ils sortaient ensemble depuis trois mois. Elle avait rencontré Graham dans la file d'attente au cinéma. Par bien des aspects, il semblait avoir l'étoffe du petit ami idéal. Il était gentil, intelligent et surtout, pas dragueur pour deux sous. Le jour, il était expert-comptable, ce qui ne laissait pas d'impressionner Molly. Et il n'était affublé d'aucune tare telle que le masticage bruyant, le reniflement intempestif ou le rire de macaque.

Hélas, personne n'est parfait. Graham avait un défaut, sa passion pour le rugby. Ou, plus précisément, pour la troisième mi-temps. Même hors période de championnat.

Ce dont Molly ne se serait pas formalisée, tant qu'elle n'en pâtissait pas. Mais la passion de Graham commençait à l'affecter. Le mois précédent, Graham avait souffert d'une telle gueule de bois qu'ils avaient dû renoncer à un barbecue dont elle se faisait une joie. Puis, deux semaines auparavant, à un mariage, il s'était fait sauter un bouchon de champagne en plein dans l'œil ; son spectaculaire cocard commençait tout juste à s'estomper.

Mais ce soir-là, c'était le pompon. En plus, il l'avait réveillée au milieu d'un rêve fabuleux. Il zozotait dans le combiné :

— Allô, Molly, je t'aime, c'est moi… Tu ne vas pas me croire, je me suis cassé le pied. Je ne peux plus marcher…

— Ce n'est pas vrai ! Où es-tu ?

Elle s'était redressée si vite qu'elle en avait attrapé le vertige. Elle s'imagina Graham gisant, estropié, au supplice, au fond d'un fossé. Il faut dire qu'un instant auparavant, en rêve, elle sillonnait les Alpes enneigées avec Robert Downey Junior, des miches de pain aux pieds en guise de skis.

— Je suis aux urgences. On s'est occupé de moi, mais je ne sais pas comment rentrer. Je n'ai plus un rond, j'ai tout filé au taxi qui m'a conduit à l'hosto. Et je ne peux pas marcher. Ma Molly d'amour, l'avait-il implorée, tu viens me chercher, dis ?

— Bon sang...

— Si j'avais ma carte bleue sur moi, je n'aurais pas à te demander ça, ajouta-t-il pour l'amadouer.

Molly soupira. C'était elle qui avait insisté pour qu'il laissât ses cartes de crédit à la maison, étant donné que la dernière fois qu'il était sorti faire la fête avec ses copains, il les avait toutes « égarées ».

Décidément, elle était bel et bien une bonne poire. Non seulement elle avait cédé et s'était déplacée, mais voilà qu'il la faisait poireauter, par-dessus le marché.

Par chance, la mère de Timmy avait dit vrai. Quelques minutes plus tard, on appela son numéro. Quand ils eurent disparu, Graham prit les mains de Molly :

— Là, il n'a plus besoin de moi. On y va ?

Molly fronça les sourcils.

— Si tu t'es cassé le pied, où est ton plâtre ?

— Ben, c'est-à-dire que je ne me suis pas vraiment cassé le pied, mais plutôt les orteils. Le petit orteil et son voisin, pour être exact. Ce genre de fracture, apparemment, ça ne se plâtre pas. On met juste une attelle. Mais ça fait un mal de chien. Aïe !

S'appuyant lourdement sur l'épaule de Molly, il fit un pas et tressaillit :

— Aïe, aïe !

Il pesait quatre-vingt-dix kilos et elle cinquante. À ce rythme-là, il allait lui tasser les vertèbres.

— Ils ne pouvaient pas te prêter des béquilles ? bougonna-t-elle.

— Hein ? Ah, si, ils m'en ont prêté. Où est-ce qu'elles sont passées ? Je les avais il y a une minute... J'ai complètement oublié.

On finit par retrouver les béquilles sous le siège de quelqu'un d'autre. Enfin, ils se mirent en route. En gagnant la sortie, un jeune les aborda. Il avait une petite vingtaine d'années et le bras en écharpe.

— Yo, mec, je ne trouve pas de taxi et ma copine est super en pétard parce qu'elle m'attend depuis des heures, tu peux me déposer à Horfield, s'il te plaît ?

Molly secoua la tête en évitant son regard :

— Désolée, on ne peut pas.

— Allez, Molly, sois cool, on peut le déposer, la tanna Graham, qui non seulement aimait la bouteille, mais avait de surcroît l'alcool généreux. C'est bon, mon pote, monte ! Horfield, c'est pas très loin, on va te ramener.

Une fois qu'ils furent tous entassés dans la voiture, Molly ouvrit sa vitre afin de dissiper les vapeurs éthyliques qui s'y diffusaient.

— Alors, comment t'es-tu débrouillé pour te casser les orteils ? demanda-t-elle à Graham.

— Je suis tombé d'une table.

Il haussa les épaules, comme si tout était la faute de la table, pour n'avoir pas su le retenir.

— Et tout ce sang, ça vient d'où ?

— J'ai lâché ma pinte en tombant. Il y avait du verre partout. Steve s'est cassé la figure dessus, tu verrais ses mains, de la charpie.

— Eh bien mon pauvre, quelle soirée.

— Tu rigoles ?

Graham éclata d'un rire béat.

— C'était épique. La soirée du siècle.

Molly opina sagement. Pour leur sécurité à tous, mieux valait qu'elle se concentre sur la route. Dire qu'elle s'était réjouie quand il l'avait aidée à remplir sa déclaration d'impôts en ligne, le mois dernier.

Mais, comptable ou pas, Graham était loin d'être le prince charmant dont elle rêvait.

Il allait falloir s'en séparer.

3

Dexter aimait bien Alice. Elle était douce et athlétique et avait de jolis yeux gris. Avec une pudeur adorable, elle s'était refusé à passer la nuit avec lui dès le premier soir. Elle n'était pas une fille facile, lui avait-elle affirmé.

Ils avaient donc patienté jusqu'au deuxième soir.

Mais cela durait maintenant depuis quinze jours et, à sa propre consternation, Dex sentait déjà son enthousiasme retomber. Il ne cherchait pas à se lasser, mais cela se produisait chaque fois, malgré lui. Ce qu'il aimait, c'était la chasse, le jeu, la séduction. Sitôt cette phase achevée, il commençait à s'ennuyer, les choses perdaient de leur éclat. Ses conquêtes continuaient de le divertir, il appréciait toujours leur compagnie, passait encore avec elles quelques moments agréables, mais ce n'était plus comme au début.

Après la première nuit dans son lit, Alice s'était défendue :

— Ne va pas t'imaginer que c'est une habitude, chez moi. D'ailleurs, je ne fais jamais ça.

Toujours la même rengaine.

Pauvre Alice. Elle méritait mieux qu'un éternel coureur tel que lui.

Dex préparait du café quand elle entra dans la cuisine, vêtue d'une robe de chambre surdimensionnée.

Comme chaque fois, elle avait profité de son absence pour se peigner, se brosser les dents en vitesse et se mettre un peu de baume à lèvres.

— Tiens, lui dit-il en lui tendant une tasse. À quelle heure dois-tu partir travailler ?

Elle écarquilla les yeux :

— Tu es pressé de te débarrasser de moi ?

— Pas du tout. Seulement j'ai des tas de rendez-vous ce matin.

— Je sais, dit Alice d'un ton mutin.

Elle se jucha sur un tabouret de bar en inox et tapota du doigt une liasse de prospectus immobiliers qui traînait à côté de la cafetière. Dexter y avait griffonné des dates et des horaires.

— Je suis tombée dessus hier soir, dit-elle. Tu veux toutes les acheter ?

— Pas toutes. Une seule. Et encore, ça reste à voir.

Ça l'avait pris comme une lubie, à force d'écouter un de ses collègues, londonien comme lui, lui raconter des étoiles plein les yeux ses escapades champêtres dans sa maison de campagne. Intrigué, Dexter s'était enregistré en ligne auprès de diverses agences immobilières. Les brochures publicitaires aux couvertures lustrées avaient rapidement fleuri dans sa boîte aux lettres, et la curiosité de Dex s'était muée en réel intérêt. Un refuge, un havre de paix coupé du monde. Oui, l'idée lui plaisait de plus en plus. Pourquoi ne pas investir dans une petite propriété ? Même si l'expérience ne lui plaisait pas, tout compte fait, pour peu qu'il choisisse avec soin, il ferait un bon placement.

Alice alignait les brochures sur le comptoir d'acier.

— Qu'ils sont mimi, ces petits cottages. Rien à voir avec ton appart.

Dex avala une gorgée de café. Il habitait au sixième étage d'une résidence ultramoderne avec vue sur la Tamise et sur Canary Wharf. Il avait acheté son appartement quelques années plus tôt et assumait parfaitement ses faux airs de garçonnière. La vue ne manquait jamais d'impressionner ses invitées. Le salon était équipé d'un vaste miroir mural qui reflétait la lumière ainsi que d'un balcon de verre et d'acier. Partout, c'était une débauche de gadgets technologiques haut de gamme ultraperfectionnés. En revanche, Dex ignorait comment fonctionnait le four, il prenait ses repas le plus souvent au restaurant. Et, grâce aux services de ménage, chaque centimètre carré de l'appartement étincelait de propreté.

Il haussa les épaules.

— J'ai envie de changement.

— C'est laquelle, ta préférée ?

— Aucune idée, je ne les ai pas encore visitées.

— Moreton-l'Étang, Stow-le-Bosquet, Les Bruyères...

Alice lisait le nom des villages et lieux-dits où se situaient les maisons. Les pans de la robe de chambre dévoilaient sa poitrine nue.

— Eh bien, dis donc ! s'extasia-t-elle. On croirait lire la carte d'un pays enchanté. Si ça se trouve, là-bas, tout le monde porte la coiffe et le cotillon.

— Je n'ai pas une tête à coiffe.

— Et si je t'accompagnais ? Pour t'aider à choisir ? Je suis libre cet après-midi...

Dex hésita. Quand il avait parlé à Laura de son projet, elle avait proposé de se joindre à lui. Ce qui était, en théorie, une excellente idée, mais risquait de s'avérer compliqué, maintenant qu'elle avait Delphi. Pour commencer, le siège bébé ne rentrerait jamais dans la Porsche. Argument que Laura avait contré en décrétant qu'ils prendraient sa voiture. Mais qui se rendrait de son plein gré dans les Cotswolds, dans le Gloucestershire, à bord d'une vieille Ford Escort déglinguée ? Et puis Dex, bien que fou de sa nièce, déplorait qu'elle ne soit pas dotée d'un mode « silencieux ». Quand elle décidait de brailler, plus moyen de l'arrêter. Et, surtout, il y avait l'éternel risque du triple C, le Cauchemar de la Couche à Changer. Dex avait essuyé une de ces redoutables crises la semaine passée. Il surveillait la petite pendant que sa mère prenait un bain. Cela n'avait duré que vingt minutes mais, ces vingt minutes-là, il n'était pas près de les oublier. Et si la situation se reproduisait ? Au beau milieu de l'autoroute ? Dans un vieux tacot cahotant ?

Assez délibéré, sa décision était prise.

— OK. On part dans une heure.

— Génial ! gloussa Alice.

Dex refoula son sentiment de culpabilité. Il faisait beau, ils allaient bien s'amuser. Et, avec un peu de chance, Alice, elle, ne vagirait pas comme un cochon qu'on égorge jusqu'à destination.

Il passerait un coup de fil à Laura. Elle comprendrait.

Ils quittèrent Londres, la circulation se fit moins dense et le paysage de plus en plus bucolique. Alice ne cessait de s'émerveiller. Enfin, ils arrivèrent à Stow-le-Bosquet. Là, ils repérèrent l'agence immobilière et l'un des employés les conduisit jusqu'au cottage. Sa propriétaire les accueillit avec force effusions. Elle leur offrit du thé et du cake au citron et, la visite achevée, leur emballa même les restes à emporter.

Si la maison était décorée avec goût et bien entretenue, l'agent avait omis de préciser qu'elle jouxtait un parc de poids lourds. Le vacarme incessant des véhicules allant et venant, chargeant et déchargeant leur marchandise, klaxonnant en reculant pour quitter leur stationnement, rendait toute conversation quasiment impossible.

— Ils commencent à quelle heure le matin ? hurla Dex pour se faire entendre.

— Oh, on est tranquilles jusqu'à sept heures, rugit l'agent d'un ton enjôleur.

— Et le soir, ça s'arrête dès vingt et une heures, couina la proprio avec un enthousiasme excessif.

Voici donc ce qu'on entendait dans le jargon immobilier par « quartier animé, proche toutes commodités ».

Dex compatit avec la pauvre femme qui brûlait visiblement de vendre, mais il sentait les vibrations des camions jusque dans sa moelle osseuse. Et quel vacarme. Tous les cakes au citron du monde n'auraient pu compenser cette tare.

Ils enchaînèrent sur la visite d'une propriété à Moreton-l'Étang. L'emplacement était idéal, la vue magnifique, pas un camion à l'horizon. Un rosier rose en fleurs encadrait la porte d'entrée...

Alice joignit les mains, se pâmant de plaisir :

— Mon Dieu, elle est parfaite !

Elle en avait tout l'air, en effet. Jusqu'à ce que l'agent immobilier ouvre la porte et qu'ils en franchissent le seuil.

Dex sut aussitôt qu'il ne pourrait jamais y habiter. L'atmosphère de la maison n'avait rien à voir avec celle qu'évoquaient ses photos. Il éprouva une réaction viscérale de rejet, comme lorsque l'on rencontre quelqu'un que l'on trouve d'emblée antipathique sans raison valable. Les livres qui agrémentaient la bibliothèque de chêne étaient faux. Il s'agissait de couvertures de plastique estampillées de titres d'ouvrages classiques. L'air sentait le désodorisant bon marché. Les murs étaient peints d'un oppressant camaïeu de roses et ornés de tableaux immondes, pour couronner le tout.

Bien sûr, ce n'étaient là que des points de détail, Dex en avait conscience. Tout l'intérêt d'acheter un bien immobilier était précisément de ne pas avoir à subir les goûts d'autrui. On était chez soi et l'on pouvait revoir la déco entièrement à sa guise. Cependant, un dégoût aussi violent ne se surmontait pas. Dex ne se voyait pas vivre dans une demeure ayant appartenu à un individu aussi dépourvu de sens esthétique.

L'agent immobilier tourna vers lui son visage barbu et désigna l'escalier.

— Je vous fais visiter l'étage ? Vous verrez, la troisième chambre sert actuellement de débarras mais elle ferait une magnifique chambre d'enfants, ajouta-t-il, jovial, à l'attention d'Alice.

Il ne manquait plus que ça.

Dex secoua la tête.

— Désolé, mais ce n'est pas la peine, cette maison ne me convient pas.

— Ah ? s'étonna Alice. Mais pourquoi ? Elle est si jolie. Moi, je l'adore.

Comment Alice pouvait-elle aimer cette bonbonnière ? Dex observa, impuissant, le phénomène qui se produisait en lui. Irrémédiablement, la jeune femme chutait encore de quelques crans dans son estime.

Les goûts d'Alice en matière de décoration d'intérieur n'auraient pas dû avoir d'importance à ses yeux. Pourtant, impossible d'en faire abstraction.

C'était encore la même rengaine.

Quelque chose venait toujours tiédir son enthousiasme.

4

Pas facile de quitter un partenaire qui ne souhaite pas rompre. Surtout pour Molly, qui n'aimait pas faire de la peine.

Or, malgré sa façade fanfaronne de rugbyman à toute épreuve, Graham avait eu de la peine lorsqu'elle lui avait annoncé que tout était fini entre eux. Le pire, c'était qu'avec ses orteils cassés, il ne pouvait pas poser entièrement le pied droit par terre et boitillait piteusement, renforçant lâchement la culpabilité de la jeune femme. Mais après tout, il l'avait bien cherché.

Ainsi, lorsqu'elle lui avait signifié son envie de se séparer, lui ne l'avait pas entendu de cette oreille.

D'où le coup du poisson.

— Euh… Il est superbe, balbutia Molly.

Graham lui évoquait en cet instant un labrador tendant amoureusement à son maître une balle de tennis toute baveuse. Ce qui l'aurait probablement moins répugnée.

— Je sais, dit fièrement Graham. Cadeau.

— Quoi, c'est pour moi ? Mais… pourquoi ?

Quelle horreur.

— Ben, je sais que tu aimes le poisson. Et celui-là, c'est moi qui l'ai pêché. J'en ai attrapé trois, mais je t'ai gardé le plus gros. Il pèse trois kilos six, c'est très honorable.

— Ah, euh, bravo.

Beurk. La chose pesait autant qu'un nourrisson. Comment refuser sans que Graham se vexe comme un pou ? Molly se lança timidement :

— Mais... qu'est-ce que je vais en faire ?

— Ben, le manger, pardi ! C'est une carpe.

Il commençait à faire la moue.

— Ah, fit Molly. Oui, bien sûr.

Prudemment, elle décolla les bords du sac qui renfermait la chose et y jeta un regard furtif. L'œil visible de la bête la fixait d'un air sinistre. Mais non, elle était morte.

— Entendu. Merci.

— Je me suis souvenu que tu aimais le poisson... répéta Graham.

Effectivement, Molly aimait le poisson. Pané au beurre et servi avec un cornet de frites. Mais il aurait été cruel d'expliquer à Graham que sa prise lui soulevait l'estomac. Il était venu de Bristol exprès pour lui remettre ce... cette offrande.

— C'est vrai, approuva Molly.

— Tu veux que je te l'éviscère ? Ou que je t'aide à le cuisiner ? demanda-t-il, plein d'espoir.

— Non, merci, je vais me débrouiller. Bon, je vais le mettre au frigo...

— Molly, je t'ai présenté mes excuses. Et j'ai changé.

Et voilà qu'il repartait dans les supplications.

— Je n'ai pas touché à une goutte d'alcool depuis quinze jours. J'ai tenu parole. Laisse-moi rester un peu et t'aider à préparer la carpe...

Mais elle secoua la tête et lui tendit son sac.

— Graham, je t'en prie, n'insiste pas. Je ne reviendrai pas sur ma décision. Tiens, reprends ton poisson.

Il eut un geste résigné et recula en clopinant.

— Non, garde-le. C'est pour toi que je l'ai pêché. Il est à toi, ce poisson.

— Une carte ? Mais pourquoi veux-tu me donner une carte ? Et une carte de quoi, d'abord ?

Au bout du fil, Frankie paraissait perplexe.

— Une carpe, avec un « p » comme papa, l'éclaira Molly. Graham est allé pêcher ce matin et il m'en a rapporté une, mais je ne sais pas quoi en faire.

— Beurk, tu m'étonnes. C'est immonde, la carpe. Qu'est-ce qui lui a pris ?

Molly contempla le poisson. Deux machins flasques lui pendouillaient de la bouche. Son amie Frankie avait raison, il était immonde. Rien qu'à le regarder, elle en avait la nausée.

— Il essaie d'être gentil. Il veut me reconquérir.

— Les diamants, il ne connaît pas ? C'est très gentil, ça, les diamants. Deux secondes, je cherche « carpe » sur Google.

Molly entendit son amie cliqueter.

— Nous y voilà : « En Europe de l'Est, la carpe est un mets traditionnel des fêtes de Noël... » Ah, la recette. Apparemment, il faut clouer la carpe à une planche et la faire griller au feu de bois. « La carpe est connue pour son petit goût vaseux... Certains ne la considèrent pas comme comestible... » Oh, pouah ! C'est encore pire que ce que je pensais. Laisse tomber, n'essaie même pas, conclut abruptement Frankie. Fiche-la à la poubelle.

— La première était trop bruyante, concéda Alice tandis qu'ils s'acheminaient vers Les Bruyères. Mais qu'est-ce que tu reprochais à la deuxième ?

— Tout.

Dex ralentit comme ils passaient devant un pub recouvert de lierre. C'était un point important à vérifier, pas question d'acheter une maison à moins que le village fût pourvu d'un pub digne de ce nom.

— La troisième sera la bonne, j'en suis sûre. Tu sais pourquoi ?

Dex craignait le pire.

— Parce que c'est toujours la troisième fois que ça marche, dans les contes de fées.

Et l'enthousiasme qu'Alice inspirait à Dexter poursuivit sa dégringolade. Elle était mignonne, mais cela ne marcherait jamais entre eux.

— Et si elle ne te plaît pas non plus, s'obstinait Alice, toute pimpante, tu continueras les recherches. Ce serait l'occasion de partir en week-end tous les deux, qu'est-ce que tu en dis ?

— Hum, fit-il, sur ses gardes.

— « Vous êtes arrivés », annonça le GPS.

— Du coup, j'en viendrais presque à souhaiter que la troisième ne te plaise pas, avoua Alice.

S'enhardissant, elle posa la main sur le genou de Dex, et déclara :

— Je meurs d'envie de passer un week-end à la campagne avec toi.

Flûte. Il faudrait lui parler, et dès ce soir.

L'agent immobilier était une femme, blonde, pulpeuse et très professionnelle. La maison était inoccupée depuis quatre mois, d'où l'odeur de renfermé, leur expliqua-t-elle. Il ne fallait surtout pas s'imaginer qu'il y avait des problèmes d'humidité, ce n'était nullement le cas.

Humidité ou pas, Dexter eut le coup de cœur pour le cottage. Il s'y sentit bien instantanément et s'y voyait déjà. Les pièces, vides, seraient parfaites une fois meublées. La cuisine était grande et le soleil s'y déversait par ses fenêtres plein sud. Elle était pourvue en outre d'une cuisinière Aga (Dex savait qu'elles étaient très prisées, bien qu'il ignorât au juste pourquoi). Une baie vitrée dans le salon donnait sur un jardin envahi de mauvaises herbes. L'étage se composait de trois chambres de dimensions plus que correctes, quoique nécessitant de sérieux travaux de rafraîchissement.

Mais l'endroit lui plaisait, ça, oui. Il s'y sentait chez lui. Il avait trouvé la perle rare. Au fond, même cette odeur de renfermé avait son charme.

— Pourquoi la maison est-elle restée inhabitée pendant quatre mois ? demanda-t-il à l'agente.

— Nous avions trouvé acquéreur mais la vente a été annulée. On vient de la remettre sur le marché.

Opinant vivement, elle ajouta :

— Mais elle risque de partir très vite, croyez-moi.

C'était toujours le même laïus.

— Vous avez reçu beaucoup d'offres ? l'interrogea Dex.

— Oh, oui, des tas !

— Et les voisins, ils sont comment ?

L'autre répondit du tac au tac, sans se laisser démonter :

— On dit qu'ils sont très sympathiques.

— Quelle chance. Ce sont ceux que je préfère.

Les yeux de la femme pétillaient :

— Alors ? Vous pensez faire une offre ?

— Ce n'est pas exclu. Je vous recontacterai. D'abord, j'ai à faire.

— On va où ? demanda Alice tandis qu'il s'engageait sur le parking du Cygne Insolent.

Escalader le Kilimandjaro, songea Dex, agacé.

— Faire nos devoirs, lâcha-t-il.

Il regretta aussitôt ce « nos » qui lui avait échappé et sous-entendait qu'Alice faisait partie du projet.

— Viens, reprit-il. Allons voir si les autochtones sont aimables.

La réponse à cette question ne se fit pas attendre. Ils ne l'étaient pas. Les tentatives de Dex pour engager la conversation avec les trois hommes du coin accoudés au bar s'avérèrent infructueuses. Des retraités, selon toute vraisemblance, qui affichaient des mines revêches. À l'évidence, ils s'intéressaient davantage à leurs pintes qu'aux nouveaux venus. Autant essayer de s'incruster dans une soirée de stars sans pass VIP. Seule la serveuse, à la faveur d'un clin d'œil audacieux, les rassura un peu. Tous les locaux n'étaient pas aussi grincheux que ces trois compères.

Dex et Alice renoncèrent et apportèrent leurs verres en terrasse. Ils s'assirent à une table en bois.

— Charmants, ces trois-là, commenta la jeune femme.

Quand la serveuse passa débarrasser les tables voisines, Dex lui fit signe d'approcher.

— Je peux vous poser une question ?

— Bien sûr, mon chou. La réponse est oui, je suis célibataire. Bonne nouvelle, pas vrai ?

Dex éclata de rire. Elle avait la trentaine bien tassée mais était attifée comme une adolescente, arborant notamment des créoles scintillantes grosses comme des soucoupes.

— Excellente. Mais pour revenir à ma question, dites-moi, qu'est-ce qu'ils ont contre moi, les trois grincheux, au bar ?

— Eux ? Oh, il ne faut pas mal le prendre, mon chou. Ils détestent tout le monde. Mais ceux qu'ils détestent par-dessus tout, ce sont les gens comme vous.

Alice s'offusqua :

— Comment ça, « comme nous » ?

— Les citadins, mon chou. Vous venez faire un peu de tourisme, avec vos grosses cylindrées, et vous cherchez un petit cottage où passer un week-end tous les deux mois, selon la météo.

— Qu'est-ce qui vous permet d'affirmer ça ? demanda Alice.

— Votre voiture de luxe, pour commencer. Vous l'avez garée près de la Villa Genièvre le temps de visiter la propriété puis, vingt minutes plus tard, vous êtes venus voir la tête des locaux, histoire de décider si on est à votre goût. On ne nous la fait pas, à nous, mon chou.

Cette serveuse plaisait de plus en plus à Dex.

— Ainsi, les locaux n'aiment pas les touristes...

— On a de la chance, aux Bruyères, on n'en a pas trop. Dans certains villages, c'est l'invasion, vous savez. Ça fait des tas de maisons qui restent vides pratiquement toute l'année, et c'est pas bon pour les affaires. On ne tient pas à ce que ça nous arrive.

— Je vous comprends, concéda Dex. Pourquoi appelez-vous la maison la Villa Genièvre ?

— Vous n'avez pas remarqué les genévriers dans le jardin ? Dorothy, l'ancienne proprio, s'en servait pour distiller du gin dans sa cuisine. Elle le vendait au bourg. Un vrai tord-boyaux. Il rendait aveugle...

— Vraiment ? piailla Alice, les yeux écarquillés.

— Non, mon chou, je plaisante, s'amusa la serveuse. Mais elle arrachait, sa gnôle. Le nom de « Villa Genièvre » est resté. Voilà l'histoire.

— Merci.

Dex baissa la voix alors que l'un des trois compères mécontents sortait à l'instant :

— Cette conversation reste entre nous ? Vous ne direz rien aux vieux croûtons ?

— Pas de problème, je suis une tombe. Hé ! rugit soudain la serveuse à l'attention de celui qui traversait le parking. Il vient de te traiter de vieux croûton !

Le vieillard se figea un instant, secoua la tête d'un air dégoûté, et reprit sa route.

— Merci, dit Dex.

— Tout le plaisir est pour moi. Vous n'êtes pas les premiers et vous ne serez pas les derniers. Et cette villa, alors ? demanda-t-elle en rajustant sur sa hanche son plateau de verres vides. Vous la prenez, tous les deux ?

Tous les deux...

— Peut-être bien. Peut-être pas. Comment vous appelez-vous ? demanda Dex à la serveuse.

Décidément, elle avait du chien.

Une étincelle goguenarde dansa dans ses grands yeux lourdement maquillés.

— Moi ? C'est Lois.

5

En franchissant le parking, Alice s'accapara la main de Dex.

— Lois en pince pour toi, affirma-t-elle.

— Tu crois ? Elle se montrait aimable, voilà tout.

— Pff. Elle te draguait, ça sautait aux yeux. Mais… on va où ?

Ils venaient de dépasser la voiture de Dex et elle affichait une mine complètement déboussolée.

— Cette histoire de genévrier m'a intrigué, répondit Dex. J'ai envie de voir à quoi ils ressemblent avant de repartir.

De retour à la Villa Genièvre, ils empruntèrent l'allée qui contournait la maison. Le jardin, sans doute bien entretenu autrefois, était retourné à l'état sauvage ; les pissenlits envahissaient le potager, le long du muret du fond, le rosier avait besoin d'être taillé et, dans les plates-bandes, entre les arbustes et les buissons en fleurs, jaillissaient des touffes de mauvaises herbes.

Il leur fallut chercher « genévrier » sur Internet à l'aide de leurs téléphones portables pour les reconnaître. Et c'était bien une haie de genévriers qui séparait le jardin de celui des voisins, composée de trois arbres à feuilles persistantes, au tronc biscornu, hérissés d'aiguilles et agrémentés de grappes de baies sombres et de fleurs d'un bleu crayeux.

— J'ai l'impression d'être Le Nôtre, remarqua Dex en pinçant une branche, tout en veillant à ne pas se piquer.

Certaines baies, pas encore mûres, étaient petites et vertes. Il en cueillit une grosse violacée et l'écrasa entre son pouce et son index pour en humer le parfum. Il s'en dégageait un arôme puissant, moitié sapin de Noël et moitié gin. Incapable de résister, il mordit dans la baie et ouvrit grandes ses papilles.

Alice l'observait.

— Alors ? C'est comment ?

— Difficile à décrire. Je n'ai jamais rien mangé de tel auparavant. C'est sec et puissant…

Il pencha la tête en arrière comme pour mieux se concentrer sur ces saveurs peu familières.

— Il y a une note de pin, et un arrière-goût… bizarre.

Ce fut à cet instant précis que Dex vit le poisson volant décrire plusieurs sauts périlleux et fondre sur lui en piqué. Il fit un bond de côté, entraînant vivement Alice, et le projectile éclata sur une dalle du sentier dans un flop retentissant.

— Hiiiii, brailla Alice d'une voix à vous vriller les tympans. Qu'est-ce que c'est que cette chose ?

— Oh, merde ! s'écria quelqu'un de l'autre côté de l'allée.

— Là, tout va bien, dit Dex à sa cavalière.

Bien sûr, le poisson n'était pas tombé du ciel, quelqu'un l'avait lancé par-dessus le bosquet. Quelqu'un qui, désormais, s'en mordait les doigts.

— « Tout va bien » ? s'étrangla Alice. Ce… *truc* a failli me tuer !

— Mais tu es saine et sauve. Tu n'as rien.

Alice se frottait les avant-bras en frémissant de dégoût.

— Rien ? Je ne sais pas ce qu'il te faut ! J'ai été complètement aspergée. J'ai du jus de poisson plein les bras et la figure ! C'est répugnant.

— C'est ma faute. Désolée, j'ignorais que vous étiez là. Je croyais la maison inoccupée.

Molly avait envie de mourir. Résistant à la tentation de rentrer en courant se terrer dans sa buanderie, elle était venue faire son *mea culpa*.

L'une de ses deux victimes, du moins, lui réservait un accueil glacial.

— C'est une raison pour balancer des poissons chez ses voisins ? Et pas n'importe quel poisson, en plus, une espèce de monstre d'une tonne !

Les yeux de la jeune femme lançaient des éclairs, elle pointait d'un index rageur la bête gisant à ses pieds.

— Il m'a tout éclaboussée en atterrissant, c'est ignoble !

— Je sais, je vous présente mes excuses. La maison est vide depuis des mois. Je vous ai vus venir la visiter avec la dame de l'agence, tout à l'heure, mais je vous croyais repartis. J'ignorais que vous étiez revenus.

Molly se crispait, mortifiée.

— Ne vous en faites pas. C'était un accident, ça peut arriver à tout le monde.

Le mari ou le copain de l'hystérique semblait prendre la chose avec plus de philosophie.

— Tu as beau jeu de dire ça, maugréa l'autre.

Elle n'avait pas tort, reconnut Molly à part soi. Ce n'était pas lui qui venait de prendre une saucée poissonneuse sur la tête.

— Venez donc vous doucher chez moi, la pria Molly. C'est de bon cœur.

— Je n'y tiens pas. Mais je veux bien me débarbouiller la figure et me rincer les bras.

Ils s'engagèrent sur le sentier.

— Vous allez le laisser là ? s'enquit la jeune femme. Il va empester ?

— Je sais. C'est pour cela que je n'en voulais pas chez moi, dit simplement Molly.

Une fois qu'elle eut conduit la jeune femme jusqu'à sa salle de bains, Molly descendit rejoindre son mari dans le jardin.

— Dites, je suis vraiment désolée...

— Allons, ce n'est pas un drame. Quant à Alice, elle est infirmière, elle en a vu d'autres.

Il se dérida. Ses yeux sombres se plissèrent de petites pattes d'oie et Molly remarqua soudain combien il était beau. Tout à sa mortification, cela lui avait échappé jusqu'à présent.

— Je vous remercie. D'un autre côté, j'imagine qu'elle doit avoir envie de souffler pendant ses jours de congé.

— Tout à fait. Au fait, je m'appelle Dex.

— Molly. Enchantée.

— Je peux vous poser une question ? Ce poisson, il était déjà mort quand vous l'avez catapulté par-dessus la haie ?

Molly aimait son style franc et direct.

— Oui, promis, juré. Et je n'ai pas utilisé de catapulte. Il s'agissait davantage d'un exercice de lancer de poids...

Joignant les mains, paume à paume, elle tendit les bras et se livra à une démonstration.

— Il va falloir m'expliquer ce qu'il s'est passé, décréta Dex en s'emparant d'une chaise de jardin. Sinon, ce mystère va me hanter jusqu'à la fin de mes jours.

La question était légitime.

— C'est mon ex qui a pêché ce poisson. Il est passé me l'offrir. Mais je préférerais me trancher les oreilles plutôt que de manger une chose pareille. Seulement, je ne savais pas comment m'en débarrasser. Le prochain ramassage des poubelles est dans douze jours. Je me suis dit qu'avec ma solution, les renards s'en chargeraient… Sur le moment, ça paraissait sensé, je vous jure.

— Et les acquéreurs potentiels venus visiter la propriété, vous y avez pensé ?

— Cela fait quatre mois que plus personne n'y a mis les pieds.

— Parce qu'un compromis de vente avait été signé, je sais. Mais la semaine dernière, les acheteurs se sont rétractés.

Molly secoua la tête.

— Pas du tout. Il n'y a jamais eu d'offre. C'est la dame de l'agence qui vous a raconté ces bobards ?

— Oui. À l'entendre, les acheteurs se bousculent au portillon…

Il fronça les sourcils :

— D'ailleurs, quoi d'étonnant à ça ? Elle est très bien, cette maison. Pourquoi est-ce qu'elle ne se vend pas ?

— Vous n'êtes pas sérieux ?

Mais dans quel monde vivait ce type ?

Dans un monde de luxe, à en juger par sa voiture et la candeur de sa question.

Molly le renseigna :

— Elle est beaucoup trop chère. À la mort de Dorothy, sa fille l'a mise sur le marché, mais elle en demande trop. Environ cinquante mille livres de trop.

Elle observa un silence.

— Sans rire, le prix ne vous a pas choqué ?

— Pour être honnête, non, avoua Dex, penaud. Par rapport aux prix de l'immobilier à Londres, tout me paraît donné.

— Eh bien, croyez-moi, la Villa Genièvre ne l'est pas. Il faudrait être fou pour débourser une somme pareille. Ainsi, vous envisagez de l'acheter ?

— Peut-être, dit-il, une lueur dans les yeux. Vous êtes contre, j'imagine ?

— Pourquoi le serais-je ?

— On a rencontré des vieux, au pub, qui voyaient d'un mauvais œil ces « sales touristes » et ces « maudits Londoniens ». J'imagine que vous êtes de leur avis.

Molly haussa les épaules.

— Ma foi, il est clair que vous ne vivriez pas ici à plein temps, mais c'est la vie. Une chose, cependant. Puisque vous serez souvent absent, promettez-moi de ne pas faire installer une de ces alarmes antieffraction qui se déclenche dès qu'une souris couine un peu trop près du capteur…

Dex promit solennellement.

— À ce détail près, cela ne vous dérangerait pas ? demanda-t-il encore.

— Moi ? Non. Vous m'avez l'air correct. Vous prévoyez d'organiser des fêtes qui durent jusqu'à l'aube, troublant la paix du voisinage ?

— C'est possible.

— Chic, alors ! Et votre femme, elle me pardonnera un jour d'avoir failli la tuer à coup de carpe morte ?

— Ne vous tracassez pas. Alice n'est pas ma femme.

Il secoua légèrement la tête et Molly compris que sa relation avec l'Alice en question n'était pas vouée à durer. Molly s'était déjà forgé une idée bien précise de son interlocuteur. Avec sa nonchalance, ses beaux yeux sombres, son argent, il comptait parmi ces gens qui ont l'habitude d'obtenir tout ce qu'ils désirent, femmes comprises.

Et sa voiture était un vrai cliché. Les conquêtes de ce Dexter ne trouvaient-elles pas grotesque qu'il roule non seulement en Porsche, mais en Porsche jaune poussin, par-dessus le marché ?

Molly changea de sujet.

— D'ailleurs, pourquoi êtes-vous revenus après la première visite ? La villa vous manquait déjà ? le taquina-t-elle.

— On m'a parlé des genévriers et j'étais curieux de voir à quoi ça ressemblait.

Il grimaça et frémit ostensiblement :

— En tout cas, ces baies n'étaient franchement pas terribles.

— Quoi ? glapit Molly, horrifiée. Vous en avez mangé ? Vous plaisantez, j'espère ? Dites-moi que vous ne les avez pas avalées !

— Une seule, se défendit Dex, l'air inquiet. Mais... on m'a dit qu'on s'en servait dans la préparation de certains plats...

— Cuites, oui ! Pas crues ! Surtout pas crues !

— Flûte ! Je ne savais pas qu'elles étaient vénéneuses !

Molly jugea qu'il avait assez souffert.

— Elles ne le sont pas, dit-elle avec un sourire. Je vous fais marcher.

— Qu'est-ce qui se passe, ici ?

C'était Alice qui les rejoignait, la peau rose vif d'avoir été vigoureusement frottée.

— Devant l'échec de son bombardement poissonnier, madame essaie de me provoquer une crise cardiaque, expliqua Dex, la main crispée sur le cœur. Cela doit faire partie du vaste complot visant à protéger le village des importuns.

— J'adore ce mot, s'emballa Molly. Il est tellement... prout ma chère...

— Je n'en disconviens pas, renchérit Dex d'un ton snob.

— Vous m'en voyez fort aise, rebondit Molly.

Alice les lorgnait d'un air mauvais, tel un bambin à qui on a piqué son jouet. Elle tira Dex par la manche.

— Bon, on a fait le tour du jardin. On y va ?

Dex ne moufta pas, mais sa mine exaspérée en disait long. La possessivité de son amie lui tapait sur les nerfs, cela se voyait comme le nez au milieu de la figure. Si l'anniversaire d'Alice approchait, il ne fallait sans doute pas qu'elle s'attende à recevoir de cadeau de sa part.

— Puisqu'il le faut.

Il se tourna vers Molly :

— Merci d'avoir prêté votre salle de bains à Alice.

— Je vous en prie, dit-elle en luttant pour garder son sérieux.

Le regard aguicheur, Dex ajouta :

— Et merci pour cette rencontre… intéressante.

En tant que mâle, ce type sentait le danger à des milles à la ronde. Il faudrait être débile pour fricoter avec un homme comme lui, et complètement folle pour s'imaginer en sortir indemne, le cœur intact. En tant qu'ami, par contre, il devait être très amusant.

— Merci à vous.

Allaient-ils devenir voisins ?

— N'oubliez pas mon avis, pour la Villa Genièvre, ajouta-t-elle. À ce prix-là, c'est du vol.

6

La fête avait lieu à Notting Hill, chez un type dont Dex avait oublié le nom. Bah, qu'importe. Il avait la soixantaine et, à cause d'un lifting récent, une expression de perpétuel étonnement. Mais sa résidence était spectaculaire et il avait eu le bon goût d'inviter des cohortes de jolies filles.

Dex se resservit à boire ; la musique était forte et la piste de danse remplie de danseurs effrénés. À vrai dire, il avait rechigné à sortir ce soir-là, mais Rob et Kenny, ses collègues, avaient insisté :

— Tu ne vas pas rester chez toi ! s'était indigné Kenny, incrédule. Ce serait trop bête. Imagine que tu rates la fête du siècle !

— C'est peut-être ce soir que ton destin doit s'accomplir, avait renchéri Rob.

Dex en doutait, mais il avait fini par accepter pour qu'ils lui fichent la paix. Comme l'avait fait remarquer Kenny, au moins, ce serait l'occasion de rentrer chez lui en bonne compagnie.

Et qui sait ? Peut-être qu'avec quelques verres de plus et un peu de temps il se laisserait gagner par l'ambiance festive de la soirée.

Et effectivement, une heure plus tard, la magie de l'alcool opérait, brouillant les contours d'une longue journée de stress et de boulot et allégeant l'humeur de Dex. L'alcool le rendait également plus tolérant. Une certaine Beebee passa dix minutes à lui épeler son prénom, or il l'écouta avec un amusement discret plutôt qu'avec un mépris affiché.

— Ça ne s'écrit pas « Bibi » comme Bibi Phoque, mais « Beebee », avec deux « e », comme des abeilles en anglais…

Et d'agiter les bras comme des ailes, pour le cas où Dex n'aurait toujours pas compris.

— … Avec deux « e », et avec deux yeux, minauda-t-elle encore, en le fixant d'un regard de braise et battant des cils à tout rompre. Comme ça, tu t'en souviendras…

— Super moyen mnémotechnique, acquiesça Dex. On en apprend tous les jours. Et sinon, tu fais quoi dans la vie ?

— Devine.

— Je n'en sais rien. Surprends-moi.

Le meilleur moyen de le surprendre aurait été de lui annoncer qu'elle était astrophysicienne. Ou prof de maths. Ou éleveuse de chèvres. Ça, ça aurait eu de la gueule.

— Je suis dans la mode, dit Beebee, en faisant traîner sa voix. Je suis mannequin. Je fais des tas de photos. Il te plaît, mon corps ?

— Oui, bien sûr.

Elle portait une robe de satin bleu ciel qui épousait chacune de ses courbes. Par ailleurs, seules les filles qui se savaient proprement renversantes se risquaient à poser ce genre de question.

— Et mes seins ?

— Je te demande pardon ?

— Ils te plaisent, mes seins ?

Toujours cet accent traînant.

— Euh, ils m'ont l'air très bien, répondit Dex, prudemment.

— Tu ne les trouves pas trop gros ? Je ne voudrais pas qu'on ne voie que ça. (Beebee mima deux pastèques.) Ce serait vulgaire, tu ne trouves pas ? C'est pour ça que j'ai choisi ce modèle. (Elle bomba fièrement le torse.) Un 95 D. Ni trop, ni trop peu, tu ne trouves pas ? Je les ai fait poser en novembre, ils seront au top pour Noël.

Dex avait-il glissé par une faille spatio-temporelle dans un univers parallèle ?

— Ah, bredouilla-t-il. Quel veinard, ce Noël.

— Ils sont bien mieux que les précédents. À la fin, ils étaient devenus tout grumeleux. Tandis que ceux-ci sont très lisses. (Elle se caressait la poitrine d'une main menue et chargée de bijoux.) Tu peux toucher, si tu veux.

Il faisait chaud et la fille portait trop de parfum. Dex remarqua que des convives sortaient fumer sur le toit converti en terrasse.

— Merci, mais je vais prendre l'air cinq minutes.

Il brandit les mains en bouclier avant qu'elle ait le temps de lui proposer de l'escorter :

— À plus tard !

Sur la terrasse, il faisait un froid de canard. En ce mois de février, le givre faisait scintiller les toits environnants. Les fêtards se serraient les uns contre les autres, par petites grappes, pour se tenir chaud, fumant à la vitesse de la lumière et regagnant la piste de danse sitôt satisfait leur besoin de nicotine.

Dex, qui ne fumait pas, alla admirer la vue au bord du parapet. Dans le ciel brillaient des milliers d'étoiles et un croissant de lune. Par les fenêtres, on surprenait un aperçu de la vie de dizaines d'inconnus. De l'autre côté de la rue, une femme vêtue d'une robe de chambre rose berçait un bébé (la musique de la fête l'avait-elle réveillé ?). Ailleurs, une famille faisait mine de regarder ensemble un film à la télé, bien qu'en réalité chacun pianotât en même temps, qui sur son téléphone portable, qui sur son ordinateur. Leur voisin, un obèse, se tenait face à son réfrigérateur ouvert et mangeait quelque chose à la cuiller, à même le pot, jetant par-dessus son épaule des coups d'œil furtifs. Un peu plus loin, dans sa chambre à coucher, une jeune fille se séchait les cheveux en gratifiant son reflet dans la glace de grimaces élaborées.

— Surprise !

Dans un tintement de bracelets, des mains joueuses se plaquèrent sur les yeux de Dex. Ce n'était pas Beebee, il ne distinguait ni son horrible parfum, ni, dans son dos, ses énormes protubérances mammaires.

— Je t'ai reconnue, mentit Dex.

Avec un sourire, il ôta les mains de ses yeux, se retourna et tomba nez à nez avec…

Carla ?

Ou bien était-ce Carina ?

Non. Il fallait se fier à son instinct. C'était Carla.

À moins que… ?

— Salut, ma belle, dit-il enfin. Comment vas-tu ? Ça fait un bail.

Il l'embrassa sur les deux joues.

— Tu es radieuse, comme toujours.

Il se méprisait presque de prononcer ces mots. Les filles aimaient qu'on les complimente sur leur physique. Mais Dex avait trop souvent l'impression d'être un comédien jouant la même pièce depuis bien des années. Il débitait ses répliques de façon machinale, sans même se demander s'il pensait ce qu'il disait.

En l'occurrence, toutefois, le doute n'était pas permis. Carla-Carina était une superbe brune aux yeux en amande, aux pommettes exotiques et aux dents comme deux rangées de perles.

Il ne lui manquait qu'un collier à son nom pour être absolument parfaite.

— Tu me fais la bise, maintenant ? Tu me prends pour ta grand-mère, ou quoi ? Je mérite mieux que ça.

Elle l'attira gentiment à lui et pressa ses lèvres contre les siennes pendant plusieurs secondes.

— Ça me fait plaisir de te revoir, dit Dex.

— Tu n'avais qu'à m'appeler.

— Tu sais ce que c'est, ma belle, j'ai été débordé…

— Et j'imagine qu'en plus tu as perdu mon numéro ?

Il hocha la tête.

— Comment as-tu deviné ? J'ai oublié mon portable dans un taxi, pas moyen de le récupérer. Désolé.

— Comment est-ce que je m'appelle ?

— Pardon ?

— Ça fait deux fois de suite que tu m'appelles « ma belle ». Tu ne te souviens pas de moi, c'est ça ?

Dex rayonnait ; il avait le goût du défi.

— Voyons, comment t'oublier ?

— Pourtant, je suis prête à parier que c'est le cas.

— Pas le moins du monde.

Il commençait à s'amuser.

— Je compte jusqu'à trois, dit-elle, ses yeux s'étrécissant comme pour signaler un danger imminent. Un… deux…

— T'oublier, toi ! Tu m'insultes.

— Deux et demi…

— Il faut apprendre à faire confiance… ma belle.

— Deux trois quarts…

Quand une fille vous accorde un « deux trois quarts », la partie est gagnée d'avance.

— Et si je me trompe ? demanda-t-il.

— Tu auras affaire à moi.

Bon, c'était l'heure de vérité.

— Tant que tu ne me jettes pas par-dessus le parapet… Carla.

Elle soutint son regard. L'espace d'un instant, Dex la crut réellement capable de le précipiter du haut du toit. Mais voici qu'elle se fendait d'un sourire languide, radoucie.

— Petit malin, ça t'amuse de me faire mariner ? J'ai vraiment cru que tu m'avais oubliée.

— Femme de peu de foi.

— Bon, qu'est-ce que tu fais tout seul dans le froid ? Tu ne fumes même pas.

Dex haussa les épaules :

— J'ai dû fausser compagnie à quelqu'un. Et, à part ça, j'admire le paysage. Regarde.

Il désigna les vitres éclairées de l'autre côté de la rue.

— La vie des autres. Ça ne te donne pas envie de tout savoir à leur sujet ?

— Sincèrement ? Non.

Carla noua son bras autour de sa taille.

— La plupart des gens mènent des existences dénuées d'intérêt. Je préfère de loin que tu me racontes la tienne. Qu'est-ce que tu deviens ?

— Pardon, mais Dex est avec moi.

Beebee venait d'apparaître derrière eux et sa voix avait toute la douceur d'un ouvre-boîte. Carla pivota sur ses talons et haussa un sourcil à la vue des deux faux seins bronzés aux UV qui tentaient de s'échapper du décolleté pigeonnant de la trouble-fête.

— Avec toi ? Vraiment ?

Beebee prit d'autorité la main de Dex.

— Parfaitement, déclara-t-elle, triomphale.

Choisissant ses mots avec soin, Dex intervint d'un ton mesuré :

— Je n'irai pas jusqu'à dire que nous sommes ensemble. Nous avons eu une conversation, voilà tout.

Carla l'enlaça derechef. Ce qui constituait une véritable déclaration de guerre.

— Mais on était ensemble, pendant cette conversation, pinaillait Beebee. Tout à l'heure à l'intérieur. T'as dit que t'aimais mes seins.

— C'est faux, protesta Dex, remarquant que Carla haussait entre-temps les deux sourcils à la fois. Tu m'as demandé s'ils me plaisaient et...

— Tu as dit oui !

La voix de Beebee se faisait perçante.

— Mets-toi à ma place. Je n'allais tout de même pas répondre « non ».

Oups. Sa formulation était regrettable.

— Quoi ? Tu veux dire que tu m'as menti ? Tu les trouves moches, c'est ça ?

Agrippant ses monstrueuses protubérances, incrédule, Beebee se mit à vagir :

— Ils m'ont coûté six mille livres !

La situation dérapait. Sur la terrasse, tout le monde les dévisageait.

— Un peu de tenue, bon sang ! la tança Carla. Tu es en train de te ridiculiser. Comment peux-tu t'imaginer plaire à un type comme Dex ? Ça me dépasse.

— Ben quoi ? Je suis plus belle que toi et mes seins sont bien plus gros.

Rejetant crânement sa chevelure en arrière, la créature ajouta :

— En plus, je ne suis pas une pétasse hautaine et prétentieuse, contrairement à d'autres.

— Mieux vaut être hautaine que vulgaire et mal sapée, riposta Carla avec mépris.

Les invités se délectaient de la scène ; plusieurs d'entre eux riaient ouvertement. Comment réagir ? se demandait Dexter. Et pourquoi se retrouvait-il sans cesse coincé dans ce genre de situation ? Comment s'était-il débrouillé pour qu'une soirée huppée dans une demeure fastueuse de Notting Hill vire au spectacle grand-guignolesque ? Son portable se mit à sonner et il soupira de soulagement. Son correspondant l'ignorait, mais il allait le tirer de ce mauvais pas. Dex avait l'intention d'utiliser ce prétexte pour s'éclipser.

— Hé là, qu'est-ce qu'il se passe, ici ?

Kenny venait de débarquer sur la terrasse, une bouteille de champagne à la main, une blonde évaporée sous le bras. Il avisa les deux chipies.

— Sacré Dex, encore à créer des histoires ? T'es incorrigible !

— Dex ?

La blonde évaporée cessa de glousser pour scruter l'intéressé.

— Dexter Yates ? hurla-t-elle soudain. Menteur ! Salaud ! Tu avais promis de m'appeler !

Oups. Il était temps de déguerpir, de filer à l'anglaise. Dex dégaina son portable, qui sonnait toujours, décrocha, et dit d'un ton joyeux :

— Allô ?

7

— Je veux faire le même métier que vous, affirmait avec conviction Alfie, le nouvel élève de Molly. C'est peinard. Pas comme ranger les Caddies au supermarché. Six semaines que je fais ça, et je m'ennuie comme un rat mort. Je préférerais rester assis sur mon derrière à faire des gribouillis, comme vous.

En général, Molly se targuait d'encourager et de soutenir ses élèves, mais, du haut de ses seize ans, ce cher Alfie n'avait aucune conscience des réalités. Pendant que le reste du cours rassemblait ses affaires et se dirigeait vers la sortie, elle lui répondit :

— Tu as fait du bon boulot, ce soir. Continue de t'entraîner.

— Je suis très fort en dessin. J'avais même la moyenne, au collège, lui annonça-t-il, tout fier. Alors, vous pourriez demander aux rédacteurs de votre journal de me trouver un petit boulot, à moi aussi ? Quand il flotte comme ce soir, bosser au parking, c'est l'enfer.

— L'ennui, Alfie, c'est que les journaux reçoivent beaucoup de candidatures d'illustrateurs…

— Je le sais bien, dit-il, piqué au vif, comme si elle le prenait pour un gamin. C'est pour ça que je vous demande de me filer un coup de pouce. Vous pourriez leur dire comme je dessine bien, me pistonner, quoi.

— Allez, mon garçon, c'est l'heure.

Céleste, une élève qui connaissait les parents d'Alfie, agitait ses clés de voiture à son intention.

— Il pleut des cordes. Je te ramène ?

Quand tout le monde fut parti, Molly termina de ranger la salle. Elle avait l'habitude que les gens lui envient son travail, prétendument facile. Il lui suffisait, après tout, de griffonner rapidement une BD de quelques cases, jour après jour, pour un quotidien. Quelques croquis schématiques, vite expédiés, cela devait lui prendre moins d'une heure en tout. Elle ne se foulait pas. En plus, ses œuvres étaient revendues à des douzaines de journaux dans le monde. Le bon plan. Elle devait se faire un sacré paquet de fric. Ça oui, vraiment, elle avait un job en or.

Effectivement, Molly adorait son métier, mais ce n'était pas toujours une sinécure. Pendant des années, elle avait perfectionné son style, en autodidacte, ébauchant des dizaines de projets qui n'avaient mené à rien. Jusqu'au succès de sa série, Boogie et Boo. Le jour où elle l'avait vue publiée pour la première fois avait compté parmi ses plus grandes joies. La BD relatait les aventures de Boo, une *it-girl* californienne écervelée, et de Boogie, son chihuahua blasé. Le contraste entre ce minuscule animal doué de parole et sa candide maîtresse avait séduit les lecteurs, suscitant l'intérêt d'autres publications. Les coups de fil s'étaient mis à pleuvoir, les sollicitations s'étaient multipliées.

Pour autant, ceux qui s'imaginaient qu'elle gagnait largement sa vie se berçaient de douces illusions. En réalité, c'était bien compliqué de joindre les deux bouts en cumulant des tas de micro paiements séparés. Alors, afin d'arrondir ses fins de mois, elle donnait des cours du soir de dessin humoristique et de caricature. Cela ne rapportait pas beaucoup mais c'était toujours ça de pris. En outre, enseigner lui plaisait.

Ses élèves aimaient Les Bruyères et l'ambiance chaleureuse du café de Frankie qu'elle mettait à leur disposition. Sociables et sympathiques, ils bavardaient entre eux tout en travaillant. Ils se réjouissaient toujours de se rendre à leur cours du lundi soir, même quand la météo faisait des siennes.

Comme ce soir. Dehors, la pluie tombait à verse. Molly finit de ramasser les verres vides et les crayons. Si seulement elle avait pensé à prendre son parapluie. Les températures polaires de la semaine passée avaient cédé à des vents déchaînés et à une pluie torrentielle.

Tiens, quelqu'un avait oublié ses gants de cuir. Céleste, sans doute.

Elle entendit la porte d'entrée s'ouvrir à la volée et se refermer dans un claquement. Molly saisit les gants, ce devait être leur propriétaire, venue les récupérer. Mais quand elle se retourna, elle vit qu'elle s'était trompée. Ce n'était pas Céleste qui se tenait sur le seuil mais un homme trempé comme une soupe, les cheveux plaqués sur le front par la pluie qui lui dégoulinait sur le visage.

— Bonsoir. Vous êtes ouverts ? Je voudrais un café, s'il vous plaît.

Plaisantait-il ? Un petit café de village, ouvert à vingt et une heures, un lundi soir ?

— Désolée, le café est fermé.

— Oh. J'ai vu de la lumière… et du monde qui sortait.

— C'étaient mes élèves. Le cours vient de se terminer.

— Je vois. Bon.

— Allez donc au Cygne, pour votre café.

Le type lui disait vaguement quelque chose. Où donc l'avait-elle rencontré ?

— Je ne tiens pas à aller au pub. Tant pis. Merci quand même.

Ce ne fut que lorsqu'il se retourna face à la lumière qu'elle l'identifia.

— Oh, c'est vous ? Je ne vous avais pas reconnu les cheveux mouillés.

— Je vous demande pardon ?

Molly s'aperçut soudain à son grand embarras que lui non plus ne l'avait pas reconnue. Or, elle, elle avait les cheveux secs. Cependant, lui ne se comportait pas du tout comme la dernière fois. S'agissait-il de son frère jumeau austère, sévère et pas dragueur pour deux sous ?

— Le poisson, vous vous souvenez... ?

Flûte, il continuait de la dévisager les yeux ronds. Molly regrettait déjà de s'être lancée dans ces explications, aussi conclut-elle rapidement.

— Celui que j'ai lancé par-dessus la haie et qui a éclaboussé votre copine. Je suis votre voisine.

Il ferma les yeux et secoua la tête comme pour s'éclaircir les idées.

— Oui, bien sûr. Ça me revient. Désolé.

Qu'avait-il ? Était-il malade ? Drogué ? Depuis l'épisode du poisson volant, huit mois s'étaient écoulés. Une semaine après leur première rencontre, par cette belle journée ensoleillée vers la fin du mois de juin, la Villa Genièvre s'était parée d'un écriteau « VENDU », et Molly s'était réjouie à l'idée de revoir son nouveau voisin.

Mais il n'était jamais revenu. À sa place, une équipe d'ouvriers avaient fait leur apparition, transformant la maison en véritable chantier. Les travaux avaient duré jusqu'en octobre. Une fois les ouvriers partis, la maison était restée vide. Dex y était passé à deux occasions mais, les deux fois, Molly était partie en week-end. C'était à son retour aux Bruyères qu'on l'avait informée qu'il avait honoré le Cygne de sa présence. D'après les témoignages, il s'était montré volubile et enjoué et s'était mis dans la poche toutes les habituées avant la fermeture. Le lendemain, il avait fait rugir le moteur de sa Porsche et était reparti pour Londres.

La première fois, il était flanqué d'une rousse incendiaire, et la deuxième d'une brune pulpeuse.

Autrement, la Villa Genièvre était restée déserte. Seuls y étaient passés, la semaine précédente, une femme et son bébé. Molly avait assisté à leur arrivée, à bord d'une vieille Ford Escort. L'inconnue avait sorti de son coffre tout un fatras puis était entrée pour ne ressortir que plusieurs heures plus tard. Elle s'était rassise derrière le volant et, avisant Molly, qui l'observait, avait baissé sa vitre :

— Pas de panique, je ne suis pas une cambrioleuse, l'avait-elle hélée gaiement avant de démarrer.

Qu'avait-il bien pu se passer entre-temps pour que son voisin sombre dans cet état ? Cette femme au bébé était-elle une ex-petite amie en mal de vengeance ? Avait-elle ravagé sa maison ? Et le bébé, était-ce le sien ? Peut-être venait-il de l'apprendre ?

— Attendez, revenez ! l'interpella Molly tandis qu'il s'éloignait. Tout va bien ?

Question idiote s'il en était, mais elle improvisait.

— Oui.

— Vous mentez. Vous êtes souffrant ?

Il restait planté là à secouer la tête.

— Vous pouvez m'en parler, insista Molly. Je ne dirai rien à personne.

La prenait-il pour une commère ?

— Ça a un rapport avec le bébé ? hasarda-t-elle.

— Comment ?

Il lui fit face et elle lut dans ses yeux un océan de douleur.

— Pardon, j'essaie seulement de vous aider. Je les ai vus la semaine dernière, s'expliqua-t-elle. La femme à l'Escort rouge. Et son bébé. Elle est entrée chez vous, mais j'ignore ce qu'elle y a fait. Je l'ai vue de ma fenêtre, c'est tout...

Sa voix s'éteignit. L'autre semblait au bord des larmes.

— Je vais vous faire un café, dit-elle, horrifiée.

C'était la raison de sa présence, après tout.

— Ne vous embêtez pas. C'est fermé.

— Ne soyez pas bête, regardez dans quel état vous êtes.

Dégoulinant, il grelottait de froid. Molly avait conclu qu'il ne s'agissait pas d'un psychopathe. Elle tendit les mains :

— Commencez donc par me donner votre manteau.

Il répandait de l'eau partout sur le plancher. Elle le lui retira et le suspendit sur le dossier d'une chaise, contre le radiateur.

— Maintenant, donnez-moi cinq minutes, je vais vous préparer ce café. Vous prenez du lait ? Du sucre ?

L'espace d'un instant, il parut ne pas s'en souvenir. Puis il hocha la tête :

— Un nuage de lait et deux sucres. S'il vous plaît.

8

Qu'est-ce qu'il fichait là ?

Dans la cuisine, la cafetière bouillonnait et sifflait. Dieu sait ce que cette fille s'imaginait à son sujet. Mais Dex avait eu besoin de souffler, de s'enfuir, et il avait pris sans réfléchir l'autoroute M4 jusqu'aux Bruyères. Quoiqu'il n'y soit pas venu par hasard. En réalité, il savait pertinemment ce qui l'avait attiré ici.

Ses yeux le picotaient de nouveau. Bon sang, mais que lui arrivait-il ? Dex n'avait pas pleuré depuis son enfance, il avait oublié cette sensation.

Il s'assit sur la chaise où pendait son manteau et enfouit sa main dans sa poche gauche. En cherchant son mouchoir, il tomba sur autre chose.

Il retourna l'objet entre ses doigts et le plaça au centre de sa paume congelée. Quand l'avait-il acheté, déjà ? Ah oui, peu avant Noël. C'était une petite grenouille en or rose, perchée sur une bêche, une breloque ancienne d'environ un centimètre de haut, à porter en bracelet. Après un excellent déjeuner au Savoy, Dex flânait dans la Burlington Arcade. Il admirait les montres Patek Philippe dans la vitrine d'un bijoutier quand, par on ne sait quel miracle, sur l'étagère du haut, la breloque avait capté son regard. Noël approchait et il n'avait encore acheté aucun cadeau. La grenouille sur sa bêche était cocasse, son expression plaisante, et Laura possédait un bracelet à breloques qu'elle portait pour les grandes occasions. Dex était entré et la lui avait achetée. La plupart des filles de sa connaissance auraient préféré quelque chose de plus tape-à-l'œil, avec des diamants, mais pas Laura.

Effectivement, quand elle avait ouvert la petite boîte du bijoutier, le matin de Noël, Laura s'était extasiée. Puis, Dex avait réalisé que ses autres breloques n'étaient pas en or, mais en argent.

— Ça ne fait rien, l'avait assuré Laura en riant de le voir si déconfit. Je l'adore ! Et puis, ça change. Regarde, elle est trop mimi.

Elle tenait la grenouille devant son bracelet d'argent en agitant ses breloques.

— Ça ne va pas du tout, s'était entêté Dex, furieux de sa bourde. Elle jure avec les autres. Je vais demander à l'échanger contre la même en argent.

— Mais comment ? C'est une antiquité. Elle doit dater de l'ère victorienne, au moins !

Il n'y avait pas plus borné que Laura. Dex ne voyait qu'une seule façon de l'empêcher d'ajouter une breloque dorée à son bracelet d'argent, à savoir, mentir.

— C'est là que tu as tort. J'ai vu exactement la même en argent chez le bijoutier. Je vais l'échanger.

Bon, il y avait peut-être plus borné que Laura, tout compte fait.

Ravie de cette solution, Laura s'était empressée de lui rendre le bijou :

— En ce cas, formidable. Tiens, je te laisse faire l'échange.

Quant à Dex, ravi d'avoir gagné la partie, il résolut de se dégoter un orfèvre ou un bijoutier capable de réaliser une réplique de la petite grenouille. Elle ne serait plus victorienne, mais Laura s'en ficherait. D'ailleurs, pour peu qu'il tienne sa langue, elle n'en saurait jamais rien.

Sauf que bien sûr, il avait fait traîner la chose. Non, Laura n'en saurait jamais rien. Il avait eu trop à faire, ça lui était sorti de l'esprit, le tourbillon qu'était sa vie comptait bien trop de distractions.

Mais à quoi bon ressasser tout ça ?

Voici que la jeune femme revenait avec son café. Il n'en avait plus aucune envie. Fourrant la breloque dans la poche de son manteau, Dex s'essuya rapidement les yeux du coin de son mouchoir. Cesser de ressasser... Facile à dire. On ne s'éteignait pas le cerveau d'un simple coup d'interrupteur.

— Merci.

Il prit d'une main tremblante la tasse qu'on lui tendait et en renversa la moitié par terre. En se baissant pour éponger la flaque à l'aide de son mouchoir, il se débrouilla pour en renverser plus encore.

— Laissez ça, lui ordonna l'autre. Cela attendra. Buvez votre café, vous m'avez l'air d'en avoir besoin.

— Votre nom, c'est Molly, c'est ça ?

Il venait à l'instant de se le rappeler

— Je m'étonne que vous vous en souveniez.

En effet, c'était une première.

— Petit, j'avais un poisson rouge qui s'appelait comme ça, s'expliqua Dex.

— Les poissons rouges et moi avons beaucoup en commun.

— J'ai quitté Londres dans la soirée. J'avais oublié que la maison était vide. À part un fond de bouteille de scotch. Du coup, je l'ai finie. Ensuite, je voulais aller faire des courses, mais comme j'avais bu, je ne pouvais pas prendre le volant.

Dex secoua la tête.

— Ce qu'il manque à ce village, c'est une station-service ouverte vingt-quatre heures sur vingt-quatre, avec rayon épicerie.

— Vous n'êtes plus dans la capitale.

— Ça, c'est clair. Où pourrais-je trouver un magasin ouvert à cette heure-ci ?

Molly haussa les épaules :

— Il y en a un à quelques kilomètres d'ici.

— Vous pourriez m'y conduire ? Je vous paierai. On peut prendre ma voiture.

— Pas de panique. J'ai plein de provisions à la maison. Je vais vous dépanner pour ce soir et vous irez faire vos courses demain matin.

Silence. Elle ajouta :

— Ou si vous préférez, je m'en chargerai.

— Je ne sais pas. J'ai du mal à me concentrer. Ma tête est pleine à craquer.

— Pas de problème, dit Molly. Prenez votre temps. On verra demain.

Elle lui témoignait des égards sans même savoir ce qui n'allait pas. Touché par sa sollicitude, Dex balbutia malgré lui :

— Ma sœur est morte hier soir.

Molly se plaqua la main sur la bouche.

— Mon Dieu, je suis désolée. Quelle tragédie…

Dex opina, muet. Pour la première fois de sa vie d'adulte, il avait envie que la femme qui se tenait devant lui le prenne dans ses bras et le serre simplement contre elle, sans ambiguïté.

Laura était son aînée de douze ans et, après la mort de leurs parents, elle était devenue pour lui une seconde mère. Il avait le sentiment de revivre ce premier deuil. Certes, il était un adulte de vingt-huit ans maintenant, mais il ne se sentait pas mieux armé face à ce drame, bien au contraire.

Évidemment, sa nouvelle voisine n'oserait jamais le prendre dans ses bras, et lui ne pouvait décemment pas lui réclamer ce geste.

— Elle était malade ? lui demandait-elle avec délicatesse. Vous vous y attendiez ?

— Pas du tout. Je l'ai eue au téléphone hier matin, elle se portait comme un charme. Puis, hier après-midi, elle s'est écroulée devant sa banque. Hémorragie cérébrale, d'après les médecins. Le temps que l'ambulance arrive, c'était fini.

— Je suis désolée, répéta la jeune fille, épouvantée, les yeux écarquillés. Quelle horreur… Je comprends mieux votre état. Attendez, ne bougez pas.

Elle disparut et reparut quelques secondes plus tard munie d'un rouleau de papier toilette. Elle lui en découpa une bande d'un bon mètre de long.

— Tenez. Pleurez autant que vous le voulez. Laissez vos larmes couler. Il n'y a rien de pire que d'essayer de les retenir.

Mais, dans les yeux endoloris de Dex, les larmes s'étaient taries. Il se passa machinalement la main dans les cheveux, but une nouvelle gorgée de café. Si seulement il pouvait cesser de se repasser en boucle la scène, telle qu'il se l'imaginait, Laura, devant sa banque, croulant soudain par terre, les passants inquiets s'attroupant alentour, les autres poursuivant leur chemin sans un regard pour elle, la poussette abandonnée prenant de la vitesse et dégringolant du trottoir sur la chaussée encombrée…

— Quel âge avait-elle ? Elle était plus jeune que vous ?

La question de la jeune femme le ramena dans l'instant présent. Ainsi, elle n'avait pas encore fait le rapprochement.

— Non, plus âgée. Vous l'avez vue la semaine dernière. Laura…

Le jour se fit dans l'esprit de Molly, accentuant son horreur :

— La femme au bébé ? C'était elle ? Seigneur…

— Je sais.

— Avait-elle d'autres enfants ?

— Non.

— Son mari ou son compagnon doit être effondré.

— Elle n'en avait pas. Elle n'avait personne. Que la petite Delphi..

Molly ferma les yeux, sous le choc de cette nouvelle et terrible information.

— Pauvre petite... Je ne l'ai vue que de loin. Quel âge a-t-elle ? Six mois ?

— Huit.

De nouveau, la gorge de Dex se nouait. Sa nièce allait grandir sans maman. Le papier toilette allait peut-être s'avérer utile, tout compte fait.

— Elle a huit mois. Elle était dans sa poussette quand c'est arrivé. La poussette a dégringolé sur la route et, si un passant ne l'avait pas rattrapée juste à temps, elle serait passée sous un camion. C'est un miracle qu'elle ne soit pas morte, elle aussi. Je n'ai pas assisté à la scène, ce sont les urgentistes qui m'ont rapporté les témoignages des passants.

La jeune femme... Comment s'appelait-elle, déjà ? Ah, oui, Molly, comme son poisson rouge. Molly paraissait bouleversée.

— Je suis sans voix, dit-elle.

— Et moi donc, murmura Dex.

— Au moins, elle n'a pas eu le temps de souffrir...

Molly vit le désarroi tordre les traits de Dex et se reprit d'une voix impuissante :

— Pardon. Mais peut-être qu'un jour cela vous sera un réconfort.

— Peut-être. Vous devez avoir raison.

Soudain, du bruit retentit dans la pièce voisine, et il sursauta.

— Qu'est-ce que... ?

— Ça vient du salon de mon amie ; nous sommes dans son café. Si elle s'aperçoit que je suis encore là, elle risque de passer.

Molly se leva et prit la tasse presque vide de Dex.

— On y va ?

Il ramassa son manteau et Molly enfila son Barbour, un vêtement tout sauf sexy, mais hautement pratique. Elle verrouilla le café et, ensemble, ils traversèrent le village, dépassant le Cygne Insolent et contournant le parc. La pluie tombait de plus belle ; en un rien de temps Dex fut de nouveau trempé de la tête aux pieds, mais cela importait si peu dans les circonstances actuelles qu'il ne s'en rendit même pas compte.

Laura était morte. Comment était-ce possible ? Cela ne se pouvait pas. Baissant la tête, il continua de mettre un pied devant l'autre, à peine conscient de la fille qui marchait à ses côtés.

Qu'allait-il devenir ?

9

— Suivez-moi, je vais vous donner quelques provisions.

Molly sortit ses clés. Son hôte avançait en pilote automatique, aussi le guida-t-elle le long de l'allée qui menait à sa porte d'entrée.

Dans la cuisine, elle lui dégota un paquet de chips, une boîte de biscuits, du café et une brique de lait dont la date de péremption approchait dangereusement. Elle remplit une tasse de sucre en poudre, sélectionna dans son compotier les pommes les moins fripées et ajouta :

— J'ai également du pain tranché, blanc ou complet, et des céréales, si vous voulez. Des corn flakes aux noix, ça vous va ? Et des saucisses surgelées.

Elle savait qu'elle en faisait trop. Elle se comportait comme une insupportable mère poule. Elle se serait giflée.

Dexter fit non de la tête.

— Juste de quoi faire du café, s'il vous plaît.

— Désolée. J'essaie de me rendre utile mais j'ignore comment m'y prendre.

Molly replaça les saucisses dans le congélateur.

— Je n'en sais rien, dit Dex. Quoique… Vous auriez de l'alcool ?

Molly grimaça. Elle avait bien gagné une bouteille lors de la tombola du pub, la semaine passée, mais celle-ci contenait une liqueur de panais des plus douteuses, confectionnée de manière artisanale par le père de Lois, la serveuse. Elle ne pouvait pas en son âme et conscience lui offrir pareil breuvage.

— Euh, je doute qu'il vous plaise. Mais il me reste un peu de xérès de Noël. Et du rhum brun. Cela ferait l'affaire ?

— Parfaitement, acquiesça Dex.

À vrai dire, n'importe quel alcool lui aurait convenu.

Molly lui dénicha un sac et entreprit d'y empiler ce qu'elle lui avait mis de côté. Dex n'aurait plus qu'à emporter le tout. Mais au lieu de se mettre en route, il ouvrit la bouteille de rhum brun et lui demanda :

— Ça se boit avec quoi ? Je ne connais que le rhum blanc.

— À vrai dire, je n'en sais rien, je m'en sers uniquement pour cuisiner. Avec du Coca, j'imagine ?

— Vous en avez ?

Molly sortit deux cannettes du réfrigérateur et les lui tendit. Mais il restait toujours planté là.

— Vous voulez peut-être rester un peu ici ? devina Molly.

— Je veux bien. Pas longtemps, promis. Et seulement si ça ne vous dérange pas.

Elle avait une BD à finir mais c'était un cas de force majeure. Dans la vie, il y avait des priorités à respecter. Dire que l'inconnue qui s'était gaiement défendue d'être une cambrioleuse n'était plus de ce monde… Quant à son frère, il touchait le fond.

— Vous ne me dérangez absolument pas.

Elle sortit deux verres.

— Venez, asseyons-nous.

— Je me trouvais à une fête débile à Notting Hill. Deux idiotes se crêpaient le chignon, à cause de moi. Je buvais du champagne…

Dexter frémit à ce souvenir. Mais, une fois lancé, il ne parvenait plus à s'arrêter.

— Je m'amusais bien. Je trouvais… ma foi, divertissant de voir ces deux nanas se défier comme ça. Ridicule, mais divertissant. De toute façon, aucune des deux ne me plaisait vraiment, alors je n'avais rien à perdre. Quand mon portable s'est mis à sonner, j'ai pensé : « Sauvé par le gong ! » Cela me faisait un bon prétexte pour filer. J'aurais tout expliqué plus tard à mon interlocuteur, j'en aurais fait une anecdote amusante. Comme toujours. Sauf que l'appel n'avait rien d'amusant, ni d'anecdotique.

Il se tut soudain, porta à ses lèvres son verre de rhum-Coca et frissonna.

— C'était la police.

Ensuite, il se mit à parler de Laura et de leur enfance. D'innombrables épisodes, pour beaucoup oubliés depuis longtemps, lui revenaient en mémoire. Comme la fois où elle avait trébuché alors qu'elle le portait sur ses épaules et qu'il avait fait un vol plané comme un jockey désarçonné. Ou celle où elle l'avait installé dans une boîte en carton et lui avait fait descendre l'escalier, comme sur une luge, lui brisant au passage une dent de lait qui n'était pas du tout prête à tomber. Et la fois où elle prenait le soleil, étendue sur un plaid dans le jardin, et qu'il lui avait cassé deux doigts en lui roulant sur la main avec son vélo…

— Pourquoi tant de haine ? plaisanta Molly, et Dex se dérida brièvement.

— Et encore, vous ne savez pas tout. Je la faisais tourner en bourrique. À cinq ans, je collectionnais les insectes morts. Un jour, j'ai vidé mon bocal dans son lit. Et aussi, comme elle détestait la moutarde, j'en tartinais ses sandwichs dès qu'elle avait le dos tourné.

— Vous étiez infernal. La pauvre, j'imagine que ça ne devait pas être facile pour elle de ramener ses petits copains à la maison.

Dexter rit, surpris par un souvenir auquel il n'avait pas repensé depuis des années.

— En effet. L'un d'eux… Ils regardaient un film à la télé, assis sur le canapé, et moi, je me cachais derrière les rideaux. J'ai attendu des siècles. Puis, quand ils ont enfin commencé à s'embrasser, j'ai jailli de ma cachette en hurlant : « Laura Yates, mais qu'est-ce que tu fabriques ? » La tête qu'ils ont faite ! J'étais bien content de moi. Bizarrement, on n'a plus jamais revu ce garçon à la maison…

Terrassé par une nouvelle vague de chagrin, il laissa en suspens son récit et termina son verre.

— Mon Dieu, dire qu'elle nous a quittés… Je n'arrive pas à le croire. Je n'arrête pas de me demander où elle s'en est allée.

Quand il consulta sa montre un peu plus tard, il s'aperçut qu'une nouvelle heure s'était écoulée et que la bouteille était vide. Ils avaient également fait un sort au xérès. Pelotonnée dans son fauteuil près de la cheminée, Molly continuait de l'observer avec attention.

— Vous êtes un ange de patience, dit Dex en lui tendant son verre. Je vous embête avec mes histoires…

— Ne vous tracassez pas. Ça sert à ça, les voisins. Je peux faire quelque chose ?

— Remplir mon verre.

— Hélas, nous sommes à sec. Il ne me reste qu'une liqueur infâme.

Dex agita son verre.

— Je me sens d'humeur aventureuse.

— Vous êtes sûr ? Personne à ma connaissance n'est jamais venu à bout d'un verre de ce truc. Ça sent le brûlé et la térébenthine. Vous ne préférez pas un café ?

— Non. Je veux de la liqueur infâme, s'il vous plaît.

Il avait besoin de dormir, or, à moins d'être ivre mort, il ne trouverait pas le sommeil.

— Ne vous inquiétez pas, je ne vais pas me mettre à brailler et tout casser. Je suis même prêt à vous acheter la bouteille et à l'emporter chez moi.

— Pas la peine.

Elle décroisa les jambes et gagna la cuisine, en chaussettes fourrées, et revint la bouteille à la main.

— Merci.

De fait, son contenu paraissait plus que suspect, mais Dex s'en contrefichait. Il prit la bouteille et s'en servit un verre.

— Vous devriez manger quelque chose. Un peu de pain et de fromage, ça vous tente ?

Dex secoua la tête :

— Je n'ai pas faim.

— Bon. Vous parlez beaucoup de Laura mais je me pose une question…

Dex n'avait pas envie d'écouter Molly, son expression ne lui disait rien qui vaille. Il savait où elle voulait en venir. Il la devança :

— À dix ans, j'ai mis des boules puantes dans ses chaussures. Elles ont éclaté lorsqu'elle les a enfilées. Elle partait justement pour un rendez-vous galant. C'est un miracle que j'aie encore toutes mes dents.

Fixant le feu d'un air absent, il engloutit sans y penser une énorme goulée de liqueur de panais. Beurk.

Molly attendit qu'il ait fini de s'étrangler. Puis, elle revint à la charge :

— Que va devenir la petite ?

C'était précisément le sujet que Dex s'évertuait à éviter. Il se mit à tousser de plus belle. Mais l'autre dardait sur lui un regard insistant :

— Où est-elle ?

— Qui donc ?

— Vous le savez très bien. Delphi.

— En sécurité. Elle ne gît pas abandonnée dans une grande maison vide, si c'est ce qui vous tracasse. On veille sur elle.

— Qui ça, « on » ?

Bon sang, cette fille était un vrai missile Exocet.

— Pourquoi cette question ?

— Parce que vous paraissez sur la défensive, d'un seul coup.

— On pourrait changer de sujet ? Je n'ai pas envie de parler de ça dans l'immédiat.

— Pourtant, je crois qu'il le faut. Écoutez, nous nous connaissons à peine. Pour vous, je suis une illustre inconnue. Vous pouvez me dire où est Delphi.

— Chez une famille d'accueil.

Il détesta prononcer ces mots.

— L'hôpital avait pris des dispositions avant même que j'arrive sur place. Il y a des processus d'urgence pour ce genre de… situation.

Molly hochait la tête.

— Bien. Et après, qui va prendre le relais ?

La voilà, la question qu'il refusait de se poser. Mais il allait bien falloir cesser de faire l'autruche.

— Je ne sais pas.

Il ferma brièvement les yeux.

— Et le père ?

— Disparu. C'était une aventure sans lendemain. Ma sœur ne lui a jamais parlé de sa grossesse.

— Quant à vos parents, ils sont morts, résuma-t-elle. Votre sœur avait dû réfléchir à ce qui se produirait s'il lui arrivait quelque chose. Vous connaissez ses amis ? Peut-être qu'elle avait demandé à l'un d'eux de s'occuper de la petite en cas de malheur ?

— Non, affirma Dex.

— Avait-elle rédigé un testament ?

— Oui, dit-il dans un soupir.

— L'information doit s'y trouver, alors.

— Oui. Elle y est.

— Et donc ? Vous en avez pris connaissance ?

Il détourna le regard.

— Seigneur, murmura Molly. C'est vous qu'elle a nommé, je me trompe ?

— C'est moi.

Il enfouit son visage entre ses mains.

— Elle m'avait demandé de signer le document qui ferait de moi le tuteur légal de la petite en cas de malheur, mais jamais je n'aurais imaginé que ça arriverait. On s'engage à la légère, parce qu'on n'y croit pas un seul instant.

Voilà. C'était dit.

— Si je comprends bien, vous n'avez pas envie de la prendre avec vous ?

Il savait qu'elle ne le jugeait pas, pourtant, il ne pouvait s'empêcher de se sentir critiqué.

— Là n'est pas la question, dit-il avec humeur. La vérité, c'est que je ne *peux* pas l'élever.

— Ah, non ?

— Non. Enfin, voyons... Je ferais comment ?

Molly le considérait, sans répondre. Il savait ce qu'elle se disait : Comment ? Eh bien, comme tout le monde.

— Regardez-moi, dit Dex. Vous savez quelle vie je mène.

Il fallait qu'elle comprenne.

— En plus, je ne connais rien aux bébés. Avant la naissance de Delphi, je n'en avais jamais tenu un dans mes bras. Je travaille tout le temps, parfois même la nuit. Et quand je ne travaille pas… ma foi, je sors. Il n'y a pas de place pour un bébé dans ma vie. Et quand bien même, je suis le moins bien placé au monde pour m'occuper d'un autre être humain. On courrait à la catastrophe. Je n'arrive même pas à tenir une semaine sans égarer mes clés de voiture.

— Je vois.

— Je sais ce que vous pensez.

Elle secoua la tête :

— Ça, j'en doute.

— Mais si. Vous êtes effarée. Vous vous dites que je suis un monstre d'égoïsme. Je n'ai pas raison ? « Quel salaud, il ne pense qu'à sa pomme… » Alors que je suis honnête, voilà tout. Ce n'est pas un boulot pour moi. Je ne serais pas à la hauteur.

Il se frotta les yeux. Il avait des picotements à force de les garder ouverts. Il commençait à accuser l'insomnie de la veille et le cocktail d'alcools divers qu'il venait d'ingurgiter.

— Vous l'aimez ? demanda Molly.

— Qui, Delphi ? Évidemment. Mais c'est hors sujet. Je suis un égoïste, vous saisissez ? Elle mérite mieux que ça. Sans rire, j'ai dû me racheter trois téléphones depuis Noël. La petite aussi, je serais capable de l'oublier à l'arrière d'un taxi.

— Vous dites ça maintenant, intervint Molly d'une voix douce, mais il s'agit d'un petit être, et non d'un objet. Ça change tout. Vos clés, vos téléphones, vous n'y tenez pas comme à la prunelle de vos yeux, c'est pour ça que vous les égarez. Vous ne les aimez pas plus que tout au monde. C'est normal de stresser quand on apprend qu'on va être papa ou maman. C'est normal de céder à la panique quand on réalise qu'on aura la responsabilité d'un petit bébé. Mais les parents aiment leurs enfants de façon inconditionnelle, et ils feraient tout ce qui est en leur pouvoir pour les protéger.

— Vous le croyez vraiment ?

— Oui, annonça-t-elle simplement. C'est dans notre nature. Donc, si vous n'avez pas *envie* d'élever ce bébé, c'est votre droit, mais si vous renoncez parce que vous avez peur de ne pas être à la hauteur, j'aime autant vous arrêter. Il n'y a pas de raison que vous vous en sortiez plus mal qu'un autre.

Oh là là ! Quel discours. Mais pourquoi lui faisait-elle confiance ? Elle ne le connaissait ni d'Ève ni d'Adam. Mais, s'il la prenait au mot puis oubliait effectivement la petite à l'arrière d'un taxi ?

Et lui, pourquoi buvait-il ainsi ses paroles ?

Il plongea le regard dans son verre, les sourcils froncés.

— Je suis à marée basse. Je peux me resservir ?

— Je vous en prie, dit Molly en se levant.

Apparemment, son speech avait fait un flop.

— Donnez-moi cinq minutes, je vais me faire un café. Je reviens tout de suite.

Dans la cuisine, elle alluma la bouilloire et patienta jusqu'à ce que l'eau bouille. Mais elle ne fit pas de café. Elle attendit encore quelques minutes puis retourna dans le salon sur la pointe des pieds. Comme prévu, il dormait.

Quelle histoire. Pauvre homme.

Molly débarrassa les verres et le couva un moment du regard. Il respirait profondément, régulièrement. Il avait des cernes noirs sous les yeux. La tête renversée sur les coussins, sa pommette livide saillait dans la pénombre. Ses cheveux sombres avaient enfin séché. Il paraissait beau mais torturé. Bien sûr, il l'était.

C'était un parfait inconnu, mais Molly ne s'en souciait pas. Elle avait des verrous aux portes et doutait fort que son invité file à l'anglaise en emportant sa télé. Elle ne risquait rien à l'héberger pour la nuit.

Elle étendit son manteau sur le radiateur pour qu'il finisse de sécher. Comme le radiateur était trop petit pour qu'elle y mette aussi son Barbour, elle monta le suspendre dans la buanderie et en profita pour prendre dans le placard sa couette de rechange.

Dexter ne broncha pas tandis qu'elle le couvrait. Il dormait à poings fermés et ne se réveillerait pas avant des heures.

La semaine commençait sur les chapeaux de roue. Molly monta se coucher, non sans avoir au préalable déposé sur la table basse deux cachets d'aspirine et un grand verre d'eau. Après un mélange de rhum brun, de xérès et de liqueur de panais à la térébenthine, il allait en avoir rudement besoin.

Quand elle se leva, Dexter était parti. Les cachets d'aspirine avaient disparu, eux aussi. La couette, telle une version encombrante du soulier de vair de Cendrillon, gisait, roulée en boule au pied du canapé. Hormis cet indice, rien ne trahissait sa présence. Il n'avait pas laissé de mot.

Molly ouvrit la porte d'entrée et un crachin glacé lui cingla le visage. Elle frissonna. Qu'elle détestait le mois de février ! Et son Barbour qui était resté à l'étage, dans la buanderie… Tant pis. Pieds nus, elle s'élança dans l'allée. Devant la Villa Genièvre, plus trace de la Porsche jaune poussin. Dexter était-il sorti faire des courses ? Ou bien s'en était-il retourné à Londres ? Si tel était le cas, elle ne connaîtrait jamais sa décision au sujet de la petite Delphi.

Pauvre Dex. Son sort n'était guère enviable. Il devait bien exister un moyen de l'aider… Molly chassa de son nez quelques gouttes de pluie et dit une prière muette pour qu'il revienne aux Bruyères.

10

Frankie Taylor n'était pas devenue tenancière de café par vocation. Quand elle s'était installée aux Bruyères avec Joe, son mari, près de vingt ans auparavant, l'idée ne lui aurait jamais traversé l'esprit. À l'époque, la série télévisée *Next to You* n'avait pas encore rencontré son fulgurant succès.

Lorsque Frankie et Joe avaient visité la Villa Ormond, ses propriétaires avaient déjà déménagé et, en attendant de trouver acquéreur, la louaient à une petite société de production télévisuelle indépendante qui y tournait un feuilleton. Inexpérimentée et dotée d'un budget dérisoire, cette dernière se débrouillait avec des bouts de ficelle, sans se faire d'illusions sur le succès de l'opération. Dans le chaos le plus total, on tourna donc dans la maison et le jardin six épisodes de trente minutes chacun, puis toute l'équipe quitta le village comme un seul homme et la vie reprit son cours comme s'il ne s'était rien passé.

Frankie et Joe avaient acheté la maison et n'y avaient plus repensé jusqu'à la diffusion, quatorze mois plus tard, du premier épisode de *Next to You*. La série relatait le quotidien d'un prêtre catholique d'une quarantaine d'années, de sa voisine, une jolie veuve affublée d'une mère gâteuse mais glamour, et d'un bouc du nom de Bert. Avec son surréalisme discret, son humour déjanté et surtout l'incroyable alchimie de ses personnages, la série avait eu tôt fait de conquérir la nation. Contre toute attente, quiconque la regardait tombait aussitôt sous son charme, captivé par son scénario, pourtant classique, d'amour impossible à la « tu veux ou tu veux pas ». Une deuxième saison fut aussitôt commandée. Le temps du tournage, Frankie, Joe, et Amber, qui venait d'agrandir la famille, avaient été relocalisés dans un hôtel voisin, le confortable Colworth Manor. Ils y avaient largement trouvé leur compte.

Lors de sa diffusion, la deuxième saison éclipsa la première. *Next to You* était devenu un véritable phénomène de masse. Les épisodes rivalisaient d'effets comiques et l'attirance tacite entre les deux héros, Charles et Maggie, faisait plus que jamais soupirer dans les chaumières. La rumeur disait même que les acteurs entretenaient dans la vraie vie une relation amoureuse. William Kingscott et Hope Johnson multiplièrent les démentis, affirmèrent qu'ils étaient tous deux célibataires. Il faut dire que ni l'un ni l'autre n'aimait la publicité et qu'ils tenaient à préserver des médias leur vie privée.

N'empêche que les rumeurs allaient bon train.

Puis, moins d'une semaine avant la diffusion du dernier épisode de cette spectaculaire deuxième saison, alors que l'hystérie des fans atteignait son paroxysme, William Kingscott fut fauché par un semi-remorque dont le conducteur avait perdu le contrôle.

L'acteur fut tué sur le coup.

Le pays entier fut plongé dans un immense désarroi. En l'espace de deux ans, le petit acteur inconnu avait accédé au statut de héros national. On diffusa le dernier épisode le soir de son enterrement et les taux d'audience crevèrent le plafond. L'accident avait eu beau se produire à Edimbourg, à des kilomètres des

Bruyères, Frankie et Joe s'étaient vus dépossédés de leur maison, convertie malgré eux en une espèce de mausolée par des congrégations de fans éplorés venus en pèlerinage déposer leur gerbe dans l'allée.

Le créateur de la série annonça que l'acteur ne serait pas remplacé et qu'on ne tournerait pas de nouveaux épisodes. *Next to You* avait vécu, Maggie et Charles n'étaient plus. Hope Johnson ne s'exprima jamais au sujet de sa relation avec William, mais renonça à sa carrière, se retira de la sphère publique et entama une vie de recluse.

Et, si les pèlerinages de pleureurs finirent par s'espacer, la Villa Ormond continua d'exercer sur les esprits une réelle fascination. Au fil des ans, *Next to You* accéda au statut de série « culte », tout le pays la connaissait. La généralisation des chaînes câblées en fit perdurer la popularité et assura son succès outre-Manche. Bientôt, des fans vinrent de l'étranger admirer la villa, s'immortaliser les uns les autres devant le célèbre décor, voire sonner à la porte et demander une visite guidée.

Ils n'étaient pas méchants, ils le demandaient poliment, et Frankie, bonne pâte, n'avait pas le cœur de refuser. Mais cela lui prenait un temps fou. En plus, dans la deuxième saison, le personnage de Maggie transformait le rez-de-chaussée en café afin de gagner un peu d'argent. Les visiteurs ne manquaient jamais de lui demander où il se trouvait et ne cachaient pas leur déception lorsqu'ils apprenaient que le café en question n'existait plus.

Si bien qu'à la longue, Frankie céda. Elle ouvrit son propre café. Entre-temps, Amber avait cinq ans, elle allait à l'école, et Frankie disposait de plus de temps libre. Désormais, elle ne se contentait plus de sourire poliment aux touristes et de prendre son mal en patience. Elle se réjouissait sincèrement de leur venue et les accueillait dans les formes.

Douze ans plus tard, ils continuaient d'affluer et faisaient toujours tourner son café. Le décor de la série avait été scrupuleusement reconstitué et l'un des murs s'ornait de photos et d'accessoires-souvenir. Seule entorse à l'original « Maggie's Café » était devenu, sur l'écriteau, dans le jardin, « Frankie's Café ».

Frankie se ménageait, elle ouvrait boutique de onze heures à seize heures, quoiqu'il lui arrivât de faire une nocturne lorsqu'un car de visiteurs l'honorait de sa présence. Son travail l'occupait. Elle aimait les bavardages et la compagnie des consommateurs, d'autant plus que Joe était souvent en déplacement professionnel. En tant que directeur régional des ventes d'une marque de vêtements, il couvrait tout le Sud de l'Angleterre et passait beaucoup de temps sur la route.

— Sale bête, il a essayé de boulotter ma chemise ! s'exclama-t-il justement avec une exaspération feinte.

En passant embrasser sa femme avant de reprendre le volant, il avait croisé Bert le Jeune, le bouc qui vivait au bout d'une longe fixée à un piquet et posait fièrement aux côtés des fans (ce qui était aussi l'occasion pour lui de massacrer gaiement leurs vêtements). Joe et lui entretenaient depuis toujours une relation compliquée.

— C'est parce qu'il t'aime et qu'il est triste que tu partes, décréta Frankie.

Elle contourna le comptoir, lissa un épi sur la tête de son mari et le serra dans ses bras.

— Moi aussi, je boulotterais tes chemises, si ça pouvait te faire rester.

— Ce serait dommage, celle-là, c'est toi qui me l'as offerte. (Il l'embrassa.) Allons, ce ne sera pas long. Je serai de retour demain soir. Sois bien sage en mon absence.

— Toi aussi.

Ils plaisantaient souvent à ce sujet. Frankie clamait à qui voulait l'entendre que le secret d'un mariage heureux résidait dans ces petites séparations, à raison de deux ou trois nuits par semaine. L'absence entretient le désir…

— Beurk. Des bisous. Vous n'avez pas encore passé l'âge de ces mièvreries ?

C'était Molly qui les taquinait. Bien que le café fût encore fermé, elle avait pris la liberté d'entrer.

— Tu as raison. C'est dégoûtant. On est morts de honte, dit Joe, et d'embrasser Frankie de plus belle. En plus, à force de batifoler, je vais finir par me mettre en retard. Bon, je file, à demain. (Il gratifia tout de même son épouse d'un dernier câlin.) Salut, les filles ! Amusez-vous bien.

— On va s'éclater, oui, lui lança Molly. Ce soir, au Cygne, c'est soirée Chippendales !

Quand Joe fut parti, Frankie se tourna vers Molly :

— Dis, c'est vrai, pour le Cygne ?

— Hélas, non. Sauf si le vieux Phil boit un coup de trop et nous offre le spectacle de son corps velu.

Elles se turent un instant, frémissant à l'idée d'une telle vision d'horreur.

— Tu sais quoi ? dit Molly, pressée de changer de sujet. J'ai revu mon mystérieux voisin, hier soir.

— Celui qui a racheté la Villa Genièvre ? Eh bien raconte, qu'est-ce que tu attends ?

Frankie, ne l'ayant pas encore rencontré, était suspendue à ses lèvres.

— Il a passé la nuit chez moi. Non, ne t'emballe pas, rétropédala Molly en voyant la mâchoire de Frankie se décrocher. En fait, son histoire est très triste. Sa sœur vient de mourir et laisse derrière elle une petite fille de huit mois. Elle n'a pas de papa et c'est Dex son tuteur légal, mais il dit qu'il n'a pas les épaules. Il est sous le choc. Tu pourrais peut-être lui parler.

— Quelle horreur ! Bien sûr, qu'il passe me voir à l'occasion.

Outre ses fonctions de tenancière de café, Frankie remplissait celles d'oreille attentive et d'épaule compatissante. Cela s'était fait malgré elle ; elle avait toujours été celle qu'on venait trouver, au village, pour s'épancher. On lui confiait ses problèmes et elle vous aidait à les régler. Elle écoutait et compatissait.

— Il a disparu, précisa Molly. Il s'est endormi sur mon canapé hier soir mais ce matin, il n'y était plus. Soit il est allé faire des courses au supermarché, soit il est reparti pour Londres. Si je le croise, je lui dirai de te… aaaah… aaah… atchoum !

Molly eut tout juste le temps de fouiller dans les poches de son Barbour et d'en extraire un Kleenex avant d'éternuer. Dans sa hâte, elle avait fait tomber quelque chose. Un petit objet métallique qui, emporté par son élan, avait traversé d'une glissade la table de la cuisine. Frankie le ramassa et l'examina :

— Que c'est mignon. Attention, tu vas le perdre.

— Qu'est-ce que c'est ? Montre-moi.

Molly, le front barré d'un pli perplexe, tendit la main.

— C'est une grenouille perchée sur une pelle.

— Je ne l'ai jamais vue de ma vie. Elle ne m'appartient pas.

— Bizarre, elle sort de ta poche, remarqua Frankie.

— C'est fou. Comment a-t-elle atterri là ? Je n'y comprends rien…

— Tu as prêté ton manteau à quelqu'un ?

— Non.

Molly inspecta la breloque de plus près.

— En tout cas, elle est rudement jolie. Quelqu'un a dû la trouver par terre et penser qu'elle m'appartenait.

Je demanderai. En revanche, je ne m'explique pas pourquoi on me l'aurait glissée dans la poche sans m'en avertir.

— Demande à Lois, au pub, si une grenouille a été signalée comme égarée.

Frankie consulta sa montre.

— Zut, il est tard. Il faut que je m'active.

— Moi aussi, j'ai pris du retard dans mon travail hier soir.

Sur le seuil, elle se retourna :

— Si Dexter accepte de te parler, je t'appellerai.

Mais le soir venu, la Porsche jaune poussin n'était pas reparue. Le nouveau voisin avait manifestement décidé de rentrer à Londres et de gérer seul ses ennuis.

Au village, personne n'avait perdu de grenouille en or. Nul ne savait d'où elle provenait.

11

La maison de Laura, à Islington, qui n'était autre que celle de leur enfance, contenait encore toutes ses possessions ; pourtant, elle paraissait affreusement vide. Dex avait l'impression d'être prisonnier d'un cauchemar dont il ne parvenait pas à se réveiller. Chaque fois que la réalité le heurtait de nouveau de plein fouet, il avait envie de supplier : « Assez, faites que ça cesse, pitié. »

C'était impensable mais cela ne cesserait jamais.

En pilote automatique, il erra de par les pièces familières. L'assistante sociale lui avait suggéré de venir chercher des affaires dont Delphi avait besoin pour son séjour en famille d'accueil. Quelles affaires, au juste ? Dex n'en avait pas la moindre idée. Il fourra donc dans un cabas quelques poignées de vêtements et deux ou trois peluches, sans savoir s'il s'agissait ou non des préférées de la petite. Il avait vu sa nièce jouer avec le petit caneton jaune qui couinait lorsqu'on l'agitait à Noël. Pour le reste, il faudrait se fier au hasard.

C'était lamentable. Pauvre Delphi. Comme s'il n'était pas assez tragique qu'elle ait perdu sa maman, voilà que son incapable de tonton n'était même pas fichu d'identifier son doudou.

Laura lui manquait-elle ? Sans doute. Avait-elle perçu l'ampleur du drame ? D'après l'assistante sociale, Delphi était plutôt calme, bien qu'elle semblât parfois chercher désespérément un visage. Elle avait quelques crises de larmes mais se portait relativement bien ; sa famille d'accueil était aux petits soins et Delphi s'adaptait bien. C'était plutôt rassurant. Il ne supportait pas l'idée qu'un nourrisson impuissant pût se sentir aussi démuni que lui.

Il fit halte dans la nursery. Par la fenêtre, il vit, garée dans l'allée, la vieille Ford Escort dont Laura était si fière, malgré son grand âge. Bientôt, réalisa soudain Dex avec angoisse, il lui faudrait trier toutes les possessions de sa sœur. Une nouvelle lame de douleur s'abattit sur lui.

Laura, je ne veux pas ! Reviens, reprends les rênes, je t'en prie...

Au rez-de-chaussée, la sonnette retentit et Dex, qui avait les nerfs en pelote, fit un bond. Pendant l'espace d'une seconde, égaré, il crut que c'était Laura qui avait oublié ses clés.

Il dévala l'escalier, son cabas à la main, et ouvrit la porte d'entrée.

— Tiens, le petit Dexter ! Ça fait une éternité.

C'était Phyllis, qui habitait la maison voisine depuis cinquante ans. Son visage fripé s'auréolait de cheveux blancs duveteux comme les aigrettes d'un pissenlit.

— Laura est là, mon garçon ? Je lui avais demandé de m'acheter des timbres, l'autre jour, et elle a oublié de me les apporter, or il faut que je paie ma facture d'électricité.

Il ne pouvait pas lui annoncer la nouvelle sur le perron. Dex n'avait pas le choix, il invita Phyllis à entrer et lui prépara une tasse de thé avant de se lancer. Quoi de plus cruel que de faire pleurer une octogénaire ?

— Mon Dieu, c'est affreux ! Une gentille fille comme elle...

La vieille dame sortit son mouchoir de la manche de son gilet ; ses doigts noueux tremblaient. Elle tamponna ses yeux pâlis par les ans.

— Et Delphi, la pauvre petite... Qui va prendre soin d'elle, à présent ?

— Ça va, vieux ?

Henry, vêtu de son éternel costume gris froissé, le considérait d'un air inquiet.

— À ton avis ?

Il était midi et Dexter n'était toujours pas habillé. Quand l'interphone avait sonné, il ne dormait pas mais il était encore au lit. Il s'était contenté d'enfiler péniblement un vieux jean.

Frottant son torse nu, il eut un mouvement las du menton en direction de la cuisine.

— Fais comme chez toi. Qu'est-ce qui t'amène ?

Ils travaillaient ensemble depuis des années et, avec le temps, il s'était noué entre eux une improbable amitié. Henry Baron, trente-sept ans, appartenait à cette catégorie d'individus qu'on juge souvent à la va-vite. Avec son mètre quatre-vingt-dix et ses muscles saillants, il attirait l'attention, et particulièrement celle des femmes. Elles lui trouvaient une forte ressemblance avec Denzel Washington, dans le rôle d'un de ces boxeurs rebelles sans instruction gravissant les échelons à la force du poing.

En fait, comme Dexter avait fini par le découvrir, la réalité était tout autre. Brillant et réfractaire à toute violence physique, il avait été le souffre-douleur de ses camarades dans l'établissement chaud où il avait fait sa scolarité. Par la suite, il avait étudié les mathématiques et la psychologie et était sorti major de sa promo. Les croqueuses d'hommes le terrifiaient et il luttait depuis toujours contre son bégaiement. Avec succès, la plupart du temps. Au boulot, il se démarquait de ses collègues. Henry était calme, discret, consciencieux et, en un mot, gentil. C'était un brave type, un bon gros géant.

Mais, en l'occurrence, à cet instant, Dex n'avait aucune envie de sa compagnie.

Il serait fichu de le refaire pleurer.

— Tu n'es pas revenu travailler, constatait-il à présent. Ton portable est éteint. On s'inquiète, au boulot.

Bien sûr. Dex haussa les épaules :

— Pas la peine. Je m'accroche.

— Comment ça s'est passé, hier ? Pardon, c'était une question idiote, se reprit aussitôt Henry.

Dexter poussa un grand soupir. L'enterrement avait été aussi pénible que prévu. Au moins, c'était terminé. Les amis et les proches de Laura lui avaient dit adieu, une page s'était tournée. Mais pas pour Dexter.

— Effroyable, répondit-il. Tout le monde pleurait et parlait de la tragédie que vivait la petite Delphi. Ils n'arrêtaient pas de me demander ce qu'elle allait devenir. Je leur ai dit que je n'avais pas encore pris de décision définitive mais qu'en attendant, une famille d'accueil prenait soin d'elle. Ils m'ont tous dit que c'était la meilleure solution, qu'elle serait plus heureuse comme ça, que des tas de familles rêveraient de l'adopter et pourraient lui offrir une vie merveilleuse, puisque je ne peux évidemment pas m'en charger moi-même.

Dex se tut un instant et se massa les tempes. Il avait la migraine.

— Ça m'a mis hors de moi. Comment ça, je ne pourrais pas m'en charger moi-même ? Et pourquoi pas ? Alors ils m'ont sorti toute une liste de raisons, ou plutôt de prétextes bidon. Les mêmes que je ressasse depuis une semaine, et d'accord, certains sont valables, n'empêche qu'il y a quelque chose qui me turlupine...

On ne l'arrêtait plus. Toutes les pensées qu'il remâchait se déversaient soudain comme si un barrage avait cédé.

— C'est moi qu'elle avait nommé, Henry. Laura m'avait désigné, moi, pour être son tuteur légal. Si je me défile, j'aurai l'impression de la trahir. Mais quand j'ai dit ça à ses amis, après l'enterrement, tu aurais dû voir leur tête. Je n'avais pas plus tôt évoqué la possibilité d'élever moi-même la petite qu'ils se sont mis à me sermonner comme un gamin déraisonnable qui se figure qu'il va devenir champion de foot.

— Ils ont raison, et tu le sais, dit Henry. Mais c'est désagréable à entendre.

Voilà qu'Henry s'y mettait, lui aussi. Il se rangeait dans leur camp. Ça alors.

— Je suis parfaitement capable d'élever un enfant si j'en ai envie, nom d'un chien, affirma Dex.

— Hé, ne te fâche pas. Je te dis franchement ce que j'en pense, c'est tout. (Il leva les mains.) Tu serais débordé.

— Mis au pied du mur, je me débrouillerais.

— Ce n'est pas un boulot pour toi, Dex.

— Je suis trop superficiel et égoïste ? C'est ça ?

— Ne déforme pas mes propos, répondit doucement Henry. Mais je te rappelle que je suis diplômé de psycho. Tu viens de me décrire la façon dont tu te perçois, toi.

— Je t'emmerde, Henry.

Il s'était déjà dépeint en ces termes à sa voisine, aux Bruyères, une semaine auparavant.

— J'essaie de t'aider, se défendit Henry. Ce qu'il faut que tu comprennes, c'est que tu n'as aucune raison de culpabiliser ou de t'accabler de reproches. Tout le monde n'est pas taillé pour la paternité.

— Selon toi, je ne suis pas fait pour ça ?

— Exactement. Ne serait-ce que parce que tu travailles soixante heures par semaine.

— Je pourrais prendre une nounou.

— Pour commencer, il t'en faudrait deux. Une pour la journée, et une pour tes folles soirées.

— Et alors ? J'en embaucherai deux.

— Puis tu coucheras avec l'une, et l'autre sera jalouse. Elles finiront par se crêper le chignon et te planter toutes les deux avec la petite sur les bras. Tu te pointeras le lendemain au bureau avec ton porte-bébé…

— C'est le boulot qui t'envoie, pas vrai ? Pour savoir quand je compte revenir ?

Henry ne nia pas :

— C'est vrai.

— Ils n'en ont rien à cirer.

— Mais si, seulement…

— Tout ce qu'ils veulent, c'est que je leur rapporte des contrats, que je lèche les bottes de leurs clients, que je me tue à la tâche et leur fasse gagner des paquets de fric.

— Tu en empoches pas mal au passage, il me semble, remarqua Henry, qui ne perdait pas le nord.

Mais Dexter n'était pas d'humeur à entendre raison. En une fraction de seconde, sa décision était prise. Il sortit du réfrigérateur une bouteille de Perrier, en but quelques gorgées, puis déclara d'un ton sans réplique :

— Dis-leur que je ne reviendrai pas. Je démissionne. Effectif immédiatement.

Henry poussa un soupir :

— Tu ne le penses pas vraiment…

— Si, je le pense. Il y a plus important dans la vie.

Soudain, les doutes et la culpabilité s'envolèrent comme par magie. Et il se sentit soulagé d'un grand poids.

— Maintenant, Dexter, tu vas m'écouter. Qu'est-ce que tu t'imagines ? Que tu vas te pointer chez la famille d'accueil et exiger qu'on te remette Delphi comme un plat à emporter ? Ça ne marche pas comme ça, Dex.

— Je suis au courant, merci.

Zut. C'était précisément ce qu'il s'était imaginé. Dex sentit la panique sourdre en lui.

— On ne refile pas un enfant à n'importe qui, poursuivait Henry. Il faut d'abord que tu prouves que tu peux faire un bon père.

— Ah oui ? Mais comment ?

Pourquoi Henry s'évertuait-il à le malmener de la sorte ?

Ce dernier esquissa un sourire.

— Commence par surveiller ton langage.

— Je crois que tu as un admirateur, dit Molly.

— Hein ? fit Amber en astiquant avec énergie la table voisine.

La fille de Frankie donnait parfois un coup de main au café, le dimanche, en période d'affluence.

— Le garçon, là-bas, dit Molly. Je l'épie discrètement depuis tout à l'heure. Il ne te quitte pas des yeux.

— Bof, ce n'est pas mon genre.

À dix-sept ans, Amber ne jurait que par les tatoués à cheveux longs fans de heavy metal.

— Il est trop propre sur lui, précisa-t-elle, amusée que Molly ait pu le croire à son goût.

Effectivement, il aurait pu figurer dans une publicité pour du dentifrice. Soigné, mignon, c'était l'archétype du gendre idéal. Sa mère avait plutôt envie de pousser les garçons qu'Amber ramenait à la maison tout habillés dans un bain de désinfectant.

Amber disparut en cuisine et Molly reprit son travail. Parfois, pour se changer les idées, elle venait dessiner au café.

Dix minutes plus tard, elle trouva la chute parfaite à son épisode de Boogie & Boo et leva les yeux, un grand sourire aux lèvres. Le garçon propret, qui regardait justement dans sa direction, crut qu'il lui était adressé. Molly s'empressa de le détromper :

— Pardon. N'ayez pas peur, ce n'est pas à vous que je souriais.

— Je vous en prie. Je me demandais ce que vous dessiniez.

Il avait une voix agréable et de bonnes manières.

— Une BD, le renseigna Molly en agitant son carnet à dessin.

— Vraiment ? Je peux voir ?

Molly opina et le garçon s'approcha pour admirer son œuvre.

— Hé, mais c'est Boogie & Boo ! Vous êtes douée.

Il plissa les yeux, inspecta les croquis de plus près.

— C'est fou, on dirait presque l'original. Vous devriez contacter le dessinateur, histoire de le remplacer les jours où il est malade.

Molly, qui signait ses bandes « M. Hayes », précisa sans se départir de son sérieux :

— Merci. Mais en fait, le dessinateur, c'est moi.

— Oh, pardon...

Le garçon s'empourprait, mortifié.

— Ce n'est rien. Ce n'est pas comme si vous veniez de critiquer mon travail. Ça fait toujours plaisir, les compliments.

— Quand même... Quoi qu'il en soit, je suis honoré. J'aime beaucoup ce que vous faites.

Il se pencha de nouveau sur le carnet et une mèche châtain lui tomba devant les yeux.

— Vous en avez, de la chance, de savoir dessiner...

Molly n'était pas du genre à alpaguer le client mais en l'occurrence, on lui tendait une perche :

— Je donne des cours du soir, si ça vous tente.

— Vraiment ? Super ! Où ça ?
— Ici même.
— Oh.
Le garçon semblait tiraillé.
— Les cours ont lieu tous les lundis. On s'amuse bien.
Molly pivota sur sa chaise :
— Amber ? Il me reste des cartes de visite derrière le comptoir ?
En entendant le prénom d'Amber, le garçon se raidit et détourna le regard tandis qu'elle farfouillait dans le tiroir près de la caisse.
— Quelques-unes. Il t'en faut une ?
— Je veux bien, merci.
Molly se retourna face à son interlocuteur :
— Eh voilà. Va donc la chercher.
Il s'exécuta, marmonnant un timide « merci » quand la jeune fille la lui remit. C'était trop mignon.
— Tu habites dans le coin ? demanda Molly pour le détendre.
— Euh, plus ou moins.
— En ce cas, n'hésite pas à passer lundi entre sept et neuf heures. Tu sais où nous trouver.
— Oui, d'accord. Bon, je ferais mieux d'y aller.
Évitant toujours le regard d'Amber, il vida son expresso d'un trait. Puis il glissa la carte dans la poche de son jean et décocha à Molly un sourire furtif :
— Merci.
— Je t'en prie. Amber participe souvent aux cours. On n'est pas qu'un tas de vieux croûtons. J'espère te voir la semaine prochaine.
Elle ne faisait de mal à personne en jouant les Cupidon. Frankie serait ravie de voir sa fille fréquenter un type qui ne soit pas troué de piercings de la tête aux pieds, pour une fois.

— Bien essayé, commenta la jeune fille en suivant des yeux l'inconnu. Mais il ne me plaît toujours pas.

— Pourtant, il a l'air si gentil…

Molly se mordit la langue. C'était la dernière chose à dire à une ado.

— C'est bien là le problème, rétorqua cette dernière en levant les yeux au ciel.

12

Dex était effondré. Henry avait vu juste, les services sociaux ne plaisantaient pas avec les bébés. Avant d'en confier la garde à quelqu'un, ils le mitraillaient de questions, noircissaient des pages et des pages de notes sur son compte, remplissaient des dizaines de formulaires sibyllins… Le tout en avalant les litres de thé qu'il leur préparait dans sa cuisine futuriste étincelante de propreté.

Perdrait-il des points s'il le laissait trop infuser ?

Certaines des assistantes étaient tout à fait du goût de Dexter, mais quelque chose lui disait qu'il valait mieux contrôler sa tendance naturelle au flirt. Un bébé de neuf mois représentait une sacrée responsabilité, il devait tout mettre en œuvre pour inspirer confiance. Ainsi jouait-il avec brio les adultes mûrs, fiables et posés.

Il n'avait dérapé qu'une seule fois, quand on lui avait demandé comment il ferait avec la petite et sa poussette si les ascenseurs de son immeuble tombaient en panne. Il avait eu le mauvais goût de plaisanter : « Je la ferai descendre par la fenêtre à l'aide d'une poulie. »

À ce faux pas près, il faisait plutôt bonne impression. En outre, il trouvait ses évaluatrices assez sympathiques. Elles étaient de son côté, faisaient leur possible pour l'aider. Elles avaient même encaissé vaillamment le coup en découvrant que le four était plein de vaisselle et que Dexter ne savait pas l'allumer.

« Dans le doute, va au restau », telle était sa devise depuis des années, et il n'avait jamais eu à s'en plaindre.

— Vous ne pourrez pas emmener la petite au *Ritz* tous les soirs, vous savez, l'avait taquiné Jen, la plus jeune de l'équipe.

Si elle disait vrai, il y avait de quoi s'alarmer. Mais Dex ne voyait pas de raison de s'en priver. À moins que… Soudain, son sang se glaça. Les enfants étaient-ils admis dans les restaurants ? Si on les habituait très jeunes, ils apprenaient sûrement à bien se tenir en société, n'est-ce pas ?

Bien sûr, il fit quelques entorses à la vérité. Il ne s'attendait pas à ce qu'on lui demande le nom de trois personnes pouvant se porter garant de sa fiabilité. Trois personnes qui le fréquentaient depuis au moins cinq ans. Par chance, cela éliminait d'emblée toutes les filles avec qui il était sorti, qui n'auraient sans doute pas brossé de lui un portrait très flatteur. Après de longues hésitations, il avait sollicité Henry, un autre copain, un type marié au grand cœur incapable de dire du mal de qui que ce soit, et Phyllis, la chère vieille voisine de Laura qui aimait tant mitonner des gâteaux pour son cher petit Dexter, qu'elle voyait toujours comme le gamin jovial qui promenait son chien pour se faire de l'argent de poche. Quand il lui avait demandé de lui rédiger une lettre de recommandation, elle avait paniqué, aussi avait-il fini par lui en dicter lui-même les termes. Il n'allait pas rater cette occasion de se présenter sous son meilleur jour.

Et c'est ainsi que, petit à petit, les obstacles se mirent à tomber. Il franchit épreuve après épreuve et voyait se rapprocher la ligne d'arrivée. Les semaines défilaient et l'impossible commençait à se concrétiser. Dex avait démissionné et se sentait comme en vacances. La famille d'accueil temporaire de Delphi, à Islington, continuait de s'en occuper et manifestement la petite s'y plaisait. Chaque fois qu'il lui rendait visite et qu'elle le reconnaissait, il se sentait pousser des ailes. Il suffisait que sa petite frimousse s'éclairât à sa vue pour dissiper tous les doutes de Dex. Il avait fait le bon choix.

Même quand elle buvait trop vite son lait et le recrachait partout sur sa chemise, Dex en restait persuadé. Ce n'était pas sa faute et la petite ne pouvait pas deviner qu'il ne portait que des Armani.

Pas sa faute non plus si sa mère était morte. Par chance, elle vivait pour le moment dans une ignorance béate de ce terrible malheur.

Dex avait pris sur un coup de tête une décision qui allait bouleverser sa vie entière, et pour de bon. Il le savait. Tantôt, cette idée l'excitait, tantôt l'énormité de l'entreprise lui glaçait les sangs. Mais il était trop tard pour faire machine arrière. Et puis, il devait respecter les dernières volontés de Laura.

Bien entendu, elle n'avait pas souhaité mourir, bien entendu, elle aurait voulu vivre et élever sa petite fille. Mais, dans la mesure où c'était impossible, Dex allait être obligé de prendre le relais et d'apprendre sur le tas à faire un bon parent de substitution.

Et qu'on ne vienne pas lui faire de reproches. L'aventure lui coûtait beaucoup de sacrifices. La famille d'accueil de Delphi avait froncé les sourcils en le voyant débarquer au volant de sa Porsche jaune poussin, mais il avait devancé toute réflexion :

— Pas de panique, je vais la vendre.

Au grand soulagement de Mel, l'assistante sociale qui avait organisé l'entrevue :

— Excellente initiative. Procurez-vous un véhicule plus… pratique.

— C'est noté, avait opiné Dex. Justement, cela faisait longtemps que je lorgnais sur une Ferrari.

Mel, qui commençait à le connaître, se contenta de répliquer :

— Et pourquoi pas une Fiat Panda, plutôt ?

Cet échange avait eu lieu quinze jours plus tôt. Dex n'avait pas encore vendu sa Porsche, mais c'était au programme. Dans l'immédiat, il attendait la visite d'un spécialiste des risques sanitaires et sécuritaires qui venait inspecter son appartement. Eh oui, Dex allait pénétrer de plain-pied dans un univers de protège-prises, de verrous à frigo et de barrières de sécurité.

On sonna à l'interphone. Dex appuya sur le bouton.

— Mel, c'est vous ?

— Non, c'est bien mieux ! C'est Beebee, mon chou.

Qui ? Catastrophe, la folle aux gros seins ! Celle rencontrée en ce soir fatidique… Dex se rembrunit :

— Comment sais-tu où j'habite ?

— Je suis maline ! (Elle gloussa.) Non, je rigole. J'ai croisé ton pote Kenny, celui de la soirée. Je lui ai dit qu'il fallait que je te parle de toute urgence. Il m'a donné ton adresse. Je peux monter ?

— C'est-à-dire que j'attends quelqu'un… C'est quoi, cette histoire d'urgence ?

— Un secret, gazouilla-t-elle.

Pour couronner le tout, elle était soûle. À en juger par le son de sa voix, elle devait sortir d'un déjeuner copieusement arrosé.

— Une autre fois, dit Dexter.

Ou, mieux, jamais.

— Non, non, non, il faut que je te voie tout de suite. Ouvre-moi, geignit Beebee. Steuplaît…

— Écoute, tu tombes vraiment mal.

— Je m'en fiche, si c'est comme ça, je reste là jusqu'à ce que tu changes d'avis.

Pitié...

— Ne bouge pas, je descends.

Au rez-de-chaussée, Dex sortit de l'ascenseur mû par la ferme intention de chasser sans ménagements son indésirable visiteuse.

Malheureusement, Beebee, elle, ne l'entendait pas de cette oreille.

Pour corser la situation, Mel venait d'arriver et de sonner chez Dex. Tandis que ce dernier traversait le hall de marbre gris, il vit Beebee, une bouteille de champagne à la main, aborder l'assistante sociale. Apercevant Dex, elle fondit sur lui :

— Dex ! Je suis tellement contente de te revoir.

Puis, elle l'embrassa sur la bouche avec un bruit de ventouse. Au passage, sa bouteille alla heurter la porte de verre qui se refermait.

— T'inquiète, je lui ai demandé, elle m'a confirmé qu'elle n'est pas ta nouvelle copine. Tu vois, j'ai pris mes précautions. De toute façon, elle n'est pas ton genre...

Beebee baissa la voix d'un demi-décibel :

— T'as vu ses chaussures ? Trop moches.

— Beebee, tu ne peux pas entrer. J'ai un rendez-vous important avec...

— T'emballe pas, mon chou, écoute-moi d'abord. Tu n'as pas idée de l'état dans lequel je suis par ta faute.

Elle secoua sa crinière et lui exhala au visage son haleine éthylique.

— Depuis que t'es parti de la fête, l'autre soir, j'arrête pas de penser à toi. Le coup de foudre, tu connais ? C'est ça que je ressens, là-dedans

Et de se plaquer avec emphase la main sur le cœur.

— J'ai su tout de suite que t'étais l'homme de ma vie. Sauf que l'autre pétasse a tout gâché, tu n'as pas eu l'occasion d'apprendre à me connaître, alors il faut qu'on reprenne depuis le début, toi et moi...

— Mel, je suis confus...

Dex adressait une moue contrite à l'assistante sociale qui affichait pour sa part son masque impénétrable de pro qui en a vu d'autres.

— Je vous en prie, répondit-elle.

— Ha, tu vois ? (Beebee laissa retomber sur l'épaule de Mel une claque triomphale.) Je savais que ça ne la dérangerait pas. C'est comme au cinéma. Parfois, il faut forcer le destin, sinon, on risque de louper sa chance. Bon, on va chez toi, maintenant ?

— Non, répondit Dex d'un ton ferme.

— Alleeeeez, juste un petit peu, en plus j'ai envie de faire pipi.

— Écoute, c'est impossible, je...

— Dex, je suis prête à tout, je ne partirai pas tant que tu ne m'auras pas fait monter chez toi.

Et, haussant la voix, les yeux exorbités, elle ajouta :

— Si tu me plantes, je fais pipi par terre.

— Nous ferions mieux de la laisser monter, dit Mel d'une voix mesurée. Vous ne croyez pas, Dexter ?

Était-il en train de perdre des points ? Sous sa façade impénétrable, que pensait donc l'assistante sociale ?

Dans l'ascenseur, Beebee détailla Mel.

— Tu sais quoi ? Si tu t'arrangeais un peu, tu ne serais pas si mal.

— Merci, répondit Mel gravement.

À la seconde où elle eut disparu dans la salle de bain, Dex entreprit de se répandre en excuses :

— Je suis navré. Je ne l'ai croisée qu'une fois. Ce n'est pas ma copine. Je n'en reviens pas qu'elle se soit pointée comme ça...

Évidemment, lors de l'évaluation de son mode de vie par l'équipe des services sociaux, Dexter s'était dépeint comme un casanier menant une vie rangée, mais Beebee et son numéro le décrédibilisaient sérieusement. Il était dans le pétrin. Accessoirement, il allait tuer ce crétin de Kenny.

— Détendez-vous. Je vais faire du thé.

Du thé ? Dites plutôt un whisky.

— Ouf, ça va mieux ! s'exclama Beebee, déjà de retour.

Elle s'avança en titubant dans la cuisine, ajustant d'une main sa minijupe tout en rempochant de l'autre un tube de rouge à lèvres. Pensait-elle vraiment que se tartiner la bouche d'une épaisse couche de glu fluo allait faire monter sa cote ?

— Bon, on a une réunion importante, répéta Dex en indiquant Mel. Il faut que tu t'en ailles.

— Mon tyran…

Sourde à ses protestations, elle fit joyeusement sauter le bouchon du champagne et décocha à Mel un sourire béat :

— Il est fou de mes nichons, vous savez. Il les adore.

— C'est faux, nia Dex.

— Ne dis pas de sottises. J'ai tout de suite su que c'était un vilain garçon. On était trois à se battre pour lui, c'était chaud. Mais comme je le disais tout à l'heure, quand on tombe sur le bon, faut pas le laisser filer. Même s'il a une réputation de coureur de jupons.

Dex était effondré.

— Moi, coureur ? s'offusqua-t-il.

Il leva vers Mel un regard implorant :

— Elle délire.

— C'est pas moi qui le dis, c'est ton pote Kenny. D'après lui, t'as couché avec toutes les filles de

Londres. Mais ne me regarde pas comme ça, ce n'est pas grave, le rassura Beebee. Au contraire, avec autant d'entraînement, tu dois être un coup d'enfer...

Il parvint à la mettre dehors, mais seulement après qu'elle eut avalé, seule et au goulot, la moitié du contenu de sa bouteille de Bollinger, et proposé de revenir plus tard pour lui faire passer une nuit endiablée. En guise d'au revoir, elle suggéra à Mel des injections de Restylane dans la plante des pieds.

— Avec ça, vous pourrez porter des Louboutin toute la journée. Essayez, vous verrez, vous me remercierez.

— Désolé, marmotta Dex quand elle fut enfin partie.

— Il n'y a pas de mal, dit Mel avec un sourire fugace.

Dex se serait senti plus tranquille si l'assistante sociale n'avait pas été occupée à noircir de notes une page de son cahier d'observations. Elle le referma d'un coup sec avant que Dex ait pu déchiffrer ce qu'elle y avait écrit.

— Je lui ai dit que je l'appellerai, mais c'était pour m'en débarrasser. Je n'ai aucune intention de le faire.

— Cela va de soi, approuva Mel. Puis-je vous poser une question ? Cette remarque au sujet de vos... nombreuses conquêtes ?

— Pure affabulation. Enfin... j'ai eu quelques histoires, admit Dex.

Il se tut. Quand Mel le fixait de la sorte, il se sentait presque hypnotisé et finissait toujours par lui avouer la vérité.

Ce qui, en l'occurrence, n'aurait pas été une bonne idée.

— Quelques histoires, vous dites ? s'enquit-elle d'un ton dangereusement suave.

— Bon, peut-être un peu plus que la moyenne.

Un frisson lui parcourut la nuque, et il paniqua. Allait-elle lui demander le nombre exact de... ?

— Respirez, Dexter. Je ne suis pas un monstre. J'essaie simplement de vous faire comprendre que certains aspects de votre vie vont devoir changer du tout au tout si l'on vous confie effectivement la garde de l'enfant. Je ne suis pas là pour vous donner des leçons de morale, mais pour m'assurer que vous saisissez les enjeux de la situation.

— Parfaitement.

Hochant la tête, Dex tripotait nerveusement la manche de sa chemise. Mel poursuivit patiemment :

— Vous n'êtes pas sans savoir que, dans le cas d'une adoption par un membre de la famille, le statut marital n'est pas considéré comme un critère pertinent. Les célibataires ne sont pas pénalisés. Mais vous devez penser au bien-être de l'enfant, Dexter. Delphi a besoin de stabilité. Imaginez la confusion qu'elle éprouverait dans un foyer où défileraient sans cesse de nouvelles jeunes femmes…

— Cela n'arrivera pas. Cette époque est révolue.

Dex disait ce qu'on attendait de lui avec autant de conviction que possible.

— Je n'accueillerai plus de jeunes femmes sous mon toit, jamais. Promis.

Mais Mel ne le croyait pas, cela se voyait à son regard.

— Quoi qu'il en soit, je suis sûre que vous saisissez mon propos.

Elle marqua une pause, le temps d'inscrire quelques informations supplémentaires dans son carnet.

— J'avais une autre question à vous poser aujourd'hui. Pouvez-vous compter sur votre entourage pour vous aider en cas de besoin ?

Étant donné les circonstances, Dex résolut de ne pas répondre « je peux compter sur Kenny pour m'attirer des ennuis ».

— Eh bien, vous m'avez dit de ne pas hésiter à vous appeler si j'avais besoin d'un renseignement, dit-il.

Et c'était tant mieux, puisqu'il y avait de fortes chances pour que cela se produise souvent.

— Bien sûr, les services sociaux sont à votre disposition, confirma Mel, mais je pensais en l'occurrence à votre entourage immédiat.

Elle désigna la porte d'entrée.

— Vous vous entendez bien avec vos voisins ? En cas d'urgence, seraient-ils prêts à vous dépanner ?

Clairement, la bonne réponse était « oui ». Mais la vérité, c'était que... non. L'appartement à la gauche de celui de Dex était occupé par une call-girl de luxe et celui de droite par un haut magistrat. Lequel rendait parfois visite à la call-girl, tard, le soir. Un détail que Dex était vraisemblablement le seul à connaître mais, en tout état de cause, il se voyait mal leur confier un bébé dans une situation de crise.

— Peut-être, articula-t-il prudemment.

Son immeuble était fastueux et cossu mais pas franchement chaleureux. Il n'invitait guère aux relations de bon voisinage entre résidents, tout au plus invitait-il aux relations tarifées entre magistrats et prostituées. Et, si Dex allait frapper aux portes pour se présenter et les évaluer en tant que soutien potentiel dans les cas d'urgence ?

— C'est précieux, un bon voisin, vous savez, reprit Mel. Cela peut s'avérer très utile.

Elle dévisagea Dex, interloquée.

— Qu'avez-vous ?

Comme certaines odeurs, les mots de l'assistante avaient fait ressurgir un souvenir. Par l'immense baie vitrée, il avait une vue panoramique du quartier ultramoderne de Londres, du fleuve gris acier à ses pieds, et de Canary Wharf, avec sa foule anonyme d'employés se pressant en tous sens comme autant de fourmis.

Un bon voisin...

Ne vous tracassez pas. Ça sert à ça, les voisins...

À voix haute, il s'interrogea :

— Je ne peux pas élever un bébé dans cet appartement.

Et s'il sautait le pas ? S'il emménageait aux Bruyères ?

— Dexter, pas de panique. Tout va bien. Vous pouvez parfaitement élever un enfant ici, rien ne s'y oppose.

Il hocha la tête, toujours perdu dans ses pensées.

Pourquoi pas ? Rien ne le retenait plus ici...

Mel commençait à s'inquiéter :

— Dexter, ça va ? Vous avez l'air préoccupé.

— Très bien ! s'exclama-t-il, radieux, soulagé.

Oui, c'était là la clé, la conduite à adopter. Un nouveau départ, voilà ce dont ils avaient besoin, Delphi et lui. Loin des tentations de la grande ville, de sa vie de vices et de voluptés.

Un seul mystère demeurait entier : comment n'y avait-il pas pensé plus tôt ?

13

Le problème, quand on passe des heures perché sur un tabouret et voûté au-dessus d'une planche à dessin, c'est qu'on finit avec les épaules et les cervicales en vrac. Lorsqu'on s'applique à perfectionner un croquis, qu'on se laisse absorber par sa tâche, on tend à négliger la douleur jusqu'à ce qu'il soit trop tard.

C'est ce que Molly constatait, une fois de plus.

Elle reposa son feutre noir, se cambra, étira les bras et attrapa son baladeur. Danser un peu l'aiderait à délasser ses muscles ankylosés. Elle avait bien avancé, ce matin. En quatre heures seulement, elle avait bouclé deux épisodes de la série Boogie & Boo, et déjà une nouvelle idée germait dans son esprit. Quelle productivité ! Elle enfila ses écouteurs et monta le son à fond, sauta à bas de son tabouret, sélectionna la chanson idéale et... c'est parti !

— Et voilà, on y est, annonça Dex. C'est notre nouveau chez-nous. Qu'est-ce que tu en dis ?

Dans ses bras, Delphi extirpa deux doigts de sa bouche et déclara :

— Arreeeeuuuuh...

— Merci beaucoup.

Il lui tira la langue tandis qu'elle essuyait allègrement ses doigts baveux contre sa joue. Avant que la petite ne fasse irruption dans sa vie, jamais au grand jamais Dexter n'aurait imaginé permettre un jour à quiconque de lui faire cet affront. Alors qu'au fond, ce n'était pas si dégoûtant qu'il l'aurait cru. À moins que ce ne fût la puissance de son amour pour Delphi qui ne l'aidât à surmonter sa répulsion.

Souriant de toutes ses gencives, elle tenta de s'emparer du lobe de son oreille gauche. Dexter contra en faisant mine de lui mordre la main. Delphi en glapit de ravissement et enfouit sa frimousse dans son cou. Dex l'embrassa sur le sommet du crâne, inhalant au passage cette odeur de bébé qui se dégageait de ses cheveux bruns duveteux.

Six semaines auparavant, Laura était morte. Et, la veille, à l'issue de la réunion des responsables de l'attribution des droits de garde, il était devenu le tuteur légal de sa nièce. Mettant fin à des semaines d'angoisse. Il était persuadé qu'on allait le déclarer bon à rien, irrémédiablement impropre à élever un enfant, avant de le chasser du bâtiment sous les huées, mais non. La longue attente s'achevait. Delphi avait quitté sa famille d'accueil temporaire et on la lui avait confiée. Ce qui le terrifiait, mais le transportait également de joie.

— Prrrrrrtttt ! Ppppprrrrrrrtttttttt !

La bouche plaquée contre sa chemise, la petite faisait des bruits curieux en postillonnant ; elle s'en donnait à cœur joie. Dex sentit une chaleur humide transpercer le coton et se dit que pour un être aussi petit, elle produisait une quantité impressionnante de salive. Il consulta sa montre qui indiquait treize heures. Leur invité n'arriverait pas avant encore deux heures.

— Viens par ici, toi.

Il fit décoller la petite dans les airs et la jucha sur ses épaules, esquivant juste à temps un filet de bave qui s'échappait de sa lèvre inférieure.

— Bon, en route, mauvaise troupe. On a un service à demander.

— Blaaah, l'appuya Delphi.

Les Bruyères ne comptaient pas de fleuriste, aussi Dex avait-il acheté son bouquet dans la luxueuse boutique londonienne qui jouxtait son appartement. À la capitale, dans les quartiers chics, on reconnaissait un bouquet hors de prix au fil de raphia qui le nouait. En s'engageant dans l'allée, Delphi sur la hanche, Dex fut saisi d'un doute et espéra qu'aux Bruyères, au contraire, cela ne faisait pas terriblement radin.

La voiture de Molly était garée devant chez elle et la fenêtre du rez-de-chaussée était ouverte. Elle devait être là. Tant mieux. Il sonna et attendit.

Personne.

Il sonna de nouveau.

Toujours personne.

Sortait-on se promener en laissant ses fenêtres grandes ouvertes, dans ce village ? Étonné, Dex longea la façade jusqu'à la fenêtre du salon…

… et élucida le mystère.

Elle était là, ses mèches blondes rassemblées en un chignon flou au sommet de sa tête, vêtue d'un polo de rugby rayé bleu et blanc, d'un corsaire blanc et de grosses chaussettes orange. Dos à la vitre, elle se démenait au son d'une musique qu'elle seule entendait.

Dex pouffa. La devise « Danse comme si personne ne te regardait » prenait tout son sens et Molly l'incarnait à la perfection. Le plus drôle, c'était que, même sans distinguer ce qu'elle écoutait, grâce aux mouvements de sa chorégraphie, Dex devina sans peine quelle chanson, au juste, lui insufflait cette énergie de babouin hyperactif :

Y… M… C… A !

Y… C… M… A !

Elle s'emmêlait les pinceaux, c'était mignon. Elle rectifia le tir au refrain suivant.

Dans sa tête, Dex fredonnait l'air de la chanson. Delphi, pour sa part, suivait fascinée ce curieux spectacle.

Y… M… C… Oups ! Molly venait de se retourner d'un bond, bras écartés, et pila net, poussant un cri d'horreur à la vue de son spectateur. Arrachant ses écouteurs, elle resta gelée sur place, la main plaquée sur sa gorge, en pleine crise d'hyperventilation.

— Aaaargh.

Delphi, qui ne s'estimait pas satisfaite, se mit à battre des mains tel un chef d'orchestre mécontent pour que le spectacle reprenne.

— Pardon, dit Dex par la fenêtre ouverte. J'ai sonné plusieurs fois mais vous ne m'avez pas entendu.

— Normal, j'étais bien trop occupée à me couvrir de ridicule. Bon, donnez-moi le temps de reprendre mes esprits.

Les joues de Molly lui cuisaient, elle les recouvrit de ses mains. Alors, le petit paquet que portait son voisin capta son attention et, lentement, elle se fendit d'un grand sourire :

— C'est elle ? C'est Delphi ?

Dex acquiesça, touché qu'elle se souvienne de son prénom.

— En personne.

— Attendez-moi là, je viens vous ouvrir.

Molly disparut et reparut quelques instants plus tard sur le pas de la porte.

— Entrez. Je pensais ne plus jamais vous revoir. Coucou, toi ! Que tu es mimi…

Ces deux dernières phrases ne s'adressaient pas à lui, mais à la petite. Molly lui caressait la joue et lui chatouillait le menton pour la faire rire.

— Coucou, chaton ! C'est qui la plus belle ? T'en as, de beaux yeux !

Elle leva les siens sur Dex et observa :

— D'ailleurs, vous avez les mêmes. Alors, vous êtes en promenade ? On vous l'a confiée pour la journée ?

Il la suivit jusqu'à la cuisine.

— Chaque chose en son temps. D'abord, tenez, c'est pour vous.

Il lui tendit le bouquet qu'il cachait tant bien que mal derrière son dos.

— Merci pour tout. Mieux vaut tard que jamais, n'est-ce pas ?

— Il ne fallait pas, n'importe qui en aurait fait autant à ma place.

Sa modestie lui plaisait.

— Mais ce n'était pas n'importe qui, répliqua-t-il. C'était vous. Vous m'avez laissé parler pendant des heures. Vous avez été formidable, et moi, je me suis sauvé comme un voleur. Un vrai goujat.

Molly accepta le bouquet.

— Circonstances atténuantes, vous étiez en état de choc.

— N'empêche, merci. Je ne fais jamais ça d'habitude...

Il l'observa titiller l'oreille de Delphi du bout de son bouquet et cela lui plaisait qu'elle dédie son attention au bébé plutôt qu'à lui.

— D'habitude, après avoir passé la nuit chez une inconnue, vous dites « au revoir » avant de détaler ? ironisa Molly.

— Euh...

Son sens de l'humour lui plaisait aussi.

— Les dernières semaines ont dû être sacrément éprouvantes, dit-elle, reprenant son sérieux. Vous tenez le coup ?

Dex haussa les épaules.

— Ça va mieux. L'enterrement a été épouvantable mais je commence à remonter la pente. Et vous serez soulagée d'apprendre que je ne souffre plus de crises de larmes intempestives.

— Allons, allons. C'est normal de pleurer.

— Pas dans mon cas. Je n'avais pas pleuré depuis la mort de mon hamster, à l'époque, j'avais sept ans. (Il grimaça.) J'en ai encore honte à ce jour.

— Mais pourquoi ? Vous n'étiez qu'un enfant.

— Ma maîtresse m'a dit que mon hamster était monté au ciel, alors j'ai escaladé un arbre dans l'espoir de l'apercevoir. Sauf que je suis tombé et que je me suis cassé le bras. Ça m'a fait un mal de chien. J'ai pleuré, et des grands se sont moqués de moi.

Pince-sans-rire, il conclut :

— Depuis ce funeste épisode, je n'avais jamais plus versé une larme.

— Il y a de quoi traumatiser à vie n'importe quel enfant de sept ans, admit Molly, solennelle. Et Delphi, comment va-t-elle ?

— Elle est gaie comme un pinson. Cela paraît terrible, dit comme ça, mais je me réjouis qu'elle soit trop petite pour comprendre ce qu'il s'est passé.

— Oui, tant mieux, l'approuva Molly, pleine de compassion. Alors, vous la voyez souvent ?

— Jusqu'à récemment, je la voyais trois ou quatre fois par semaine…

Dex changea le bébé de hanche, fou d'amour et d'orgueil.

— … et, depuis hier, je ne la quitte plus.

— Comment ? Vous voulez dire que… ?

Comprenant enfin, Molly écarquilla les yeux :

— C'est vous qui allez l'élever ?

— Eh oui.

— À temps plein ?

— Vingt-quatre heures sur vingt-quatre, sept jours sur sept. Je sais. Je n'en reviens pas moi-même. La dernière réu d'éval a eu lieu hier. Conclusion, on a officiellement placé la mineure Delphi Yates sous ma tutelle légale.

Il débitait fièrement un jargon dont il ignorait jusqu'à l'existence moins de deux mois auparavant.

— En d'autres termes, je suis seul responsable d'un petit être sans défense.

— Mais c'est fabuleux ! s'exclama Molly. Félicitations. Et vous qui ne vous en disiez pas capable.

Il ébaucha un sourire.

— En effet. D'ailleurs, c'est vous qui m'avez fait réfléchir. Et je vous en suis reconnaissant.

— Arrêtez, vous me gênez. Je suis tout émue. (Elle se tamponna rapidement les yeux.) C'est fou, mais je suis fière de vous. Laura serait si heureuse, si elle savait. Racontez-moi tout. Que faut-il faire pour prouver sa valeur ? Les services sociaux vous font passer des tests ?

— Vous n'avez pas idée. Malgré mon lien de parenté avec le bébé, ils m'ont assailli de questions et ont passé au crible toute ma vie privée. Ils m'ont même demandé un extrait de casier judiciaire. Ça, ils ont bien fait leur boulot. Ils ont été formidables.

— Je parie que vous leur avez fait du charme. Pardon, se rattrapa-t-elle en le voyant mimer l'indignation. Mais c'est vous-même qui m'avez parlé de votre… tempérament.

— Ça, c'était avant. C'est du passé. Je me suis engagé envers les équipes de placement…

La tête de Delphi pesait soudain lourdement sur son épaule ; elle s'endormait.

— Envers les équipes, et envers moi-même. À partir de maintenant, je suis un homme nouveau. Désormais, fini la fiesta, fini les nanas. Je vous présente le Dex

2.0, celui qui sait changer une couche et qui a suivi une formation en premiers secours avec option sécurité domestique.

— Vous m'en bouchez un coin.

— Pas mal, hein ? Je suis à deux doigts de réussir à faire de la purée de petits pois.

— Je suis soufflée, bravo ! Vous allez embaucher une nounou pour vous remplacer pendant la semaine, en journée ?

— Pas la peine, j'ai démissionné.

— Pas possible ?

— Et j'ai quitté Londres, par la même occasion. Je vous présente vos nouveaux voisins.

Molly en resta pantoise :

— Vous emménagez ? C'est une blague ?

— J'ai un goût marqué pour la plaisanterie mais, en l'occurrence, je suis tout ce qu'il y a de plus sérieux. Après tout, vous m'avez chanté les louanges du village et de ses habitants.

— Et encore, ils se montrent bien plus aimables avec les résidents à plein temps.

— Quoi qu'il en soit, cet endroit me semble idéal pour élever un enfant.

— Absolument.

— Et les voisins paraissent normaux…

— … sauf celle qui se déhanche comme une idiote en écoutant…

Elle se tut abruptement.

— « YMCA », des Village People, dit Dex. Je sais.

De son bras libre, il en exécuta à son tour la chorégraphie :

— J'ai deviné comme ça. Je dois être un peu médium.

— Moi qui croyais avoir touché le fond…

— N'ayez pas honte. Assumez vos goûts. Celui qui vous méprise parce que vous écoutez les Village People n'est pas digne que vous vous en préoccupiez.

Molly effectua une petite révérence.

— Vous n'avez pas tort. Bienvenue aux Bruyères, à tous les deux. Tiens, Delphi est partie au pays des songes...

De fait, Dex sentait dans son cou le souffle tiède de la petite.

— Merci. Il faut que je la couche. À propos, ces fleurs ne sont pas seulement pour vous remercier, mais aussi pour vous graisser la patte. Vous auriez un moment dans l'après-midi ?

— Je peux me libérer. Vous avez besoin d'un coup de main pour quelque chose ?

Elle lui proposait son aide. Spontanément, sans arrière-pensée. Sans soupçons ni hésitation. Tout naturellement.

14

— Ainsi, vous connaissez Dexter Yates depuis près d'un an.

L'assistante sociale de l'équipe de placement prenait des notes tout en inspectant la Villa Genièvre.

— Depuis son arrivée au village, c'est exact ?

Molly hocha la tête :

— Oui.

Techniquement, elle ne mentait pas, bien qu'ils se soient vus en tout deux fois. L'assistante sociale cherchait à s'assurer que Dexter ne se retrouverait pas trop isolé, aux Bruyères, et qu'il y avait des amis sur qui compter en cas de besoin. Or Molly ne demandait pas mieux que de l'aider.

Le Bic s'arrêta un instant en suspens au-dessus de la page.

— Et… vous êtes très proches ?

En voilà, une question gênante. Molly nia avec véhémence :

— Seigneur, non. Vous vous méprenez sur la nature de nos relations.

L'autre esquissa un sourire.

— Allons, ne prenez pas cet air dégoûté. Il est bel homme.

— Nous sommes amis, rien de plus, maintint Molly.

— Je confirme, dit Dex, se joignant à la conversation. Tout est là, dans mes notes : à partir de maintenant, la seule femme de ma vie sera Delphi.

La Villa Genièvre fut estampillée « environnement adapté à l'éducation d'un enfant », et l'assistante sociale s'en alla. Après son départ, Molly s'attarda pour aider Dexter à décharger sa voiture. Qui était neuve, d'ailleurs. Envolée, la Porsche jaune poussin. Il conduisait désormais une Mercedes Estate des plus raisonnables.

— Visez-moi un peu ça, dit Dex.

Il extirpa du coffre la poussette pliable et la déplia en un clin d'œil, terminant l'exercice par une courbette.

Molly se retenait de pouffer :

— Il y a longtemps que vous vous entraînez ?

— Des semaines, crâna-t-il.

— Vous avez le coup de main.

— Je veux. C'est fou, si je me croisais dans la rue, je ne me reconnaîtrais pas. Je suis devenu un véritable M. Pratique. Et sage comme une image.

Molly restait sceptique. D'un point de vue extérieur, son nouveau voisin demeurait dangereusement charismatique.

Quand la voiture fut vidée et les cartons déballés, Dex sortit du réfrigérateur une bouteille de champagne et déclara :

— Nous voici officiellement installés. Vous nous ferez bien l'honneur de prolonger un peu votre visite, le temps de fêter ça comme il se doit ?

— Si vous étiez si sage que vous voulez bien le prétendre, vous prendriez une tasse de thé.

Molly espérait de tout cœur que l'homme dont elle venait de se porter garante n'allait pas se révéler être un alcoolique invétéré.

Comme s'il lisait dans ses pensées, Dex se mit en devoir de la rassurer :

— Pas de panique, je vais réellement me racheter une conduite. À partir d'aujourd'hui, je ne boirai pas plus d'un verre par jour, et seulement le soir.

— Je vous plains.

— Merci.

— Pensez-vous survivre à ce régime ?

— Comparé à la corvée des couches, ce sera facile.

Dex haussa les épaules et poursuivit :

— De toute façon, je n'ai pas le choix. On ne peut pas s'occuper d'un bébé en état d'ébriété. Ça ferait mauvais genre.

À quatre pattes, en salopette, Delphi fonçait droit vers lui d'un air très décidé. Il la souleva de terre et la fit sauter dans ses bras. Molly écouta la petite en piailler de plaisir et contempla Dex qui rayonnait d'amour.

— Elle vaut sûrement quelques sacrifices, hasarda-t-elle.

— Tout à fait. À propos, j'ai quelque chose à vous montrer. Vous vous souvenez de la fois où vous avez vu Laura ? Elle m'avait emprunté les clés de la villa sans me dire pourquoi. D'après elle, elle me réservait un cadeau de Noël un peu en retard, une surprise. Moi, j'étais trop occupé pour venir voir ce dont il s'agissait…

Tout en parlant, il se leva, quitta la cuisine blanc et bleu et guida Molly à l'étage.

— J'ignore à quoi je m'attendais, lui dit-il en gravissant l'escalier. À un abat-jour, j'imagine. Ou à un meuble trop gros pour tenir dans ma Porsche. Mais je me trompais. C'était bien mieux que ça.

Ils avaient atteint le palier. Dex y fit quelques pas, puis s'arrêta. Molly suivit son regard pour découvrir la fenêtre au bout du couloir parée d'un superbe vitrail.

— C'est ça, qu'elle vous a acheté ? Magnifique.

— Pas acheté, fabriqué. C'est son œuvre. Elle a même retiré l'ancienne fenêtre et posé le nouveau cadre toute seule. Pas mal, non ?

— Pas mal ? Dites plutôt spectaculaire.

Le sourire de Dex s'était évanoui. Il effleura du doigt le cadre de bois et son liseré de mastic bien net.

— Elle bricolait comme personne. Je ne lui arrivais pas à la cheville.

— C'est ravissant, commenta Molly avec émotion.

Le vitrail représentait un jardin étagé agrémenté d'arbres, d'arbustes et de papillons ainsi que d'un adorable bassin rempli de nénuphars, au premier plan.

— C'est notre jardin. Celui de la maison où nous avons grandi, dans le Kent. Je n'en reviens pas qu'elle ait passé tant de temps à confectionner ça, rien que pour moi.

Le cœur de Molly se serrait :

— Vous étiez son frère. C'est normal qu'elle ait voulu vous faire plaisir, non ?

— Je sais, mais je me sens coupable. Moi, pour Noël, je lui ai acheté une babiole dont je pensais qu'elle lui plairait et, au final, je me suis complètement planté. Alors je me suis engagé à échanger son cadeau mais…

Il s'interrompit un instant, accablé par la culpabilité, et reprit :

— Je ne l'ai pas fait à temps. C'est tout moi. Je parie que Laura savait qu'elle n'en verrait jamais la couleur, et pourtant, ça ne l'a pas empêchée de se décarcasser pour moi. C'était là toute la différence entre Laura et moi.

Sa voix s'éraillait.

— Et merde, murmura-t-il.

— Dexter…

Il faisait tellement bon visage face à l'adversité qu'on en oubliait qu'il était en deuil.

— C'était votre sœur, murmura Molly. Elle vous aurait aimé même si vous aviez été le rebut de l'humanité. Quand avez-vous découvert ce vitrail ? Lors de votre dernière visite ?

— Non. Ce soir-là, je n'ai même pas réussi à monter l'escalier. Je suis tombé dessus cet après-midi, en montant le berceau dans la chambre de Delphi.

— Vous avez décidé d'élever Delphi sans même savoir ce que Laura avait fait pour vous. Et pour quelle raison ? Parce que vous aimez votre nièce, comme vous aimiez votre sœur.

Molly se tut un instant.

— Vous voyez que vous n'avez pas à culpabiliser. Vous avez répondu présent à l'appel. Vous avez fait le bon choix, au moment crucial, vous étiez là.

Dex ne semblait pas convaincu.

— Vous croyez ? Vraiment ?

— J'en suis persuadée.

— Ce n'est que le premier jour. Je suis mort de trouille. J'ai l'impression d'être un imposteur. Et si je ne m'en sors pas ?

— Écoutez-moi bien.

Molly posa la main sur son bras. Ses muscles étaient contractés, il était noué d'angoisse.

— À chaque jour suffit sa peine. Allez-y doucement, et vous vous en tirerez à merveille. Je vous le promets.

Il était trois heures du matin et Delphi ne dormait toujours pas.

Par corollaire, Dex non plus ne trouvait pas le repos.

Il ferma brièvement les paupières.

Et maintenant, que faire ?

Molly était presque parvenue à le rassurer, cet après-midi-là, mais ensuite, elle était rentrée chez elle et les doutes de Dexter étaient revenus au galop. La veille, à Londres, il avait eu de la chance, Delphi ne s'était pas réveillée ; Dex s'était fait avoir comme un bleu, pensant qu'elle faisait déjà ses nuits. Il commençait à déchanter.

Plus exactement, il se sentait complètement désemparé. Depuis deux heures, elle s'agitait et pleurnichait, parfaitement réveillée, et il ne comprenait pas ce qui clochait. Avait-elle froid ? Ou bien chaud ? Faim ? Trop mangé ? Il n'en savait rien. Il n'en avait aucune idée.

— Ouin… Ouin ! Ouiiiiiiin !

Les pleurs viraient aux hurlements et Dex la hissa hors de son berceau. Les guides qu'il avait potassés recommandaient aux jeunes parents de laisser pleurer leur bébé, mais la petite lui fendait le cœur. Et si c'était sa maman qui lui manquait ?

— Là, là, tout va bien…

En vérité, tout allait mal, mais Dex s'appliquait à n'en rien laisser paraître. Il espéra que le timbre de sa voix apaiserait le bébé.

Pas de chance, Delphi secoua sa petite tête de toutes ses forces et lui planta le pouce dans l'œil.

— Aïe !

Dex entreprit de la bercer délicatement, puis d'arpenter le couloir, de l'escalier jusqu'au vitrail et du vitrail jusqu'à l'escalier. Tout en faisant les cent pas, il entonna doucement, sur l'air de « YMCA », ces paroles élaborées : « La, la, la, la. » L'air de la chanson lui avait trotté dans la tête toute la journée et, miracle, elle sembla calmer les cris de Delphi. Ses immenses yeux sombres le fixaient intensément, ses petites mains reposaient contre son torse. Mais, dès qu'il cessait de chanter, elle se remettait à geindre.

— La, la, la, la, chantait Dexter.

Indéniablement, la mélodie lui plaisait. L'idée que cette situation ridicule pût amuser un petit être tenait du miracle. Et Dex avait plus de chance que Molly, au moins, il ne se trouvait personne dans les parages pour le surprendre dans cette position saugrenue. Effectivement, c'était plutôt libérateur, comme sensation. Et il pouvait compter sur la discrétion de Delphi, elle ne risquait pas de crier sur tous les toits que son oncle nourrissait une passion secrète pour les Village People.

— Areuh.

Comme une étoile de mer miniature, ses petits doigts agrippèrent la peau de son torse.

— Y… M… C… A chanta Dex, et il décela sur le visage de la petite l'ombre d'un sourire.

Hourra ! Victoire !

— Areuh ! s'enthousiasma Delphi.

— Y… M… C… A !

— Gaga !

Calant sa nièce dans le creux de son bras, Dex se mit à danser. Delphi, aux anges, se trémoussait et gazouillait tandis qu'il déambulait de long en large sur le palier, entrant et sortant de chaque pièce. Certes, les manuels adressés aux jeunes parents recommandaient de préserver le calme de l'environnement de leur bébé afin de faciliter son endormissement, mais Dexter avait essayé la méthode douce sans succès. Au moins, sa méthode à lui les amusait tous les deux.

En plus, Delphi, magnanime, ne lui tenait pas rigueur de ne pas connaître les paroles du reste de la chanson.

Trente minutes plus tard, il coucha la petite dans son berceau et lui dit :

— Rideau ! Le concert est fini pour aujourd'hui. Les Village People sont rentrés se coucher.

Pour toute réaction, Delphi cligna des yeux, une fois, deux fois, trois fois... et s'endormit.

Profondément. Comme ça. En trois secondes, chrono. Il borda Delphi dans sa couverture rose à éléphants puis regagna sa chambre.

Ma parole, je suis un génie ! se dit Dex. *Je m'en vais t'écrire un manuel à l'usage des jeunes parents, moi aussi...*

Seule ombre au tableau, il n'avait plus du tout sommeil.

Le décorateur d'intérieur avait admirablement cerné son client. Le résultat lui allait comme un gant : murs anthracite, plafond gris perle, linge de lit noir et blanc, et vastes penderies courant tout le long de la pièce.

Mais, ironie du sort, cette chambre ne recevrait jamais les femmes qu'elle était destinée, à l'origine, à impressionner. Du moins pas dans un avenir proche. Dex gagna la fenêtre. De jour, on y avait une vue imprenable sur le village, une vue digne d'affiches publicitaires vantant les mérites des Cotswold et de leur charme pastoral. Toutefois, en cet instant, on ne distinguait qu'un bloc d'obscurité, comme un tableau noir lavé de frais. À main gauche, quelques lumières brûlaient encore dans des maisons, çà et là, mais, à cela près, rien que les ténèbres. Écrasantes et oppressantes.

Il était quatre heures et quart. Aux Bruyères, tout le monde dormait. Le silence recouvrait le village comme un drap, étouffant chaque son.

Dex réprima un frisson. Et s'il n'était pas seulement l'unique habitant du village à veiller, mais le seul survivant de quelque cataclysme ? Le dernier être humain sur terre. Enfant, il faisait souvent ce cauchemar. Il n'y avait pas repensé depuis des années mais, à l'époque, il le terrorisait.

Sans doute un psychiatre y lirait-il une peur d'être abandonné, à mettre sur le compte de la mort de ses parents. Tout comme sa phobie de la solitude.

Était-ce pour cette raison qu'il enchaînait les conquêtes ?

Dex y réfléchit quelques instants. Et rejeta formellement cette conclusion. N'importe quoi. S'il couchait avec toutes ces femmes, c'était parce que cela lui plaisait, et qu'il avait beaucoup de succès auprès de la gent féminine. Point, barre.

N'empêche que ce silence l'angoissait. Ce calme qui, de jour, l'apaisait, revêtait de nuit un tout autre aspect. Il se sentait sur le qui-vive et dangereusement isolé. Avait-il commis une grave erreur en déménageant ?

Brrrrrrr… Brrrrrrr…

Qui diable pouvait bien lui téléphoner à une heure pareille ? Empoignant son portable avant que les vibrations ne réveillent Delphi, Dex décrocha :

— Oui ?

— Yo, mec ! Ça gaze ?

Des rires gutturaux, typiquement masculins, retentirent dans le combiné, ainsi qu'un beat assourdissant. Donc, l'humanité ne s'était pas éteinte. À moins de deux cents kilomètres de là, dans une boîte de nuit, Rob et Kenny passaient la soirée du siècle.

— Dex, mon pote, ça roule ? T'es où ? On est au Mahiki, ramène-toi, y a une ambiance de ouf !

— Je suis aux Bruyères.

— Aux quoi ? beugla Kenny. Connais pas. C'est un nouveau bar ? Attends, c'est pas la boîte qui vient d'ouvrir derrière Harvey Nicks ?

— Ken, écoute-moi attentivement. Je n'habite plus à Londres. Il est près de quatre heures et demie et je me trouve dans ma villa de campagne avec Delphi.

— C'est qui, Delphi ?

Kenny était ivre et il lui fallut quelques secondes pour digérer ces informations.

— Ah, j'y suis, c'est le gosse de ta sœur, c'est ça ? Mais qui est-ce qui s'en occupe ? Tu ne peux pas le laisser à sa nounou et nous rejoindre ?

Dex serra les dents. Kenny avait-il toujours été aussi obtus ?

— Non, je ne peux pas. Sa nounou, c'est moi. Et Delphi est une fille, pour ta gouverne, ajouta-t-il avec humeur.

— C'est bon, t'énerve pas ! dit Kenny, abasourdi. Bon, mais t'as pas de baby-sitter ?

— Non.

— Putain, mec, ça craint ! Mais qui en a la garde ?

— Moi.

— Hein ? Mais… mais…

— Mais quoi ? Certaines personnes m'en jugent digne, figure-toi.

Il raccrocha.

Et le silence envahit de nouveau la maison.

15

— C'est libre ?

Amber leva les yeux. Un garçon désignait la chaise voisine de la sienne. Mais oui, c'était ce garçon propre sur lui à la mèche châtain qu'elle avait croisé au café quelques semaines plus tôt, en février. Molly lui avait donné sa carte de visite puis il avait disparu de la circulation.

Or voici qu'il se dressait devant Amber. Aussi mignon que la dernière fois… et tout aussi soigné. Non, décidément, il n'était pas son genre.

— Oui, opina-t-elle.

De toute façon, l'autre empoignait déjà le dossier de la chaise en question.

— Je ne pensais pas te revoir, dit-elle.

— J'ai été très occupé, dit-il avec un haussement d'épaule.

Il s'assit.

— Amber, c'est ça ?

— Oui.

Il se rappelait son prénom. Bien sûr, les garçons dans son genre se souvenaient toujours de ces choses-là.

— Moi, c'est Sam. Enchanté.

— Enchantée.

Génial. Voilà qu'elle se métamorphosait en perroquet.

— Tu permets que je te dise un truc ? ajouta-t-elle.

— Bien sûr, répondit-il d'un ton incertain.

— Ne le prends pas mal mais, si tu essaies de me draguer, laisse tomber, tu n'as aucune chance.

— Qu'est-ce que tu veux dire ?

— Tu ne me plais pas. Mais alors pas du tout. Sans rancune ?

— Ça, alors ! Tu es toujours aussi directe ?

Elle eut une moue :

— Ben... Oui. Désolée, mais je préfère que les choses soient claires.

— En ce cas, dit-il, un sourire en coin, j'ai une bonne nouvelle à t'annoncer, tu ne me plais pas non plus.

Amber haussa un sourcil sceptique. Toute modestie mise à part, elle était très consciente de ses atouts et de l'effet qu'elle produisait sur la plupart des garçons. Sam tentait probablement de sauver la face.

— Tu ne vois pas un truc en miettes, là, réduit en bouillie ?

Il pointait le sol devant eux. Amber se contorsionna pour mieux voir, en vain.

— Quoi ? Où ça ?

— Là. Mon cœur, en mille morceaux. Non ? Tu ne le vois pas ? Bon, c'est qu'il doit être intact, alors.

Il se plaqua la main sur la poitrine et conclut :

— Ouf ! J'ai eu chaud.

— Très spirituel, grinça Amber.

— Merci, on me le dit souvent.

Il se fichait d'elle. Mais il l'intriguait.

— Pourquoi es-tu revenu, alors ?

Sam désigna le carnet à dessin qui reposait, fermé, sur ses genoux.

— Pour apprendre à dessiner, tiens !

— Fais voir tes œuvres.

Elle ouvrit le carnet et le feuilleta. Il avait couvert une demi-douzaine de pages de croquis. Ou plus exactement, de gribouillis.

— Alors ? s'enquit Sam, qui guettait sa réaction.

— Tu sais que je suis directe ?

— Oui.

— Tu es nul.

L'autre la considéra d'un œil amusé, et répondit sans se troubler :

— Je sais. C'est pour ça que je suis là. Pour progresser.

Mais Amber en doutait toujours.

Entre-temps, les autres élèves étaient arrivés. Molly leur souhaita à tous la bienvenue, leur présenta le nouveau venu, inscrivit au tableau une liste d'instructions et y épingla une série de photos à utiliser comme base de travail. Une fois que les élèves auraient commencé à dessiner, elle passerait dans les rangs et conseillerait tour à tour chaque élève, lui ferait des suggestions, lui expliquerait les principes du suspense et de la chute et lui montrerait comment réaliser certains effets.

— C'est un plaisir de te revoir, dit-elle en s'installant en face de Sam.

Elle inspecta son travail.

— N'ayez pas peur de me froisser, lui dit-il. Je sais que c'est mauvais.

— Ne sois pas si dur envers toi. Ces lignes, là, sont très réussies. Seulement, elles sont trop nombreuses. Il faut les limiter au strict minimum. Va au plus simple.

Molly dégaina une feuille vierge et reproduisit la scène que Sam tentait de dépeindre.

— Tu vois ? Ne garde que l'essentiel, exacerbe les expressions des personnages... Tu n'es pas non plus obligé de multiplier les traits de mouvement.

Recommence, et cette fois détends ton poignet et relâche tes épaules. Trace tes lignes plus vite… Voilà. Tu vois ? C'est déjà mieux. Ne te perds pas dans les détails, va droit au but. Et amuse-toi ! Ce sont tes personnages, tu peux leur faire faire tout ce que tu veux. Très bien, continue ! Bravo !

Amber sourit. Sam affichait une mine subjuguée, comme bien des élèves avant lui au moment de réaliser, grâce aux suggestions de Molly, ce dont ils étaient capables. C'était un moment exaltant, jubilatoire. Une révélation. Un peu comme quand un enfant de cinq ans s'élance pour la première fois à vélo sans les petites roues.

En réalité, les dessins de Sam restaient très mauvais, mais cela n'avait pas d'importance. L'enthousiasme de Molly était communicatif ; elle s'y entendait tout particulièrement pour venir à bout de la peur de l'échec qui paralysait tant d'élèves, étouffant leurs talents cachés.

— Incroyable, fit Sam en traçant sur sa feuille des arcs et des courbes. Rien qu'en réduisant la pression sur mon crayon, ça change tout. C'est fou, je n'y avais jamais pensé auparavant. Oups…

À force de relâcher son poignet, il venait de déraper.

Molly, bienveillante, souffla sa réplique à Amber :

— Qu'est-ce qu'on dit, dans ces cas-là ?

— « Pas de panique, on n'est pas Michel-Ange. Ce n'est que du papier, pas un bloc de marbre de Carrare. Les erreurs, ça s'efface. Au pire, retourne ta feuille et recommence. »

— Bravo, la félicita Molly. Mais encore ?

— « Applique-toi ! C'est en forgeant qu'on devient forgeron. »

Amber s'adressait à Sam. Molly les couva d'un regard bienveillant.

— Exactement. Continuez comme ça.

Vingt minutes plus tard, Sam avait achevé sa première caricature. Il la montra à l'enseignante.

— Très réussi, mentit-elle.

— Vraiment ? C'est qui, à votre avis ?

— Euh... Mick Jagger ?

— Pas du tout.

Amber pouffa discrètement.

— Désolée, dit Molly.

Sam fit mine de s'offusquer :

— C'est Steven Tyler, d'Aerosmith.

— Eh bien alors, tu vois que c'est réussi, ils sont quasiment des sosies.

Sam loucha sur la copie de sa voisine

— Et toi, Amber, tu dessines qui ? Shrek ?

— En fait, il s'agit de ton portrait, gazouilla-t-elle, l'air innocent.

— Merci du compliment, dit Sam gaiement.

Il ne se vexait pas de ses piques et de ses boutades, voilà qui était appréciable.

— En fait, si, c'est Shrek, reconnut Amber. Et à part ça, tu penses t'inscrire au cours ?

— Je ne sais pas, ça dépendra de mon emploi du temps. Peut-être bien que oui, peut-être bien que non.

— Tu habites où ?

— À Cheltenham.

— Et ton nom, c'est comment ?

— Sam. Tu as la mémoire courte.

— Ton nom de famille, idiot.

— Pourquoi, tu veux m'ajouter sur Facebook ?

Grillée. Sans se laisser démonter, Amber secoua ses boucles rouges et minauda :

— Peut-être bien que oui, peut-être bien que non.

— Sam Jones. Mais je ne suis pas sur Facebook.

— Tu rigoles ? Pourquoi ?

Il haussa les épaules :

— On vit très bien sans, tu sais.

— Et sur Twitter ?

— Non plus.

Estomaquée, Amber s'exclama :

— Mais comment tu fais pour rester en contact avec tes amis ?

— Je leur envoie des mails ou des SMS. Je me débrouille, ne t'en fais pas pour moi.

Ils continuèrent de dessiner en bavardant. D'abord, ils parlèrent de musique. Puis des options de Sam au bac, qu'il devait passer trois mois plus tard. Puis de l'envie de Sam de prendre une année sabbatique après le lycée pour voyager, et des angoisses que ce projet inspirait à ses parents.

— Mon père prend ça très bien, mais ma mère se ronge les sangs… Les tiens, ils appréhendent ton départ ?

— Je ne suis qu'en première, il me reste encore un an à tirer sous leur toit. Je vais beaucoup leur manquer le moment venu. Je suis fille unique. Une fois que je serai partie, ils vont se retrouver seuls et désœuvrés.

— Ta mère tient le café, c'est ça ? Elle a l'air sympa.

Sam se cassait les dents sur une caricature du prince Charles et il se tut un instant pour scruter la photo qui lui servait de modèle.

— Elle est comment ?

— Ma mère ? C'est une vraie Samaritaine. Dès que quelqu'un au village a des soucis, c'est à elle qu'il se confie. Il faut croire qu'elle a un don.

Amber chercha le mot juste :

— Elle a de l'empathie à revendre. Elle se montre toujours très compréhensive et ne juge jamais personne. Tout le contraire de moi, ajouta-t-elle en riant. Moi, je suis brutale et hyper critiquante.

— Tu veux dire critique.

— Et je déteste qu'on me reprenne sur mon vocabulaire. Si j'ai envie de dire « critiquante », je dis « critiquante ». C'est mon droit.

— Pardon, je ne voulais pas te critiquanter, pouffa Sam. Et ton père, c'est quel genre ?

— Le genre cool, mais débordé. Il sait s'amuser, cela dit. Eh oui, on est une famille heureuse. Quel ennui, hein ? Mais c'est comme ça. Et toi, tes vieux… ?

— Oh, je n'ai pas à me plaindre. Ils sont chouettes, comme les tiens.

— Ça avance, au fond ? demanda Molly.

Elle avait fini d'inspecter le travail des premiers rangs et vint se poster derrière les deux jeunes gens. Une main sur l'épaule d'Amber et l'autre sur celle de Sam, elle se pencha pour admirer leurs caricatures.

— Bravo à tous les deux.

Amber se dévissa la nuque pour sonder son expression, et Molly lui décocha un clin d'œil.

— Molly, arrête, protesta l'adolescente. Je te dis qu'il ne me plaît pas, et d'ailleurs, c'est réciproque.

— J'en prends bonne note. Dans ce cas, vous ne verrez pas d'inconvénient à vous tourner face à face pour vous caricaturer l'un l'autre.

Elle recula d'un pas et leur fit signe de déplacer leurs chaises. Sam fronçait les sourcils :

— Juste le visage ?

— Non, tout le corps. Et n'hésitez pas à forcer le trait. Bien sûr, je ne me permettrais pas de vous demander une chose pareille si vous vous plaisiez, parce que vous allez sûrement vous vexer l'un l'autre et ça finira certainement en dispute. Mais comme il n'y a pas la moindre ambiguïté entre vous, cela ne devrait pas poser de problème. Faites-vous plaisir !

— Génial ! s'emballa Amber, une lueur malicieuse dans le regard.

— Alors, Sam ? Quelles sont les caractéristiques d'Amber que tu penses exacerber ? l'interrogea Molly.

— Ses cheveux. Ils sont déments.

Et Sam de décrire des spirales désordonnées tout autour de son crâne.

— Bien. Mais encore ?

— Je vais lui faire des boucles d'oreille démesurées.

Amber fit fièrement tinter ses grandes créoles d'argent qu'elle ne quittait jamais.

— Et quoi d'autre ?

— Elle a les épaules osseuses, et de grands pieds.

Là, il allait trop loin. Amber glapit :

— Dis donc, Bambi, tu ne t'es pas regardé.

— Bambi ? Comment ça, « Bambi » ?

— T'as de grands cils, comme une fille… ou un chameau.

— À vos crayons ! commanda calmement Molly. Essayez de ne pas en venir aux mains. Vous vous en sentez capables ? Ou est-ce que vous préférez échanger de partenaire avec Greg et Toby ?

Sam consulta Amber du regard.

— Qu'est-ce que tu en dis ?

Amber eut un rictus.

— Pas la peine.

Sam leva les yeux vers Molly :

— C'est bon, on sera sages.

16

Le cours touchait à sa fin. Frankie, qui patientait sur le seuil, se frottait les mains à la vue de sa fille en pleine joute verbale avec le fameux garçon bien sous tous rapports. Ils comparaient leurs dessins.

Ainsi, après toutes ces semaines, il avait fini par revenir. Et semblait bien s'entendre avec Amber. L'adolescente tournait-elle enfin le dos aux rockers torturés ? Frankie n'avait rien contre les petits copains sales et mal élevés qui défilaient sous son toit depuis quelques années, bien sûr, mais elle dit tout de même une prière pour que ce soit le cas.

— Hé, maman, par ici ! Viens voir ce qu'on a fait.

Amber, ayant repéré sa mère, gesticulait pour qu'elle vienne admirer son œuvre.

— Bonjour, ravie de te revoir, dit Frankie au gentil garçon aux yeux verts, à la mèche châtain et au teint frais.

— Bonjour, madame, répondit-il poliment.

— Il s'appelle Sam, l'informa Amber en exposant sa caricature. Tu as vu ? N'est-ce pas qu'il ressemble à un chameau ?

— Magnifique, ma chérie. Sam, tu ne ressembles aucunement à un chameau.

Le regard de Frankie tomba sur la caricature que le jeune homme avait réalisée d'Amber et elle éclata de rire.

— Sympa, merci, pesta Amber pour la forme. Tu es censée te moquer de lui, pas de moi.

— Je suis nul en dessin, s'excusa Sam, de bonne foi. Mais je me suis bien amusé.

Il sentait l'after-shave. Une première chez les amis d'Amber.

— Ce sont deux chefs-d'œuvre, affirma Frankie. Et l'essentiel, c'est de passer un bon moment.

Elle adressa un énième sourire à Sam avant de se reprendre car elle risquait de l'effrayer. La mère de Kate Middleton avait dû éprouver quelque chose de semblable quand sa fille lui avait présenté le prince William.

— J'étais justement en train de vanter à Sam tes talents de conseillère. Il se trouve qu'il a un problème. Tu peux peut-être l'aider à le résoudre ?

À ces mots, le jeune homme se raidit instantanément et son expression se chargea de panique.

— Relax, lui dit Amber dans un tintement de créoles. Je sais que c'est dur d'en parler. Si tu veux, je vais le faire pour toi. Voilà, maman, Sam a un secret et il ne sait plus à quel saint se vouer. Tu comprends, il aime se déguiser en femme. En cachette, bien sûr, il porte des jupes, des talons et, euh…

Elle baissa la voix.

— … de la lingerie fine, si tu vois ce que je veux dire. Moi, je ne trouve pas ça bien grave, il n'y a pas à en avoir honte, mais tu crois qu'il peut en parler à ses potes ?

L'espace d'une seconde, Frankie avait gobé le baratin de sa fille, et son cerveau s'était totalement affolé. Le pauvre garçon. Que lui dire ? Puis elle comprit que sa fille la menait en bateau et qu'il n'y avait pas lieu de se tracasser.

En revanche, il était intéressant de noter que Sam paraissait aussi soulagé qu'elle. Comme si lui aussi avait redouté quelque mystérieuse révélation de la part d'Amber.

D'un autre côté, ce genre de farce, c'était Amber tout craché. On ne savait jamais à quoi s'attendre, avec elle. Pas étonnant que le petit soit un peu à cran.

Le cœur de Sam battait la chamade tandis qu'il quittait Les Bruyères. Et s'il s'était trahi ? S'il avait semé des indices à son insu ? C'était sa deuxième visite au village, or il n'avait pas droit à l'erreur. Il ne s'était pas douté qu'il aurait autant de mal à résister à l'appel...

C'était comme une drogue. Il savait que c'était mal, qu'il jouait avec le feu, mais la tentation était bien trop forte.

Bon. Il reprendrait sûrement ses esprits une fois de retour chez lui. Il se résignerait à laisser tomber.

Après tout, il avait atteint l'objectif qu'il s'était fixé.

À moins que... ?

Ah ! La merveilleuse invention que Facebook ! Non seulement on y retrouvait les gens et leurs connaissances mais on y découvrait encore les amis de leurs connaissances, et ainsi de suite.

Amber n'était peut-être pas scolarisée à Cheltenham, mais certaines de ses copines, si.

Le lycée de Bournside était de loin le plus grand de la ville. Statistiquement, il y avait des chances pour qu'il s'agisse de celui de Sam. Amber se renseigna... sans succès.

Pas du genre à abandonner à la première contrariété, elle s'acharna, écumant virtuellement tous les établissements de Cheltenham : lycées privés, lycées de garçons, lycées catholiques... Elle vérifia même deux fois que l'école de jeunes filles de Cheltenham n'avait pas récemment ouvert ses portes à la gent masculine.

Chou blanc sur toute la ligne, personne ne connaissait de Sam Jones.

Il n'y avait pas à tortiller, c'était louche.

Sa mère avait contribué à piquer sa curiosité en lâchant cette remarque :

— Tu as vu sa tête quand tu as dit qu'il avait un secret ? Il s'est décomposé.

— Peut-être que c'est vraiment un travesti, avait suggéré Amber, pince-sans-rire.

Sa mère, horrifiée, avait volé au secours du pauvre garçon :

— Ne dis pas de bêtises, ma chérie, je suis sûre que non.

L'échange s'était déroulé quelques heures plus tôt, devant la télé ; ensuite, elles n'y avaient plus repensé. Mais il était maintenant plus de minuit et l'adolescente s'interrogeait. Ajustant la pile de coussins qui lui servait de dossier, elle se pencha sur l'écran de son ordinateur portable. Sam était peut-être le diminutif de quelque nom exotique. Était-ce là la clé du mystère ?

Au rez-de-chaussée, la porte s'ouvrit et se referma. Le père d'Amber était de retour du Dorset, où il avait passé deux jours en déplacement professionnel. Amber entendit la voix de sa mère qui l'accueillait :

— Bonsoir, mon chéri !

Ils devaient s'enlacer dans le couloir.

— Ce n'était pas la peine de m'attendre, tu aurais dû te coucher.

Il lui ressortait la même réplique chaque fois qu'il rentrait tard et, chaque fois qu'il rentrait tard, elle veillait jusqu'à son arrivée.

— Je t'en prie. Tu as faim ? Il reste des pâtes, du poulet froid et de la salade de pommes de terre.

— Ne te tracasse pas, j'ai dîné au restoroute près de Winchester. Et ma fille, elle est où ?

— Couchée.

— Elle dort ?

Il semblait tellement déçu. Il n'y a rien de plus réconfortant que de surprendre des gens qui vous aiment en train de parler de vous. Amber mit son ordinateur sur veille et lança un « Non ! » retentissant. Bientôt, on gravit l'escalier, et son père apparut dans l'encadrement de sa porte.

— Bonsoir, ma chérie ! Tu m'as manqué.

— Toi aussi, papa.

Amber tendit les bras pour qu'il l'embrasse. Il avait changé d'after-shave, le nouveau sentait le citron et elle ne s'y était pas encore faite, mais c'était sans importance.

— Je t'ai acheté un cadeau. (Il fourragea dans sa poche.) Un bocal d'yeux de poissons et des oreilles de porc en conserve.

Il lui tendit à la place un sachet de Maltesers. Pas question de déroger à la tradition, si puérile fût-elle. Chaque fois qu'il rentrait de voyage d'affaires, il rapportait une bricole à Amber et la lui présentait comme quelque chose de répugnant.

— Des oreilles de porc ! se réjouit Amber. J'adore !

Elle tendit les paumes et son père y laissa tomber le sachet de sucreries.

— Merci, papa !

— Quoi de neuf au lycée ? Tu as fini ta disserte ?

— Ouais, c'était l'enfer.

Elle replia les jambes pour lui faire une place au bout de son lit.

— Mais au final, tu t'en es sortie ?

— Avec brio, tu me connais.

— Je suis ravi de l'apprendre. Et rassuré de constater que tu ne risques pas de mourir étouffée par la modestie. Bon, mais tu as vu l'heure ? (Il lui serra l'épaule affectueusement.) Au dodo, et vite !

Effectivement, Amber avait sommeil. Tandis qu'il refermait son ordinateur et le posait sur sa commode, elle l'interrogea :

— Dis, si tu découvrais qu'un ami t'avait menti, tu ferais quoi ?

Son père prit un air grave.

— De qui s'agit-il ? D'un de tes petits copains ?

— Non, juste d'une connaissance.

— C'est Daniel, celui qui porte une dent de requin au cou ?

Il tentait de cacher sa joie, n'étant pas plus fan que Frankie du Daniel en question.

— Non, dit Amber. C'est un type que je n'ai vu que deux fois. Il était au cours de Molly, ce soir.

— Et il te drague ?

Amber inclina la tête.

— Je ne sais pas. Il dit que non, mais Molly et maman ne sont pas de cet avis...

Elle poussa malgré elle un énorme bâillement.

— Peut-être qu'il fanfaronne pour attirer ton attention, suggéra son père. D'un autre côté, s'il te ment déjà alors que tu viens juste de le rencontrer, ça n'augure rien de bon. À ta place, je ne lui ferais pas confiance.

Nouveau bâillement. Amber était épuisée. Son père sortit.

— T'en fais pas, murmura Amber. Je me méfie déjà.

Il eut un geste d'approbation :

— Tu fais bien.

Dans les vestiaires de son club de sport ultra-select de l'ouest londonien, Henry Baron rangeait ses affaires dans son casier quand un carillon de son téléphone portable l'informa qu'il venait de recevoir un e-mail.

Henry était gestionnaire de fonds de placement privés. Dans ce métier, le temps, c'était de l'argent, et il était conditionné à répondre instantanément à ses messages de crainte de passer à côté d'une opportunité. En plus, il était d'un naturel extrêmement consciencieux. Il ne pouvait donc pas ne pas ouvrir l'e-mail. Rouvrant la fermeture Éclair de son sac de sport, il en sortit son portable.

Le message provenait de Dex.

Il portait l'intitulé : « Moi en train de présenter Delphi à ma dernière conquête. »

Sur la photo en pièce jointe, Delphi, vêtue d'un anorak violet et d'un bonnet à pompon orange, ouvrait des yeux ronds comme des soucoupes. Elle se trouvait nez à nez avec un bouc à barbichette et aux yeux globuleux.

Henry ne s'était pas caché, ou du moins pas de façon très convaincante, qu'il nourrissait de sérieux doutes quant à la capacité de son ami à radicalement changer de vie. Par chance, pour le moment, Dex s'en sortait haut la main. Henry sourit. À l'arrière-plan, une silhouette, chargée d'un plateau, attira son regard. On ne distinguait pas ses traits, car le vent rabattait sur son visage des cheveux châtain clair, mais elle riait de voir Delphi tout ébahie.

La porte des vestiaires s'ouvrit et le partenaire de squash d'Henry passa une tête à l'intérieur.

— Ah, tu es là. On t'attend.

— J'arrive tout de suite, répondit Henry, l'esprit ailleurs.

La porte se referma et il agrandit la photo au maximum. Delphi et le bouc disparurent hors du cadre. Cette femme au plateau exerçait sur lui un puissant magnétisme. Elle avait à vue de nez une quarantaine d'années, portait un jean et une chemise rouge. Son corps était tout en courbes et son visage radieux. Ce sourire… Bon sang, Henry n'en revenait pas, mais, indéniablement, ce sourire le bouleversait. Or il ne la connaissait ni d'Ève ni d'Adam et il ne s'agissait même pas d'une vedette de cinéma. La situation était absurde.

Bon, ressaisis-toi, éteins ton portable et fonce sur le court, on t'attend pour jouer au squash.

Une heure plus tard, ayant gagné le match, Henry ralluma son téléphone et répondit à Dexter. « Chouette photo. Vous étiez où ? Au zoo ? »

Il fallait user de subtilité.

Un nouveau carillon retentit moins d'une minute plus tard : « Non, à deux pas de chez moi. Le café du village a servi de décor à la série *Next to You*, d'où le bouc. PS : je ne sors pas vraiment avec lui. Je préfère les chèvres. »

Bingo ! L'adrénaline afflua dans les veines d'Henry comme quand il faisait un placement risqué et que ce dernier rapportait gros. Dorénavant, si d'aventure il passait aux Bruyères, il pourrait, si l'envie l'en prenait, faire un saut au café et, si la femme de la photo y travaillait toujours…

Soudain, Henry frémit. Y travaillait-elle seulement ? Et s'il ne s'agissait que d'une cliente portant un plateau ?

Il ne pouvait pas interroger Dex sans devenir la cible d'incessantes railleries. Non, c'était hors de question.

Bon. Que faire ? Il faisait partie des quelques irréductibles qui n'avaient jamais regardé *Next to You*, mais il en avait entendu parler. Ainsi donc, l'un des protagonistes de la série était un bouc.

Henry ouvrit la page d'accueil de Google et y tapa : « *Next to You* + Les Bruyères + café ».

Le résultat ne tarda pas à s'afficher : Frankie's Café. Son modeste site Web en retraçait l'histoire, expliquait sa connexion avec la série télévisée et précisait également ses horaires d'ouverture.

Mais, surtout, on y trouvait la photo de la Frankie en question, propriétaire et gérante de l'établissement. Car Frankie n'était pas un garçon, non, c'était la belle inconnue. Face à l'objectif, elle faisait sa timide ; ses épaules étaient un peu raides, son sourire un rien crispé. Mais elle n'en plut que davantage à Henry. Lui aussi se sentait mal à l'aise en présence de photographes. Certaines personnes ne craignaient pas l'objectif, d'autres posaient même avec plaisir, ravies de se pavaner sous le crépitement des flashs, mais Henry, lui, abordait avec moins d'appréhension un rendez-vous chez le dentiste.

Frankie. Il se reconnaissait en elle. Il scruta son visage sous toutes les coutures. Il lui semblait déjà la connaître. Il brûlait de la rencontrer.

Avait-il perdu la raison ? Il fallait être fou pour se toquer d'une inconnue à la seule vue de sa photo. Pour Henry, en tout cas, c'était une première.

Mais elle paraissait si parfaite. Tellement faite pour lui.

— Quoi ? Tu n'es pas encore douché ? s'étonna Kenny.

Une serviette nouée autour des hanches, il s'aspergeait vigoureusement les aisselles de déodorant.

— Tu permets ? Je bosse. Je fais rentrer de l'argent, mentit Henry. Donne-moi deux minutes.

— Tu viens boire un coup, après ?

— Pas ce soir.

Les méninges d'Henry s'activaient. Comment dénicher les infos qu'il convoitait sans éveiller de soupçons ? Par chance, tout problème ayant sa solution, Henry trouva celle qu'il cherchait. Il répondit à Dex :

« Dis, la fille sur la photo me rappelle quelqu'un, elle ne serait pas mariée à un certain Bernard, par hasard ? »

Puis il attendit une réponse. Sa transpiration séchait sur sa peau. Une sensation déplaisante.

Allez, Dex... Dépêche-toi...

Pour une raison idiote, Henry n'osait même pas lâcher des yeux son portable le temps de se doucher.

Quatre interminables minutes plus tard, la réponse lui parvint enfin : « Il y a erreur sur la personne, le mari de Frankie s'appelle Joe. »

Henry soupira. Ainsi, elle était mariée. Ce n'était pas la réponse qu'il espérait.

Zut.

Flûte.

Merde !

Voilà qui lui apprendrait à se faire des films.

C'était toujours la même histoire.

17

— J'ai un énorme service à te demander, mais je ne sais pas si tu pourras m'aider...

Molly mit Amber en garde :

— Tu as besoin d'aide avec tes devoirs de maths ? Aucun problème. Mais je te préviens, quelle que soit la question que tu me poseras, je répondrai invariablement « sept ».

Amber, qui avait la bosse des maths, répondit :

— Heureusement, il ne s'agit pas de ça.

— En ce cas, je suis tout ouïe. Que puis-je pour toi ?

Molly tenait dans une main une tartine et dans l'autre un stylo.

— Ne te moque pas mais j'enquête sur le type d'hier soir.

Amber était passée chez Molly directement après les cours. Elle lâcha sur le canapé son lourd sac à dos plein de livres.

— Contrairement à ce qu'il affirme, il ne s'appelle pas Sam Jones et il n'est pas scolarisé à Cheltenham.

Molly fronça les sourcils.

— Tiens ? Curieux...

— Ah, tu trouves aussi. Avec mes copines, on y a bien réfléchi, mais on n'y comprend rien. Seulement, comme elles ne l'ont jamais vu, elles ne peuvent pas vraiment m'aider.

— Je vois, tu veux que je le prenne discrètement en photo au cours de la semaine prochaine. Ou, mieux, j'intégrerai ça à un exercice imposé. Ça sera parfait.

Était-ce le grand âge de Molly qui lui conférait une telle patience ?

— Comment veux-tu que je tienne jusque-là ? se récria Amber. C'est dans sept jours ! Tu ne meurs pas d'envie d'élucider le mystère, là, tout de suite, maintenant ?

Molly finit sa bouchée avant de renchérir :

— Qu'est-ce que tu proposes ? Qu'on relève les empreintes sur le crayon qu'il a utilisé hier soir ? Qu'on visionne toutes les bandes des caméras de surveillance du village ?

— En fait, je me demandais si... Tu pourrais le dessiner ?

— Quoi ? Non ! (Molly reposa son stylo et secoua la tête avec virulence.) Pas question.

— Hein ? Mais pourquoi ?

— J'en serais incapable. De tête, sans modèle ? S'il revient la semaine prochaine, peut-être... Je pourrais lui demander de poser...

Amber ne cacha pas sa déception. Elle insista :

— Et moi ? Si je ne me tenais pas en face de toi, tu ne saurais pas faire mon portrait ?

Molly grimaça, se concentra, et afficha une mine contrite :

— Si, sans doute, mais je te connais depuis longtemps... De toute façon, je m'y refuserais.

— Pour quelle raison ?

— Le portrait serait mauvais.

— Tu as déjà essayé ?

— Non, bien sûr.

— Pourquoi ?

C'était un véritable interrogatoire, ma parole.

— Parce que je sais d'avance que le résultat ne sera pas à la hauteur de mes exigences.

— Tu n'as qu'à les revoir à la baisse. Tu places la barre trop haut, tenta de l'amadouer Amber. Peut-être que ton portrait serait un peu moins bon que tes autres œuvres, mais il n'a pas besoin d'être génial, il faut juste qu'il soit suffisamment ressemblant pour qu'on reconnaisse le modèle.

Molly ne paraissait toujours pas convaincue. Il en allait clairement de son orgueil. Mais, au moins, elle avait cessé de secouer frénétiquement la tête.

— Tu peux toujours essayer, non ? Ferme les yeux et visualise-le dans ta tête. (Amber parlait d'une voix douce et persuasive.) Tu te souviens de ses sourcils ? Et de ses cils ? De la façon dont sa mèche lui retombe sur le front ? Pense à la forme de sa bouche. Tente le coup, on verra bien ce que ça donnera. Il suffit qu'on puisse l'identifier…

Molly rouvrit un œil :

— Tu essaies de m'hypnotiser, ou quoi ?

— Oui. Ça marche ?

— Absolument pas.

— Allez ! Essaie ! Ça ne te coûtera qu'une feuille de papier ! Et si le dessin est raté, ce n'est pas la fin du monde. Il ne s'agit pas d'un bloc de marbre de Carrare…

Molly leva les bras. Elle se rendait.

— C'est bon, tu as gagné. Je vais essayer.

— Youpi !

— Mais ne te fais pas d'illusions, ça ne donnera rien.

Elle s'attela à la tâche. Qui, comme prévu, n'était pas aisée. Visualiser quelqu'un dans sa tête, c'était une chose ; rouvrir les yeux et transposer cette vision sur le papier, c'en était une autre.

Elle jeta ses premières tentatives. Amber, pendant ce temps, mangeait des Frosties à même la boîte. Molly traçait des lignes, en effaçait, poussait de lourds soupirs et chiffonna feuille sur feuille jusqu'à ce que le plancher du salon en soit recouvert.

— Impossible, lâcha-t-elle enfin, frustrée. Il me manque trop d'éléments pour réaliser son portrait. Je vais plutôt le caricaturer.

Il fallut s'y reprendre à plusieurs fois mais on progressait. Molly osait à peine respirer tandis que l'image prenait forme sous ses yeux. Le résultat final n'était pas brillant, et pas identifiable au premier coup d'œil, mais il ressemblait suffisamment à Sam pour permettre à quelqu'un de l'identifier. Avec un peu de chance et un petit coup de pouce du destin, cela suffirait.

Amber lui sauta au cou.

— Mille millions de mercis !

— Bon, mais je ne suis pas contente du résultat, grommela Molly. Ne dis à personne qu'il est de moi.

Facebook avait ses limites. C'était un site trop public. Dans sa chambre, Amber se contenta de scanner le portrait et de l'envoyer à six de ses amies, accompagné du message suivant : « Vous connaissez ce type ? Je mène une petite enquête. N'en parlez à personne ! »

Peu après, son téléphone se mit à vibrer. Les SMS de réponse pleuvaient. Hélas, quoique intriguées, ses amies n'étaient pas en mesure de l'aider. Sauf Aimee, à qui Sam rappelait un garçon qu'elle avait rencontré à un barbecue l'an passé, mais son prénom lui échappait.

Enfin, Georgia répondit : « Salut, Sherlock ! Je crois qu'il s'appelle Connor. Je gagne quoi ? »

« Connor comment ? Tu le connais d'où ? » lui demanda aussitôt Amber.

L'écran de son portable se ralluma :

« Je l'ai croisé à une fête chez le mec de Donna un peu avant Noël. Mais pas la peine de demander à Donna, elle était bourrée, elle ne se rappelle rien de toute la soirée !! »

C'était bien sa veine. Élargissant progressivement le cercle de ses recherches, Amber envoya le dessin à une douzaine d'autres personnes. Puis, comme ses parents ne supportaient pas que son portable sonne pendant les repas, elle le laissa sur son lit et descendit dîner.

Des steaks à la béarnaise et des frites maison, le repas préféré de son père. Il partait à Norfolk pour le boulot.

Frankie porta sur sa fille un regard inquisiteur.

— Alors ? Du nouveau au sujet de ton admirateur secret ?

— Bof. Il s'appelle peut-être Connor. Mais ce n'est pas mon admirateur.

Amber n'avait aucune envie de mêler sa mère à son enquête, elle en profiterait pour jouer les entremetteuses. Or quoi de plus gênant qu'une mère qui essaie de vous arranger un coup avec le gendre idéal ?

— Dis, papa, on fait quoi pour les grandes vacances, cette année ? demanda Amber pour changer de sujet. On pourrait retourner en France ?

Le dîner achevé, le père d'Amber prit la route et, après l'avoir embrassé, elle remonta dans sa chambre.

Sur son portable, les SMS s'étaient accumulés. Ils disaient tous plus ou moins la même chose :

« Connais pas. »

« Désolée, ça ne me dit rien. »

« Non, mais beau gosse ! T'as vu ses cils ? C'est quoi son mascara ? »

« Non. C'est toi qui l'as dessiné ? »

« C'est pas Sean Corrigan ? »

« Je sais, c'est Hugh Grant. »

« Pas mal ton jeu. Tu me donnes un indice ? »

Puis Georgia envoya un rectificatif : « Je suis débile ! C'est pas Connor, mais Sean. J'ai confondu à cause de Sean Connery, tu sais, le vieux James Bond. Je l'ai vu hier à la télé. Je bosse trop, j'ai des crampes au cerveau ! Bisoouuuus ! »

Mensonge éhonté, Georgia ne « bossait » pratiquement jamais.

Mais les recherches avançaient. Amber se connecta à son compte Facebook et y tapa le nom de Sean Corrigan.

Zut, il y avait des dizaines, voire des centaines de Sean Corrigan vivant aux quatre coins de la planète. Heureusement qu'on pouvait compter sur les options de recherche avancées. Dans le champ « région », Amber entra « Gloucestershire ».

Re-zut. Pas de résultats du tout, cette fois. Peut-être ne possédait-il vraiment pas de compte Facebook ?

Amber pianotait sur le rebord de son clavier. Où pouvait-il bien habiter ? Dans le Wiltshire ?

Elle tenta. Chou blanc.

Dans l'Oxfordshire ?

Oui ! Il y avait bien un Sean Corrigan dans l'Oxfordshire !

... Mais il étudiait actuellement en Australie.

Amber se remit à pianoter.

Avec une orthographe différente, peut-être ?

S-H-A-U-N C-O-R-R-I-G-A-N.

Région, Gloucestershire.

Amber appuya sur la touche « entrée ».

Là ! C'était lui !

Enfin ! Amber se redressa sur sa chaise. C'était bien lui, Shaun Corrigan, souriant de toutes ses dents sur sa photo de profil. Il avait activé tous les paramètres de sécurité, on n'avait accès à aucune de ses données. Amber ne découvrit qu'une seule chose. Il fréquentait le lycée de Deer Park, à Cirencester.

Sam Jones de Cheltenham, mon œil !

Mais pourquoi mentait-il ?

Bon, un peu de concentration. C'était Suzie qui avait trouvé son prénom. Une fille très discrète, heureusement. Amber lui répondit :

« Tu es géniale, merci ! Tu le connais comment ? »

Quelques instants plus tard, la réponse lui parvenait :

« Il habite en face de chez mon oncle, à Tetbury. Je l'ai croisé à une fête de quartier au Nouvel An. Pourquoi ? Ce n'est pas ton type d'homme ! »

Le cœur d'Amber battait à tout rompre. Ce rôle de détective amateur était grisant. Elle envoya à son tour sa réponse :

« C'est top secret, je ne peux pas t'en dire plus. Motus et bouche cousue ! Tu connais son adresse ? »

Bip ! Quelques instants plus tard, un e-mail arrivait dans sa boîte de réception. Il contenait un lien, qui renvoyait vers une page sur Google Earth. Suzie précisait : « Mon oncle habite la maison de gauche, au numéro dix-sept, à côté de la boîte aux lettres. Sean habite pile en face, au vingt-deux. C'est la maison aux plates-bandes et à la porte jaune. »

Amber ouvrit le lien et zooma. Il s'agissait d'une maison jumelle sans particularités.

Que faire, à présent ? Il eût été raisonnable de suivre le conseil de Molly et d'attendre le prochain cours de dessin pour voir si Sam-Sean-Shaun y serait.

Mais s'il n'y était pas ? S'il ne revenait jamais au café ? Que deviendrait l'enquête, dans ce cas ?

Une autre option consistait à lui envoyer un message. Rien ne s'y opposait. Amber pouvait très bien lui écrire quelque chose de subtil et de léger, comme par exemple : « Tiens, tiens ! Je croyais que tu n'étais pas sur Facebook ? »

Pour une jeune fille aussi impatiente qu'Amber, la tentation était forte. Il lui suffisait de poser une question pour obtenir la réponse qu'elle convoitait, sans tourner autour du pot. Ce serait un jeu d'enfant.

Après tout, il ne lui plaisait vraiment pas. Si cela avait été le cas, jamais elle ne se serait montrée aussi directe. Mais, en l'occurrence, rien ne l'empêchait de jouer cartes sur table et de lui demander ce qu'il manigançait.

Sauf que… Jouerait-il franc jeu, lui aussi ? Que lui répondrait-il ? Avec les échanges électroniques, on donnait à son interlocuteur bien trop de temps pour réfléchir. Et, le cas échéant, pour composer une réponse bidon qui tienne la route.

Une confrontation en face à face se révélerait bien plus intéressante, non ?

Amber sourit. Un plan germait dans son esprit. Le lendemain, c'était mercredi, le jour idéal pour le mettre à exécution.

Elle n'allait pas attendre que Mahomet aille à la montagne. La montagne allait prendre les devants et rendre une petite visite à Mahomet.

Et, par Mahomet, elle entendait bien sûr Shaun Corrigan.

18

Ce fut une véritable expédition. Après les cours, Amber avait pris le car pour Tetbury, avec une correspondance. Au fond du premier car, des collégiens à l'humour raffiné l'avaient taquinée au sujet de ses cheveux :

— C'est quoi, cette couleur ? T'es tombée dans un champ de betteraves ?

Ensuite, pendant la deuxième partie du voyage, il lui avait fallu endurer les incessantes jérémiades de deux vieilles dames au sujet des « jeunes d'aujourd'hui ».

— Tu as vu le papier toilette molletonné qu'on nous vend de nos jours ? Pas étonnant que les jeunes d'aujourd'hui soient si délicats. Ah, là, là, tout va à vau-l'eau.

Le troisième âge, je vous jure… songea Amber. Tous des détraqués.

Enfin parvenue à destination, Amber sauta du car. Après ce qu'elle venait de subir, Shaun Corrigan avait intérêt à se trouver chez lui.

Elle trouva sans difficultés Parnall Avenue, l'ayant bien observée la veille sur Google Street View. Elle gagna le numéro dix-sept, où résidait l'oncle de Suzie. Postée devant sa boîte aux lettres, elle jeta un coup d'œil au trottoir d'en face. Porte jaune, jardin petit mais bien entretenu.

Bon, il ne servait à rien d'atermoyer. Elle traversa la route, s'engagea dans l'allée, et sonna à la porte.

Quelle aventure...

Pourvu qu'il soit là.

Bientôt, la porte s'ouvrit et Amber se trouva nez à nez avec une quadragénaire, la mère de Shaun, sans doute. Mince, souriante, dotée de jolis yeux verts, elle était ravissante. Sous son tablier rayé, elle portait un jean et un pull gris à col en V. Il flottait dans l'air le délicieux fumet de quelque chose qui mijotait.

— Bonsoir.

— Euh, bonsoir, est-ce que Shaun est là ?

Le sourire de la femme s'élargit :

— Oui, il est dans sa chambre, il révise pour un contrôle. Enfin, il a intérêt. Je vais vous le chercher. Vous êtes... ?

— Jessie, dit Amber.

Tant qu'à faire, autant s'amuser un peu, ne serait-ce que pour voir la surprise se peindre sur ses traits quand il la reconnaîtrait. En plus, c'était lui qui avait commencé à mentir sur son identité.

Sa mère alla se placer en bas de l'escalier et haussa la voix :

— Shaun ? Tu as de la visite. Une certaine Jessie est là pour te voir.

Une porte s'ouvrit à l'étage.

— Qui ça ?

— Jessie.

Le cœur d'Amber tambourinait dans sa poitrine. D'un instant à l'autre, il allait la voir. Déjà, des pas résonnaient sur le palier. Un pied chaussé de tennis apparut sur la marche supérieure de l'escalier, puis le bas d'un jean, puis Shaun tout entier.

Et il la vit.

Il pila net, blêmit, manifestement horrifié.

— Qu'est-ce qui se passe ? Qu'est-ce que tu fiches ici ?

Sa mère s'offusqua de la grossièreté de son fils :

— En voilà des manières, Shaun !

— Sympa, l'accueil, renchérit Amber.

Mais Shaun secouait la tête de droite à gauche, figé sur place au milieu de l'escalier :

— Je ne plaisante pas. Dégage ! Tu n'as rien à faire ici, *il faut que tu t'en ailles tout de suite.* Va-t'en !

— Du calme, riposta Amber, estomaquée. C'est toi qui m'as menti, je te signale.

À sa gauche, la mère de Shaun gémit :

— Seigneur, non…

À sa droite, une porte s'ouvrait et une voix d'homme s'élevait :

— Ça sent rudement bon ! On dîne à quelle heure ?

Et l'univers d'Amber vola en éclats.

Elle connaissait cette voix.

Et pour cause.

C'était celle de son père.

Qui se pétrifia sur place à sa vue.

— Merde.

Il ferma les yeux et se massa les tempes.

— Merde, merde !

Le cœur d'Amber ne tambourinait plus, il lui martelait littéralement les côtes. Elle mourait d'envie de prendre ses jambes à son cou, mais celles-ci ne lui obéissaient plus. Elle s'était comme enracinée sur le pas de la porte.

Son père trompait sa mère. C'était la seule explication possible. Comment pouvait-elle en être sûre ? Facile. Il portait des pantoufles.

Y avait-il un protocole à respecter dans un cas semblable ? Amber n'en avait pas la moindre idée.

— Amber, je suis désolé, lui dit-il, visiblement très secoué.

On le serait à moins.

— Comment as-tu su… ? lui demanda-t-il.

La jeune fille avait-elle perdu l'usage de la parole ? Il n'y avait qu'une seule façon de s'en assurer. Elle s'éclaircit la voix.

— Je… ne savais rien du tout. Ce n'était pas toi que je cherchais, mais lui.

Elle désignait Shaun, qui semblait sur le point de vomir.

— Quoi ?

Son père dévisagea, interdit, le garçon qui se tenait toujours entre deux marches. Le garçon qui venait de dévoiler sa double vie.

— Que s'est-il passé ?

Tantôt le temps se figeait, tantôt il accélérait vertigineusement. Les tempes d'Amber bourdonnaient.

— Je… Je ne l'ai pas fait exprès, bredouilla Shaun. Je ne sais pas comment elle m'a retrouvé. Je voulais juste savoir à quoi ils ressemblaient…

Il implorait du regard le père d'Amber, en multipliant les signes de dénégation. Sa mère, pour sa part, semblait de plus en plus accablée.

— Oh, Shaun…

Sa mère, qui couchait avec le père d'Amber.

La jeune fille fit face à son père et s'écria :

— Comment peux-tu faire ça à maman ?

Sa voix se brisa.

— Comment peux-tu ? Et d'abord, ça fait combien de temps ?

Le silence se fit. Un silence de mort. Un silence lourd de sens. Amber n'y tenait plus. Elle se détourna et recula d'un pas chancelant.

— Amber, ne pars pas ! Reviens ! Il faut qu'on en parle. Je peux tout t'expliquer !

Son père tentait désespérément de la retenir. Mais elle ne supportait même pas de le regarder. Avec ses pantoufles aux pieds. Non seulement il se tapait une autre femme, mais en plus, il portait des charentaises !

— Ne m'approche pas ! rugit-elle.

Sa rage n'était pas feinte. En l'espace de quelques secondes, tout avait basculé. Pourrait-elle jamais lui pardonner ?

— Tu me dégoûtes. Tu me dégoûtes ! Tu as pensé à maman ?

— Seigneur, Amber…

Il prononçait son prénom avec un mélange de détresse et de terreur.

— Ne me touche pas ! Je ne veux plus jamais te revoir !

Le cerveau en surchauffe, elle sortit, claquant la porte derrière elle, et déboula dans la rue sans savoir où elle allait. Elle prit à gauche, puis à droite, puis s'aperçut qu'elle était perdue. Bon sang, quel cauchemar…

Quinze minutes plus tard, elle avait retrouvé le centre-ville. Là, les passants déambulaient comme s'il ne s'était rien passé. Hagarde, hébétée, Amber se fraya un chemin jusqu'à la gare routière.

Shaun s'y trouvait déjà. Il l'attendait.

Sans un regard, elle fourra ses poings dans les poches de sa veste.

— Va-t'en.

— Je suis confus…

— Ne me parle pas.

— Je ne voulais pas en arriver là.

— Sans blague. Et moi qui débarque et qui gâche tout. Pauvre chouchou. Maintenant, par ma faute, votre secret est éventé. Mais putain, je n'y crois pas ! Je n'arrive toujours pas à y croire ! Ma mère… Quand elle l'apprendra, ça va la tuer.

— Écoute, ce n'est pas ce que tu crois…

— Ah, non ! N'essaie pas de m'embobiner !

Un instant plus tôt, Amber refusait d'adresser la parole à Shaun, mais à présent, les mots se bousculaient.

— Tu ne te rends donc pas compte de ce que tu as fait ? Mes parents s'aiment, ils sont heureux ! Tu comprends, ça ? C'est le couple idéal depuis des années ! Sauf que maintenant, tout est gâché !

Sa voix s'éraillait. Heureusement qu'ils étaient seuls à l'arrêt de bus.

— Ta mère devrait avoir honte. Elle m'a volé mon père, comme ça, parce qu'elle avait envie de s'envoyer en l'air avec un homme marié.

Amber savait en proférant ces accusations qu'elle se montrait partiale ; elle concentrait sa fureur sur la mère de Shaun, mais son père était tout aussi coupable.

Ils se toisaient, face à face. La pluie se mit à tomber.

— Tu ne comprends pas, murmura Shaun, impuissant.

— Oh, que si.

— Tu te méprends au sujet de ma mère.

— Tu en es bien sûr ? Non, mais regarde-la !

Les gouttes de pluie percutaient son visage.

— Je t'ai présenté mes excuses. Mais je maintiens que tu ne comprends pas vraiment la situation.

— Ah, ouais ? Vraiment ? Tu es venu aux Bruyères exprès un jour où mon père était soi-disant en déplacement. Poussé par la curiosité. Tu voulais voir à quoi ressemblait sa famille.

Un crissement de freins. Le car se gara le long du trottoir et les portes s'écartèrent. La pluie tombait à verse, désormais. Amber posa sur Shaun un regard scrutateur, attendant qu'il confirme sa supposition.

Au lieu de quoi, il soupira, et dit :

— Son *autre* famille.

Pour la seconde fois de la soirée, la terre s'arrêta de tourner.

— Quoi ?

— Ton père...

Shaun baissa la tête avant de se redresser, une lueur de défi dans le regard.

— C'est mon père, à moi aussi.

— Dites, c'est pour aujourd'hui, ou pour demain ? beugla le chauffeur. J'ai pas que ça à faire, moi !

Les mots de Shaun tourbillonnaient dans la tête d'Amber.

— Ce n'est pas possible.

— Et pourtant, si.

— Je compte jusqu'à trois, annonça le chauffeur. Un... Deux...

— Je crois que je vais vomir.

— Et trois ! Salut, la compagnie !

Les portes se refermèrent et le bus démarra, les laissant seuls tous les deux, sur le trottoir, sous la pluie battante.

19

On pouvait être quelqu'un de bien et se retrouver malgré tout dans une situation donnant de soi une image... peu reluisante. Joe Taylor l'avait appris à ses dépens.

Pourtant, il était quelqu'un de bien. Vraiment. Il avait commis une erreur, des années auparavant, et en payait le prix depuis. Ces dix-sept dernières années, il s'était efforcé de limiter la casse, principalement pour préserver les sentiments de ceux qu'il aimait. Il n'aurait pas supporté de leur causer de peine.

Et, jusqu'à présent, il y était arrivé.

Jusqu'à présent...

Joe ferma les yeux.

Tout avait commencé à l'époque où il habitait Bristol. Il ne s'y attendait pas du tout, ça lui était tombé dessus sans crier gare. À force de fréquenter le café en face de son entreprise, il avait sympathisé avec Christina. Elle travaillait comme avocate dans un cabinet situé à deux pas. Au cours des mois suivants, ils s'étaient rapprochés. En tout bien, tout honneur.

Jusqu'à ce qu'une conjonction d'éléments change la donne. Joe s'était violemment disputé avec Frankie. Elle l'accusait d'avoir oublié d'envoyer une carte d'anniversaire, lui soutenait mordicus l'avoir postée. Toute la journée, il s'était senti victime d'injustice.

Le soir venu, en quittant le travail, il était tombé sur Christina dans la rue et lui avait demandé de ses nouvelles. Elle avait fondu en sanglots. Joe l'avait escortée jusqu'au café, et elle lui avait tout raconté. On avait diagnostiqué à sa mère un cancer de stade quatre et elle venait de donner sa démission pour prendre soin d'elle durant les derniers mois qu'il lui restait à vivre. Elle quittait Bristol le lendemain, à l'aube.

Christina vivait seule et Joe n'avait pas le cœur de l'abandonner dans un tel état de détresse. Il l'avait raccompagnée en voiture jusqu'à son appartement et, là, ils avaient parlé pendant des heures. Joe était ému ; plus ils parlaient, plus il s'apercevait que Christina allait lui manquer.

De fil en aiguille, les larmes avaient fait place à des embrassades, d'abord innocentes... puis beaucoup moins.

Il avait voulu la réconforter. C'était mal, mais sur le moment cela lui avait paru si naturel...

Après, Christina avait sangloté.

— Je suis désolée, on a vraiment dérapé. On n'aurait pas dû. Mon Dieu, ta femme... Tout est ma faute.

D'un commun accord, ils résolurent que le « dérapage » ne se reproduirait jamais. Le lendemain, Christina quittait la ville. Ils n'en parleraient jamais à quiconque. Personne n'apprendrait ce qu'il s'était passé ce soir-là.

Joe était arrivé chez lui après vingt-deux heures, et Frankie lui avait sauté au cou.

— Je te demande pardon. Je ne veux plus jamais qu'on se dispute. Je t'aime tellement.

La culpabilité l'avait écrasé. Mais il allait bien falloir s'en accommoder. Après tout, cela ne se reproduirait jamais.

— Il a éteint son portable, dit Christina. Je lui laisse un message ?

Joe était effondré à la table de la cuisine, la tête entre les mains.

— Non, pas pour le moment. Amber non plus ne répond pas. Je n'arrive pas à croire qu'ils nous ont démasqués. C'est une catastrophe. Comment est-ce arrivé ? Qu'est-ce qu'on va faire ?

Christina raccrocha, l'air préoccupé.

— Je l'ignore. Mais tu ferais mieux de rentrer aux Bruyères avant qu'Amber ne raconte tout à Frankie.

Cette perspective paralysait les pensées de Joe.

— Et une fois là-bas, je fais quoi ?

— Eh bien… À ton avis, il y a une chance pour qu'Amber tienne sa langue ?

Joe secoua la tête, accablé :

— Pas la moindre.

— En ce cas, tu vas devoir tout avouer.

Quinze mois après leur dernière entrevue, Joe avait revu Christina. C'était au mois de décembre. Il faisait ses courses de Noël au centre commercial de Bristol. Levant les yeux de l'étal de foulards en soie John Lewis qu'il était en train d'examiner, il l'avait aperçue qui se dirigeait droit vers lui.

Son cœur fit un bond dans sa poitrine. Elle ne l'avait pas vu. Il aurait pu se détourner et la laisser poursuivre son chemin, mais pourquoi ne pas la saluer ? Cela ne mangeait pas de pain. Après tout, ils avaient été amis. Et c'était Noël.

— Salut.

— Oh, c'est toi ? Pas possible…

Christina avait tressailli ; toutes sortes d'émotions contradictoires défilaient sur son visage.

— Tu vas bien ? articula-t-elle enfin.

— Très bien, merci.

Joe souriait de la voir si gênée. Une queue de cheval haut perchée retenait ses cheveux blonds et fins, de son grand manteau émeraude dépassaient un col noir et un pantalon.

— Et toi, Christina ? Comment vas-tu ?

— Je... Très bien, merci. Je faisais quelques emplettes, pour Noël, tu sais...

Elle était chargée de paquets et quelques gouttes de transpiration perlaient sur son front.

— Mais sérieusement, comment vas-tu ? Et... ta maman ? demanda-t-il d'une voix douce et pleine de compassion.

Christina ne répondit pas tout de suite.

— Elle est morte il y a trois mois. On s'y attendait. Mais ça n'a pas été facile pour autant.

Elle laissa sa phrase en suspens, inspira à deux ou trois reprises.

— Il fait chaud, ici...

— Donne-moi tes paquets.

Joe lui tendit les bras. Effectivement, il faisait très chaud et Christina semblait au bord de l'évanouissement.

— Retire ton manteau, lui ordonna-t-il.

Elle obtempéra et s'appuya contre la vitrine qui contenait les foulards :

— Non, merci, ça va aller. Merci d'avoir pris des nouvelles de maman. Elle me manque, mais la vie continue. Bon, mais toi, quoi de neuf ?

— Oh, pas grand-chose...

Entre eux, l'air surchauffé vibrait de mille non-dits.

— Vous êtes toujours ensemble, Frankie et toi ?

Elle semblait s'en vouloir d'avoir posé cette question.

Joe opina, mais ne s'étendit pas :

— Oui.

L'espace d'un instant, des larmes scintillèrent dans les yeux de Christina. Alors, elle détourna le regard, puis baissa les yeux sur le gros manteau qu'elle tenait à la main. Elle le replia par-dessus son bras et reprit les paquets que Joe lui portait.

En les lui rendant, Joe hésitait. Serait-il déplacé de l'embrasser, pour lui dire au revoir ? Sans doute. Il en avait envie, mais mieux valait s'abstenir. Il ne fallait pas.

— Ça m'a fait plaisir de te revoir, dit Christina en souriant de toutes ses dents. Joyeux Noël !

— À toi aussi.

Sous le regard tendre de Joe, elle se retourna et allait s'engouffrer dans la foule de consommateurs en quête de cadeaux quand Joe repéra sur son épaule gauche une tache blanchâtre, semblable à de la fiente d'oiseau. Sachant l'importance que Christina accordait à son apparence, il la retint :

— Attends, tu as une tache sur ton pull.

Christina s'arrêta, inspecta son pull, et vira au rouge écarlate. Joe brandissait déjà un mouchoir :

— Ne t'en fais pas, on va arranger ça.

Mais Christina reculait, et, à cet instant, Joe comprit qu'il ne s'agissait pas de fiente. À l'expression de douleur et d'affolement qui se peignait sur les traits de son amie, il devina la vérité. C'était la seule explication.

Il envisagea d'abord de ne pas relever. De faire celui qui n'avait rien remarqué. Il lui restait ce choix. Il pouvait encore jouer les imbéciles et tourner les talons, finir ses achats, charger le coffre de la voiture, rentrer aux Bruyères, retrouver Frankie et sa routine.

Mais il ne le pouvait pas.

— Mon Dieu, Christina…

Elle s'éloignait. Jouant des coudes à travers la foule, il la rattrapa et la saisit par le bras. D'une voix blanche, il s'entendit bredouiller :

— Il faut qu'on parle.

Sans un mot de plus, ils sortirent du centre commercial, longeant le château enchanté du Père Noël où les enfants faisaient la queue.

Les enfants...

La Mini rouge de Christina était garée tout au bout du gigantesque parking. Elle en déverrouilla les portières, empila ses paquets dans le coffre et prit place derrière le volant, tremblant non pas de froid mais d'émotion. Elle serrait fort ses mains sur ses genoux.

Joe s'installa à la place du passager.

— Il est de moi ?

Elle eut un hochement de tête un peu heurté :

— Oui.

— Tu es tombée enceinte, et tu ne m'as rien dit.

— Joe, j'en mourais d'envie, se défendit-elle avec l'ardeur du désespoir. J'y ai pensé mille fois. Mais comment aurais-tu réagi ? Tu avais ta vie, ta femme. Ce n'était pas censé arriver.

— D'ailleurs, comment est-ce arrivé ? Tu m'avais dit qu'il n'y avait aucun danger...

— Je le croyais vraiment, je te jure. Ce n'était pas la bonne période du mois. Et pourtant c'est arrivé. Je t'en prie, ne va pas croire que je t'ai fait un enfant dans le dos. C'est faux, je te le promets.

Elle mettait tant de ferveur à se défendre, il était évident qu'elle ne mentait pas. Mais les questions se bousculaient dans la tête de Joe.

— C'est un garçon ou une fille ?

— Un garçon.

— Il s'appelle comment ?

Pourvu qu'elle ne l'ait pas appelé Joe.

— Shaun.

— Il est... en bonne santé ?

— Il est parfait. Pour tout t'avouer, c'est la première fois que je sors sans lui. En temps normal, je ne le quitte pas.

— Tu ne voulais pas d'enfant, mais tu l'as quand même gardé... (Joe réfléchissait.) Pourquoi ?

— Je sais, cela ne faisait pas partie du plan. En gros, c'est à cause de maman. (Ses yeux s'embuèrent.) Elle était à l'hôpital et je passais toutes mes journées à son chevet. Elle savait qu'il ne lui restait pas longtemps à vivre. Un jour, elle m'a dit que son plus grand regret était de n'avoir pas connu ses petits-enfants. Elle me répétait que je ferais une excellente mère, et qu'elle avait toujours rêvé de me voir avec un bébé...

Une famille nombreuse longeait la Mini ; les petits se chamaillaient.

— Mets-toi à ma place, poursuivit Christina. C'était son vœu le plus cher. Elle était mourante, et moi, j'étais enceinte. J'avais le pouvoir d'exaucer son souhait.

Christina inclina la tête et sécha ses larmes du revers de la main. Simplement, elle conclut :

— Alors j'ai décidé de le garder. Pour maman. Je l'aimais tant... Je voulais lui faire ce cadeau.

Joe opinait. Ce choix n'allait pas lui simplifier l'existence, mais il comprenait.

— Elle l'a apprécié, ce cadeau ?

— Tu aurais dû la voir. Elle était aux anges. Pendant quelques semaines, elle a repris tant de forces que je l'ai cru tirée d'affaire. Même les médecins n'en revenaient pas. (Elle eut un sourire amer.) Bien sûr, ça n'a pas duré. Mais c'était magique. Elle a quitté l'hôpital, s'est mise à tricoter des vêtements de bébé, à m'accompagner aux échographies... C'était une nouvelle tranche de vie, pour elle. Le jour de la naissance de Shaun, elle était là. C'était le plus beau jour de ma vie. J'ai fait une vidéo de Shaun dans les bras de maman. J'avais réalisé son rêve.

Un silence. Christina cherchait des mouchoirs dans la boîte à gants.

— Mais on savait que ça ne durerait pas, et de fait, sa santé s'est remise à décliner. Elle est morte quand Shaun avait trois mois. Au moins, elle a pu le rencontrer. Elle était folle de lui. Cette ultime expérience l'a comblée de joie, et je ne regretterai jamais ma décision.

Ils se turent pendant quelque temps.

Enfin, Joe rompit le silence :

— Qu'est-ce que tu as dit à ta mère à propos de moi ?

— La vérité. Tout en préservant ton anonymat. Je lui ai dit qu'il y avait une autre femme dans ta vie et qu'on ne pouvait pas être ensemble, toi et moi, mais que tu étais quelqu'un de bien.

Joe en avait une boule dans la gorge. Lui aussi s'était toujours considéré comme « quelqu'un de bien ». C'était d'ailleurs pour cette raison qu'il avait raccompagné Christina chez elle pour la réconforter, le soir où tout avait basculé.

— Et qu'est-ce qu'elle t'a répondu ?

— Que de toute façon, la plupart des hommes étaient des bons à rien et que je me débrouillerais très bien toute seule.

— Tu as une photo ?

— De ma mère ?

— Non, du bébé.

— Bien sûr, pardon. Je n'en ai pas sur moi, désolée. Jusqu'à présent, je n'en ai jamais eu besoin puisque Shaun était avec moi constamment.

— Je veux le voir.

Elle hésitait :

— Pourquoi ? Tu ne me crois pas ? Il ne peut être que de toi, tu sais.

— Je te crois. Mais j'ai envie de le voir. C'est mon fils.

— Si tu fais ça pour moi, ne t'y sens pas obligé. On est heureux, tous les deux.

— Tu n'y es pas. C'est pour moi que je le fais. Il faut que je le voie.

Les yeux de Christina s'arrondissaient :

— Maintenant ?

— Je ne sais pas. Pourquoi pas ? Tu habites où ?

— À Chepstow. Dans la maison de ma mère. J'ai quitté mon appartement.

Chepstow se trouvait à quarante kilomètres de là, or les routes étaient encombrées.

— Ce soir, je ne peux pas, Frankie m'attend.

— Je comprends. Tant pis.

— Demain. Je lui dirai que je dois travailler tard. Ça irait ?

— Tu es sûr ?

— Oui.

Il l'était. Même s'il jouait avec le feu.

— En ce cas, c'est entendu. Je vais t'écrire mon adresse, dit Christina en esquissant un petit sourire désarmant.

Elle paraissait aussi terrifiée que lui.

Elle lui griffonna son adresse sur un bout de papier.

— Tu veux aussi mon numéro de téléphone, au cas où tu aurais un empêchement ?

— Oui, on ne sait jamais.

Elle lui remit le papier et Joe descendit de voiture. Sans l'embrasser ni la prendre dans ses bras, cela aurait été déplacé.

— À demain, vers dix-huit heures.

— À demain.

— Autre chose...

Joe ne pouvait plus reculer, à présent.

— Il faut que je te le dise. Frankie est enceinte.

Cristina accueillit la nouvelle avec un mélange de stupeur et de déception. La résignation y succéda.

— Ah. Eh bien... Félicitations, lâcha-t-elle enfin.

— Merci, murmura Joe, contrit.

Sur le chemin du retour, Joe avait appris par cœur l'adresse et le numéro de Christina, se les était récités plusieurs fois, puis avait déchiré le papier en mille morceaux qu'il avait dispersés au vent par la vitre de sa voiture.

On n'était jamais trop prudent.

Aux Bruyères, Frankie l'avait embrassé. Son ventre rond comme un ballon pressait contre son abdomen.

— Tiens ? s'était-elle étonnée en trouvant le coffre vide. Je croyais que tu avais des tonnes de courses de Noël à faire ?

— Il y avait trop de monde et il faisait trop chaud, je n'ai pas eu le courage d'affronter les queues aux caisses. Sans rire, c'était dément.

Ce qui n'était pas entièrement faux.

— Alors je dois faire une croix sur mon cadeau, cette année ?

Joe lui avait caressé la joue. Il l'aimait tant...

— Pas de panique. J'y retournerai un autre jour. Et toi, ta journée ?

— J'ai les chevilles toutes gonflées, le système digestif en vrac et on me tricote les côtes de l'intérieur. Le pied !

Mais les yeux de Frankie pétillaient :

— Tout ça en vaudra la peine. Oh ! Le bébé bouge !

Joe avait placé sa main sur le ventre de sa femme et senti leur enfant remuer.

Son enfant.

Son deuxième enfant.

Bon sang, qu'avait-il fait ?

La grande maison à pignons se dressait au fond d'une impasse. Elle était dotée d'un jardin en pente et d'un panneau « À VENDRE ».

Christina lui avait ouvert en disant :

— J'aurais dû commencer par là hier. Je n'attends de ta part aucun soutien financier. C'est moi qui ai choisi de le garder et je ne te demanderai jamais un centime. Je tenais à ce que tu le saches.

Joe s'était senti coupable mais également soulagé. Il n'aurait pas pu faire des versements réguliers à Christina sans que Frankie s'en aperçoive. Depuis ces retrouvailles avec Christina la veille, il n'avait pas fermé l'œil, il était bien trop occupé à paniquer.

— Merci.

Il brûlait de la serrer dans ses bras, mais il se contenait.

— Je t'aiderais volontiers, mais...

— Je sais, ce serait trop compliqué. Ne t'en fais pas. Cette maison m'appartient désormais, et maman m'a aussi laissé de l'argent. Mais entre, je t'en prie.

— Pourquoi la mettre en vente, en ce cas ? J'ai vu le panneau...

— Elle est trop grande pour deux personnes et le jardin ne convient pas à un nourrisson. Je vais trouver quelque chose de plus modeste et de mieux adapté, dans un coin agréable. Ici, les voisins sont vieux jeu, ils n'aiment pas trop les mères célibataires.

Il n'en fallait pas davantage pour donner envie à Joe de faire le tour du quartier et de dire sa façon de penser à tous ces crétins bien-pensants. Comment osaient-ils ?

— Détends-toi, lui avait glissé Christina, le voyant soudain renfrogné. C'est une page qui se tourne. Je vais pouvoir repartir de zéro. Ce sera excitant.

Elle poussa la porte du salon.

— Alors ? Prêt à rencontrer ton fils ?

Prêt, Joe ne l'était probablement pas, mais il franchit tout de même le seuil. Et il était là, blond comme les blés, une peluche à la main, endormi dans son transat. Il avait de grosses joues à la Winston Churchill, et une lèvre inférieure protubérante, qui n'était pas sans rappeler, elle aussi, l'homme d'État. Sauf que le bébé portait un pyjama en velours bleu à l'effigie de Babar.

Le bébé. Son fils…

Comme s'il se sentait observé, le bébé avait battu des paupières et ouvert ses yeux. D'instinct, ils avaient trouvé sa mère et le petit avait tendu les bras vers elle. Défaisant sa ceinture de sécurité, Christina l'avait hissé hors de son transat. Elle avait posé un gros baiser sur son visage joufflu, gazouillant presque amoureusement :

— Alors, bonhomme, on a bien dormi ? Regarde qui est là…

Oui, qui ? Christina avait formulé sa phrase sans y penser mais Joe était piqué au vif. Il n'était pas n'importe qui. Il était le papa. Certains hommes, se découvrant père, parvenaient peut-être à poursuivre tranquillement le cours de leur vie, sans jamais rencontrer leurs enfants, mais Joe ne comptait pas parmi leurs rangs.

— Tu veux le porter pendant que je prépare son biberon ?

— Il ne va pas se mettre à pleurer ?

Christina avait souri :

— Il n'y a qu'une seule façon de le savoir. Mais ne crains rien, en général, il est très sage.

Christina disait vrai. Joe lui avait cueilli Shaun des bras et, instantanément, il avait su qu'il ne pourrait jamais faire machine arrière.

En proie à un tsunami d'émotions, d'une voix incertaine, il avait balbutié :

— Mon garçon... Mon fils...

Un mois plus tard, Joe se tenait aux côtés de Frankie. Au bout de vingt-sept heures d'un travail pénible et délicat, elle avait accouché d'Amber. La sage-femme avait examiné et nettoyé la petite rougeaude qui braillait à qui mieux mieux puis l'avait emmaillotée dans un linge blanc et tendue solennellement au papa.

Frankie, éreintée mais béate, l'avait regardé prendre sa fille dans ses bras.

— Regarde-toi, s'était-elle émerveillée. Tu es papa !

La sage-femme avait renchéri :

— On dirait qu'il a fait ça toute sa vie.

— Et pourtant, c'est la première fois qu'il tient un bébé, s'était enorgueillie Frankie.

— C'est bon signe. Il a ça dans le sang.

Joe, fuyant leur regard, se concentrait sur Amber. Au cours des quatre dernières semaines il avait réussi à passer six fois à Chepstow. Il avait même un jour donné le bain à son fils pour la première fois. Il partageait, avec Shaun comme avec Amber, d'infimes caractéristiques physiques communes, mais ses deux enfants ne se ressemblaient en rien. Seul était le même l'amour écrasant que tous deux lui inspiraient.

Il détestait la situation dans laquelle il se trouvait, mais les choses étaient ce qu'elles étaient, et elles ne changeraient pas de sitôt. Il avait embarqué par mégarde pour un tour de montagnes russes dont il ne voyait pas le bout. Et pas question de descendre en route.

— Regarde, Joe. On forme une famille.

La frange collée au front, Frankie levait vers lui des yeux radieux.

— C'est le plus beau jour de ma vie.

Joe ne voulait pas lui mentir, mais il n'avait pas le choix.

— Pour moi aussi.

Il avait décroché une promotion. Qui s'assortissait d'une plus grande flexibilité dans son emploi du temps ainsi que de fréquents déplacements. Autant d'occasions de s'esquiver sans éveiller de soupçons. Pour compenser ses absences répétées, Joe se comportait à la maison en père exemplaire. Il adulait sa femme et sa fille. Il adorait également Shaun. Quant à Christina, s'il n'en était pas amoureux, il l'appréciait beaucoup, la respectait et se plaisait en sa compagnie. Ils étaient bons amis et Joe se rassurait en se disant que, tant que leur relation restait platonique, il ne faisait rien de mal. Ce n'était pas comme s'il trompait sa femme.

Christina vendit sa maison. Elle en visita une autre à Tetbury, sur Parnall Avenue. Les voisins paraissaient sympathiques. Elle retourna la visiter le lendemain avec Joe. L'agent immobilier les prit pour un couple. Les propriétaires aussi. Il était plus simple de ne pas les détromper, d'autant que Shaun, qui avait onze mois, commençait à dire « papa ».

Elle fit une offre, qui fut acceptée. La vente se déroula sans encombre. Les voisins apprirent qu'à cause de son travail, Joe serait fréquemment absent, au moins quatre ou cinq nuits par semaine. Ce qui était dommage, bien sûr, mais ainsi allait la vie, on n'avait rien sans rien. Et, comme Christina le faisait remarquer, cela valait toujours mieux que d'avoir un mari dans la marine ou dans l'armée.

Bien sûr, ajoutait Christina, elle et Joe n'étaient pas mariés à proprement parler, mais ils formaient un vrai couple, la preuve, ils avaient un enfant.

Ce n'était pas si loin de la vérité.

Et puis…

Joe veillait à garder ses distances par rapport à Christina. Tant qu'ils restaient amis, et seulement amis, il parvenait à maîtriser ses cas de conscience.

Mais le temps passait, et Joe et Christina étaient faillibles. Leurs sentiments s'approfondirent. L'affection et l'admiration que la jeune femme inspirait à Joe cédèrent à un amour aussi sincère que celui qu'il concevait pour Frankie. Ils résistèrent un an, puis leur passion prit le dessus. Car Christina l'aimait en retour. N'avait-elle pas le droit de connaître l'amour, elle aussi ?

À partir de ce moment-là, la culpabilité de Joe s'accrut, mais son bonheur aussi. L'embrouillamini qu'était devenue sa vie décuplait à la fois son angoisse et sa joie…

Au fond, il n'avait jamais vraiment eu le choix.

20

C'était donc ça, une crise d'angoisse ? Dex sonna de plus belle. Une goutte de sueur ruisselait le long de son dos. Quand, enfin, Molly lui ouvrit, il lui tendit Delphi.

— Je laisse tomber. Je n'en peux plus. Je n'y arriverai jamais. Je ne suis pas fait pour prendre soin d'un bébé.

— Dommage pour vous, dit Molly, inébranlable. Ce n'est pas mon problème.

— Je ne plaisante pas. Je vous la confie.

Il lui colla la petite dans les bras et commença de s'éloigner dans l'allée.

— Et moi, j'ai l'air de plaisanter ? Franchement, vous êtes lamentable. Tenez !

Dex se retourna et rattrapa au vol le bébé qu'elle lui lançait tel un ballon de rugby.

— Pas question, protesta-t-il. Elle est à vous !

Et de le lui relancer.

C'était honteux, on ne traite pas un bébé comme un ballon ! Mais il fallait que Molly comprenne qu'il touchait vraiment le fond.

— Je vous préviens, si vous me la relancez, je ne la rattraperai pas.

Pour appuyer ses propos, il leva les bras en l'air et lui tourna le dos. Mais Molly ne s'arrêta pas à ce détail et lui jeta quand même la petite. Dex s'aperçut qu'il était trop tard, il n'allait pas réussir à la rattraper !

Il se redressa d'un bond dans son fauteuil. L'adrénaline pulsait dans ses veines. Dieu merci, ce n'était qu'un rêve. Il haletait, terrorisé, en agrippant les accoudoirs. Delphi était là, saine et sauve, dans son couffin. Il ne venait pas de la propulser dans les airs comme un ballon et, surtout, ne l'avait pas laissée tomber dans l'allée.

Bon sang, cela paraissait si réel. Son cœur tambourinait toujours dans sa poitrine. Quel message tentait de lui envoyer son subconscient ?

Dex consulta sa montre. Il devait être très tôt.

Cinq heures trente.

Delphi, qui faisait ses dents, avait encore passé une nuit éprouvante. Trois fois, il avait réussi à la rendormir et à regagner sa chambre… pour être réveillé peu après par une nouvelle crise de sanglots frénétiques. La quatrième fois, il l'avait recouchée et s'était installé à côté de son petit lit pour la veiller jusqu'à ce qu'elle s'apaise. Près de deux heures s'étaient depuis écoulées et un torticolis carabiné le guettait.

Dex savait qu'il ne trouverait plus le sommeil. Malgré l'heure matinale, il descendit au rez-de-chaussée et se fit une tasse de café. Ensuite, il sortit dans le jardin. À l'horizon, le soleil se levait. Le ciel sans nuages annonçait une magnifique journée de printemps. Mais Dex ressassait son cauchemar. Était-il secrètement tenté de fuir ses responsabilités ? De renoncer à la garde de Delphi ? Malgré tout l'amour qu'elle lui inspirait, elle ne brillait pas franchement par sa conversation…

Une araignée tissant sa toile entre une chaise de jardin et la haie d'ifs l'arracha momentanément à ses noires pensées. Dans son ancienne vie, à l'aube, Dex serait tout juste rentré de boîte de nuit. Mais voici qu'une nouvelle journée s'étirait devant lui, journée qui promettait de comporter une forte dose de monotonie. Avec une inconnue : qu'allait-il cuisiner pour son petit-déjeuner ? Et encore. Il cuisinait si mal qu'il allait sans doute se rabattre sur des tartines. Comme tous les jours. À moins qu'il n'ouvre un paquet de gâteaux.

À onze heures, c'était le branle-bas de combat. Quand on avait un bébé, cinq heures équivalaient, en termes de ressenti, à cinq jours. Dex ramassa la petite et alla sonner chez la voisine.

À la vue de Molly, les cheveux entortillés et retenus par deux crayons à papier, il se dérida.

— Dites, vous faites quoi, ce midi ? lui demanda-t-il.

— Pourquoi ? Vous avez besoin d'une baby-sitter ?

Elle faisait les yeux doux à Delphi.

Dex avait effectivement hésité à abuser de sa générosité mais, toujours tenaillé par la culpabilité que lui avait inspirée son cauchemar, il n'osait pas. En plus, si Molly gardait Delphi, elle ne pourrait pas l'accompagner.

— Non. En fait, j'ai besoin de m'aérer l'esprit et de quitter Les Bruyères pour la journée. J'étouffe. On vous invite à déjeuner ?

— Par chance, j'adore manger. J'ai le temps de me changer, ou je viens comme je suis ?

Elle portait un pyjama en pilou rose.

— Je vais réserver une table à l'*Avon George Hotel*. Portez ce qu'il vous plaira !

À midi, ils dévalaient l'autoroute en direction de Bristol. Molly avait pris une douche et enfilé une robe en coton jaune. Elle observait Dex du coin de l'œil.

— Quelque chose ne va pas ? finit-elle par lui demander. Vous paraissez tendu.

Sans quitter la route des yeux, Dex haussa les épaules.

— Pour ne rien vous cacher, ma vie de citadin me manque. Le boulot, les sorties… Le pire, c'est que les services sociaux m'avaient prévenu. Moi, je faisais le fier. Or je m'aperçois que changer de vie n'est pas si évident que ça.

Le pauvre, songea Molly.

— C'est déjà assez difficile de s'occuper d'un bébé quand on a eu neuf mois pour se faire à l'idée… répondit-elle. Du moins, c'est ce qu'on raconte. Il faut laisser du temps au temps.

— Je sais, approuva-t-il.

— Ce n'est pas votre jour, voilà tout.

Dex eut un sourire fugace :

— Ça doit être ça. Mais la journée n'est pas terminée, ça peut encore s'arranger.

Parvenus à Clifton, ils trouvèrent une place et se garèrent. Le ciel était bleu et le soleil brillait.

— Je prends le fourre-tout ? suggéra Molly tandis que Dex extrayait Delphi de son siège-auto.

— Pas la peine. J'aime vivre dangereusement.

Déjà, son humeur s'améliorait.

— Dire qu'autrefois, je sortais muni en tout et pour tout de mes clés et de mon portefeuille. Maintenant, chaque fois, c'est comme si je partais pour l'Australie. Les couches, le talc, les lingettes, le biberon de lait, le biberon d'eau, les petits pots, les vêtements de rechange au cas où elle vomirait, le deuxième set de vêtements de rechange au cas où elle vomirait de nouveau, les peluches, le doudou, les couches en rab…

— Le four, l'avion à réaction, la poêle à frire, le trampoline…

Dex ricana.

— Vous plaisantez, mais vous n'êtes pas loin de la vérité. Bon, allons-y.

Il régnait dans le restaurant une grande animation. Des tables avaient été dressées sur la terrasse au-dessus des gorges, on y jouissait d'une vue imprenable sur le fameux pont suspendu de Brunel. Les mets sentaient divinement bon. À une extrémité de la terrasse, on fêtait un mariage ; l'ambiance générale était à la joie. Un serveur apporta une chaise haute pour Delphi ; Dex l'y installa. Quelques instants plus tard, lui et Molly dégustaient un verre de vin blanc bien frais. On avait pris leur commande. Quant à la petite, elle mâchouillait gaiement un morceau de pain.

— Là, ça va mieux !

Dex se détendait à vue d'œil. Il s'inclina contre son dossier et trinqua avec Molly.

— Cela ressemble plus à votre vie d'avant ? hasarda-t-elle.

— Je suppose que oui.

D'un geste, il embrassa la terrasse, et précisa :

— Une foule d'inconnus qui se font des ronds de jambe, des gosses de riches qui parlent trop fort et rient comme des baleines…

— Ouiiiiiiin ! brailla soudain Delphi.

Furieuse d'être sanglée dans sa chaise haute, elle se tortillait pour se libérer.

— Non, dit Dex. Tu restes dans ta chaise.

Il lui tendit un nouveau bout de pain.

Elle le catapulta aussitôt de toutes ses forces vers la table voisine.

— Ouiiiiiiiiiiiin !

— Désolée, dit Molly, tout sourire, aux hôtes incommodés, un brigadier et son épouse pincée. Euh, on pourrait ravoir notre bout de pain ?

Grincheux au possible, ils la fusillèrent du regard.

— Pas bouger ! ordonna Dex en dardant sur la fillette un index autoritaire. Si tu étais Lassie, je suis sûr que ça aurait marché. Ne pourrais-tu pas te comporter comme elle ?

— Iiiiiiiiiiiiiiiih !

Delphi lui répondit par un ululement tellement strident que tous les consommateurs interrompirent leurs conversations et se dévissèrent la nuque pour lui lancer un regard désapprobateur. Elle se débattait comme un beau diable.

— Bon, je la libère, soupira Dex. Je vais la prendre sur mes genoux.

— On croit rêver, marmonna la dame pincée. On n'apporte pas son bébé au restaurant à moins de savoir le contrôler.

Dex leur décocha une œillade assassine, puis déboucla la ceinture et extirpa la créature vagissante et remuante qu'elle retenait prisonnière. En gage de reconnaissance, la créature en question renversa d'un coup de pied son verre de vin.

— Ne vous en faites pas, dit le serveur, adorable. Vous permettez ?

Il s'empressa de tamponner la tache avec des serviettes sèches.

— Merci, dit Molly, faisant poliment abstraction des gouttes glacées qui lui dégoulinaient sur les genoux. Un autre verre de vin blanc, s'il vous plaît.

— Prrrttt, fit Delphi.

Elle gratifiait l'inébranlable brigadier et son épouse de ses mines réjouies.

On sécha la nappe, on remplaça le verre de vin et on servit les entrées. Sa nièce sur les genoux, bien calée derrière son bras, Dex plongea sa fourchette dans son soufflé aux asperges et au parmesan quand…

— Atchoum !

L'éternuement de Delphi les surprit, mais pas autant que les projectiles dont elle recouvrit l'assiette de Dex. Ou, plus exactement, son soufflé.

Flûte. En temps normal, la scène aurait été cocasse. En l'occurrence, elle était accablante. Résigné, Dex sortit un mouchoir et essuya le nez de Delphi. Difficile de croire qu'un si petit organe puisse causer autant de dégâts. Dex repoussa son assiette et déclara :

— Adieu, soufflé.

— Vous pourriez nous en apporter un autre, s'il vous plaît ? demanda Molly au gentil serveur.

— Si vous le désirez, bien sûr, seulement, il faudra patienter vingt minutes, le temps qu'on le cuise...

— Tant pis, dit Dex, je me contenterai du plat.

Molly tendit les bras :

— Donnez-la-moi.

Il secoua la tête :

— Merci, mais ça va. Cela ne fait rien. Bon, profitons un peu de notre repas. Regardez, dit-il en désignant la vue plongeante derrière le parapet. Pas mal, non ?

— Il paraît que des types sautent à l'élastique du haut de ce pont.

— Sur un pari, j'en serais bien capable. Vous avez déjà essayé ?

— Non, mais j'ai déjà fait de la descente en rappel, du haut d'une falaise.

— Moi aussi. Elle était haute comment, votre falaise ?

Enfin, il s'amusait. Cela faisait plaisir à voir. Molly but une gorgée de vin avant de riposter :

— Plus haute que la vôtre.

Dix minutes plus tard, alors qu'on venait de leur apporter leurs plats, Delphi leur porta le coup de grâce. Des tréfonds de sa couche retentit un bruit similaire à l'explosion d'un volcan miniature.

— Bon sang.

Dex éclata d'un rire nerveux. Puis l'ampleur de la catastrophe se fit sentir. Son ampleur, sa chaleur, et... son humidité. Dex se décomposa. Fermant les yeux, il murmura :

— Merde.

C'était le mot juste.

Molly vit que le cratère avait répandu sa lave hors de la couche de Delphi et tout le long de son dos. Si elle avait porté une salopette, le pire aurait peut-être été évité, mais l'élastique de son pantalon n'avait pas été de taille à contenir l'explosion. D'inquiétantes taches sombres maculaient la chemise et le jean de Dex.

— Ouiiiiiiiiiin ! hurla Delphi, et de lâcher les clés de voiture avec lesquelles elle jouait.

Dex baissa les yeux et mesura l'étendue des dégâts. Bon sang. Sa chemise était fichue.

— Pas de panique. Je vais chercher le fourre-tout dans la voiture.

Molly ramassa les clés, se leva d'un bond et traversa le hall de l'hôtel au pas de course.

Quelques minutes plus tard, elle était de retour. Le réceptionniste l'informa d'un ton de compassion que Dex se trouvait aux toilettes.

— Merci.

Elle dégringola l'escalier et frappa à la porte des toilettes des hommes. Dex lui ouvrit.

— Quel cauchemar. Je ne sais pas par où commencer.

— Allons, allons. Je vais vous aider.

Mais il lui prit le sac des mains, et déclina :

— C'est mon problème, pas le vôtre. Je vais me débrouiller.

Il en avait du moins l'intention. Molly s'adossa au lavabo et le regarda déshabiller tant bien que mal le bébé sali. Il fallut une boîte entière de lingettes pour nettoyer Delphi. Qui, couchée sur le dos, adressait à

Molly des gazouillis ravis. Elle ne se rendait compte de rien.

Une fois propre et revêtue d'un T-shirt et d'une salopette vert anis, elle sortit son pouce de sa bouche et déclara :

— Gaga.

— Gaga toi-même, lui répondit Molly.

La porte des toilettes s'ouvrit à la volée, découvrant le brigadier. À la vue du spectacle qui l'attendait, il pila net. Plissant les yeux, il interrogea Molly :

— Au nom du ciel, que se passe-t-il, ici ?

Il se tourna vers Dex :

— Qu'est-ce que cette petite peste fabrique ici ?

Sans se troubler, Dex rétorqua :

— Cette petite peste a sali sa couche, je suis en train de la changer.

La moustache grisonnante du brigadier en frémit d'incrédulité :

— Vous avez perdu la tête, mon ami. C'est à votre épouse de s'en charger. Quel scandale ! Enfin, regardez-vous, vos vêtements sont complètement souillés. Si vous n'êtes pas capable de gérer votre enfant, vous feriez mieux de rester chez vous. Je vais en toucher deux mots au responsable.

— Je vous en prie, faites-vous plaisir.

Et Dexter, imperturbable, de déboutonner sa chemise et de se déshabiller. Que pouvait-il faire d'autre ? Provoquer l'importun en duel ?

— Ne vous avisez pas de me toucher ! glapit l'autre, qui avait dû lire dans ses pensées.

Il recula de quelques pas.

— On aura tout vu, grogna Dex avec une moue exaspérée.

Il fourra sa chemise dans la corbeille à papier.

— Bon, on s'en va. Excellente continuation à vous ainsi qu'à votre délicieuse épouse. Grâce à vous, nous avons passé un moment merveilleux. Au revoir.

Ils sortirent, remontèrent l'escalier et Dex fit signe à l'un des serveurs de le rejoindre devant l'hôtel. Dans le hall, torse nu et vêtu d'un jean malodorant, il aurait détonné. Ensuite, il ouvrit son portefeuille et en sortit une liasse de billets de vingt.

— C'est trop, monsieur, protesta le serveur, un Irlandais.

— C'est pour nos deux adorables voisins. Je tiens à payer pour leur repas.

Le serveur avait entendu les plaintes du brigadier et de sa femme. Il protesta :

— Vous n'avez pas à faire ça…

— Je sais, mais j'insiste. Ça leur apprendra.

— Je leur dirai que vous fêtiez votre anniversaire de mariage, proposa l'Irlandais d'un air complice. Nous espérons vous revoir bientôt parmi nous.

— Merci. Oh, pendant que j'y pense, vous devriez faire vider la corbeille dans les toilettes des hommes. J'y ai laissé ma chemise.

Grâce au petit souvenir que Delphi avait laissé sur le jean de son oncle, il flottait dans l'habitacle une odeur désagréable tenace. Dex conduisait toutes vitres baissées. Molly se retenait de lorgner à la dérobée son beau torse ferme et bronzé. Ils passèrent devant un magasin de vêtements.

— Si on s'arrêtait pour vous acheter un T-shirt et un jean de rechange ?

— Non, fit-il en secouant la tête.

— Pourquoi ? s'étonna Molly, qui s'escrimait à faire contre mauvaise fortune bon cœur. Allons, arrêtons-nous. De toute manière, il est trop tard pour aller déjeuner ailleurs.

— En effet.

Dex se tut un instant avant de s'excuser :

— Vous devez être affamée.

— Pas du tout, mentit-elle.

Aussitôt, son estomac se mit à gargouiller.

Ils approchaient d'un Burger King. Dex arrêta la voiture et tendit à Molly un billet de dix livres.

— Je vous attends là. Achetez-vous ce que vous voudrez.

— Génial, je me sens comme Julia Roberts dans *Pretty Woman*. Justement, j'ai toujours eu un faible pour Richard Gere.

Mais Dex n'avait pas le cœur à rire.

— Désolé. Ce n'est que partie remise, pour le restau.

— Ce n'est pas bientôt fini, de vous excuser à tout bout de champ ? Bon, je vous prends quoi ?

— Rien. Je n'ai pas faim.

De retour aux Bruyères, il répéta une énième fois :

— Je suis désolé.

— Un jour, vous en rirez, lui prédit Molly.

Mais Dex semblait sceptique. Elle ne l'avait jamais vu d'aussi mauvais poil.

— Ça m'apprendra à vouloir prendre une journée de vacances. Me payer le luxe d'un moment plaisant.

Ses yeux où dansait d'habitude une étincelle malicieuse paraissaient éteints. Sur ses lèvres, pas l'ombre d'un sourire. Tout en lui n'était que résignation. Cela faisait des semaines qu'il élevait seul Delphi. Et voilà qu'ils étaient de retour au village.

— Qu'avez-vous de prévu cet après-midi ? lui demanda Molly tandis qu'il sortait prudemment de son siège-auto le bébé endormi.

— Prendre une douche. Enfiler des vêtements qui n'empestent pas la bouse de vache. Faire une lessive, nettoyer la salle de bains. Puis, au réveil de la petite, regarder un dessin animé et jouer aux cubes. Ça promet d'être palpitant.

— Allez faire un tour à Londres. Rendez visite à vos amis, faites un break. Je m'occupe de Delphi.

Dex se figea. Molly n'avait pas vu une telle lueur d'espoir depuis la fois où les parents d'Amber lui avaient proposé un week-end à Disneyland Paris au lieu de leur habituel camping dans le pays de Galles.

— Vous feriez ça ? Vraiment ?

— Bien sûr. Vous passez une sale journée, vous avez besoin d'un peu de temps pour vous et, quant à moi, je suis disponible. Je vous garde la petite, allez donc vous changer les idées. Passez la nuit sur place, revenez chercher la petite demain matin.

Dex se radoucit. Il murmura quelque chose d'indistinct. Molly crut discerner les mots : « Ça sert à ça, les voisins. »

— Je vous demande pardon ?

— C'est ce que vous m'avez dit, il y a des lustres. Merci mille fois. Vous êtes sûre ?

— Certaine. On va bien s'amuser, Delphi et moi. Maintenant, filez vous doucher. Ce n'est pas pour dire, mais vous sentez le bouc.

Il claqua la portière du bout du pied, disparut, et refit surface quarante minutes plus tard, propre comme un sou neuf et arborant un pantalon noir et une chemise anthracite.

— Voilà qui est mieux, approuva Molly.

Tout en le disant, elle huma le parfum acidulé de son after-shave. Oui, nettement mieux.

— J'ai l'impression d'être une jeune maman qui quitte son nourrisson pour la première fois depuis l'accouchement, gloussa Dex.

Il avait retrouvé son sens de l'humour.

Agitant les menottes de sa nièce, il l'embrassa sur le bout du nez.

— Sois sage, ma chérie. À demain !

Delphi enfourna ses doigts dans la bouche de son oncle et piailla de joie alors qu'il faisait mine de les dévorer tout crus.

— Amusez-vous bien, lui dit Molly.

— J'en ai la ferme intention, opina Dex.

Il lui remit les clés de sa villa.

— Je vous ai préparé la chambre d'amis. Faites comme chez vous. À demain. Merci encore !

— Je vous en prie.

Delphi réclamait à grand bruit un nouveau bisou ; Molly la porta à bout de bras pour permettre à Dex de se plier à ses exigences. Puis, à la seconde où elle s'apprêtait à se détourner, elle s'aperçut qu'il voulait l'embrasser sur la joue, elle aussi. Prise au dépourvu, déstabilisée, elle eut un sursaut et se débrouilla pour lui percuter la pommette avec le front. Quelle situation embarrassante. Si seulement elle avait pu se terrer au fond d'un trou. Surtout, faire comme s'il ne s'était rien passé.

— Bon, eh bien, bonne route, s'exclama-t-elle en reculant, tout émue. Dis au revoir, princesse. Voilà, c'est bien. Au revoir.

— Gaga, dit Delphi.

21

Il était dix-huit heures et Frankie, dans sa cuisine, se préparait un croque-monsieur. Amber l'avait informée par texto qu'elle dînait chez une copine et Joe était en déplacement, elle n'avait donc pas besoin de cuisiner un vrai repas. Elle était libre de grignoter devant la télé, de choisir l'émission qui lui plaisait, de manger du chocolat en toute impunité et, éventuellement, un peu plus tard dans la soirée, de cirer ses chaussures en paix.

La porte d'entrée s'ouvrit. Frankie sursauta et en laissa échapper la tranche de pain qu'elle était en train de beurrer. Elle tomba par terre. Côté beurre, évidemment.

— Amber ? C'est toi ?

Pas de réponse. Mais Joe se trouvait dans le Norfolk, ce ne pouvait pas être lui. Enjambant les ruines de son dîner, Frankie poussa la porte de la cuisine.

C'était bien Joe.

— Seigneur, tu m'as fait une de ces peurs ! J'étais en train de me faire un…

Elle remarqua la mine sinistre de son mari et sa voix s'éteignit.

— Que se passe-t-il ? Tu es malade ?

Jamais elle ne l'avait vu aussi livide, les traits aussi tirés. Faisait-il une attaque ? Pourquoi la dévisageait-il ainsi ? Avait-il été renvoyé ?

Joe secouait faiblement la tête.

— Je ne suis pas malade.

— Il s'est passé quelque chose au travail ? Tu as été viré ? Si oui, ne t'en fais pas, on s'en sortira, on...

— Tu as parlé à Amber ?

— À quel propos ? Elle dort chez sa copine Jess.

Le cœur de Frankie battait à tout rompre et ses jambes flageolaient.

— Il ne lui est rien arrivé, au moins ? Elle ne se drogue pas ?

Joe se bornait à secouer la tête, machinalement, sans pouvoir s'arrêter.

La gorge sèche, Frankie demanda d'une voix rauque, nouée d'angoisse :

— Elle s'est fait renvoyer du lycée ? Elle est enceinte ?

— Elle va très bien. Je t'aime. Tu sais à quel point je t'aime, n'est-ce pas ?

Le temps se figeait. Dans les tempes de Frankie, un bourdonnement s'éleva.

— Dis-le, murmura-t-elle. Je t'en prie, dis-le. Il y a quelqu'un d'autre, c'est ça ?

Joe se frottait le visage ; sa barbe râpait sa peau sèche. Ses dénégations désespérées se muèrent en hochement de tête résigné.

— Je t'aime plus que tout au monde, je te le jure. Je ne voulais pas en arriver là. Mais oui, il y a quelqu'un d'autre.

Frankie en avait la nausée. Mais Joe n'avait pas fini de parler.

— Deux personnes, à vrai dire.

Elle poussa malgré elle un long gémissement. Joe murmura :

— Amber est au courant.

Comment parvenait-elle encore à conduire ? Ses automatismes, semblait-il, fonctionnaient encore. Sa priorité, dans l'immédiat, était de rejoindre Amber. Elle ferait l'impossible pour y arriver.

En suivant les indications de son GPS, Frankie gagna le parc de Tetbury. Il était vingt heures trente et la nuit tombait. La température aussi. Mais l'étang était là, bordé de bancs de bois et de parterres fleuris, et sa fille s'y trouvait assise à l'endroit qu'elle lui avait indiqué. Avec à ses côtés…

L'autre enfant de Joe.

Le fils de son mari.

Elle se gara, mais sans couper le moteur ni éteindre les phares. À vingt mètres de là, Amber se leva et dit quelque chose au jeune homme. Il l'imita, puis s'éloigna dans la direction opposée et disparut dans les ténèbres.

Frankie descendit de voiture, ouvrit les bras et serra sa fille très fort contre son cœur.

— Maman…

— Je sais. Là, là.

Elle caressait sa crinière aubergine avec tant de compassion qu'elle crut que son cœur allait se briser en mille morceaux. Ses propres émotions attendraient : Amber avait toujours idolâtré son père ; d'abord, il fallait la consoler.

— Shaun voulait te présenter ses excuses, marmonna cette dernière sans relâcher sa mère, mais je l'en ai dissuadé. Il dit que c'est sa faute, mais je suis sûre que c'est la mienne.

— Ne dis pas ça, ma chérie. Bien sûr que ce n'est pas ta faute. Ni celle de… ce garçon.

Sa gorge se nouait.

— Ce n'est pas la tienne non plus, affirma sa fille en se dégageant. C'est la faute de papa. Où est-il ?

— À la maison, il fait ses valises. Il sera parti à notre retour.

Comment Amber allait-elle prendre cette nouvelle ?

— Parfait. Je le déteste. De tout mon cœur, gronda l'adolescente. Je n'arrive pas à croire qu'il nous ait fait un coup pareil. Je ne veux plus jamais le revoir de toute ma vie.

Dex se frottait la nuque en contemplant la scène. Sa soirée de liberté virait à l'échec complet. Ce qui était absurde. Il s'était tant réjoui de cette escapade. Quelques heures auparavant, il brûlait d'oublier le temps d'une nuit ses responsabilités, de voir ses amis, de draguer les filles, de vivre une vie normale, en somme, comme au bon vieux temps.

Mais les choses ne se déroulaient pas comme prévu. Il s'en était langui, pourtant, avec plus de force encore qu'il ne l'avait laissé paraître à Molly. Elle ignorait qu'il avait vraiment failli flancher, et en éprouvait des remords écrasants. Quand il repensait à ce couple odieux, au restaurant…

— Allez, cul sec ! Et reprends un verre !

Rob et Kenny revenaient du bar et criaient pour se faire entendre par-dessus la musique. Ils se trouvaient dans leur boîte préférée, leur ancien repaire à tous les trois. Mais, ce soir-là, Dex s'y sentait mal à l'aise, pas à sa place, comme si quelque chose manquait à son bonheur.

Quelque chose, ou quelqu'un.

Rob lui donna un coup de coude :

— Bois !

Après tout pourquoi pas ? Par le passé, cette méthode avait fait ses preuves. Dex vida sa bière d'un trait, enchaîna sur le shot de whisky qu'on lui tendait, et frémit en sentant la morsure du breuvage sur son estomac.

— Minettes canon droit devant, lui signala Kenny, une étincelle dans les yeux. Celle en rouge, j'en ferais bien mon quatre-heures.

— Tu dis ça de toutes les nanas, qu'elles soient en rouge, en noir, ou en kaki, renâcla Rob. Tu prendras les restes, comme d'habitude.

Leurs cibles approchaient ; il les passa au crible de son regard.

— Je te parie que Dex va lui mettre le grappin dessus. C'est tout à fait son genre de nana.

La fille en question, une grande brune élancée, était superbe, mais Dex se surprit à admirer son amie, une blondinette. Dans son brouillard alcoolisé, il lui trouvait de faux airs de Molly.

Qu'était-il en train de lui arriver ?

— Coucou !

La voix de la blonde, hélas, ne lui évoquait pas du tout celle de Molly, mais plutôt celle d'un cacatoès surexcité.

— Tu me matais, je t'ai vu. Tu viens souvent ici ?

— Ces derniers temps, pas tellement.

Combien de verres avait-il consommés ? Il fit un calcul rapide et parvint à ce résultat : beaucoup.

— Moi non plus. Et pourtant, on est là, toi et moi, ce soir. Quelle coïncidence. Ça doit être le destin. Je m'appelle Stacy au fait, mais tu peux m'appeler Stace.

Elle dardait sur lui un sourire plein d'attentes.

— Enchanté, Stace.

Dex sortit ses clés de voiture et afficha une mine déconfite.

— Je dois me sauver. Passe une bonne soirée.

Molly se réveilla en sursaut. Dans sa poitrine, son cœur se démenait comme un poisson dans un filet.

Elle n'avait pas rêvé, quelqu'un gravissait l'escalier. Et s'il s'agissait de cambrioleurs ? Il fallait que cela tombe pile cette nuit...

Dehors, il faisait un noir de poix ; c'était le milieu de la nuit. Que faire ? S'élancer sur le palier et confronter les intrus ? Faire semblant de dormir ? Et Delphi, toute seule dans son berceau dans sa chambre au bout du couloir...

On toqua à sa porte. Soit les cambrioleurs étaient très bien élevés, soit...

— Molly ? Tu dors ? C'est moi.

Ouf. La panique retomba instantanément. Molly respira et se laissa retomber contre son oreiller.

— Dex ? Déjà de retour ?

La porte s'ouvrit et Dex entra dans la chambre.

— Je peux entrer ?

— Euh, il me semble que c'est déjà fait.

Il se troubla.

— Ce n'est pas grave, dit Molly pour le rassurer. Tout va bien ?

— Il faut que je te parle.

Il s'assit sur le rebord du lit, qui grinça sous son poids.

— Tu n'as pas idée de la crise que j'ai traversée cet après-midi. J'étais à deux doigts de tout plaquer. Vraiment, j'ai failli appeler l'assistante sociale et lui dire que je voulais reprendre ma liberté...

— Jamais vous n'auriez fait une chose pareille.

Dex faisait bonne figure, mais il avait bu, cela sautait aux yeux. Sa tête semblait flotter au centre d'un nuage de vapeurs éthyliques.

— Tu crois ? Moi, je n'en jurerais pas. Cette pseudo-paternité m'avait complètement retourné le cerveau. Et ces vieux croûtons, au restau, c'était la goutte d'eau. J'avais envie de les balancer du haut du pont. J'ai dû lutter pour ne pas leur dire leurs quatre vérités.

— Et moi donc. Mais au lieu de ça, vous leur avez payé le repas. Moi, je n'aurais jamais fait preuve d'une telle grandeur d'âme, le complimenta Molly.

— Tu veux savoir pourquoi j'ai eu ce geste ? Parce que j'avais honte, lâcha brusquement Dex. J'étais comme eux, avant. Avant la naissance de Delphi, je ne supportais pas qu'un gamin mal élevé me gâche le repas. Je me rends compte à présent que j'étais odieux. Mais c'est vrai, je ne pensais qu'à moi.

Il s'interrompit et s'affala à côté d'elle, et fixa le plafond.

— Je me suis jeté à corps perdu dans l'aventure, mais c'est dur, tu sais. De renoncer à qui on était. De changer de vie. C'est très, très dur.

— Bien sûr. Mais vous... Tu t'y attendais, non ?

— Oui. Et je ne m'étais pas trompé. Pourtant, c'est étrange, il m'est arrivé quelque chose d'inattendu, ce soir.

Tournant vers Molly son visage, il se passa la main dans les cheveux, et reprit :

— Une fois à Londres, ça ne collait plus. Delphi me manquait. Ces filles, cette boîte... tout m'horripilait. C'était une perte de temps. Puis j'ai croisé une nana qui te ressemblait un peu et d'un seul coup j'ai compris que... enfin, j'ai eu comme un déclic.

Il appuya son propos d'un geste flou. Il cherchait ses mots. En vain.

— Je me suis rappelé notre petite collision, tout à l'heure, quand je me suis penché pour te souhaiter une bonne soirée. Tu avais l'air gêné, et Dieu sait si moi aussi je l'étais. Or je ne suis jamais gêné. Jamais. Alors... je me demandais... ça t'arrive souvent, à toi ?

Il la couvait d'un drôle de regard et le ton de sa voix la décontenançait. Allongé sur le flanc, il tenait sa tête en appui dans le creux de sa main. Curieuse situation. Le sang de Molly bouillonnait dans ses veines. Elle répondit :

— Maladroite comme je suis ? Sans arrêt.

Il cligna des yeux, comme s'il tentait de déterminer si Molly avait esquivé exprès sa question.

— Ah. Pour moi, c'était une première. Quoi qu'il en soit, j'ai dû rentrer aux Bruyères. Parce que tu y étais. J'ai compris que je préférais me trouver ici avec toi qu'à Londres avec, ma foi, n'importe qui d'autre. Je peux te demander quelque chose ?

— Demande toujours.

Dex aurait-il bu davantage qu'elle ne le pensait ?

— Est-ce que je te plais ?

Allons bon, il était ivre mort.

— Voyons, si je ne t'appréciais pas, je ne t'aurais pas proposé de garder ta nièce...

— Toi, tu me plais. Beaucoup.

— Ne dis pas n'importe quoi. Tu n'es pas lucide...

— Je suis parfaitement lucide, et je te dis que tu me plais.

Si Molly s'attendait à ça. Dex avait beaucoup trop bu, il racontait n'importe quoi. Sûrement parce qu'elle l'avait aidé plus tôt dans la journée. La combinaison de l'alcool et de la reconnaissance avait, semblait-il, fait naître chez lui une subite envie de la draguer.

Il ne manquait plus que ça.

— Dex, va te coucher.

Il se fendit d'un large sourire. Ses dents blanches étincelaient et ses yeux pétillaient.

— Je suis déjà couché, dit-il. Je peux t'embrasser ?

— Non.

— Allez ! Pour rattraper le baiser raté de tout à l'heure. Quel fiasco, ajouta-t-il, frustré.

Un frisson parcourut le corps de Molly. Si, en apparence, elle conservait son sang-froid, au fond, elle n'était pas insensible à son charme. Objectivement, Dex était un très bel homme. D'un point de vue purement esthétique, il était parfait. Et elle s'entendait bien avec lui. Mais aller plus loin aurait été de la folie. Ils étaient amis, voisins, et Dex ne s'était pas caché de son don-juanisme. Les filles, il les considérait comme de charmantes commodités et non comme des partenaires à long terme. Il appartenait à la catégorie des mâles alpha, des dragueurs invétérés, capables de tomber n'importe quelle fille sur un simple caprice…

Pas question de se frotter à ce genre d'individu. Molly ne figurerait pas à son tableau de chasse, pas plus qu'elle ne subirait l'inévitable rebuffade lorsqu'il se serait lassé d'elle.

Elle n'en sortirait pas indemne.

— Tu ne dis plus rien, remarqua Dex, amusé.

Il ne doutait pas un seul instant qu'elle pût lui résister.

Molly pinça les lèvres.

— Si. Je te dis non.

— Hein ?

— Tu n'es pas mon genre d'homme. Mais alors, pas du tout. Tu voulais quoi ? Une aventure sans lendemain ? Dommage. Tu aurais dû rester à Londres.

Dex en restait comme deux ronds de flan.

— Tu n'es pas sérieuse ?

— Oh, que si.

— Mais… Je croyais que je te plaisais ?

Il tombait des nues.

— Je t'apprécie. Ce n'est pas la même chose. Et je ne suis pas une fille facile. Allons, retourne dans ta chambre, il faut dormir.

— C'est un malentendu…

Il fronçait les sourcils, sincèrement décontenancé. Ce qui fit le jeu de Molly.

— Au contraire, la situation est très claire. Tu te crois irrésistible ; navrée de t'avoir détrompé.

Il lui facilitait la tâche. Il était tellement persuadé que Molly allait lui tomber dans les bras, et pleine de gratitude, encore. Sa présomption conforta Molly dans son attitude. Elle avait bien fait de repousser ses avances.

— Mais...

— Je ne plaisante pas, Dex, laisse-moi tranquille. Qu'est-ce que tu te figurais ? Que j'allais te remercier d'avoir condescendu à me faire des avances ? Tu peux te les garder. Tu es peut-être une superstar à la capitale mais ici, aux Bruyères...

Elle hésita.

— Ma foi, tu n'es qu'un m'as-tu-vu.

22

Le lendemain matin, Molly fut tirée du lit par la sonnerie de son portable. Elle avait mal dormi. Après avoir fait la leçon à Dex, elle avait passé des heures à se tourner et à se retourner, soucieuse. Elle n'avait pas mâché ses mots… S'était-elle montrée trop sévère envers lui, sous couvert de dissimuler l'attirance déraisonnable qu'il lui inspirait ? C'était probable.

Mais cela avait marché, c'était là l'essentiel. Pour toute réaction, Dex s'était redressé, l'avait dévisagée durant de longues secondes, avant de conclure :

— Tu ne me l'as pas envoyé dire. Bon, au moins, je suis fixé.

Et il était sorti, refermant sans un mot la porte derrière lui.

À ce souvenir, Molly grimaça. Pourtant, sur le moment, elle était sûre d'avoir fait le bon choix… Il faudrait qu'elle aille lui présenter ses excuses.

Mais son portable sonnait. Elle avait reçu un texto. S'attendant à moitié à ce qu'il provienne de Dex, elle se tourna vers la table de nuit et saisit son téléphone.

Il était huit heures dix. Et le message ne provenait pas de Dex, mais de Frankie. « Il s'est passé quelque chose. Suis en route pour chez toi. »

Quoi ? Que s'était-il passé ? Que signifiait donc ce message, et pourquoi Frankie faisait-elle autant de mystères ?

Molly rejeta son édredon, se leva d'un bond et courut à la fenêtre. Rien que de la pluie et de la grisaille, et le vent qui fouettait les dernières jonquilles... Et, là-bas, sur le trottoir, Frankie, sans manteau, qui s'acheminait jusqu'à sa porte d'entrée.

Bon, le mystère serait bientôt élucidé. Il était temps de rentrer.

Molly s'habilla en quatrième vitesse, passa une tête dans la nursery où Delphi était en train de se réveiller. Elle prit dans ses bras le petit être tiède et doux et s'engagea dans le couloir pour gagner la chambre de Dex. Puis elle pila. Revint sur ses pas, et jeta un nouveau coup d'œil par la fenêtre.

Aussitôt, tout son remords s'évapora. Elle ne regrettait plus d'avoir sermonné Dex, la veille, elle avait envie de lui flanquer des gifles.

Sans prendre la peine de frapper, elle déboula dans sa chambre. Il dormait, à plat ventre, dans le noir. Molly le secoua par l'épaule.

— Je dois partir. Tiens, Delphi est réveillée. Tu me dégoûtes. Ton comportement d'hier soir me déplaît profondément. Tu es un odieux personnage et je suis à deux doigts d'alerter les autorités.

— Aïe...

Les yeux toujours clos, le front barré de rides, Dex émergeait péniblement.

— Quoi ? marmotta-t-il.

— Tu devrais avoir honte. Je suis sûre que les services sociaux auraient leur mot à dire sur le sujet... Moi qui te prenais pour quelqu'un de bien.

Molly déposa le bébé sur le matelas.

— Bref, je m'en vais. Lève-toi et occupe-toi de Delphi, elle a faim.

— Quelle heure est-il ? dit-il de sa voix caverneuse.

Il avait la gueule de bois. Bien fait pour lui.

— L'heure de te regarder dans la glace et de grandir un peu.

Dex fronçait toujours les sourcils. Il entreprit de se masser les tempes.

— Je suis désolé. Tu ne pourrais pas…

— Non, cingla Molly en regagnant la sortie. Tu es un égoïste doublé d'un pauvre type. Il est grand temps que tu mettes de l'ordre dans ta vie.

Molly trouva Frankie sur le pas de sa porte.

— Qu'est-ce que tu faisais chez le Londonien ? lui demanda cette dernière.

Teint gris, traits tirés, yeux écarquillés ; elle n'avait vraiment pas l'air dans son assiette.

— Du baby-sitting. Ne va pas te faire des films. Raconte-moi plutôt ce qu'il t'arrive.

Molly tourna la clé dans la serrure et conduisit son amie jusqu'à la cuisine.

— Ce qu'il m'arrive… Le genre de truc qu'on ne voit même pas au cinéma, répondit Frankie. Parce que ça ne devrait jamais arriver à personne. Accroche-toi. Joe a quelqu'un d'autre.

— Non !

— Il est parti. Je lui ai dit que je ne voulais plus le voir.

Joe ? Cela ne tenait pas debout !

— Mais… tu es sûre ? Il a avoué ?

— Étant donné les circonstances, il n'a pas eu le choix.

Frankie avait pris une chaise. Assise à la table de la cuisine, elle jouait d'un air absent avec le contenu d'un sucrier. En surface, elle paraissait d'un calme déroutant. Elle puisait avec la cuiller des grains de sucre et les reversait lentement dans le sucrier. Et un peu sur le carrelage, au passage.

— C'est quelqu'un qu'on connaît ?

Molly n'en revenait pas. Et Frankie qui lui annonçait ça avec un calme olympien… Elle devait être sous le choc. Elle secoua la tête :

— Non.

— Comment l'as-tu appris ?

— Par Amber. Elle a tout découvert complètement par hasard, la pauvre.

— Mais c'est sérieux entre eux ? Ou c'est juste une passade ?

— Plus sérieux, tu meurs.

L'ombre d'un sourire sans joie flotta sur les lèvres de Frankie.

— Tu veux savoir depuis quand ça dure ?

— Depuis quand ? demanda Molly.

— Vingt ans.

— HEIN ? rugit Molly. Pas possible !

— Et pourtant, si. Il suffit d'être un as de la dissimulation et un menteur hors pair.

— Tu es en état de choc. Je vais te faire une tasse de thé.

— Non, merci. J'en ai bu toute la nuit. Encore une gorgée et il va me gicler par les oreilles.

Molly la dévisageait, bouche bée, médusée. Un million de questions bourdonnaient sous son crâne.

— Seigneur… Je… je suis sans voix. Joe ! C'est le dernier homme que j'aurais soupçonné d'une chose pareille.

Si même Joe mentait, à qui pouvait-on se fier ?

— Et encore. Tu ne sais pas la meilleure.

L'œil parfaitement sec, Frankie se reprit :

— Enfin, quand je dis « la meilleure », c'est une façon de parler. Il ne s'agissait pas d'une relation extraconjugale avec d'occasionnels rendez-vous clandestins. Mais d'une double vie. Leurs voisins les croient mari et femme.

La main sur la bouche, Molly glapit :

— Non !

— Eh si. Ah, et ils ont un fils, aussi.

— QUOI ?

— Il s'appelle Shaun.

Frankie renversa sa cuillerée de sucre et repoussa le sucrier.

Un silence s'étira.

— Tu le connais, reprit Frankie. À ton cours de dessin, la semaine dernière, il s'est fait appeler Sam.

— Merde.

Molly comprit, mais un peu tard, quel rôle elle avait joué dans le drame.

— C'est pour ça qu'Amber m'a demandé de faire son portrait. Elle cherchait à retrouver sa trace… J'aurais dû refuser.

— Mais non. Ça n'aurait rien changé aux faits. Shaun n'en aurait pas été moins réel, Joe pas plus fidèle. Ce n'est pas la faute du gamin. Lui, il a toujours su. Il a grandi dans la clandestinité. Puis un jour, par curiosité, il a voulu savoir à quoi on ressemblait. Et, tout bien considéré, on ne peut pas lui en vouloir.

Molly se mit à la place du garçon. Oui, elle le comprenait.

— Et Amber ? Elle prend ça comment ?

— À ton avis ? Mal. Elle est désespérée. Elle veut couper les ponts avec son père, définitivement.

— Et lui, il est parti.

— Oui. Hier, j'étais mariée, aujourd'hui, me voilà mère célibataire. Joe vit à trente bornes d'ici, à Tetbury, avec son autre famille.

Joe menait une double vie. C'était inouï. Molly ferma brièvement les paupières et se remémora les traits de Shaun. Sur le moment, elle ne l'avait pas remarqué mais, avec le recul, de vagues similitudes entre lui et son père lui apparaissaient.

— Il ne ressemble pas beaucoup à Joe, observa-t-elle à voix haute.

— Non, il faut croire qu'il tient de sa mère. Mais...

Frankie se troubla, désigna d'un geste son propre visage.

— La forme de la mâchoire, peut-être... hasarda Molly.

— Oui, c'est ça. La mâchoire et le menton. Je les reconnais, maintenant.

Elles se turent pendant un long moment.

— Je suis désolée, si je peux faire quoi que ce soit...

Molly s'évertuait en vain à imaginer ce que son amie pouvait bien ressentir en cet instant.

— Dire que cela dure depuis vingt ans, et que tu n'en savais rien...

Le silence retomba dans la cuisine. Puis, lentement, Frankie répondit :

— Je n'irais pas jusque-là.

Molly ouvrit des yeux ronds.

— Comment ? Attends, ne me dis pas que tu étais au courant ?

— Je ne savais rien de précis. J'ignorais l'ampleur de la chose. (Elle soupira, les mains croisées sur la table devant elle.) Cependant, je dois bien reconnaître que je ne suis pas totalement tombée des nues.

— Tu n'es pas sérieuse ?

Cette information était presque aussi renversante que la double vie de Joe elle-même.

— Mais, Frankie, tu ne m'en as jamais parlé. Je vous prenais pour le couple le plus heureux de la terre, Joe et toi.

— Comme tout le monde. Et c'est bien pour cette raison que je ne pouvais rien dire. Je n'avais pas envie de... décevoir les gens, s'expliqua-t-elle, impuissante. Surtout ceux qui venaient me confier leurs propres problèmes.

— Tu paraissais si heureuse…

— La plupart du temps, je l'étais. Mais j'avais repéré certains signes…

Elle hocha la tête en soupirant.

— Des signes qui ne trompent pas.

— Comme quoi, par exemple ?

— Il y a des années de ça, j'ai trouvé un bâton de rouge à lèvres sous le siège passager de la voiture. J'ai interrogé Joe et il m'a répondu qu'il avait raccompagné une collègue, et que ce devait être le sien. Je n'ai pas insisté. Après tout, son histoire se tenait. Seulement, quelques mois plus tard, la mère d'une camarade d'Amber, une vraie commère, m'a soutenu avoir aperçu Joe au bras d'une blonde, la veille, dans le Gloucester. La commère était du genre qui aime remuer la poussière, précisa Frankie avec une moue de dégoût. Du coup, je lui ai dit sans me démonter qu'il s'agissait d'une collaboratrice avec qui il était en voyage d'affaires. Pour sauver la face. Sauf que Joe était censé se trouver à Norwich, le jour en question.

Molly, compatissante, l'interrogea :

— Et ? Tu en as parlé à Joe ?

— Oui. Mais il s'est contenté de hausser les épaules et de me dire que l'autre avait dû se tromper, puisque lui se trouvait à Norwich, à des kilomètres de là. Il semblait si sûr de lui… Je n'avais pas de raison de ne pas le croire.

— Donc, tu es passée à autre chose.

— Oui. Tu crois que j'ai fait l'autruche ? (Elle grimaça.) J'imagine que oui. Mais je n'aurais pas supporté que la commère ait raison. Elle se serait frotté les mains. En plus, Amber n'avait que huit ou neuf ans, nous formions une famille heureuse… Il était plus facile de se mettre des œillères.

— C'est tout ? Ou bien y a-t-il eu d'autres indices ?

— Quelques-uns, rien de flagrant. Un jour, j'ai trouvé un long cheveu blond sur sa chemise. Plus récemment, il s'est soi-disant acheté une bouteille d'after-shave, chose qu'il n'avait jamais faite auparavant, je m'en suis toujours chargée.

Elle soupira de nouveau.

— En gros, je l'ai toujours soupçonné de me tromper, à l'occasion. Après tout, il était constamment en déplacement, ça doit être tentant. Ce qui n'excuse rien, mais il faut être réaliste. Que se serait-il passé si je l'avais confronté ? Amber raffolait de son papa. Je n'aurais pas supporté de faire souffrir ma fille. De faire voler sa vie en éclats. Et on s'entendait si bien, Joe et moi… Si notre quotidien s'était dégradé, je ne dis pas. Mais quand on pense avant tout au bien-être de son enfant, c'est fou ce dont on est capable. Même de s'enfouir la tête dans le sable. C'était facile.

Il y eut un silence consterné.

— Vraiment ? s'enquit Molly.

— Oui.

Voyant son amie se décomposer, Frankie ajouta :

— Je sais ce que tu te dis. Pourtant, c'est la vérité. Tant qu'Amber allait bien, rien d'autre n'importait.

Le portable de Molly se mit à sonner. Elle consulta l'écran. Le nom de Dex s'y affichait. Elle l'éteignit.

— Mais tu croyais que Joe avait des aventures sans lendemain.

— C'est ce que je me suis fait croire, oui. L'idée qu'il puisse avoir une relation suivie avec quelqu'un qui compte vraiment pour lui ne m'a jamais effleurée. Or ça, c'est une autre affaire. Maintenant que je connais la vérité, tout est fini entre nous. Il m'a menti, jour après jour, pendant près de vingt ans. Trop, c'est trop. Il dit qu'il nous aime toutes les deux, son autre femme et moi, qu'il aime Shaun et Amber… Bon sang, je n'en reviens pas. Je mourais d'envie d'avoir un deuxième enfant après Amber, mais Joe n'était pas emballé… Tout s'explique, maintenant.

— Qu'est-ce que tu ressens ?

— Là, tout de suite ? Trente pour cent de choc, dix pour cent de peur panique, dix pour cent de honte…

Frankie rejeta la tête en arrière et continua le décompte en s'aidant de ses doigts.

— … et, pour tout t'avouer, cinquante pour cent de soulagement. C'est enfin arrivé, je peux tomber le masque.

— Ma pauvre. Viens là. (Molly l'enlaça.) C'est du délire, cette histoire. Mais tu vas t'en sortir. Tant que tu vas bien, tout ira bien.

Frankie lui rendit son étreinte. Les cristaux de sucre craquaient sous leurs pieds.

— La seule chose qui compte, à présent, c'est Amber, dit Frankie. Je m'inquiète pour elle. Tu sais combien elle vénère son père… (Elle consulta sa montre.) Il faut que je file avant qu'elle se réveille. Et je dois ouvrir le café…

— Tu ne vas pas travailler un jour comme aujourd'hui ! s'exclama Molly. Je peux te remplacer.

— Non, j'ai besoin de m'activer, ça me changera les idées. Enfin, non, rectifia-t-elle avec un sourire amer, mais ça m'occupera. Merci quand même.

— Embrasse Amber de ma part.

Après une dernière accolade, Molly ajouta :

— Tu es la fille la plus forte que je connaisse. Tu es épatante. Mais, si jamais tu as besoin de quoi que ce soit, n'hésite pas, appelle-moi.

23

Il était midi. Amber avait la tête comme une pastèque criblée de balles et son cerveau menaçait d'imploser. Trop de pensées s'y bousculaient, rebondissant contre les parois de son crâne, titubant et braillant comme autant d'ivrognes dans un bar. Elle bouillait de rage et de frustration. Son père avait quitté la maison, il était parti vivre auprès de son autre famille.

Ses copines, qui savaient qu'il se tramait quelque chose mais ignoraient encore quoi au juste, la bombardaient de SMS indiscrets. Rien au monde n'égalait leur amour des ragots.

Pour le moment, Amber haïssait la terre entière. Ses prétendues copines, son père, Shaun, la mère de Shaun, et même sa propre mère, qui prenait les événements avec bien trop de philosophie. Et qui, une heure plus tôt, avait eu l'audace de passer une tête dans sa chambre et de lui demander doucement si elle dormait encore.

C'était une plaisanterie entre elles, l'un de leurs petits rituels. Si Amber répondait « oui », cela signifiait qu'elle voulait traîner encore un peu au lit. Ce jour-là, elle n'avait pas le cœur à plaisanter. Pourtant, sans ouvrir les yeux, elle avait grommelé :

— Oui.

Alors, sa mère avait fait l'impensable. Elle avait répondu :

— Bon, repose-toi, ma chérie. Je vais ouvrir le café.

Ouvrir le café ? C'était une blague ?

— OK, avait-elle grogné.

— Ça va ?

Quelle question débile.

— Super, avait rétorqué la jeune fille. Mieux que jamais.

Sentant que sa mère hésitait sur le pas de sa porte, elle s'était emportée :

— Je me porte comme un charme. C'est bon, va l'ouvrir, ton café.

Et le comble, c'était que sa mère l'avait prise au mot. Alors qu'elle ne se portait pas bien du tout. Comment l'aurait-elle pu ? Et comment sa mère pouvait-elle descendre l'escalier, ouvrir le café, servir les boissons, les sandwiches et les parts de gâteau, tout en souriant, comme si de rien n'était ?

Allongée sur le dos, Amber s'était remise à verser des larmes brûlantes. Son oreiller en était trempé et ses paupières bouffies, meurtries. En bas, les consommateurs bavardaient, les tasses en porcelaine s'entrechoquaient. Sa mère devait converser avec les clients, gaiement, poliment, comme s'il s'agissait d'un jour ordinaire.

C'était injuste.

Totalement injuste.

Amber se contorsionna dans son lit pour attraper le verre d'eau qui se trouvait sur sa table de nuit et le jeta de toutes ses forces contre le mur. Une giclée d'eau aspergea le plancher mais, pas de chance, le verre ne céda pas.

— Raaaaaaaah !

Amber s'empara de son oreiller et y enfouit son visage pour se défouler :

— Putain de salaud ! Salaud ! hurla-t-elle, la voix étouffée par l'oreiller.

Qu'est-ce qui pourrait bien la soulager ?

Molly apposait les dernières touches à un épisode de Boogie & Boo quand on sonna à la porte.

Derrière se tenait Dexter, sa nièce sur la hanche. Il avait les cheveux trempés, comme s'il sortait tout juste de la douche, et il portait un T-shirt gris et un vieux jean. Delphi, en salopette jaune, s'illumina à la vue de Molly.

— Gaaaah ! fit-elle en lui tendant un bout de carotte mâchonné.

Molly lui rendit son sourire, puis se recomposa un air austère afin de mieux toiser Dex.

— Oui ?

— Écoute, à propos d'hier soir… Enfin, de ce matin. Je voulais m'excuser. C'est pour ça que je suis là. Pour te présenter mes excuses.

Elle haussa vaguement une épaule.

— Je vois.

— J'ai commis une erreur, poursuivit Dex. Une grosse erreur. J'avais mal évalué la situation. Je croyais que, peut-être, tu partageais mes sentiments. Je suis rentré plus tôt parce que… Mettons que j'ai suivi une impulsion sur un coup de tête, et que j'aurais mieux fait de m'abstenir. Manifestement.

— Sans blague, grinça Molly.

Ce qui était encore plus manifeste, c'était le fait que Dex n'avait jamais été repoussé de sa vie. Molly se réjouissait d'autant plus de ne pas lui avoir cédé, la nuit passée.

— J'avais bu…

— J'avais remarqué, renchérit-elle avec une moue.

— Je ne tiens plus l'alcool. Si ça peut te consoler, j'ai une gueule de bois carabinée.

Parce qu'il s'attendait à ce qu'elle le plaigne ? Molly lui décocha un regard blasé et riposta :

— Estime-toi plutôt heureux d'être rentré en un seul morceau.

Dex plissa le front.

— Je te demande pardon ?

Sans lui laisser le temps de développer, il fit un geste de sa main libre et conclut son petit discours :

— Bref. Juste une dernière chose. Je suis navré d'avoir compris la situation de travers et je te jure que ça ne se reproduira pas. Nous sommes amis et voisins et rien de plus. J'ai bien compris le message. Je… Je ne recommencerai pas. (Un silence.) Mais… tu sembles vraiment très remontée contre moi. Écoute, je suis absolument confus. Les événements d'hier soir sont un peu flous dans ma mémoire… Ai-je fait ou dit quelque chose de déplacé ?

Il ne se rendait vraiment pas compte. Sidérée, Molly lui retourna la question :

— Tu ne vois vraiment pas ?

— Raaahhh ! rugit Amber, sans oreiller pour étouffer son cri, cette fois.

Voilà qui était mieux. Il fallait que ça sorte, sinon elle allait éclater.

— Raaahhh !

Rejetant sa couette entortillée, elle bondit hors de son lit, récupéra le verre à eau et le propulsa contre la porte. Pénible, à la fin, pourquoi ne se brisait-il pas ? Elle répéta l'opération, en visant son miroir cette fois. Bingo. La glace se brisa et le verre se fissura.

— Aaaaaaaahhhhhh !

Elle empoigna une bouteille de parfum que son père lui avait offerte à Noël. Bientôt, elle se mit à jeter tout ce qui se trouvait à sa portée. Les objets volaient. Maquillage, boîte à bijou, lampe de chevet, tout valsa…

— Aaaaaaaahhhhhh ! hurlait-elle, encore et encore.

— Que ce soit bien clair. Si je t'y reprends, j'appelle la police, gronda Molly.

Dex la regardait comme s'il venait de lui pousser des cornes.

— Quoi ?

— Tu t'es rendu à Londres en voiture. Tu y as rejoint des amis…

Le portable de Molly se mit à sonner. Elle s'interrompit pour regarder qui l'appelait ; c'était Frankie.

— … puis tu as repris le volant. Ivre mort.

Elle décrocha :

— Oui, Frankie ?

— Tu m'as dit de ne pas hésiter à t'appeler, dit-elle hors d'haleine. Amber pète les plombs. Tu peux venir me remplacer au café ?

— J'arrive.

Molly attrapa ses clés et se dirigea vers la porte. Dex, la voyant sur le point de partir, ouvrit la bouche :

— Est-ce que je peux au moins…

— Pas le temps, c'est une urgence, je dois y aller.

Elle verrouilla sa porte d'entrée et se dirigea vers le parc à toute allure, sans se retourner.

— Gaga ! se fâcha Delphi, privée de son traditionnel baiser.

Le remords assaillit Molly, mais il était trop tard pour revenir sur ses pas, on l'attendait au café. Et Dex la suivait des yeux, elle le sentait. Elle lui en voulait à mort, or la petite se trouvait dans ses bras.

La petite, à laquelle elle s'attachait dangereusement.

Il était temps de prendre ses distances.

— Ma chérie, calme-toi, ça va aller, tu verras…

Frankie, le cœur lourd, serrait sa fille dans ses bras. Elle la berçait d'avant en arrière, en lui tapotant le dos, comme quand elle était bébé. À présent, elle sanglotait, vagissait, inconsolable, incapable de se maîtriser. Avec un peu de chance, cette crise aurait des vertus cathartiques.

Elles passèrent un long moment assises ainsi sur le lit. Les larmes d'Amber détrempaient de plus en plus le T-shirt de Frankie. Qui ne cessait de lui caresser les cheveux et de lui murmurer des mots de réconfort. Peut-être ne serviraient-ils à rien mais, au moins, elle les prononçait, au moins sa fille se savait aimée.

Enfin, les hoquets s'espacèrent, les flots de larmes se tarirent et Amber s'affaissa, vidée.

— Pardon.

Elle se sécha les yeux.

— Je ne pouvais pas m'en empêcher. J'ai cru que ma tête allait exploser.

— Ne t'excuse pas, ma chérie.

— Ça va un peu mieux, maintenant. Qui surveille le café ?

— Molly.

— J'irai la remercier tout à l'heure. Mais je me sens si… bête. Si papa m'a menti à propos de tant de choses, comment savoir quand il disait la vérité ?

Elle chercha ses mots un instant.

— Quand il m'appelait sa beauté, par exemple. Peut-être qu'il ne le pensait pas.

Frankie avait nourri des pensées similaires. Mais elle se récria :

— Bien sûr que si. Parce que tu es une beauté.

— Est-ce qu'il préfère Shaun ? Je parie que oui.

Pour ajouter à son calvaire, Amber découvrait d'un coup le concept de rivalité fraternelle. Frankie l'embrassa tendrement :

— Ton père t'aime de tout son cœur.

— Et la mère de Shaun ? Papa préfère qui, toi, ou elle ?

Touché.

— Je l'ignore.

Frankie ignorait tant de choses... Mais il fallait qu'elle fasse front, pour sa fille.

— On va s'en sortir, fais-moi confiance.

— Comment ?

— Pas à pas.

Dans l'immédiat, elle mesurait la peine que Joe infligeait à son enfant, et ses sentiments pour lui en prenaient un sérieux coup. Elle l'avait pris pour quelqu'un de bien, mais elle s'était trompée, et ses sentiments se dissipaient comme une buée. Ce dont il y avait tout lieu de se réjouir.

— Et c'est quoi, le premier pas ?

Frankie embrassa du regard la pièce dévastée, et esquissa un sourire :

— Ramasser les débris de verre.

En rentrant du café, Molly avisa Dex. Dans son jardin, il taillait la glycine dont les branches commençaient à envahir le côté de la Villa Genièvre.

À son approche, il leva les yeux, et détourna aussitôt le regard. Voilà qui était gênant.

Molly remarqua Delphi dans sa trotteuse à quelques mètres et s'attendrit. L'apercevant à son tour, la petite brandit ses petites mains en étoiles de mer et piailla de joie. Ce qui ne contribua pas à détendre l'atmosphère.

Molly poursuivit son chemin et s'engagea dans sa propre allée. Quelques instants plus tard, calamité, Dex poussait son portillon, le refermait derrière lui afin que Delphi ne puisse pas s'échapper, et se dirigeait vers son perron d'un pas décidé.

Il fulminait.

Parvenu à sa hauteur, il fourra la main dans la poche arrière de son jean, en extirpa un morceau de papier chiffonné et le lui tendit.

— Tiens.

Qu'est-ce que… ? Molly déplia le papier. Il s'agissait d'un reçu de la société Cap'taine de Soirée. Leur devise y était imprimée : « Il vous ramène à bon port, véhicule compris, en toute sécurité ! » En dessous s'étalait le montant de la facture : trois cent quatre-vingts livres.

— Voilà comment je suis rentré hier soir, dit posément Dexter. « Boire ou conduire, il faut choisir », je suis au courant, merci. Pour ta gouverne, je n'ai encore jamais pris le volant en état d'ébriété et ce n'est pas demain la veille que ça risque de m'arriver.

— Ah, je… Tu m'en vois ravie.

Les joues de Molly lui cuisaient. Elle l'avait accusé à tort.

— Désolée, ajouta-t-elle.

Mais cela ne suffit pas à dissiper les tensions qui flottaient entre eux. Les yeux de Dex lançaient des éclairs.

— Pas grave, marmotta-t-il d'un ton qui contredisait ses propos. La prochaine fois, renseigne-toi avant de lancer des accusations en l'air.

— Oui, j'y veillerai, bredouilla Molly.

L'autre raison de leur brouille pesait encore dans l'atmosphère comme une chape de plomb. Molly se demandait s'il valait mieux éclaircir la situation quand :

— C'est tout ce que j'avais à te dire. Et ne t'inquiète pas, je n'ai pas oublié les termes de notre accord.

Il tourna les talons et rejoignit Delphi qui les épiait entre les lattes de la clôture.

— Bonne journée.

24

Dex s'était lancé dans l'aventure animé des meilleures intentions, mais élever seul une petite fille s'avérait bien plus ardu qu'il ne se l'était imaginé.

Quatre semaines s'étaient écoulées depuis sa funeste escapade londonienne. Il reparlait à Molly, mais leurs rapports demeuraient guindés ; leurs échanges ne débordaient jamais le cadre strict et courtois des relations de bon voisinage. Ce qui le rendait malade mais il n'y pouvait rien. Il avait dérapé, s'était couvert de ridicule ; restait à assumer. Piqué au vif par la rebuffade de Molly, il lui fallait toutefois faire montre de maturité, et serrer les dents.

Pour les serrer, il les serrait. Et il avait sacrément besoin de se détendre un peu. Il n'était pas du bois dont on fait les ermites.

Par chance, Delphi s'était dégoté une nouvelle babysitter. Cela avait commencé lorsqu'elle s'était entichée de Bert le bouc.

— Bou ! Bou ! répétait-elle à qui mieux mieux dans le jardin du café, sous le regard bienveillant d'Amber.

— Je parie que ce sera son premier mot, dit Amber.

— À moins qu'elle ne tente de lui faire peur, remarqua Dex.

Le charme de l'animal n'opérait pas sur lui. Avec ses yeux globuleux, son petit crâne osseux et sa barbichette chenue, Bert lui rappelait son ancien professeur de physique-chimie.

— Bou ! Bou ! Bou ! vociféra Delphi en battant de ses menottes.

— Elle est tellement mignonne, commenta Amber. Vous savez, les bébés m'adorent. Si jamais vous cherchez une baby-sitter…

— Vraiment ?

Ce n'était pas tombé dans l'oreille d'un sourd.

— Oui, j'ai beaucoup d'expérience. Hein, maman ?

Frankie s'affairait, débarrassant des assiettes, astiquant des tables.

— Oh, ça, oui. Elle a gardé tous les bébés du village. Elle fait l'unanimité.

— Tu serais libre demain soir ?

— Vendredi ? Pas de problème. Je prends cinq livres de l'heure, annonça Amber. Vous serez de retour à quelle heure ? Je me lève tôt le samedi.

— Minuit ? Minuit et demi ?

Elle lui adressa un regard de pitié.

— Deux heures du mat', dernier carat, concéda l'adolescente.

— Génial. Marché conclu.

Frankie s'en réjouit :

— Formidable. Où allez-vous, si ce n'est pas indiscret ?

— À vrai dire, je l'ignore encore.

Mais il se sentait déjà mieux. Qu'importait sa destination, il allait pouvoir sortir.

Le Crown Inn se trouvait dans les faubourgs de Marlbury, un petit village situé à une quinzaine de kilomètres des Bruyères. Dex y avait atterri complètement par hasard. Deux ans auparavant, il avait entendu une chanson à la radio et, emballé, s'était acheté le CD. Il comptait parmi les très rares auditeurs à l'avoir fait et, entre-temps, le groupe avait disparu de la circulation. Puis, la veille, il était tombé sur une affichette. Le groupe en question donnait un concert au Crown le lendemain.

Et c'est ainsi qu'il s'était retrouvé dans ce pub bondé. Sur l'estrade, les Games we Play, un nom étrange pour un groupe de rock, installaient leur matériel. Aucune photo des musiciens ne figurait sur la pochette du CD, aussi Dex ignorait-il à quoi ils ressemblaient. Hélas, la chanteuse s'avéra être une blonde à l'air nunuche, et le guitariste comme le batteur arboraient un look hippie miteux composé de cheveux filasse et de vêtements tricotés main. Un détail, certes, pourtant Dex était un peu déçu.

La performance des musiciens n'arrangea rien. Ils semblaient avoir perdu tout leur talent. La blonde avait le trac et chantait les yeux fermés. Et faux, par-dessus le marché.

Quel flop. Décidément, ce n'était pas sa soirée. Valait-il mieux se sauver pendant qu'il en était encore temps, ou rester dans l'espoir que cela s'améliore ?

La première chanson prit fin. Dans la salle, on applaudit mollement. Il fallait s'y attendre. Parcourant des yeux l'assemblée, Dex ne vit qu'une seule fan, très enthousiaste. À l'autre bout de la salle, une femme d'environ son âge réservait aux Games we Play une véritable ovation, bras levés au-dessus de sa tête. Elle avait les cheveux roux, coupés court, de jolis yeux et portait un petit haut bleu sur un pantalon flottant. Elle enfonça ses index dans sa bouche et émit un sifflement perçant. Elle ne reculait devant rien. La chanteuse eut un petit sourire reconnaissant. Elles devaient être sœurs ou amies.

Percevant le regard de Dex, la rouquine à l'impressionnant sifflement lorgna soudain vers lui.

Le groupe entama un second morceau. Durant lequel Dex surprit deux nouvelles œillades de la rouquine. À la fin, de nouveau, elle applaudit à tout rompre. Une vraie groupie. Dex, quant à lui, s'adossa au bar et se lança dans des estimations. Le verre de la jeune femme était à moitié vide. Elle viendrait s'en chercher un nouveau dans environ deux chansons.

Les faits le détrompèrent. Il fallut non pas deux, mais trois chansons à la rouquine pour vider son verre. Alors, seulement, elle se matérialisa à ses côtés. Attirant sans efforts l'attention du barman, elle commanda un rhum Coca.

— Bonsoir, l'aborda Dex. Le concert vous plaît ?

— Beaucoup, dit la rouquine en hochant la tête avec énergie.

— Ce sont des amis à vous ? demanda-t-il en désignant la scène.

— Pourquoi cette question ?

— Vous les soutenez avec tant de ferveur…

Elle sourit.

— Non, je ne les connais pas. Mais la chanteuse avait l'air terrifiée, je me suis dit que quelques encouragements l'aideraient à se détendre. D'ailleurs, ça a marché. Elle est moins stressée.

— En effet. Délicate attention.

— C'est tout moi, ça, délicate, attentionnée…

Non seulement elle était mignonne, mais elle avait de l'humour.

— Vous êtes seule ? se renseigna Dex.

— Oui. C'est permis, que je sache.

— Tout à fait. Je m'en étonnais, voilà tout. Vous êtes fan des Games we Play ?

Si elle possédait le même CD que lui et si c'était la raison de sa présence ce soir, quelle coïncidence ce serait. Il y aurait de quoi croire à un coup du destin.

— Qui ? Ah, c'est comme ça qu'ils s'appellent ? Avant ce soir, je n'en avais jamais entendu parler. Et, entre nous...

Elle baissa la voix :

— ... J'espère ne plus jamais les entendre chanter.

— La chanteuse, c'est ma sœur, affirma Dex, glacial.

Il y eut un silence. Puis la rouquine plissa les yeux :

— Si c'était vrai, c'est vous qui auriez applaudi comme un forcené, tout à l'heure.

— Bien vu, admit Dex, admiratif.

— Je m'appelle Amanda, dit l'autre, radieuse. Je vous paie un verre ?

— Enchanté. Non, merci, Amanda.

Ce fut au tour de Dex d'observer une pause avant de dégainer son portefeuille :

— C'est moi qui régale.

Amanda avait trente ans. Célibataire, elle travaillait comme assistante de direction. Des paillettes d'or mouchetaient ses yeux gris. Elle aimait la plongée sous-marine et le ski. Elle raffolait du curry mais seulement très, très épicé, sinon, où était l'intérêt ?

Parvenus à la moitié du spectacle, les musiciens firent un break. Amanda et Dex les applaudirent jusqu'à ce qu'ils aient quitté l'estrade, puis ils sortirent prendre l'air. Ils s'installèrent en terrasse. Amanda fit un brin de causette à un vieux couple qui promenait un épagneul.

Quand ils furent partis, Dex en tira ses conclusions :

— Alors, tu es du patelin ?

— Littéralement. J'habite au coin de la rue.

Elle pointa en direction d'une maison sur le trottoir d'en face.

— C'est chez toi ?

— Yep, numéro vingt-deux, celle qui fait l'angle.

— Ah, pratique...

Les mots n'avaient pas plus tôt franchi ses lèvres que Dex se rendit compte qu'ils prêtaient à confusion. Déjà, Amanda haussait un sourcil méfiant. Dex dit :

— Je peux reformuler ? Je voulais dire pratique pour toi, parce que c'est près du pub.

Amanda pouffa.

— Moui... Ça a ses avantages et ses inconvénients. C'est bruyant vers l'heure de fermeture, quand ils mettent à la porte les derniers poivrots. D'un autre côté, quand on est d'humeur à prendre un verre vite fait, à écouter les derniers ragots et à saluer les habitués, ma foi, c'est... *pratique*, en effet.

Son ton aguicheur répondit à la question que Dex se posait. Leur badinage était des plus subtils, mais Amanda venait de lui signifier sans équivoque qu'il lui plaisait. Il avala une gorgée de bière avant de la relancer :

— Et comment vont tes habitués, ce soir ? Il y en a de particulièrement... intéressants ?

Elle se pencha vers lui.

— Tu sais, c'est bien gentil, les habitués, mais je n'ai rien contre un peu de nouveauté...

Dans le pub, on accordait une guitare. La serveuse, qui empilait des verres vides non loin de là, alerta les consommateurs :

— La deuxième partie va commencer !

Autour d'eux, les tables se vidèrent, mais Dex et Amanda ne bronchèrent pas.

— Tu y tiens vraiment, à cette deuxième partie ? s'enquit Amanda.

— Euh, c'est comme tu veux.

Elle sondait son visage, à présent, les lèvres retroussées aux commissures.

— Je crois qu'on a assez donné, ils n'ont plus besoin de notre soutien.

La musique reprit et elle tendit l'oreille.

— Oui, c'est bon, écoute. Elle chante juste, maintenant.

— En ce cas, autant rester où on est, décréta Dex.

Amanda y médita un instant, puis elle se frotta les bras.

— Sauf qu'il commence à faire frisquet.

— En ce cas, retournons à l'intérieur.

Dex connaissait ce petit jeu par cœur ; il devinait la prochaine réplique d'Amanda. Cela ne manqua pas :

— Mais à l'intérieur, on ne pourra pas parler, il y a trop de bruit. (Elle cligna des yeux.) Viens prendre un café chez moi, si tu veux. Qu'est-ce que tu en dis ?

Une Peugeot rouge passa et Dex discerna derrière le volant un halo de cheveux blonds. L'espace d'un instant, il crut que c'était Molly. Mais il se trompait, évidemment. La Peugeot s'éloigna et le rythme cardiaque de Dex retomba. Alors, il vida son verre, sourit à Amanda, et déclara :

— Bonne idée.

À vingt-deux heures, ils avaient fini leur café. Amanda avait tamisé les lumières et rendu ses intentions on ne peut plus claires.

— Bon, il faut te l'épeler en toutes lettres ? (Elle envoya valser ses chaussures et s'agenouilla à côté de lui sur le canapé.) J'ai trente ans, je suis célibataire, et je n'aime pas alimenter les ragots. Ce qui demande une sacrée discrétion, dans un coin comme le mien.

— J'imagine, dit Dexter, soulagé d'apprendre qu'Amanda n'était pas du genre à se vanter de ses exploits.

— En plus, les relations sérieuses, ce n'est pas mon rayon.

Dex hocha lentement la tête : il l'écoutait, de plus en plus attentivement et avec un intérêt croissant.

— En gros, et pour résumer, tu m'as l'air de quelqu'un de discret...

Elle hésita. Dex hocha la tête de plus belle, non sans se demander à quoi elle voyait cela.

— Je me lève tôt demain, ajouta Amanda, mais on pourrait se tenir compagnie cette nuit. Je pense qu'on s'amuserait bien, toi et moi.

— Je pense aussi. Par contre, moi aussi, j'ai des obligations. Je ne resterai donc pas dormir, mais merci pour l'invitation.

Amanda le scruta, sourcils froncés :

— Dis donc, je ne suis pas une briseuse de ménage. Tu m'as dit que tu n'étais pas marié. C'est bien vrai, ce mensonge ?

— Promis. Je suis le célibat personnifié.

Dex se leva et lui tendit la main.

— C'est pourquoi ta proposition me parle tout particulièrement.

Pour s'amuser, ils s'amusèrent.

Parfois, un peu de sexe purement physique, sans engagement, sans lendemain, cela faisait du bien.

Un peu, voire beaucoup.

Oui, cela faisait un bien fou.

En émergeant de la cabine de douche en marbre vert, Dex se frictionna avec une serviette et se rhabilla puis regagna la chambre.

Amanda y était étendue, nue et décomplexée, rayonnante.

— Tu as l'air heureux, lui dit-elle.

— Toi aussi, ricana-t-il.

— Je parie que ça vaut largement une séance de fitness à mon club de sport. En plus divertissant, bien sûr.

Elle tendit les lèvres pour qu'il y pose un baiser et dit :

— Merci.

— Je t'en prie.

— Bon, si tu as envie de jouer la revanche, un de ces quatre, tu sais où me trouver. Tiens, je te laisse mon numéro. Même si tu ne me l'as pas demandé.

— Je m'apprêtais à le faire.

Elle le lui griffonna au stylo feutre sur un Post-it.

— En ce cas, j'ai brûlé les étapes.

Amanda lui donna un petit coup de pied mutin :

— C'est que je peux être un peu impulsive, parfois.

25

Chez l'épicier, Molly tomba sur Amber. Elle l'embrassa.

— Tu tiens le coup ?

Les dernières semaines avaient été éprouvantes pour la jeune fille. Elle refusait toujours catégoriquement de voir son père.

— J'espérais te voir hier au cours de dessin, mais on m'a dit que tu étais sortie. Tu as fait la fête ? C'était sympa ?

— Sympa, oui, mais pour la fête, on repassera, j'ai gardé Delphi. Elle est craquante, cette gamine. Quand on lui chante une comptine, elle se dandine sur son popotin en agitant les mains, c'est trop mignon.

— Ah, tu joues les baby-sitters pour Dex ?

Molly ressentait la morsure de l'envie. C'était elle qui avait appris à la petite à se trémousser sur son derrière. Sur le tapis de son propre salon, rien de moins. Certes, elle n'aurait pas été disponible pour garder Delphi, mais elle regrettait que Dex ne le lui ait même pas demandé. En apparence, ils se montraient polis l'un envers l'autre mais, en réalité, ils restaient en froid. Et tout ça, par sa faute. Si elle ne l'avait pas agoni d'injures, ce fameux soir, ils n'en seraient pas là, leur amitié ne se serait pas dégradée.

— Je ne suis pas restée tard, poursuivait Amber. Il est rentré à une heure du matin.

Molly ne put retenir cette question indiscrète :

— Ah bon ? Il avait un rendez-vous galant ?

Ce n'était pas de la curiosité, non, elle entretenait simplement la conversation.

— Je n'en sais rien, mais, à son retour, c'était un autre homme. Il a dû passer du bon temps.

— Ah ?

Qu'entendait-elle par là ?

Un éclair de malice scintilla dans les yeux de l'adolescente :

— Si tu veux tout savoir, à son départ, il sentait l'after-shave, comme toujours. Mais, à son retour, il sentait le gel douche et il avait les cheveux mouillés.

Allons bon. Dex n'avait pas perdu de temps. Une autre que Molly avait cédé à ses avances. C'était à prévoir.

Au prix d'un gros effort, Molly domina sa jalousie. Après tout, elle avait eu sa chance, et elle l'avait déclinée. Pour d'excellentes raisons, d'ailleurs.

Non, vraiment, elle avait fait le bon choix.

Cet après-midi-là, en rentrant du lycée, Amber éprouva des picotements dans la nuque, comme si on l'observait. De fait, de l'autre côté de la route, un garçon la dévisageait. La voyant s'arrêter, il sauta à bas du muret sur lequel il était assis et piqua vers elle.

Rien qu'à son look, elle devina à qui elle avait à faire. Il appartenait de toute évidence à la clique des Garçons Propres Sur Eux.

— C'est toi, Amber ?

Elle tiqua.

— On se connaît ?

— Plus ou moins. OK, j'avoue, je t'ai cherchée sur Facebook.

Même ses tennis étaient d'une blancheur immaculée.

— Et toi, tu es qui ? rétorqua la jeune fille. Un autre demi-frère tombé du ciel ?

L'inconnu secoua la tête.

— Non, je suis Max, un ami de Shaun. Il m'a demandé de passer te voir.

— Pour quoi ? Rire un peu à mes dépens ?

— Bien sûr que non, qu'est-ce que tu racontes ? Shaun se fait du souci pour toi. Il se demande comment tu vas.

Amber eut un ricanement de mépris.

— Moi ? Super ! Je n'ai jamais été aussi heureuse. Mon père me ment depuis que je suis née et maintenant, il habite chez sa maîtresse avec son fils caché. Pourquoi est-ce que ça n'irait pas ?

— Mais Shaun n'y est pour rien, si ? Au début, vous vous êtes même épaulés, tous les deux...

C'était la vérité. En ce jour fatidique, à Tetbury, Amber, bouleversée, s'était reposée sur Shaun. Son demi-frère semblait non seulement compatir à son sort, il détenait en outre la réponse aux questions qui la hantaient. Entre-temps, toutefois, elle s'était aigrie. Sans Shaun et sa mère, elle mènerait encore une existence épanouie, insouciante, normale. Au lieu de quoi, elle en était réduite à haïr son propre père. Le fait qu'il se soit installé chez l'ennemi l'emplissait d'un mélange de dégoût et d'indignation.

Ainsi que de jalousie, en toute honnêteté.

— Je parle à Shaun si je veux. Et pas la peine de m'envoyer des intermédiaires, ça ne changera rien à ma position. Merci de dire à Shaun de s'abstenir, à l'avenir. Bon, il faut que j'y aille.

— Comme tu voudras.

Max rejeta en arrière une mèche de cheveux soyeux, sortit ses clés de voiture et sourit piteusement :

— En gros, j'ai foiré ma mission. Chou blanc sur toute la ligne.

— Dommage pour toi.

Il voulait qu'elle le plaigne, peut-être ? Qu'elle lui rembourse son plein d'essence ? Et puis quoi, encore.

— Je te dépose quelque part ? lui proposa Max.

Il pressa un bouton de sa clé de contact et un coupé bleu émit un bip haut perché.

Quel frimeur.

— Non, merci. Mon copain m'attend.

— Je vois. Bon, ravi de t'avoir rencontrée. Juste une chose, encore...

— Quoi ?

— Shaun, c'est mon meilleur pote. Et c'est quelqu'un de bien. Je suis sûr qu'il ferait un chouette frangin.

— Rien à fiche. Salut.

Cosse l'attendait comme convenu devant le débit d'alcool.

— Ça gaze ? lui demanda-t-il, et de poser sur sa bouche un baiser au goût de bière. T'as du fric ?

Amber n'avait que dix-sept ans et le proprio du magasin ne se laissait pas berner par de fausses cartes d'identité, aussi remit-elle à Cosse les dix livres qu'elle avait gagnées en gardant Delphi. Puis elle patienta sur le trottoir pendant que son copain faisait le plein d'alcool bon marché.

Bien sûr, il ne s'appelait pas réellement Cosse. Son vrai prénom, c'était Daniel. C'étaient des années de glande assidue, au collège et au lycée, qui lui avaient valu son surnom. Depuis non plus, il ne se foulait pas franchement. Mais il était marrant et mignon. Mince et ténébreux avec des yeux à la Johnny Depp et des tas de tatouages. Amber le fréquentait depuis quelques mois et, les rares fois où elle l'avait ramené chez ses parents, son père n'avait pas caché son mécontentement. Cosse s'était donc frotté les mains en apprenant que ce vieux schnock méprisant cachait un sordide secret. Il avait consolé Amber et, de fil en aiguille, les jeunes gens s'étaient rapprochés. Désormais, ils se voyaient trois ou quatre fois par semaine. Ce qu'Amber préférait, c'étaient ces heures qu'ils passaient allongés côte à côte sur la pelouse du parc. Alors, seulement, elle reprenait espoir. Ensemble, ils buvaient de la bière. Cosse lui répétait que son père n'était qu'un salaud, un menteur, un minable. Ils parlaient aussi des festivals de rock auxquels ils prévoyaient d'assister pendant l'été.

— On est parés, déclara Cosse en émergeant du magasin.

Dans son sac, des cannettes tintaient. Il lui prit la main.

— C'est parti. On rejoint Beeny et des potes à lui.

Ah. Amber appréciait moyennement Beeny. Il ne sentait pas la rose et, quand il était défoncé, il pouvait se montrer vraiment lourd.

— Fais pas cette tête, la rabroua Cosse. Il est cool.

— Je sais.

Au moins, son chien était mignon.

— Et il a peut-être quelque chose pour nous.

Si ce « quelque chose » promettait de les rendre aussi amorphes et rasoir que Beeny, non merci. Sa façon d'appeler tout le monde « man » avait le don de taper Amber sur les nerfs. Elle changea de sujet :

— Où est passée la boucle d'oreille que je t'ai offerte ?

La semaine précédente, elle lui avait acheté au marché un anneau d'argent pour son piercing.

— Ah. Je l'ai perdue, désolé. Elle a dû tomber.

Il la prit par les épaules et l'entraîna vers le parc.

26

C'était elle.

Non, impossible…

Et pourtant…

Frankie plissa les yeux. Non, elle ne se trompait pas.

La femme assise à la table d'angle du café portait un pull-over gris, un pantalon de lin et des ballerines. Elle était mince, d'un physique quelconque et vraisemblablement âgée d'une soixantaine d'années ; de fines boucles d'un blond grisonnant encadraient son visage ; d'épaisses lunettes à monture d'écaille peu flatteuse dissimulaient ses yeux bleu clair.

Elle s'efforçait à l'évidence de passer inaperçue.

Et y parvenait admirablement.

Depuis son comptoir, Frankie épia la conversation des deux groupes installés aux tables voisines. Fans inconditionnels de la série *Next to You*, ils se posaient des colles et débattaient des mérites respectifs de tel ou tel épisode, en citaient les répliques, en imitaient les personnages…

Mais aucun n'avait reconnu Hope Johnson, l'une de ses vedettes, assise à moins de deux mètres d'eux.

À leur décharge, elle était méconnaissable. Dix-huit ans s'étaient écoulés depuis qu'elle avait gratifié le pays de sa performance mais, à la voir, on aurait pu croire qu'il s'en était passé quarante. Elle n'était plus qu'une ombre de la femme qu'elle avait été.

La conversation se poursuivait. L'un des deux groupes venait de Cardiff, l'autre de Newcastle. Ils photographièrent les souvenirs et éléments de décors qui ornaient les murs du café et posèrent tour à tour aux côtés de Bert le bouc, qui s'acquitta de ses fonctions avec beaucoup de professionnalisme.

Enfin, ils partirent. Il était près de seize heures et Frankie entreprit de débarrasser les tables. Il ne lui avait pas échappé que Hope Johnson lançait des coups d'œil à la dérobée en direction des photos et objets-souvenir.

Fallait-il l'aborder ? Ou la laisser en paix ?

Frankie se lança :

— Une autre tasse de thé, peut-être ?

Hope Johnson lui fit face :

— Oh. Vous fermez ? Pardon…

— Aucun problème. Restez autant que vous le voudrez.

— Bon, en ce cas… Mais vous êtes sûre ? balbutia-t-elle.

— Certaine.

Hope s'était volatilisée de la scène publique il y avait de cela des années. Par mesure de précaution, Frankie retourna l'écriteau indiquant que l'établissement était désormais fermé.

— C'est un honneur de vous recevoir.

Hope la regarda comme un faon aux abois. Ses mains graciles tremblaient légèrement lorsqu'elle tendit sa tasse à Frankie.

— Vous savez… ?

— … qui vous êtes ? Oui. Mais ne vous en faites pas, je suis une tombe. Je ne parlerai de votre visite à personne, pas sans votre accord.

Hope soupira.

— Cela faisait des siècles que l'on ne m'avait plus reconnue. Et vous... Je n'en reviens pas.

— J'ai un peu triché, avoua Frankie en lui rapportant sa tasse pleine. Il y a un détail chez vous qui n'a pas changé.

— Ah ? Je ne vois pas...

Elle la dévisageait, perplexe. Frankie lui indiqua une photo au mur qui la représentait, en gros plan, riant gaiement devant la maison aux côtés du réalisateur de la série.

— C'est moi qui vous ai photographiés le dernier jour du tournage. Vous veniez de boucler la dernière prise.

Hope scruta la photo à travers ses lunettes.

— Oui... Je m'en souviens, maintenant.

— Regardez de plus près.

Frankie attira son attention sur ses mains et particulièrement sur sa main droite, qu'elle portait à son visage. Puis, elle désigna du menton celle qui tenait présentement l'anse de sa tasse de thé. Et Hope fit le lien.

— Ma bague ! Mais bien sûr.

Il s'agissait d'un simple anneau d'argent aux bords biseautés et serti d'un œil-de-tigre. Ce bijou original, de fabrication artisanale, avait quelque chose d'étrangement masculin. Il contrastait avec la finesse des doigts de sa propriétaire.

— J'époussette régulièrement mes bibelots ; à force, je connais les photos par cœur. Dès que j'ai vu votre bague, je vous ai identifiée.

— Une vraie Miss Marple, s'amusa Hope.

— Cela fait douze ans que j'ai ouvert l'établissement, alors à la longue, forcément...

— Eh bien, je suis ravie de vous revoir.

Hope sirota une gorgée de thé en examinant Frankie, et ajouta :

— Oui, je vous reconnais, à présent. Vous n'avez pas changé. Contrairement à moi.

Puisque c'était elle qui avait abordé le sujet, Frankie se permit de rebondir :

— Vous avez été souffrante ?

Hope afficha un air contrit.

— Parfois, je voudrais pouvoir me reposer sur une excuse de cet ordre. Mais non, ma santé n'est pas en cause. J'ai mal vieilli, voilà tout.

Ciel, voilà qui était embarrassant.

— Pardon, je ne voulais pas...

— Allons, ne vous excusez pas. Je savais que la vieillesse ne me siérait pas. Ma mère a connu le même sort que moi. Aussi, quand j'ai commencé à me rider, ma foi... j'ai baissé les bras. D'aucuns conservent toute leur vie un physique agréable, mais ce n'était pas dans mes gènes. (Elle eut un petit sourire.) Il faut positiver, je suis peut-être flétrie et décatie, mais au moins je suis encore en vie.

Que répondre à cela ? Frankie fit diversion :

— Cela doit vous faire tout drôle de revenir ici.

— Je ne vous le fais pas dire. Je ne pensais pas revoir un jour cet endroit.

Elle contemplait la pièce, visiblement émue.

— Non, je ne pensais pas revoir un jour Les Bruyères. Dites, est-ce que... Oubliez, je n'ai rien dit.

— Oui ? Qu'est-ce que je peux faire pour vous ? l'encouragea Frankie.

— Eh bien... Pardonnez mon audace mais... je me demandais si vous m'autoriseriez à revoir le reste de la maison.

— Mais avec plaisir.

— Vraiment ? C'est très aimable à vous.

Hope s'était illuminée. Elle ajouta avec ferveur :

— Je n'en ai que pour quelques minutes, promis. Vous devez être très occupée, je ne veux pas vous importuner.

— Vous ne m'importunez pas le moins du monde. Sans vous, ce café n'existerait pas. Et ma fille ne sera pas de retour avant minuit. Restez aussi longtemps qu'il vous plaira.

Et ainsi, Frankie ferma le café et effectua comme promis la visite guidée. Laquelle s'acheva dans la cuisine, où dorait au four un poulet. Hope remarqua qu'il dégageait un fumet délicieux, et Frankie, le plus naturellement du monde, renchérit :

— Restez donc dîner, si le cœur vous en dit.

Elle ne s'attendait pas à ce que l'autre accepte sa proposition, mais Hope la prit au mot.

Et voilà. Incroyable mais vrai, trois heures plus tard, elles étaient encore à table, devant un verre de vin, à bavarder comme deux vieilles amies. La conversation ne tarissait pas. D'abord, elles avaient discuté du café, des pèlerinages de fans qui y défilaient et du phénomène *Next to You*. Puis, pour répondre à une question de Hope, Frankie lui avait raconté la double vie de son mari.

— Quelle horreur, avait compati Hope, atterrée. Et comme vous êtes forte. Je ne m'en serais jamais doutée, à vous voir si aimable avec vos clients… Vous sembliez l'insouciance même.

— Il faut bien s'occuper.

Frankie déboucha une deuxième bouteille et remplit leurs verres.

— Ça aide, reprit-elle. Pas autant que l'alcool, bien sûr.

Elle rit, puis poursuivit plus posément :

— La vie est semée d'embûches. J'essaie de faire front du mieux que je peux. Or, personnellement, plus je m'affaire, mieux je me porte.

— Je vous admire. J'aurais peut-être dû faire comme vous.

Hope coinça une mèche derrière son oreille et fixa un instant Frankie, comme si elle délibérait. Pouvait-elle lui faire confiance ?

— À l'époque, dit-elle enfin, je me suis enfuie, j'ai tout plaqué. Ce qui était sans doute une grave erreur.

— Où êtes-vous allée ?

— Dans un petit village du sud de l'Italie. Un trou perdu, loin de tout et pas touristique pour un sou. Je ne savais pas un mot d'italien et les locaux ne parlaient pas anglais, ce qui me convenait parfaitement. En revanche, je manquais de distractions. J'étais seule dans ma tête, à ressasser mes idées noires.

— Vous y êtes restée longtemps ?

Hope sourit :

— Je n'en suis jamais repartie. La première année, je louais une chambre, puis je m'y suis acheté une petite maison. J'ai recueilli quelques chiens et chats errants et fait connaissance avec mes voisins. J'ai appris l'italien. C'est un village charmant, perché dans la montagne. La vie y est douce. Mais, ajouta-t-elle d'un ton de regret, j'ai fui l'Angleterre sans me retourner. C'est la première fois que j'y remets les pieds depuis toutes ces années.

— C'est tout à fait compréhensible. Après la mort de William… Quel malheur.

Hope fit courir son index le long du bord de son verre.

— Pendant des années, on m'appelait « la folle aux chats ». Les villageois devaient penser qu'ils avaient écopé d'une cinglée. Mais j'ai remonté la pente, petit à petit.

— J'en suis contente.

— Et j'y ai rencontré mon mari.

— Vous vous êtes mariée ? C'est formidable.

— Il s'appelait Giuseppe. Il était agriculteur. C'était un homme bon. Doux, travailleur et fiable. Je ne crois pas l'avoir réellement aimé, mais lui m'aimait et, quant à moi, je l'appréciais beaucoup. Nous nous sommes tenu compagnie. Je le rendais heureux. Nous n'avons pas eu d'enfants, nous vivions seuls tous les deux avec notre ménagerie. Il est mort il y a deux ans.

— Oh, je suis désolée…

— Je vous remercie.

— Deux fois veuve… La vie est cruelle.

De nouveau, Hope sonda Frankie, hésitante. Tentée de se livrer davantage, elle pesait le pour et le contre. Frankie la devança :

— Nous avons beaucoup bu, je ne veux pas que vous me confiiez quoi que ce soit à moins d'en avoir vraiment envie. Si demain vous regrettiez vos paroles, je ne me le pardonnerais pas.

— Mais…

— Croyez-moi, parfois, on parle trop puis on s'en mord les doigts. Je m'en voudrais tant. Allons, changeons de sujet.

— Vous êtes un ange. C'est que vous m'inspirez une telle confiance. Est-ce que vous faites le même effet à tout le monde ?

— Ma foi, au village, je suis un peu connue pour ça. Je crois que ça tient à mon visage… Tout le monde vient me raconter ses petits secrets.

— Cela ne m'étonne pas.

Mais Frankie fit la grimace.

— Enfin, quand je dis tout le monde… Mon propre mari m'a fait des cachotteries pendant pas moins de dix-huit ans. C'est humiliant.

— Bon, je vais vous dire la vérité. Je n'aimais pas William Kingscott. Enfin, je l'aimais bien. À l'écran, on avait clairement des atomes crochus, et c'est de là qu'est née la rumeur de notre relation. Lui s'est un peu entiché de moi, mais il ne s'est jamais rien passé entre nous. On s'entendait bien, voilà tout. Mais plus on multipliait les dénégations, plus on nous soupçonnait de mentir pour préserver la grande romance que l'on était prétendument en train de vivre. Sa mort m'a beaucoup peinée, bien sûr, mais je ne me suis pas effondrée.

Frankie fronça les sourcils, perplexe.

— Mais... Votre disparition... L'Italie... Vous paraissiez bouleversée... À moins que... ?

La douleur qu'on lisait encore dans les yeux de Hope confirma l'intuition de Frankie, et le jour se fit dans son esprit :

— J'ai compris. Vous n'étiez pas bouleversée à cause de William...

Elle marqua une pause, regarda son interlocutrice, et formula tout haut sa pensée :

— C'était à cause de quelqu'un d'autre.

Hope acquiesça imperceptiblement.

— Vous êtes douée. C'est juste. Ouf. Cela me fait bizarre d'en parler. Je ne l'ai jamais dit à personne. À part à mes chats.

— Des chats italiens, en plus, ils n'ont rien dû comprendre.

Hope esquissa un sourire :

— Parfois, la barrière des langues a du bon.

— Mais alors, qui était-ce ? Un autre acteur de la série ? Oh, pardon, voilà que je recommence. Ne dites rien. Ce ne sont pas mes oignons.

— Non, j'ai envie de vous le raconter. Ce n'était pas un acteur. Il n'avait rien à voir avec la série. Mais c'était un homme merveilleux, et le grand amour de ma vie.

Son regard s'adoucit.

— Mais, reprit-elle, notre relation était impossible. Sans avenir.

— Pourquoi ? Il était marié ? (Frankie haussa les sourcils.) Rassurez-moi, ce n'était pas mon mari ?

Elles éclatèrent de rire. Hope en recracha même un peu de vin dans sa manche, avant de se rejeter contre son dossier.

— Vous imaginez le coup de théâtre ? Non, soyez rassurée. Il n'était pas marié. Nous ne pouvions pas être ensemble parce que... Pour une autre raison. La dernière fois que je l'ai vu, c'était après le tournage du dernier épisode de *Next to You*. Il me semblait que ma vie était finie. J'avais déjà résolu de me retirer de la vie publique quand William a eu cet effroyable accident. C'est donc ainsi que cela s'est passé. Après l'enterrement, j'ai disparu.

— Et... lui, qu'est-il devenu ?

— Qui sait ? Je ne l'ai jamais revu. Sans doute ne le reverrai-je jamais. Il n'était pas... comment dire ? Il n'était pas très sociable.

— Mais c'est sur le tournage que vous vous êtes rencontrés ? Il habitait la région ?

— Oui, dit simplement Hope.

Quelle révélation...

— Il y est toujours ?

Hope secoua la tête.

Les pensées de Frankie fusaient.

— Je vivais ici. Je l'ai peut-être connu ?

— Je l'ignore. Peut-être. C'est possible.

— Cela ne me regarde pas et vous n'êtes pas obligée de m'en parler. Peut-être vaut-il mieux que je ne sois pas au courant.

— Il s'appelait Stefan.

— Non ? Stefan Stokes ? Le gitan ?

Frankie en restait pantoise. Deux ronds roses s'étaient dessinés sur les joues de Hope.

— Ainsi, vous vous souvenez de lui...

— Bien sûr, puisqu'il vit toujours ici.

Cette fois, ce fut la mâchoire de Hope qui se décrocha. Ses mains se mirent à trembler.

— Vraiment ? Mais... Je suis allée le trouver en forêt... Sa caravane... Tout avait disparu. Tout. Le sentier est complètement envahi d'herbe. Et il me soutenait qu'il ne pourrait jamais se fixer en un seul lieu...

— C'est exact.

Pendant des années, Stefan avait sillonné le pays, tantôt en compagnie de ses proches et d'autres gens du voyage originaires de Roumanie, tantôt au contraire en s'isolant délibérément.

— Ou du moins, ça l'était, précisa Frankie. Jusqu'à ce que sa fille devienne maman. Alors il a décidé de se poser. Voilà huit ans qu'il est revenu, et pour de bon, cette fois.

Le souffle court, Hope demanda :

— Comment... Comment va-t-il ?

— Il se porte à merveille. Il a changé l'emplacement de sa caravane. Quand les Hanham-Howard ont acheté le domaine de Finch Hall, ils lui ont offert un lopin de leur terrain en échange de ses services de garde-chasse. Oh, que je suis contente ! s'exclama-t-elle. On se croirait dans un film. En plus, il est célibataire. Voulez-vous que je vous conduise chez lui ?

— Non, non... À quoi bon ? Cela ne servirait à rien, il ne faut pas remuer le passé...

La main sur le cœur, elle ajouta :

— C'est un nomade. C'était là l'obstacle à notre amour, autrefois. Sa famille n'aurait pas toléré qu'il n'épouse pas une gitane...

Elle tendit la main :

— Mais regardez-moi, je tremble comme une feuille. En revenant ici, si je m'attendais à ça. Je ne pensais vraiment pas le retrouver là...

— Eh bien, c'est une bonne surprise ! Allons, vous n'aimeriez pas le revoir ?

Hope médita à la question, et son regard se voila. Enfin, elle posa cette question :

— Est-il toujours aussi bel homme ?

Quel âge avait Stefan ? La soixantaine, facilement. Pourtant, c'était indéniable, avec sa haute stature, son teint hâlé, son regard de braise et ses pommettes ciselées, Stefan Stokes possédait une beauté qui défiait le temps.

— Oui, opina Frankie.

Hope eut un sourire triste et s'affaissa sur sa chaise.

— J'aurais dû m'en douter. Et moi, je suis affreuse.

— Je ne vois pas ce dont vous parlez...

— Je vous en prie. Je ne suis pas aveugle, vous savez. Il m'arrive à l'occasion de surprendre mon reflet dans la glace. Quand vraiment je ne peux pas faire autrement. (Hope paraissait résignée.) Or je sais que j'ai été belle, autrefois.

— Mais...

— C'était dans une autre vie. Certaines personnes vieillissent bien, mais ce n'est pas mon cas. Croyez-moi, Stefan serait déçu. Et je ne le supporterais pas.

Hope finit son verre de vin, consulta sa montre et repoussa sa chaise.

— Je ferais mieux d'y aller. J'ai été ravie de faire votre connaissance. Merci pour tout. Au revoir.

— Tout le plaisir était pour moi.

On aurait dit une biche effarouchée. Désarçonnée par la proximité de l'homme qu'elle avait tant aimé, Hope n'avait plus qu'une hâte, prendre ses jambes à son cou. Frankie lui tint compagnie tandis qu'elle téléphonait à une société de taxi (elle logeait dans un hôtel de Cheltenham).

— S'il vous plaît, gardez pour vous les événements de la soirée, l'implora Hope. J'insiste. C'est très important pour moi.

— Motus et bouche cousue. Cependant…

Frankie ne put se dominer. Il fallait qu'elle tente, une ultime fois.

— Vous êtes la même personne qu'autrefois. Je ne peux pas croire que Stefan serait déçu…

— C'est un risque que je ne veux pas courir. Je ne m'en relèverais pas.

Elles avaient atteint le perron. Hope frissonnait toujours à la pensée de son ancien amant.

— Vous ne préférez vraiment pas attendre à l'intérieur ? proposa Frankie.

— Non, je vous remercie, je préfère me tapir dans l'ombre. Mon taxi ne va pas tarder.

Elle fit la bise à son hôtesse. Puis, avec un petit rire, elle ajouta :

— Je suis tellement retournée que j'en ai oublié de prendre des nouvelles de la famille de Stefan. Ainsi, sa fille s'est établie dans le coin ? C'est fou. Et il est grand-père… Comment s'appelle l'enfant ?

— Addy. Elle a neuf ans et un caractère bien trempé.

Hope souriait avec nostalgie.

— Fabuleux… Où habitent-elles, toutes les deux ?

Dehors, il faisait nuit noire. De l'endroit où elles se tenaient, on distinguait les lumières éparses des maisons agglutinées en bordure du parc. Frankie indiqua la plus vivement éclairée de toutes, le Cygne Insolent. Les arbres devant le pub étaient tendus de guirlandes lumineuses de toutes les couleurs.

— Juste là, répondit Frankie. C'est Lois qui tient le pub.

Quand Delphi refusait de dormir, Dex recourait à une ruse. Il installait la petite dans sa poussette, presque à l'horizontale, la couvrait d'un petit duvet et l'emmenait faire un tour au bourg jusqu'à ce qu'elle s'assoupisse. Rien à voir avec les méthodes préconisées par les experts mais, au moins, elle fonctionnait. Parfois, il en profitait pour échanger quelques politesses avec les clients attablés à la terrasse du Cygne. Ce soir-là, par exemple, il s'assit à la table de Stefan Stokes, le père de Lois. Depuis leur désastreuse première rencontre, qui n'avait pourtant rien auguré de bon, ils s'étaient découvert des affinités. Et ce soir, ils discutèrent astronomie, sujet sur lequel Stefan était très calé, et débattirent des meilleurs moyens de venir à bout des résistances d'un bébé insomniaque.

— Quand Lois nous cassait trop les pieds à sa mère et moi, on versait trois gouttes de brandy dans son biberon, et le tour était joué, lui confia Stefan, le regard pétillant au souvenir de cette époque révolue. Autrefois, ça se faisait beaucoup. J'imagine que de nos jours on se retrouverait avec la protection de l'enfance sur le dos.

Lois, sortie débarrasser, y alla de son grain de sel :

— Oui, bizarrement, de nos jours, on ne fait plus trop picoler les bébés.

Secouant la tête, elle s'adressa à Dex :

— Ne l'écoutez pas. Quant à toi, jeune fille, ajouta-t-elle à l'attention de Delphi, dors ! Arrête de te faire prier. Papa a besoin de souffler.

— Waaaaaaah, dit Delphi, les yeux grands ouverts.

Elle était plus éveillée que jamais. Stefan et Lois se réfugièrent à l'intérieur du pub et Dex reprit sa promenade. Il s'enfonça dans le bourg jusqu'au cimetière, et, de là, s'achemina jusqu'à la maison de Frankie pour observer les étoiles. Il ne s'était jamais intéressé aux constellations mais Stefan lui avait appris à en reconnaître quelques-unes. Serait-il capable de les identifier sans son aide ?

— Raaaa, protesta Delphi, furieuse de cet arrêt.

— Chut, fit Dex en promenant la poussette d'avant en arrière, l'œil rivé sur le ciel.

Les formes qui lui sautaient aux yeux la fois précédente avaient entre-temps toutes disparu. Où se trouvait donc...

Brusquement, il tourna la tête. Quelqu'un se tapissait dans l'ombre du portail. Clignant des yeux pour adapter sa vision à la pénombre, Dex distingua une femme âgée, debout le long du muret de l'église.

— Oh, pardon, balbutia-t-elle. Je ne voulais pas vous faire peur.

Dex sourit de l'entendre si confuse.

— Je vous en prie. Je regardais les étoiles. Pas moyen de retrouver cette satanée ceinture d'Orion.

Après un instant d'hésitation, la femme émergea de sous le toit triangulaire envahi de branches d'if qui surplombait le portail du cimetière. Elle s'avança vers lui, leva son visage vers la voûte céleste et tendit le doigt.

— Vous voyez ces trois étoiles, en rang, là ? C'est Orion.

— Bien sûr. Merci.

— Et voici la Grande Ourse.

Elle en traça la forme du bout du doigt jusqu'à ce que Dex la repère à son tour.

— Vous vous y connaissez, observa-t-il. Moi, je débute...

Cette inconnue tombait à pic.

— Il faut bien débuter un jour. C'est un amoureux des étoiles qui m'a appris tout cela et, depuis, j'en suis amoureuse, moi aussi, déclara-t-elle sans ambages, avant de baisser les yeux sur Delphi. C'est votre fille ?

Les cheveux de la petite poussaient, de sorte qu'on ne la prenait plus que rarement pour un garçon. Chaque fois qu'on lui demandait si elle était sa fille, Dex se rengorgeait, fier comme Artaban.

— Oui.

Enfin, plus ou moins.

— Elle est adorable. Oui, toi, ma jolie !

— Ouiiiiin ! brailla soudain Delphi en agitant ses petits pieds.

— Elle doit vous donner du fil à retordre, mais je suis sûre qu'elle en vaut la peine, dit l'inconnue.

Elle se pencha au-dessus de la poussette et prit entre les siens les doigts que la petite tendait vers elle.

— Absolument, confirma Dex.

Qui était cette vieille dame, et que faisait-elle donc là ? Dex s'apprêtait à lui poser quelques questions quand les lumières jumelles des phares d'une voiture balayèrent le cimetière. Un véhicule apparut à l'angle de la rue. À son approche, la femme déclara :

— Voici mon taxi.

Elle se redressa et fit signe au chauffeur.

Sous les yeux de Dex, elle monta en voiture, non sans faire un dernier coucou à Delphi.

— Au revoir, leur dit-elle à tous les deux. Ravi de vous avoir rencontrés. Quant à vous, n'oubliez pas la ceinture d'Orion.

— Promis, s'engagea Dex, sachant pertinemment qu'il l'avait sans doute déjà égarée. Bonne nuit à vous.

Delphi imita le geste de l'inconnue, ouvrant et fermant son petit poing en petite étoile de mer, et gazouilla.

— Gaga !

27

À quinze heures, ce vendredi-là, Henry abandonna toute résistance et téléphona à Dexter.

Il avait tenu suffisamment longtemps. Alarmé par la puissance de sa propre réaction à la photo de Frankie, il s'était interdit de rendre visite à son ami pendant plusieurs semaines, ne serait-ce que pour se prouver qu'il n'était pas un fou doublé d'un obsédé. Et dans l'espoir que sa passion subite se dissipe.

La mission s'était soldée par un demi-succès, il avait réussi à garder ses distances. Ses sentiments, en revanche, n'avaient pas changé. Et son pauvre vieux Dex devait se sentir abandonné. Ce n'était pas sympa de le laisser en plan comme ça.

Dex saisit son téléphone.

— Salut, Dex. Tu vas bien ?

C'était Henry.

— Super, tout baigne. Je suis chez le médecin, dans la salle d'attente, et je m'apprête à me comporter en bourreau d'enfants.

— Qu'est-ce que tu veux dire ?

— La petite joue tranquillement avec sa girafe en plastique sans se douter de ce qui l'attend. Mais dans quelques instants, je vais l'immobiliser pour qu'un inconnu lui plante dans le corps une seringue hypodermique grosse comme une aiguille à tricoter.

— Espèce de sadique, pouffa Henry.

— Je sais. Mais au fait, tu nous snobes, Delphi et moi ? Quand comptes-tu nous faire l'honneur d'une visite ?

À Londres, dans son bureau du trente-septième étage, Henry pivota sur sa chaise et son regard se perdit par la fenêtre. À ses pieds, la métropole s'étendait jusqu'à l'horizon. Dex l'invitait explicitement. Il n'allait tout de même pas refuser.

— C'est la raison de mon appel. Ce week-end, ça te conviendrait ? Je pensais prendre la route demain.

— Parfait ! s'emballa Dex. Je te présenterai aux gens du coin. Le pub devrait te plaire, il est bourré d'individus hauts en couleur.

— Il me tarde de voir ça, dit Henry, la gorge sèche. Ça te va si j'arrive vers midi ?

— Je préférerais un peu plus tard, j'ai promis d'aider au café dans la matinée.

La seule mention du mot « café » fit tressaillir Henry.

— Le café ? Celui du bouc ?

Dex ricana :

— Tout à fait. Si tu t'imagines qu'il y a plus d'un café, aux Bruyères ! Bref, je dois y passer quelques heures. On dit dix-sept heures ?

C'était une occasion en or et Henry n'avait aucune intention de la laisser filer. Ni de patienter jusqu'à dix-sept heures, d'ailleurs.

— On verra, dit-il, évasif. J'arriverai quand j'arriverai.

Il raccrocha et fit un tour sur lui-même sur sa chaise pivotante. Dans son for intérieur, il faisait déjà le V de la victoire. Le lendemain, il la verrait enfin. Il arriverait en avance et proposerait son aide, lui aussi.

Tout s'agençait à merveille.

— Delphi Yates ?

La chaleureuse réceptionniste décocha à Dex un sourire et l'informa :

— C'est à vous, mon chou. Le Dr Carr est prêt à vous recevoir. Deuxième porte à gauche.

Dex et Delphi étaient-ils prêts à être reçus par le Dr Carr ? C'était une autre histoire. Déjà, Dex avait mal au cœur. Et s'il s'évanouissait à la vue de la seringue ?

Il se baissa, prit Delphi dans ses bras et s'engagea dans le couloir qui conduisait de la salle d'attente à la salle de consultation. Il toqua à la porte, l'ouvrit…

Et tomba nez à nez avec Amanda.

Ils restèrent bouche bée à se dévisager.

La dernière fois qu'il l'avait vue, elle était toute nue. Tandis qu'elle portait à présent une élégante robe vert olive. Sous une blouse blanche.

Il faillit lui sortir la réplique clichée (« Je ne t'avais pas reconnue, tout habillée ! ») mais se retint à temps.

— C'est toi, le Dr Carr ?

— C'est moi, dit-elle, austère.

— Tu ne m'avais pas dit que tu étais médecin.

— Rien ne m'y obligeait, que je sache.

Elle regarda avec insistance le bébé que Dex portait dans ses bras et ajouta d'une voix glaciale :

— Mais je vois que toi aussi, tu as fait de la rétention d'informations.

Dex s'assit, prit Delphi sur ses genoux et la serra doucement contre lui.

— Pas de panique, je suis réellement célibataire. Je suis le tuteur légal de la petite. Tout est dans son dossier.

Elle consulta le dossier informatique de l'enfant, trouva les pages pertinentes et les lut attentivement. Dex patientait.

— Bien, dit-elle enfin, radoucie, sa lecture achevée. Je comprends mieux pourquoi tu as dû te sauver, l'autre soir. Mais dis-moi, tu ne comptais pas sur moi pour être ton médecin traitant ? Si ça ne te fait rien, je préférerais transmettre ton dossier à un confrère du cabinet.

— Oui, bonne idée.

Qui eût cru que le choix d'un nouveau médecin traitant pouvait devenir un terrain aussi glissant ?

— Nous allons vacciner Delphi contre le méningocoque C. Vous êtes prêts ?

Amanda s'exprimait désormais avec professionnalisme. Dex tint le bébé et s'efforça de le distraire tandis qu'elle plongeait la seringue hypodermique dans la chair potelée de sa cuisse. Le sourire insouciant de Delphi se changea comme au ralenti en hurlement de stupeur et elle se débattit.

Dex, qui faisait de son mieux pour la consoler, sentit avec horreur des larmes lui monter aux yeux. Il agissait dans l'intérêt de la petite, il le savait, mais Delphi lui pardonnerait-elle un jour cette trahison ? Lui referait-elle jamais confiance ? Et dire qu'Amanda le voyait dans cet état…

— Ce n'est jamais facile d'infliger des souffrances à un enfant, lui dit-elle doucement.

Elle gonfla comme un ballon un gant jetable et aussitôt les pleurs de Delphi cessèrent. Elle se mit à piailler de rire en essayant d'attraper les gros doigts en latex.

— Oui, bref. La situation n'est pas si gênante, tout compte fait, marmotta Dex.

— Si l'on exclut le fait que je t'ai laissé mon numéro et que tu ne m'as jamais rappelée.

D'une main exercée, Amanda plaça la seringue dans une poubelle spéciale prévue à cet effet et entreprit de se laver les mains.

— Mais je l'ai toujours, se défendit Dex.

Pour une fois, il n'avait pas jeté le morceau de papier. Il ouvrit son portefeuille et le lui montra fièrement.

— J'attendais le bon moment, ajouta-t-il.

Et le pire, c'est qu'exceptionnellement, il disait vrai.

— Ah. Bon, je suis contente.

— Pourquoi m'avoir fait croire que tu étais assistante ?

— Par mesure de précaution. Dès qu'on découvre que vous êtes médecin, on vous bombarde de questions sur le torticolis, la migraine et les seins asymétriques…

Amanda grimaça.

— Jamais je ne t'aurais questionnée au sujet de mes seins, blagua Dex.

— Me voilà rassurée. En ce cas, ravie de t'avoir revu, mais d'après ma montre, c'est l'heure de mon prochain patient.

— Encore un ex à toi ?

— Sachant que c'est une femme, qu'elle a quatre-vingt-six ans et souffre d'incontinence chronique, je te laisse deviner. Allez, salut. Appelle-moi.

— Areuh ! approuva Delphi.

— Promis, dit Dex.

C'était samedi, il était treize heures et le soleil tapait. Arrivé aux Bruyères deux heures auparavant, Henry tirait de sa matinée un bilan mitigé. La bonne nouvelle, c'était que Delphi l'adorait. Elle le suivait partout comme un petit chien, fasciné par son visage, ses cheveux, ses dents et jusqu'à sa voix.

Autre motif de réjouissance, il faisait bon revoir Dexter. En outre, le village était très pittoresque et ses habitants accueillants.

Tous éléments contrebalancés par une grosse, une terrible déception. Frankie Taylor, la femme qui hantait ses pensées depuis maintenant des semaines, ne se trouvait pas parmi eux.

Par une ironie du sort, elle se trouvait… à Londres.

— Du coup, je la dépanne, lui avait expliqué Dexter lorsqu'il lui eut présenté Amber. Je prenais un café ici avec Delphi l'autre jour et je lui parlais de Londres. Et là, j'apprends qu'elle n'y a jamais mis les pieds. Tu te rends compte ? Je lui ai immédiatement ordonné d'y aller.

Formidable. Décidément, on pouvait compter sur les copains.

— Ce à quoi maman a rétorqué que c'était bien beau, tout ça, mais qu'elle n'avait pas le temps de jouer les touristes, avait rebondi Amber. Et qu'elle n'allait pas me laisser faire tourner le café toute seule.

— Et c'est là que je me suis porté volontaire pour lui filer un coup de main, avait gaiement conclu Dexter.

Henry maudit le caractère serviable de son ami.

— Elle y est pour la journée ? s'enquit Henry.

Il était avide de toute information ayant trait à Frankie, quoiqu'il s'efforçât de donner le change.

— Tout le week-end, avec sa copine Molly. (Amber leva les yeux au ciel.) Elles vont enchaîner les visites pendant la journée et sortir danser le soir. J'ai bien essayé de lui dire qu'elle était trop vieille pour sortir en boîte, elle n'a rien voulu entendre. Je crois que son but secret est de m'humilier.

— Qu'elle s'amuse un peu, dit Dex. Elle l'a bien mérité.

— Mais elle a menacé de danser. La honte. (Amber mima un frémissement d'épouvante.) En plus, elle appelle ça « guincher ».

La porte du café s'ouvrit à la volée.

— Coucou !

Une femme pulpeuse moulée dans une robe rose bonbon franchit le seuil du café, tenant dans chaque main deux espèces de barrières en bois. Apercevant Henry et la petite sur ses genoux, elle pila :

— Bonjour, vous ! Vous illuminez ma journée. À qui donc ai-je l'honneur ?

— Euh, je vous présente Delphi… bredouilla Henry, pensant qu'elle faisait référence au bébé.

— Je la connais, merci, pouffa la jeune femme. C'est à vous que je parlais.

Au secours.

— Arrête, tu vas lui faire peur, la gronda Dex. Henry est un ancien collègue et un ami à moi, il est là pour le week-end.

— J'en suis ravie. C'est que vous êtes sacrément agréable à regarder, vous savez.

Elle remit à Dex ses espèces de barrières et serra d'autorité la main de Henry, s'attardant exprès quelques instants de trop.

— Lois, dit-elle. Enchantée. J'espère vous voir au pub, ce soir.

— C'est elle qui le tient, précisa Dexter. Lois n'a pas la langue dans sa poche, au cas où cela t'aurait échappé.

Henry, qui était, au contraire, la timidité incarnée, récupéra à grand-peine sa main et, pour faire diversion, indiqua les morceaux de bois :

— Qu'est-ce que c'est que ça ?

— Dex et Amber fabriquent une cage pour la petite, répondit Lois.

Elle le considéra pendant une seconde, puis ses lèvres peinturlurées se fendirent d'un rictus :

— Je plaisante. C'est le vieux parc de ma fille. Dex avait l'intention d'attacher Delphi à un pieu dans le jardin, comme Bert le bouc. J'ai jugé préférable de lui refourguer ce vieux machin.

Henry se retrouva embarqué dans le jardin pour y assembler avec Lois les pièces du parc et les fixer au moyen d'écrous que, pour une raison mystérieuse, la jeune femme conservait dans les bonnets de son soutien-gorge en satin mauve. Et il subissait un véritable interrogatoire Était-il marié ? Avait-il des enfants ? En voulait-il ? Et si oui, quand ? Envisageait-il de quitter Londres, un jour ? D'où tenait-il sa belle musculature ?

Dex, sorti s'assurer que tout se passait bien, lui cria de loin :

— Arrête, Lois, tu lui fais peur.

— Mais non. Je ne te fais pas peur, si ?

Elle tapota le bras d'Henry et y imprima une légère pression.

— Je m'intéresse aux gens, voilà tout. J'aime bien tout savoir de leurs vies. Alors il faut bien leur poser des questions. En plus, je ne vais pas te mentir, on ne voit pas beaucoup de gars dans ton genre par ici.

— Tu veux dire, pas beaucoup de noirs ?

— Mais non, pas beaucoup d'Adonis ! Tes yeux, ta voix, tes muscles... Tu es drôlement beau gosse.

Que répondre à ça ? Seigneur, avait-elle défait exprès les premiers boutons de sa robe afin d'exhiber son décolleté ?

— Hé là ! intervint Dex. Et moi, alors ? Je suis largement aussi beau que lui.

— Du calme, du calme, vous êtes tous les deux à croquer. Mais lui... Avec cette carrure de rugbyman...

À la consternation d'Henry, elle lui palpa les pectoraux à travers son T-shirt avant de rendre son verdict :

— Oui, tu es tout à fait à mon goût...

Rentrée au pub servir ses clients, Lois bouillait de honte. Elle n'aurait pas dû se donner ainsi en spectacle devant l'ami de Dex. Quelle mouche l'avait donc piquée ? Parfois, elle se serait donné des claques. D'aucuns se tournaient en ridicule quand ils avaient un coup dans le nez, mais elle se débrouillait pour parvenir au même résultat à jeun. C'était systématique, et comme indépendant de sa volonté, elle devait être préprogrammée pour se comporter en barmaid aguicheuse, insolente et lascive et constamment dans l'excès. Elle se rendait bien compte sur le moment qu'elle tenait des propos déplacés, adoptait des attitudes provocantes, mais pas moyen de s'en empêcher. Même quand ses victimes s'en effarouchaient ouvertement, comme le pauvre Henry, cet après-midi.

Pourquoi s'entêtait-elle dans cette voie ? Elle semblait mue par le besoin de prouver que rien ne l'effrayait. C'était une façade, bien sûr, un simulacre de témérité affiché à l'attention des hommes pour les persuader qu'ils ne lui faisaient pas peur, tous autant qu'ils étaient, qu'ils ne lui arrivaient pas à la cheville.

Le gros Dave, mécano au bourg, s'accouda au comptoir :

— Tu nous remets la même ? Deux pintes.

Fidèle à son habitude, il reluqua son décolleté et ajouta avec un ricanement gras :

— Toi, ma belle, c'est où tu veux, quand tu veux. Tu le sais, pas vrai ?

Beurk, même pas en rêve. D'un autre côté, vu sa consommation personnelle de bière, Dave faisait tourner le pub à lui tout seul. Aussi Lois se contenta-t-elle de lever les yeux au ciel et de le gourmander gentiment :

— Je sais, Dave. Mais ne te fais pas d'illusions.

Tout de même, elle méritait mieux que lui. Non ?

28

Molly avait les pieds en feu. Ce n'était pas de tout repos de faire la tournée des monuments. Frankie et elle n'avaient pas chômé. Elles avaient enchaîné les visites, du palais de Buckingham au palais de Westminster en passant par les quartiers chics de Knightsbridge et le lac Serpentine à Hyde Park. Autant de lieux que Frankie découvrait pour la première fois. Ensemble, elles avaient déchiffré le plan de métro, puis Frankie avait poliment salué et souri à leurs compagnons de voyage, qui les avaient tous royalement snobées. Molly avait pourtant prévenu son amie car elle savait d'expérience ce qui les attendait. Mais Frankie, incrédule, s'était obstinée. Il lui paraissait inconcevable qu'autant d'individus puissent se retrouver serrés comme des sardines dans un même wagon sans échanger un mot ni un signe d'intelligence.

Entre-temps, la nuit était tombée, atténuant quelque peu l'agressivité de la capitale. À mesure que l'obscurité croissait, le West End s'était illuminé et paré d'une atmosphère féerique. On se serait cru dans un film. Les ponts au-dessus de la Tamise scintillaient comme autant de colliers. Sur le fleuve, les vedettes charriaient des touristes, et les arbres le long des berges brillaient de mille petits lumignons blancs. Il faisait doux ; des flâneurs s'attroupaient aux terrasses des nombreux bars et restaurants.

La métropole continuait-elle d'exercer cette fascination sur ses habitants, s'interrogeait Molly ? Ou s'habituait-on peu à peu à l'animation perpétuelle, à la précipitation et à l'anonymat qu'elle dégageait ?

Frankie suivait à l'évidence le même train de pensée :

— On pourrait marcher des jours sans jamais tomber sur une seule tête connue.

Molly opina. Un type coiffé d'écouteurs la percuta de plein fouet. Il passa son chemin sans se retourner.

Tout le monde, cependant, n'était pas aussi hostile.

— Pardon si je vous fixe mais je ne peux pas m'en empêcher, vous avez des yeux magnifiques.

Molly n'avait jamais su comment réagir quand on lui faisait des compliments. Depuis maintenant deux heures, elle et Frankie se trouvaient dans une boîte de Charlotte Street et depuis quarante minutes, un certain Adam, publicitaire à Notting Hill, lui tenait la jambe. Plus exactement, il la draguait. Avec talent, d'ailleurs. La conversation coulait avec naturel. En l'occurrence, il lui parlait de Fredo, son labrador chocolat.

— C'est mon meilleur ami, voire l'amour de ma vie. Il a un sacré tempérament.

Il en parlait avec tant d'affection que de petites pattes d'oie apparaissaient au coin de ses yeux.

— Et toi, Molly ? Tu aimes les chiens ?

— Oh, oui.

— Je le savais.

Souriant de plus belle, il posa la main sur celle de Molly, et de s'expliquer :

— Je ne pourrais jamais être attiré par une fille qui n'aime pas les chiens. Je t'offre un autre verre ?

— Je vais juste vérifier que mon amie va bien.

Molly se dévissa la nuque et aperçut Frankie en train de danser avec un homme qui lui avait fait la conversation plus tôt dans la soirée. Bien que n'ayant aucune intention de se dégoter un galant, elle avait décidé de faire comme si. Après tout, à Londres, elles ne connaissaient personne, c'était l'occasion ou jamais de s'inventer une autre vie, le temps d'une nuit. Une vie dans laquelle elle n'était pas la pauvre vieille Frankie, trompée depuis vingt ans par son mari. Ainsi, lorsque son cavalier lui avait demandé si elle était divorcée, elle avait acquiescé, tout simplement, comme si cela s'était produit des années auparavant et ne lui faisait plus ni chaud, ni froid. Et voici qu'elle bavardait et riait tout en se trémoussant. Elle réapprenait l'art du célibat et celui, délicat, de la séduction.

D'ailleurs, pour ce qui était de la danse également, elle aurait eu besoin d'une petite mise à niveau.

— Tiens, dit Adam en tendant un verre à Molly. Santé !

— Santé, répéta-t-elle.

Ils trinquèrent. Adam la gratifia d'un nouveau sourire enjôleur.

— Tu es envoûtante. Je suis si heureux que nous nous soyons trouvés. Tu imagines si l'un d'entre nous avait choisi une autre boîte ?

— Tu me baratines, beau parleur, fit Molly en secouant la tête.

— Et alors ? (Son sourire s'élargit.) Ça marche ?

— Tu es assez convaincant...

— Parce que je suis convaincu.

— Pas mal, l'encouragea Molly.

— Ton parfum aussi me plaît beaucoup. (Il s'approcha pour mieux le humer.) Qu'est-ce que c'est ?

Frankie et Molly avaient fait un tour au rayon parfumerie de chez Harrods et n'avaient pas résisté à la tentation de s'asperger d'une demi-douzaine de parfums aux noms exotiques dont ni l'une ni l'autre n'avaient jamais entendu parler.

— Euh, c'est une sorte de pot-pourri.

Il s'esclaffa.

— Il n'y a que toi pour répondre une chose pareille. Tu vois, tout me plaît, chez toi. Viens danser.

Le DJ diffusait un slow. Qu'avait-elle à perdre ? Elle se laissa entraîner vers la piste de danse et il lui noua le bras autour de la taille. Les premiers pas furent prometteurs, Adam se défendait bien. En plus de son humour et de sa conversation, il avait le rythme dans la peau. En sortant, ce soir-là, Molly s'attendait à tout sauf à rencontrer quelqu'un, mais peut-être le destin l'entendait-il autrement. Il faut bien se rencontrer quelque part. Serait-ce là le début d'une belle histoire ? Et s'ils se mariaient, qu'ils avaient des enfants et vivaient heureux jusqu'à ce qu'un jour leur petite-fille se perche sur leurs genoux et leur demande : « Dis, mamie, comment tu l'as rencontré, papi ? Tu as su tout de suite que tu allais te marier avec lui ? » Adam partirait d'un éclat de rire, et plaisanterait : « Moi, je l'ai su à la seconde où je l'ai vue, mais ta grand-mère s'est fait désirer. On s'est connus en boîte, à Londres... »

— Hé !

La voix d'Adam interrompit sa rêverie.

— Tu penses à quoi ?

Vite, un mensonge crédible.

— Euh, à mes pieds. Ils me font un mal de chien.

— Voilà qui est romantique.

— Je n'y peux rien, c'est vrai.

— Et moi qui me noyais dans tes yeux...

— Tu n'en fais pas un peu trop ?

— Et ce nez, ah, ce nez...

— Hum. C'est tout ?

— Attends. J'en venais tout juste à ta bouche. Ta bouche est délicieuse...

— Tu t'avances...

Molly s'amusait bien. Elle lui répondit sur le même ton :

— ... tu ne l'as pas encore goûtée.

— Je le devine. C'est que je m'y connais, en bouches. Je ne suis pas seulement canon, je suis expert en baisers.

— Ah ? Pas moi. J'embrasse hyper mal. Un vrai chameau.

Adam éclata de rire. Il s'arrêta de danser :

— Je suis prêt à te parier le contraire.

— Et si tu perds ?

Laçant ses bras autour de son cou, Molly l'entraîna de nouveau dans la danse.

— Je n'y tiens plus, décréta Adam. Le suspense est insoutenable. Il faut élucider ce mystère.

Molly fit celle qui n'avait rien entendu.

— Tu te joues de moi, lui glissa-t-il à l'oreille. Et ça marche. Tu me plais de plus en plus. Espèce de femme fatale, va !

Il lui prit le menton et attira à lui son visage. L'espace d'une seconde, Molly envisagea de faire du baiser un fiasco, pour l'amuser, mais elle ne put s'y résoudre. Si vraiment ils finissaient par se marier, ils se rappelleraient toujours avec émotion leur premier baiser. Il fallait que ce soit une réussite, et non une attaque de chameau lubrique.

Leurs lèvres se frôlèrent et Adam la pressa contre lui. Hum, pas mal du tout. Par contre, il lui caressait le postérieur avec un sans-gêne quelque peu présomptueux. Molly le prit par le poignet pour le ramener dans le droit chemin quand...

— Salaud ! Fumier !

Une voix de femme lui vrillait les tympans.

— Oh, putain, merde, bafouilla Adam.

Une paire de bras furibards s'abattit entre Adam et Molly pour les séparer comme s'il s'agissait de deux chiens en train de forniquer. Pourtant, ils en étaient loin.

— Que se passe-t-il ? s'enquit Molly.

Mais la situation parlait d'elle-même.

— Bonsoir, cingla l'intruse, une blonde décolorée portant faux-cils épais et extensions capillaires d'un mètre de long. Vous êtes la grand-mère d'Adam, je présume ? Pas mal, pour une vieille de quatre-vingt-cinq ans à l'article de la mort.

Sur la piste de danse, les danseurs s'immobilisaient et braquaient sur le trio leurs regards indiscrets.

— OK, votre copain vous a menti, mais je n'y suis pour rien, protesta Molly. Je ne le connais même pas.

— Eh bien moi, les filles dans votre genre, je les connais. Vous n'avez pas honte ? Vous me dégoûtez. Vous vous tapez les mecs des autres puis vous filez alerter la presse à scandale…

— Mais enfin, c'est injuste ! Adam, dis quelque chose.

Molly l'implorait, mais il n'avait nulle envie de monter sur le ring.

— La ferme ! brailla la blonde en lui postillonnant au visage. Et laisse mon mec tranquille !

— Mais je…

Molly glapit : elle venait de recevoir en pleine figure le contenu d'un verre de vin.

29

De vin rouge.

Or sa robe était blanche.

Molly se figea.

Il y en avait partout.

— Merde, râla Adam en empoignant sa copine par les avant-bras. Qu'est-ce qui t'a pris de faire ça ?

— Et toi ? rugit la blonde en fouettant l'air de ses extensions. Qu'est-ce qui t'a pris de te faire *ça ?*

Elle pointait son index en direction de Molly.

Molly dévisageait sa robe, consternée. Elle était en piteux état. On se serait cru sur une scène de crime. Même ses cheveux dégoulinaient de vin rouge.

— Ça t'apprendra à peloter les mecs des autres, jappa encore la blonde tandis qu'Adam la séparait de sa rivale.

La furie lui asséna une claque sur le côté de la tête et ajouta :

— Je te déteste !

— Idiote ! riposta Adam. Regarde un peu sa robe !

— Mon Dieu, mais que se passe-t-il ?

C'était Frankie. Elle émergeait à l'instant des toilettes et s'arrêta sur le bord de la piste.

Quel cauchemar… Molly n'était pas du tout fan du crêpage de chignon. Elle tourna les talons et se dirigea vers la sortie, semant dans son sillage des gouttes de vin. Sur le trottoir, des passants la dévisagèrent. Un videur sortit de la boîte et lui remit quelques billets.

— De la part d'Adam, dit-il.

Molly compta les billets. Apparemment, Adam avait estimé sa robe à soixante livres. Par chance, elle l'avait achetée en solde pour la moitié de la somme.

— Dites-lui qu'ils sont faits l'un pour l'autre, sa copine et lui, maugréa Molly en rangeant la somme dans son portefeuille.

Le videur brandit son téléphone et un flash l'aveugla.

— Hé ! se récria-t-elle. Qu'est-ce que vous faites ?

— Pardon. C'est pour ma maman, elle aime bien que je lui montre des photos de mon boulot.

Il s'engouffra dans l'établissement. Quelques secondes plus tard, Frankie en émergea précipitamment, la veste au bras.

— Il y avait du monde au vestiaire, désolée. Tu vas bien ? Je n'arrive pas à croire que cette hystérique t'ait fait ça.

— Son copain lui avait menti. Il lui avait dit qu'il rendait visite à sa vieille grand-mère à l'hôpital. Bref. Viens, on s'en va.

Excédée des regards goguenards qu'elle s'attirait, elle croisa les bras sur sa poitrine tachée.

En regagnant l'hôtel, Frankie tenta de détendre l'atmosphère :

— Au moins, on a croisé une célébrité.

— Ah ? Il y avait une star dans la boîte ? Qui ça ? Zut, je ne l'ai même pas vue.

Frankie lui jeta un regard étrange :

— Tu te paies ma tête ?

— Non, pourquoi ? Je ne comprends pas.

— Tu n'as jamais regardé *Mortimer Way* ?

Molly fit non de la tête. Cette série télévisée ne l'avait jamais emballée.

— Celle qui t'a balancé son verre de vin, elle joue la coiffeuse. Tu sais, celle qui est mariée au travesti.

— C'est bien ma veine.

— Elle vient de sortir de prison, elle avait séquestré le copain de son mari.

— Hein ? Pour de vrai ?

— Mais non ! Dans la série. Je la regarde à l'occasion, quand je n'ai vraiment rien d'autre à faire, se hâta d'ajouter Frankie.

À l'hôtel, Molly remplit le lavabo et tenta, sans succès, de nettoyer sa robe. Tant pis, se dit-elle en jetant le vêtement massacré dans la corbeille.

La réception était mauvaise mais Molly parvint tout de même à se connecter à Google à l'aide de son téléphone portable. Elle y découvrit le nom de son agresseur : Layla Vitti, la trentaine, traînait derrière elle non pas quelques casseroles mais toute une batterie de cuisine. Les histoires d'amour ratées, ça la connaissait. Apparemment, elle avait le chic pour s'amouracher de types peu fréquentables qui la traitaient comme un paillasson et finissaient invariablement par lui briser le cœur. Adam était le dernier en date.

— Et alors ? marmonna Molly. Ce n'était pas une raison pour nous gâcher la soirée, à nous. C'est cet abruti qui l'a trompée, c'est lui qu'elle aurait dû asperger de vin.

— Certaines femmes sont ainsi, incapables d'en vouloir à leur homme. (Frankie envoya valdinguer ses chaussures et s'attaqua à la fermeture Éclair de sa robe.) C'est bête, vous aviez l'air de si bien vous entendre…

— Le pire, c'est que c'est vrai. À ma décharge, il avait omis de préciser qu'il n'était qu'une ordure doublée d'un menteur invétéré. Mais on était censées faire la fête, ce soir… Il n'est qu'une heure du matin, et ce ne sont pas les boîtes de nuit qui manquent. Je vais me changer et on va finir la soirée ailleurs, qu'est-ce que tu en dis ?

— Franchement, j'ai un peu la flemme. À quoi bon ?

Frankie attrapa son pyjama et conclut avec amertume :

— Avec notre veine, on tomberait sur des cinglés.

— Tu nous quittes déjà ? s'attrista Lois.

— Hélas, oui.

Henry non plus n'avait pas envie de partir, mais c'était la fin du week-end, il était vingt heures, et toujours pas trace de Frankie. Cela devenait ridicule. Il avait passé la soirée de la veille au Cygne, avec Dexter, pendant qu'Amber et son petit ami gardaient Delphi. Et, cet après-midi-là, ils s'y étaient de nouveau rapatriés, avec la petite, cette fois, pour dévorer l'un des légendaires rôtis de Lois.

Henry sortit ses clés de voiture et vit la jeune femme lui fondre dessus. Elle allait l'embrasser. Pas d'issue. Il serra les dents et se prépara à encaisser le coup avec toute la bonne grâce dont il était capable.

— Bon. Reviens vite, en ce cas. Tu vas nous manquer.

Dans un tintement de boucles d'oreille et un nuage de parfum à la rose, Lois l'attrapa par les joues et planta sur ses lèvres un gros baiser.

— Si tu voyais ta tête... Allez, ne m'en veux pas, je n'ai pas pu résister. Ça t'apprendra à être aussi canon. Le rôti t'a plu ?

— Beaucoup, merci.

En l'occurrence, c'était vrai, il avait effectivement apprécié le repas.

— Lois est un vrai cordon-bleu, s'en mêla Dex. Delphi et moi venons ici au moins une fois par semaine.

— Et j'ai bien d'autres talents, dit Lois, clin d'œil à l'appui.

Il n'y en avait pas deux comme elle. Et sans doute était-ce mieux ainsi. Afin de masquer son embarras, Henry jeta son dévolu sur Delphi, elle, au moins, ne le terrorisait pas.

— Salut, ma belle. À bientôt.

Lois minauda :

— « Bientôt » ? Ha, je le savais, je te manque déjà.

— Gaga, gaga, babilla la petite.

Assise sur les genoux de son oncle, elle tendait les mains, quémandant un bisou à Henry.

— Gaga à toi de même, lui répondit ce dernier en se penchant pour la prendre dans ses bras.

Elle lui pinça aussitôt le lobe des oreilles et Henry, bien qu'il fût au supplice, ne protesta pas. Alors, elle l'embrassa sur la joue.

— Si c'est pas chou, s'attendrit Lois. Tu ferais un sacré papa.

Espiègle, elle ajouta :

— Fais-moi signe si tu cherches la maman. Je n'ai que trente-sept ans, au cas où tu te poserais la question. Je suis fertile comme pas deux.

Un quart d'heure plus tard, seul au volant de sa voiture, Henry analysa les deux journées qu'il venait de passer. Le temps avait filé. Il avait fait bon revoir Dex et Delphi. Néanmoins, sa mission secrète s'était soldée par un échec. Il n'avait pas rempli l'objectif qu'il s'était fixé pour le week-end.

Bah, il fallait se faire une raison. C'était trop tard, désormais.

Au carrefour, le feu passa au rouge et il freina. En face, une Ford Fiesta jaune s'arrêta. Tandis qu'il patientait, Henry vit un petit animal surgir d'un fourré et se camper devant la Ford. Était-ce un rat, un hérisson ou un hamster ? En bon citadin, il n'y connaissait rien. L'essentiel était de déterminer si le conducteur du véhicule l'avait repéré. Sinon, il allait l'écraser.

Le feu passa au vert et Henry abaissa sa vitre afin de prévenir le conducteur. Au même instant, ce dernier ouvrit sa portière à la volée et jaillit de son siège. Il s'agissait d'une femme vêtue d'un jean et d'un T-shirt rouge. Elle se rua à l'avant de la voiture, s'accroupit et cueillit dans ses mains l'animal à longues oreilles, un lapereau. La fille, se sachant observée, décocha un sourire à Henry et ramena l'animal en sécurité, dans le pré voisin.

Égayé par cette image d'Épinal, Henry reprit sa route.

— Décidément, c'est ma fête, pesta Molly en se rasseyant derrière le volant. Sauvez la vie des bêtes, je vous jure. Voilà comment elles vous remercient.

Frankie se retenait à grand-peine de pouffer.

— Crétin de lapin, grommela Molly, et de contempler, maussade, la tache jaune qui s'étalait le long de son pantalon blanc.

Molly ébauchait un dessin pour Boogie & Boo quand un carillon lui annonça qu'elle venait de recevoir un e-mail. Jetant un coup d'œil vers son ordinateur, elle déchiffra le nom de son expéditeur. Liz, une ancienne camarade de classe. L'objet du mail s'intitulait « LOL ». Sans doute son amie lui faisait-elle suivre un de ces messages comiques qu'on renvoie à son tour à tout son carnet d'adresses. Elle le lirait plus tard. Et de se remettre à l'ouvrage.

Deux heures plus tard, Molly fit une pause ; elle avait besoin d'un café. Elle en profita pour consulter sa messagerie.

« Hello ! commençait le mail de Liz. Je viens de voir ça sur internet et j'ai failli en tomber à la renverse. La nana, c'est ton sosie ! Saisissant, tu ne trouves pas ? »

L'e-mail contenait un lien. Liz était adepte des chaînes d'e-mails. Sans doute le lien renvoyait-il vers quelque hilarante photo d'une vieille édentée en bikini.

Molly avala une gorgée de café et cliqua dessus.

La photo apparut à l'écran... et elle manqua de s'étrangler.

Seigneur, c'était elle. En photo dans l'une des feuilles de chou les plus scandaleuses du marché. Pour une fois, Liz ne plaisantait pas.

Stupéfiée, Molly en lut la légende : « Pour Layla, la coupe est pleine... ou pas ! » Dessus s'étalaient deux clichés. L'un, pris à l'insu de Molly, montrait Layla Vitti, son verre vide au poing, hurlant et se débattant tandis qu'Adam la retenait mollement. Avec un haut-le-cœur, Molly s'y reconnut, à l'arrière-plan, le visage à demi dissimulé par l'épaule du joli cœur.

La seconde photo, par contre, correspondait à celle qu'avait prise le videur sur le trottoir, après l'esclandre. Il s'agissait d'un portrait d'elle en pied, la robe souillée et le visage bien en vue.

Pourquoi fallait-il que ça tombe sur elle ?

S'ensuivait un petit texte :

« *L'incendiaire actrice Layla Vitti a fait une apparition surprise au Bellini hier soir, surprenant son grand amour du moment, le concessionnaire automobile Adam Burns, dans les bras d'une blonde. L'affrontement a culminé lorsque Layla a jeté son verre de vin au visage de sa rivale, laquelle s'est enfuie sans demander son reste. Sur cette photo prise juste après la scène, la blonde semble sur le point de fondre en sanglots.*

Ce qu'on en pense ? Pas cool Layla !

Avis aux lecteurs : on brûle de connaître l'identité de la femme mystère ! Si vous la connaissez, écrivez-nous ! »

Molly secouait la tête comme une forcenée. Pas ça, pitié. N'en avait-elle pas assez enduré ?

En plus, elle n'avait pas du tout failli pleurer. Quel culot.

Vite, vite, elle répondit à Liz.

« Ha ha, trop marrant, c'est vrai qu'elle me ressemble. Sauf que j'étais chez moi, aux Bruyères, à manger des nems devant la télé. Cette nana aurait peut-être dû rester chez elle, elle aussi, elle aurait sans doute passé une meilleure soirée. Bisous, Molly. »

Envoyer. Là, voilà.

Et si on la reconnaissait ? Et d'abord, qui lisait ce torchon ? Avec un peu de chances, aucun de ses amis.

Toutefois, par mesure de précaution, elle décida de passer un coup de fil à Frankie afin de l'avertir. Si jamais on lui demandait si c'était elle, l'inconnue de la photo… Molly frémit à cette seule idée. Il n'y aurait qu'une seule chose à faire, nier. Envers et contre tout.

30

Dex l'avait rapidement compris. Pour un célibataire en quête d'attention féminine, rien ne valait une visite au supermarché avec un poupon.

Le hic, c'est que l'on ne pouvait pas sélectionner le type de femmes qu'on s'attirait ainsi.

— Oh, le beau petit garçon à son papa. On est sage, hein ? Mais oui, on est sage.

Une mamie potelée arborant un cardigan rose en crochet faisait des mamours à Delphi. Cette dernière, dans sa poussette, louchait sur la grosse verrue qui surplombait le bout de son nez.

— Merci, dit Dex, et il tenta de s'éclipser avant que Delphi n'empoigne la disgracieuse excroissance.

Hélas, la grosse dame lui barrait la route.

— Et comment tu t'appelles, mon mignon ?

— Euh, en fait, c'est une fille. Elle s'appelle Delphi.

— Oh, quelle drôle d'idée. Et pourquoi pas Bambi ? caquetait l'importune.

Dex se remit à naviguer entre les allées. C'était un terrain miné. Des femmes pouvaient surgir de tous côtés, fondre sur la petite et engager une conversation sur la longueur de ses cils, les dangers des additifs, le prix des couches-culottes ou la meilleure lessive pour venir à bout des taches de vomi. La semaine précédente, une jeune femme entourée d'une ribambelle de bambins l'avait carrément invité chez elle à prendre le café, précisant d'une voix sucrée qu'ils ne risquaient rien, après son sixième, elle s'était fait ligaturer les trompes.

Tandis qu'une autre, assistant à un caprice de Delphi, qui venait de jeter par terre son biberon d'eau, s'était apitoyée :

— Pauvre louloute, il veut te faire boire du mauvais lolo ?

Elle s'était alors tournée vers Dex et, indiquant le contenu de son caddie, lui avait conseillé :

— Donnez-lui plutôt du Fanta. Les miens ne jurent que par ça.

Dex venait de sortir du magasin quand une adorable mamie avait interrompu sa course pour s'extasier sur la petite et lui faire des risettes, complètement gaga, pendant de longues minutes. Enfin, elle avait dit à Dex d'un ton de désespoir :

— Profitez-en pendant que ça dure, mon garçon, les enfants, ça finit toujours par vous abandonner. J'en ai cinq moi-même, et dix-sept petits-enfants, et je ne les ai pas vus depuis des années.

Elle lui avait fendu le cœur. Jusqu'à ce qu'il la revoie, cinq minutes plus tard, alors qu'il rangeait son caddie, escortée par une quadragénaire :

— Tu viens, maman ? lui disait-elle. C'est l'heure de rentrer.

En un sens, cela rendait la scène plus poignante encore.

Mais Dex et Delphi arrivaient chez eux, à présent. En se rangeant dans l'allée, Dex aperçut devant chez Molly une voiture inconnue. Une Mercedes bordeaux, étincelante. Son cœur fit un bond dans sa poitrine. Avait-elle rencontré quelqu'un ?

Sur le pas de sa porte se tenaient deux silhouettes. Comme on ne répondait pas à leurs coups de sonnette, elles firent demi-tour. Les deux étrangers passèrent à sa hauteur au moment où il hissait Delphi hors de son siège-bébé.

— Bonjour. Il est mignon, ce bébé.

La femme lui rappelait vaguement quelqu'un. Elle portait une robe moulante à imprimé léopard et des talons vertigineux. Et elle dévorait Dex des yeux.

— Le papa n'est pas mal non plus... Vous êtes marié ?

— Ce n'est pas le moment, intervint l'autre, un homme d'âge mûr à l'air consterné. On est pressés.

— J'oubliais, pardon. (Elle jeta une dernière œillade gourmande à Dex.) On cherche Molly Harris, elle habite bien ici ? Ça ne répond pas.

Dex consulta sa montre. Il était vingt heures dix. Il indiqua le parc.

— Le lundi, elle a son cours du soir, au café, là-bas. Mais elle s'appelle Hayes, pas Harris.

— Hayes, Harris, qu'importe, dit la blonde en agitant ses extensions.

Elle se fendit de fossettes et roucoula :

— Et toi, c'est quoi, ton petit nom ?

Son compagnon aux tempes grises s'impatientait :

— Tu ne peux pas te tenir tranquille cinq minutes ? Je te rappelle qu'on n'a pas que ça à faire. Monsieur, ces cours, ils se passent où, exactement ?

Dex en était sûr, désormais, il connaissait cette femme. Travaillait-elle pour la télé ? Aiguillonné par la curiosité, il mentit :

— Ce n'est pas évident à trouver. Je vais vous accompagner.

— OK.

L'homme ouvrit le coffre de sa Mercedes, en sortit un bouquet de lys enveloppés de Cellophane ainsi qu'un gros paquet cadeau, qu'il tendit à sa compagne :

— Tiens, porte ça.

Elle s'appelait Layla et avait toutes les peines du monde à ne pas s'enfoncer dans la terre meuble du parc, juchée comme elle l'était sur ses talons aiguille. Parvenue devant le café, elle marqua un temps d'arrêt et inspecta son reflet dans la porte vitrée.

— Je suis présentable ?

— Fais voir tes dents, la somma le type aux cheveux grisonnants.

Elle s'exécuta, retroussant les lèvres comme un orang-outan, et il émit un clappement de langue réprobateur :

— Elles sont couvertes de rouge à lèvres. Débarbouille-toi.

Dex n'avait aucune idée de ce qu'il se tramait sous ses yeux mais il ne voulait pas en perdre une miette. Dès que Layla eut fini d'ôter à l'aide d'un mouchoir le rouge à lèvres fuchsia qui maculait ses dents à la blancheur artificielle, il poussa la porte.

— Par ici, je vous prie.

— Bon, c'est parti.

Layla avança le menton. Elle scruta la salle par la porte ouverte.

— Oh, la classe, c'est elle la prof ! T'es prêt ? demanda-t-elle à son acolyte.

Lequel lui fourra les fleurs dans la main.

— À toi de jouer.

Et, de sa démarche chaloupée, Layla fit son entrée. Les élèves se retournèrent pour repérer la source de ce claquement de hauts talons sur le sol carrelé. Devant une telle débauche de glamour, un ado avachi en sweat à capuche gris sursauta violemment et faillit tomber de sa chaise.

Enfin, Molly, qui dessinait des expressions faciales sur un tableau multi-feuilles, se retourna à son tour. Et lâcha son stylo feutre. Dex, adossé au chambranle, une Delphi perplexe sur la hanche, s'étonna. Elle avait rougi jusqu'aux oreilles. Sur une caricature, il aurait fallu représenter ses joues comme deux soleils entourés de rayons.

— Bonsoir tout le monde, pardon de vous interrompre, mais j'ai une mission à accomplir. C'est capital.

La voix de Layla portait jusqu'au fond de la salle.

— Ma chérie ! Enfin, je t'ai retrouvée !

Elle ouvrit grands les bras et piqua tout droit vers Molly, qui semblait glacée d'effroi.

— Je tenais à te présenter mes excuses. C'était un malentendu idiot et je n'aurais jamais dû réagir comme je l'ai fait. Mais bon, tu connais les hommes, ils vous mettent le cœur en charpie. Je n'arrivais pas à croire que j'étais encore tombée sur un tocard. Bref, désolée. Vraiment. Tiens, c'est pour toi. (Elle lui tendit les fleurs et le paquet cadeau.) J'espère que tu me pardonneras. Et que tu aimes les lys. Moi, ce sont mes fleurs préférées. Vas-y, ouvre ton paquet.

Le type les photographiait. L'ado au sweat gris filmait la scène à l'aide de son portable. Les autres assistaient à l'échange, pantois.

— Je croyais qu'il était célibataire, marmotta Molly, écarlate. C'est lui qui était en tort. C'est lui que vous auriez dû asperger de vin.

— Je sais, je sais, s'exclama Layla, théâtrale. Mais tu as vu sa veste ? Une Prada. C'est moi qui la lui ai achetée il n'y a pas une semaine. Elle m'a coûté la peau des fesses.

— Donc vous vous en êtes prise à moi parce que ma robe valait moins cher ?

— Écoute, je t'ai pistée jusqu'ici pour m'excuser, parce que je regrette ce que j'ai fait, et que je voulais me faire pardonner. Tiens...

Comme Molly ne défaisait toujours pas son paquet, Layla prit les devants et en sortit une robe blanche flambant neuve ainsi qu'une pochette de cuir mauve à galon d'argent.

— Cadeau. J'espère que nous serons amies, dorénavant. Dans mes bras !

— Je n'y tiens pas, merci…

Molly protestait en vain. Layla lui sauta dessus et l'étreignit avec détermination ; il fallut bien se laisser faire.

Quand l'homme aux cheveux gris eut pris suffisamment de photos, Molly demanda :

— Comment m'avez-vous retrouvée ?

— Quelqu'un vous a reconnue dans le magazine et nous a passé un coup de fil.

— Ah ? Qui ça ?

— Bouge pas, ça va me revenir, je l'ai sur le bout de la langue…

Layla ferma très fort les yeux pour mieux se concentrer puis les rouvrit, triomphale :

— Alfie !

Molly leva les yeux au ciel et toisa l'ado au sweat gris. Qui se faisait tout petit.

— Merci, Alfie. J'espère que tu es content de toi.

— Désolée, m'dame, ils ont dit qu'ils me fileraient vingt livres.

Abordant l'homme aux tempes grises, il s'enquit, plein d'espoir :

— Vous bossez pour les journaux ? Vous voulez m'acheter des dessins ?

Lançant un coup d'œil des plus furtifs aux gribouillis qui recouvraient le carnet A4 d'Alfie, l'autre répondit, laconique :

— Non.

31

L'opération de communication bouclée, Layla et le photographe blasé quittèrent le café et regagnèrent leur véhicule. Il était près de huit heures et demie. Molly congédia ses élèves et remballait ses affaires, non sans épier Dex du coin de l'œil.

— Qu'est-ce que tu fais encore là ?

— Je t'attends. Pour te raccompagner.

Toujours sous le coup de l'étonnement, il ajouta :

— On dirait que tu as passé un week-end mouvementé.

— Et tu brûles d'en connaître tous les détails sordides.

Bien vu.

— Allez, Molly, ne monte pas sur tes grands chevaux. Je suis de ton côté.

C'était la vérité, il détestait ce fossé qui s'était creusé entre eux. Avec un peu de chance, s'il se montrait suffisamment compatissant, peut-être parviendrait-il ce soir à enterrer la hache de guerre et réparer leur amitié.

Comme Molly se taisait, Delphi s'engouffra gaiement dans la brèche :

— Prrrrrrrrtttt !

Et le tour était joué. Rien de tel qu'un gazouillis de bébé pour conquérir des foules. Molly, radoucie, commenta, acerbe :

— Voilà exactement ce que j'aurais dû dire au copain de Layla samedi dernier. Quelle ordure, quand j'y pense.

Elle continuait de ranger la pièce.

— Laisse, je m'en occupe.

Dex lui confia Delphi, finit d'empiler les chaises et replaça le chevalet dans le placard.

— Ne t'inquiète pas, je ne vais pas te tirer les vers du nez. Raconte-moi l'épisode uniquement si tu en as envie.

L'expérience lui avait appris que cette approche fonctionnait presque à tous les coups. Il ne fut pas déçu.

— L'épisode... Dis plutôt la honte de ma vie. balbutia Molly. Un type s'est mis à me draguer en boîte, et je le trouvais sympa. Comme quoi, je suis vraiment cruche. Bref, on a bavardé pendant des siècles. Il se faisait passer pour un publicitaire et m'a dit qu'il y avait des années qu'il n'avait pas ressenti une telle connexion avec quelqu'un... Il multipliait les compliments... Je savais qu'il en rajoutait mais une part de moi avait envie d'y croire. Je ne devrais pas te dire tout cela. (Elle secoua la tête, atterrée par sa propre volubilité.) Je parle trop. Tu dois trouver ça navrant.

— Pas du tout. Je ne me permettrais pas. (Dex prit les clés, attendit que Molly fût sortie et verrouilla la salle.) Et après, que s'est-il passé ?

— On était sur la piste en train de danser un slow. Adam n'arrêtait pas d'essayer de m'embrasser.

— Et ?

Si Dex se crispait un peu, cela n'était pas par jalousie. Non, pas du tout. Il appréhendait seulement la suite du récit, parce qu'il savait que les choses avaient mal tourné.

— J'ai fait une plaisanterie, prétendant embrasser très mal, il m'a parié le contraire, puis il a affirmé qu'il n'y avait qu'une seule façon de déterminer qui avait gagné, et... Bref, ça s'est passé sous les yeux de Layla.

Molly se tut. Delphi serrait dans son petit poing collant et obstiné une mèche de ses cheveux.

— Ne bouge pas, je vais te libérer.

Dex s'approcha et, délicatement, déplia les doigts du bébé et démêla la mèche de Molly.

— La suite, tu la connais. Layla a déboulé, m'a inondée de vin rouge et incendiée parce que, dans sa version des faits, je m'évertuais exprès à lui piquer son mec. Tout le monde nous dévisageait. Et moi qui ne savais même pas de qui il s'agissait. J'avais envie de me terrer dans un trou de souris. Les hommes, je te jure...

Combien d'esclandres similaires Dex avait-il lui-même provoqués ? Il ne l'avait jamais fait délibérément, n'empêche qu'il avait blessé son content de jeunes femmes. Sans réfléchir, il bredouilla :

— Je suis désolé.

Molly lui coula un regard suspicieux :

— Pourquoi ? Tu n'étais même pas là.

— Je sais. Je te demande pardon au nom de tous les hommes de la planète.

— Si tu savais comme je me suis sentie bête...

— Tu n'aurais pas dû. (Dexter faillit nouer un bras protecteur autour de ses épaules, mais se ravisa et lui donna à la place une bourrade amicale.) C'était la faute du mec.

— Pourtant, c'est ma photo dans le magazine. J'ai l'air d'une imbécile. Et ça ne va pas s'arranger avec celles qui ont été prises ce soir. (Molly frémit.) Je n'avais aucune envie de me livrer à cette mascarade, mais en faisant une scène je n'aurais réussi qu'à envenimer les choses... aggraver la situation...

— En plus, elle t'a offert un cadeau. Si tu l'avais refusé, tu serais passée pour une ingrate.

Molly avait laissé les fleurs au café, à l'attention de Frankie.

— Je sais. Ça m'apprendra. Je ne suis qu'une sotte. Il serait temps que je me fasse à l'idée.

Elle afficha une moue résignée.

— Hé ! s'indigna Dex. Tu n'as rien à te reprocher.

— Peut-être... Mais j'ai du mal à le croire.

— Je te le répéterai autant de fois qu'il le faudra.

Dex se sentait d'humeur hardie. Il enchaîna :

— Tu es occupée ? Tu ne veux pas passer boire un verre à la maison ?

Molly ne répondit pas tout de suite. Cherchait-elle un prétexte pour décliner l'invitation ? Dex croisait les doigts ; leur amitié lui manquait tant.

Se déridant, Molly accepta :

— Ma foi, pourquoi pas. Tant que je ne suis pas limitée à un seul verre.

— Ce soir, c'est forfait illimité, plaisanta Dex. Tu vois la baignoire en plastique de Delphi ? Si tu veux, je te la remplis de vin.

Il lui semblait qu'il venait de décrocher un prix fabuleux.

— Tu bluffes. Pas moi, l'avertit Molly.

Dex lui donna un petit coup de coude.

— Alors, on fait la paix ?

Elle lui rendit son geste.

— Ça se pourrait.

— Cool. Je suis content. Tu m'as manqué.

— C'est normal, je déclenche toujours de fortes dépendances.

Il avait envie de lui sauter au cou. Mais non. Surtout pas.

Devant chez lui, Dex ouvrit le coffre de sa voiture :

— Il faut que je rentre mes courses. Prends Delphi, fais comme chez toi, je vous rejoins.

Sur le seuil, Molly constata :

— La petite est mouillée. Tu veux que je monte la changer ?

— Tu ferais ça ? Merci, c'est super sympa.

Il la suivit des yeux tandis qu'elle s'engageait dans l'escalier. Contre son épaule, Delphi rayonnait. Mais Dex n'avait d'yeux que pour le fessier de Molly.

Stop, il ne fallait pas entretenir de telles pensées.

Dex détourna le regard et entreprit de vider le coffre de sa voiture. Une fois dans la cuisine, il constata que la glace était à demi fondue et que les plats surgelés menaçaient, eux aussi, de se décongeler. Vite, il vida les sacs plastiques et fourra le tout dans le congélateur. Comme toujours, il avait eu les yeux plus gros que le ventre et l'opération de stockage virait à la partie de Tetris.

Il livrait bataille à un sachet de petits pois surgelés et à une boîte de pommes dauphines quand derrière lui, quelqu'un toussota pour lui signifier sa présence.

— Officiellement, déclara une voix amusée, je suis passée voir comment Delphi réagissait à son vaccin. Mais, pour de vrai, j'étais dans le coin et je voulais te proposer une partie de jambes en l'air.

Flûte. Dex bondit et fit volte-face.

— Amanda...

— En temps normal, j'aurais sonné, mais ta porte était grande ouverte et ton coffre plein de provisions. Je sais, j'étais censée attendre ton appel, mais je faisais une visite à domicile au village voisin et j'ai agi sur un coup de tête. Tu ne m'en veux pas ?

Elle haussa un sourcil polisson et ajouta :

— Si tu n'es pas d'humeur à faire l'amour sauvagement, tu n'as qu'un mot à dire. Je ne me vexerai pas.

Cette voix… Posée, confiante… et très sonore.

— C'est-à-dire que je suis un peu…

— Débordé ? Pas de panique. Je vais chercher les derniers paquets. OK ?

— Euh…

Comment se sortait-on de pareil imbroglio, déjà ? Les réflexes de Dex, autrefois vifs comme l'éclair, étaient complètement rouillés. Déjà, Amanda ressortait. Il fallait la rejoindre, lui expliquer qu'il était pris pour la soirée et…

— Hum. C'est gênant, observa Molly depuis le palier, en haut de l'escalier.

Re-flûte. Elle avait tout entendu. Évidemment. Dex lui fit face. Dans ses bras, en pyjama de velours bleu, la petite était prête pour son coucher.

— Pourquoi gênant ? Pas du tout, dit-il avec conviction. Je vais lui dire que tu es là.

— Non, Dex, ne t'embête pas. Je rentre chez moi.

— Mais…

— Écoute, je ne suis pas de taille à rivaliser avec les propositions du Dr Carr. Je ne suis pas fâchée. Je t'en prie, passe une bonne soirée. J'ignorais que vous vous fréquentiez…

Molly descendit les marches et lui remit Delphi. À ce moment précis, Amanda reparut dans l'entrée, les bras chargés de sacs et de paquets de couches. Contrairement à Dex, elle ne se laissa pas démonter par ce rebondissement :

— Ah, bonsoir. Je ne savais pas que vous étiez là. Je passais m'assurer que la petite supportait bien son vaccin…

— Dex et moi sommes amis, rien de plus, la coupa Molly. J'habite à côté. Ne vous tracassez pas, j'étais sur le départ, de toute façon.

Dex avait le choix entre une soirée d'abstinence en compagnie de Molly, ou une nuit de sexe sauvage dans les bras d'Amanda. Il était tiraillé. Mais il n'eut pas le temps de délibérer :

— Vraiment ? dit Amanda, ravie. Dans ce cas, bonne soirée.

Elles ne lui avaient même pas demandé son avis.

De retour chez elle, Molly s'assit en tailleur sur le canapé, son carnet à dessin sur les genoux. Ainsi donc, Dex entretenait une liaison secrète avec le Dr Carr. Et, secrète, elle ne le resterait pas longtemps, si le docteur laissait sa Peugeot gris métallisé bien en évidence dans l'allée.

Mais après tout, ils ne faisaient rien de mal. Dex et le Dr Carr étaient tous deux célibataires, rien ne les empêchait de se fréquenter. En revanche, Dex devait avoir la mémoire courte ; il avait promis de se ranger, pour Delphi.

Molly avait-elle donc cru qu'il tiendrait parole ?

Bah, elle leur souhaitait bonne chance à tous les deux.

L'estomac étrangement noué, elle griffonna un portrait d'Amanda Carr, avec sa coupe courte impeccable, son petit nez retroussé et son chemisier blanc repassé de frais. Amanda, toujours maîtresse d'elle-même et de la situation. Molly et elle devaient avoir à peu près le même âge, mais l'adulte des deux, c'était Amanda. La preuve, elle possédait un stéthoscope.

En proie à toutes sortes d'émotions contradictoires, Molly accentua la pointe du nez et affina la bouche pour donner à son sujet de faux airs de sorcière. Oui, c'était sans doute la maturité d'Amanda qui avait séduit Dex. Sans doute était-ce un trait de personnalité qu'il recherchait chez ses partenaires, pour canaliser sa propre tendance à filer de conquête en conquête.

Molly ferma les yeux puis les rouvrit. Et si Dex avait enfin trouvé chaussure à son pied ? En toute franchise, elle n'avait pas envie que sa relation avec Amanda dure. Elle avait repoussé les avances alcoolisées de son voisin parce qu'il ne se cachait pas d'être un coureur invétéré ; de son propre aveu, lui faire confiance revenait à parier sur le mauvais cheval. De plus, ils habitaient côte à côte et Molly avait tranché. Mieux valait qu'ils entretiennent une amitié sincère plutôt que de se lancer dans une aventure qui risquait de tourner en eau de boudin et de compromettre ensuite leurs relations de bon voisinage.

De plus, quelque chose lui disait que, de Dex et d'elle, ce n'était pas lui qui aurait fini par ramasser à la petite cuiller les miettes de son cœur brisé lorsque inévitablement leur histoire se serait terminée.

Tout cela était bel et bien beau, n'empêche que si Dex se rachetait soudain une conduite, se casait pour de bon et invitait la super doctoresse à habiter chez lui, avec Delphi, Molly allait avoir du mal à le digérer.

Molly ajouta des dents de vampire et des rides à son croquis puis, honteuse, arracha la page et la déchira en mille morceaux. Tout cela ne la regardait pas. Ils étaient libres de faire ce que bon leur semblait. Amanda Carr était belle, maligne et douée et elle avait un corps de rêve. Molly et elle ne jouaient pas dans la même catégorie.

Seulement, la dernière fois qu'elle avait vu le docteur seule à seule, Molly avait les fesses à l'air et les pieds dans les étriers, et Amanda lui faisait un frottis. La vie était injuste.

32

Cela faisait déjà plusieurs heures que le facteur lui avait livré le mystérieux colis, mais il y avait beaucoup d'activité au café et Frankie dut patienter jusqu'en milieu d'après-midi pour enfin le déballer. Elle arracha le scotch qui scellait l'épaisse enveloppe en kraft et en sortit un paquet mou enveloppé dans du papier de soie.

Elle ne l'eut pas plus tôt déchiré qu'elle devina de quoi il s'agissait et qui le lui avait envoyé. La robe de viscose pourpre à pois blancs, agrémentée d'un col Claudine discret et de manches longues, était celle que portait le personnage de Hope dans le célébrissime épisode de Noël de *Next to You*.

Rien de moins.

Une note manuscrite accompagnait le cadeau. Elle disait :

« *Très chère Frankie,*

J'ai retrouvé cette robe dans une malle, dans le grenier de ma mère chez qui je vis en ce moment, et j'ai pensé qu'elle aurait sa place parmi les photos et accessoires qui ornent votre café. Je tiens à vous remercier pour le dîner et pour votre compagnie.

Il va sans dire que je ne souhaite pas que la provenance de la robe s'ébruite. En cas de questions, pourriez-vous prétendre l'avoir achetée à un collectionneur sur eBay ? D'ailleurs, libre à vous de l'y revendre vous-même, c'est un cadeau, faites-en ce qu'il vous plaira.

J'ai été enchantée de vous revoir. Je ne regrette pas d'avoir pris mon courage à deux mains et d'être revenue aux Bruyères. Merci d'avance pour votre discrétion.

Bien chaleureusement,

Hope »

Suivait l'adresse de la mère de Hope dans le Devon. Quelle générosité. Sans doute Hope achetait-elle par là son silence, mais n'empêche. Frankie caressait la viscose mate et soyeuse quand la porte s'ouvrit à la volée et qu'un couple de touristes pénétra dans le café. Vite, Frankie replia la lettre et la glissa dans sa poche.

La robe était toujours sur le comptoir, reconnaissable entre toutes. À sa vue, la femme s'écria, les yeux ronds :

— Mon Dieu, c'est une copie de celle de la série ?

— C'est l'originale, dit Frankie en lissant les bords du col blanc avec une fierté presque maternelle.

— Pas possible ! s'extasia l'homme à son tour, aussi éberlué que s'il contemplait une sainte relique. Où l'avez-vous trouvée ?

— Sur eBay, dit gaiement Frankie, qui se découvrait subitement un don pour l'affabulation. Une aubaine. Formidable, n'est-ce pas ?

C'était une réception privée. Elle se tenait dans l'une de ces maisons qui bordent le parc des Downs, à Bristol, une vaste demeure géorgienne de cinq étages avec terrain dont on peinait à croire qu'elle n'abritait qu'une seule famille.

Pourtant, c'était le cas. Molly y avait été recrutée pour caricaturer les convives par sa propriétaire, Muriel Shaw. Malgré son âge avancé, Muriel vivait avec son temps. Elle avait contacté Molly via Internet afin de louer ses services pour la soirée. Ayant entre-temps rencontré la vieille dame en personne, Molly ne voyait qu'un seul mot pour la décrire ; c'était une matriarche.

Le rez-de-chaussée de l'immense bâtisse était aménagé dans l'esprit d'un loft. Le plancher était en parquet et Muriel y zigzaguait, filant comme l'éclair sur son fauteuil roulant électrique, son chien Wilbur dans son panier. Ce soir-là, on célébrait son quatre-vingt-treizième anniversaire et elle avait personnellement décidé de chaque détail de la fête. Brillante et charismatique, coiffée d'un élégant chignon blanc, dotée d'yeux bleus perçants auxquels rien n'échappait, elle supervisait les opérations, accueillant ses invités, engloutissant des mojitos, et éblouissant l'assemblée avec le collier de diamants qu'elle s'était offert en gage de récompense pour avoir atteint l'âge canonique qui était le sien.

— Ne vous avisez pas de m'embellir, dit Muriel à Molly en s'installant telle une reine pour qu'on lui brosse le portrait. Tant que mon Wilbur est aussi beau qu'en vrai, c'est tout ce qui m'importe.

En inspectant le résultat, elle observa :

— Mon nez est bien plus gros que ça, mais pour ce qui est des dents, vous ne m'avez pas ratée. En tout cas, vous m'avez représentée de bonne humeur. Cela me fait plaisir.

Au cours des deux heures suivantes, Molly croqua les arrière-petits-enfants, divers membres plus ou moins éloignés de l'immense famille de l'aïeule, ainsi que d'autres invités. Enfin, une main d'homme se posa sur son épaule :

— Vous devriez faire une pause avant d'attraper des crampes au poignet. Suivez-moi, je vais vous conduire au buffet.

Molly leva les yeux et son cœur fit un bond. L'autre était… impressionnant. La trentaine, grand, il ressemblait à une rock star avec ses longs cheveux blonds et ses yeux vert émeraude. Il portait une chemise noire et un jean décontracté ; un lien de cuir mettait en valeur sa nuque hâlée.

Molly le remercia et le suivit jusqu'au petit salon, admirant discrètement ses longues jambes et sa carrure d'athlète. Bonne éducation, bonnes manières, dents blanches et mains soignées…

— Vous êtes de la famille de Muriel ? se renseigna-t-elle.

— Oui, c'est ma grand-mère. Elle est incroyable, n'est-ce pas ? Quelle énergie elle a.

Quand il eut fini d'empiler des petits fours sur son assiette, il ajouta :

— Je vais vous chercher à boire. Où souhaitez-vous manger tout ça ?

Par expérience, Molly savait que si elle s'installait parmi les invités, ils n'auraient de cesse d'interrompre son repas pour lui demander de les caricaturer.

— Dehors, si possible. Dans un coin calme. Ne vous sentez pas obligé de me tenir compagnie…

— Cela me fait plaisir. Mais je ne veux pas m'imposer…

— Au contraire.

Youpi ! cria Molly dans son for intérieur.

Il la mena jusqu'au jardin. Une table inoccupée les y attendait, surmontée de bougies vacillant dans leurs photophores de couleur.

— À propos, je m'appelle Molly.

— Je sais, Muriel m'a dit. Moi, c'est Vince.

Solennel, il lui tendit la main. Molly la serra.

— Enchantée, Vince. Vous avez raison, votre grand-mère est épatante.

— Mes parents ont un peu fait la tête quand elle s'est acheté son fameux collier, raconta Vince d'un ton de regret. Ils sont plutôt du genre économe, alors que Granny flambe tout ce qu'elle a. Mais, comme elle n'a pas manqué de nous le faire remarquer, si mon grand-père avait encore été des nôtres, il le lui aurait offert, alors elle pouvait bien se substituer à lui.

— Et vous, qu'en pensez-vous ?

— Je lui ai donné mon feu vert. Mieux, je l'ai accompagnée à la salle de ventes.

— C'était gentil de votre part, dit Molly, qui le soutenait à cent pour cent.

— Pourquoi ? C'est son argent, elle est libre d'en faire ce qu'il lui plaît. (Il secoua la tête.) Ma mère trouve ridicule de s'acheter un tel bijou à son âge, alors qu'elle ne sera peut-être plus longtemps de ce monde. Moi je dis : raison de plus.

Molly avala son blini au saumon fumé avant de l'approuver :

— Bien dit. Et à part ça, vous faites quoi, dans la vie ?

— À votre avis ?

Il avait vraiment un look incroyable...

— Musicien ? hasarda Molly.

— Je suis architecte, rectifia-t-il, un sourire en coin.

— Vraiment ?

— Je sais, ça ne colle pas avec mon style vestimentaire.

— Ni capillaire...

— Bah, j'aime me sentir à l'aise dans mes vêtements. La plupart de mes collègues sont plus réglo concernant le dress code.

— J'ignorais que les architectes avaient leur uniforme.

— C'est pourtant le cas. Parfois, au bureau, je suis obligé de porter un costume. Brrrr…

— Vous me faites douter. Serais-je passée à côté de l'uniforme des dessinateurs pendant toutes ces années ?

— Je me demande bien en quoi il consisterait.

— Sans doute en des chaussures de clown rouges, un pantalon à bretelles et un nœud-papillon arroseur.

Vince pouffa. Molly poursuivit son repas. Ils bavardèrent encore quelques instants. Molly le trouvait de plus en plus charmant. Ce qui, au vu de ses expériences passées, ne pouvait signifier que trois choses : soit il était gay, soit il était marié, soit il s'agissait d'un dangereux extraterrestre sous couverture.

Un couple d'âge moyen vint la supplier de les caricaturer avant leur départ. Molly regagna son poste et se remit à l'ouvrage. À vingt-deux heures, Muriel s'avança vers elle sur son véhicule écarlate et déclara de but en blanc :

— Ma chère, je souhaiterais m'enquérir de votre vie privée.

— Euh… d'accord.

— Êtes-vous célibataire ?

Elle n'y allait pas par quatre chemins.

— Oui, opina Molly.

— Ah, formidable. Accepteriez-vous un rendez-vous galant ?

— Ça dépend avec qui.

— Je vois. Bien, je vais vous confier un petit secret. (Muriel se pencha et lui saisit le bras.) Mon petit-fils Vince est affreusement timide. Je me demande bien de qui il tient ça. Pas de moi, en tout cas.

Ses fabuleux diamants étincelaient à la lueur du lustre.

— Quoi qu'il en soit, c'est un garçon, enfin, un homme charmant. Il manque juste un peu d'aplomb. Je viens de lui parler, vous lui avez tapé dans l'œil. Ce qui se comprend, vous êtes une beauté. Bref, je lui ai dit de vous inviter à dîner, mais il n'ose pas, de peur que vous ne refusiez. C'est pourquoi je joue les Mata Hari. À mon âge, vous savez, on a tendance à s'impatienter.

Elle scruta Molly de ses yeux d'oiseau, guettant une réaction.

— Alors ? Qu'en dites-vous ?

Molly examina le drôle de tableau qui s'offrait à elle. Muriel et son chien Wilbur inclinaient la tête sur le côté avec le même air intrigué. À ceci près que la vieille dame sirotait un Manhattan tandis que son toutou agitait la queue, ils se ressemblaient trait pour trait.

— C'est la première fois qu'on me fait des avances par grand-mère interposée, s'amusa Molly.

— Que voulez-vous ? J'aimerais le voir heureux. Il le mérite. C'est un homme au grand cœur, vous pouvez me croire. Il n'a aucun vilain secret. Il est beau, gentil, intelligent…

Elle se tut pour voir si le poisson mordait à l'hameçon.

Molly se fendit d'un sourire. Comment refuser ?

— S'il m'invitait à dîner, j'accepterais.

— Brave fille. Vous ne le regretterez pas.

Muriel effectua une marche arrière, puis fit demi-tour afin de repartir. Mais, avant, elle demanda :

— L'avez-vous dessiné ?

— Pas encore.

— Quelle aubaine. Je vous l'envoie. Ciao !

Vince tarda un peu à trouver le cran de revenir. Normal. Molly, à sa place, aurait pris ses jambes à son cou.

— Re-bonjour, lui dit-il quand elle eut terminé le portrait d'une voisine de Muriel. À mon tour.

— Asseyez-vous, je vous en prie, dit Molly avec autant de naturel que possible.

— Bon, je vois à votre mine que ma grand-mère a joué les entremetteuses.

Molly feignit l'innocence.

— Comment ? Je...

— J'en suis confus. Je l'adore, mais elle est incorrigible. Je l'ai suppliée de tenir sa langue mais cela n'a servi à rien, n'est-ce pas ? Je parie qu'elle vous a forcée à accepter de sortir avec moi.

Molly prit pitié de son interlocuteur :

— Forcée, c'est beaucoup dire. Mettons qu'elle m'a demandé comment je réagirais si vous m'invitiez à dîner.

— Et ?

— Je lui ai dit que j'accepterais.

— Il ne fallait pas vous sentir obligée.

Vince était sympathique. Et surtout, pour une fois, Molly ne risquait pas de faire le mauvais choix, puisqu'elle avait la caution en béton d'un garant extérieur, Muriel.

Après tout, où était le mal à dîner avec un bel homme ? Ce serait excitant. Ces derniers temps, elle ne faisait plus que travailler. Elle était célibataire depuis Graham et son poisson depuis maintenant près d'un an.

Autant dire des siècles. Bon sang, et elle ne s'en rendait compte qu'aujourd'hui. À l'origine, elle avait voulu faire un break et éviter les hommes pendant quelque temps. Mais douze mois ? À ce rythme-là, elle risquait de finir vieille fille.

Molly reprit, à voix haute :

— Cela me ferait plaisir.

— Vous en êtes sûre ?

— Certaine.

— Vous ne dites pas ça par politesse ?

— Absolument pas.

Vince poussa un soupir de soulagement.

Molly entreprit de le dessiner au moment où se peignait sur son visage un sourire béat. Ses traits se détendaient. Il n'en était que plus beau. Un véritable jeune premier. Et modeste, avec ça ; contrairement à d'autres, Molly ne raffolait pas des hommes trop sûrs d'eux.

— Vous avez illuminé ma soirée, déclara Vince. J'ai une sacrée dette envers ma grand-mère.

— Vous voulez lui proposer de nous accompagner ?

Il se décomposa :

— Seigneur, non. Je l'adore, mais pas à ce point. Vous êtes libre mercredi prochain ?

— Oui, mais j'habite aux Bruyères, ce n'est pas la porte à côté.

— Aucun problème. Donnez-moi votre adresse et je passerai vous chercher. Vingt heures, cela vous conviendrait ? On ira dîner.

— D'accord, où ça ?

— Faites-moi confiance, cela vous plaira.

Molly lui intima de se taire. Pour finir sa caricature, elle devait se concentrer sur sa bouche, qu'elle dessina fendue d'un sourire béat. Elle était en train de lui montrer son œuvre quand ils entendirent grincer derrière eux les lattes du plancher.

— Très réussi ! Le nez est parfait, jugea Muriel, satisfaite du portrait.

Puis, d'une voix de stentor, elle s'enquit :

— Et pour notre affaire, alors ?

Quelle subtilité... Molly tâcha de conserver son sérieux.

— Tu as dû la payer très cher, Granny, elle a dit oui, blagua Vince.

— Moi ? Je ne lui ai pas versé un centime. Elle a du goût, cette petite, voilà tout. Il lui a suffi de te rencontrer pour voir ce que tu valais.

Peu avant minuit, il y eut un feu d'artifice au-dessus des Downs, en hommage à Muriel.

— On va réveiller tout le monde ! pouffa-t-elle en voyant éclore dans le ciel de grosses marguerites lumineuses.

Pour sa plus grande joie, la police débarqua. Des voisins mécontents s'étaient plaints du tapage.

— Bande de rabat-joie, pesta-t-elle, impénitente. Les gens ne savent plus s'amuser.

Molly s'éclipsa vers une heure du matin. Muriel et Wilbur l'escortèrent jusqu'à la porte d'entrée.

— Ma chère, vous ne serez pas déçue.

Elle prit les mains de Molly. Ses diamants projetaient des rayons arc-en-ciel.

— Vince est une perle rare. En plus d'être doux et charmant, il est domestiqué : il fait la cuisine. Puisque je vous le dis, que c'est un bon parti.

— Quant à vous, vous avez raté votre vocation, vous auriez dû tenir une agence matrimoniale.

Muriel lui pinça la joue :

— Ma chère, j'ai passé ma vie à jouer les marieuses. J'ai le flair pour ce genre de choses. Et en l'occurrence, j'ai un excellent pressentiment.

Molly s'installa au volant de sa voiture et un frisson la parcourut. La perspective de ce dîner la réjouissait. Il n'y avait pas de raison que Dex soit le seul à vivre une grande passion.

Elle avait connu quelques faux départs mais, cette fois-ci, elle y croyait, la Malédiction de la Vieille Fille allait enfin être levée.

33

Amber était étendue sur le dos ; des brins d'herbe lui chatouillaient les épaules et la nuque. Le soleil caressait ses paupières closes. Au loin, sur la scène principale, jouait l'un de ses groupes préférés. Elle avait longtemps attendu leur performance mais, à présent, elle avait la flemme de se lever pour aller vers la scène. Elle était trop bien installée.

Cosse lui donna un petit coup dans la hanche, du bout du pied :

— Hé, ça va ?

— Ouais.

Amber ouvrit les yeux. Il se dressait au-dessus d'elle. Son visage avançait et refluait comme des vagues sur la plage. Elle gloussa :

— Mais, arrête de gigoter.

— Je ne gigote pas. T'es défoncée.

— Peut-être un peu.

Un peu défoncée, un peu bourrée… Difficile à dire. Une mouche bourdonnait autour de son visage et se posa sur son épaule gauche. Elle voulut la chasser du revers de la main mais manqua sa cible et se cogna la joue.

— Aïe !

Il n'en fallut pas davantage à Cosse pour partir d'un interminable éclat de rire. On ne l'arrêtait plus. Dans le ciel, les nuages défilaient. Amber se joignit à son hilarité. Les nuages dansaient au son de sa musique préférée. Incapable de se lever, elle agita les bras en rythme. Tout en veillant à ne pas s'asséner de nouveau coup. Et de pouffer de plus belle.

Le groupe enchaînait les morceaux, le snack diffusait une bonne odeur d'oignons frits. Le ventre d'Amber se mit à gargouiller. Elle n'avait rien avalé de la journée, ce qui expliquait sans doute pourquoi la bière lui était montée à la tête.

— J'ai la dalle, dit-elle à Cosse.

— Moi aussi.

— J'ai envie d'un burger.

— Moi, j'ai envie d'un hélico privé et de vacances à Las Vegas.

— Non, c'est trop loin…

— T'as raison. Alors à Ibiza.

— J'ai toujours la dalle. On va s'acheter un burger ?

Il grimaça :

— Tu as vu leur prix ? C'est du vol.

— Mais il faut bien qu'on mange quelque chose.

Amber fourragea dans la poche de son jean et en sortit son dernier billet de dix livres. Évidemment, il lui faudrait payer le repas de Cosse en plus du sien.

— Tu y vas ?

Cosse considéra sans enthousiasme la queue qui s'étirait devant le snack.

— Vas-y, toi.

— Je ne peux pas, mes jambes ne me portent plus.

— Petite nature.

Il prit le billet et s'éloigna de sa démarche élastique. Amber se rallongea et suivit des yeux un oiseau qui s'envolait, puis changeait de direction, avec langueur, comme s'il traçait dans le ciel les lettres de son nom. Petite nature, elle ? Pff. Elle n'avait pas l'habitude de fumer des joints, voilà tout. Contrairement à Cosse, qui pratiquait cette activité depuis des années.

L'estomac d'Amber se remit à gargouiller et elle y plaqua la main pour le calmer. Chut. Il lui tardait que son copain revienne avec leur déjeuner.

— Salut, Amber.

Les paupières de la jeune fille, qui s'alourdissaient, se rouvrirent aussi sec. Deux visages la surplombaient. Ceux de Shaun Corrigan et de son ami Max.

— Salut, répondit-elle aussi mollement que possible.

Avec un peu de chance, ils comprendraient le message et passeraient leur chemin.

— Tu vas bien ?

— Nickel, merci.

Shaun s'accroupit à côté d'elle.

— Tu en es sûre ?

— Qu'est-ce que ça peut te foutre ?

— Ne te braque pas. Je me fais du souci pour toi. Tu es ma sœur, et tu n'as pas l'air en forme.

— Sympa. Toi, t'as l'air d'un employé de banque.

Ce n'était pas tout à fait juste, mais Shaun et Max étaient certainement plus propres et soignés que la plupart des autres festivaliers.

— Et d'abord, qu'est-ce que tu fous là ? demanda Amber. Je croyais que la musique, ce n'était pas ton truc.

— Je n'ai rien contre, et c'est un concert gratuit. Qu'est-ce que tu crois ? Que je t'espionne ? On était assis là-bas et Max t'a repérée. C'est ton copain, le type qui était avec toi ?

— Ouais. Il est parti nous acheter des burgers.

— Tu as fumé du shit ?

Pitié. Excédée, Amber rétorqua :

— Épargne-moi tes sermons, tu veux ?

— Papa dit que tu es anti-drogues.

— Je l'étais. Du temps où il était encore mon père.

— Il l'est toujours.

Amber secoua la tête :

— Non, rappelle-toi, c'est le tien, maintenant.

— Tu lui manques, dit Shaun.

Un poids sur le cœur, Amber riposta :

— Lui ne me manque pas.

Ils restèrent assis en silence pendant quelque temps, à écouter le groupe qui jouait au loin, sur la scène. Quand la musique se tut, Shaun reprit :

— Tu es en pleine période d'examens. Ça se passe bien ?

— Franchement ? C'est le carnage. Je vais me rétamer dans toutes les matières. Normal, je n'ai rien révisé. Je n'avais pas la tête à ça. La faute à ton père. Tu le lui diras de ma part. Je vais me planter en beauté. J'espère qu'il s'en voudra. Ce sera sa faute, conclut-elle en fixant Shaun droit dans les yeux :

— Mais il est si fier de toi ! s'exclama Shaun, choqué. Il va être effondré…

— Le pauvre, trop dur, pour lui.

— Tu veux que je lui parle de la drogue, aussi ?

Amber hésita. Il ne valait mieux pas.

— Pas la peine de charger la mule. Il balancerait tout à maman, et ça la stresserait.

— Comme tu préfères. Mais prends soin de toi, OK ? Sois prudente.

— Je n'y manque jamais.

— Je suis content de t'avoir croisée, dit-il d'une voix douce. Ça m'a fait plaisir de discuter avec toi. Tu ne veux pas me donner ton numéro ? On pourrait s'envoyer des SMS. Juste une fois de temps en temps.

D'instinct, Amber voulut refuser. Mais, à vrai dire, leur échange ne lui avait pas déplu. Bizarrement, elle se réjouissait de l'avoir revu. Et se félicitait de lui avoir dit qu'elle était en train d'échouer à ses exams, sachant pertinemment qu'il relaierait l'information. C'était le moyen idéal de tourmenter son père, de le faire souffrir, comme il le méritait.

— OK.

Elle sortit son portable et Shaun l'imita. Il possédait un modèle bien plus récent qu'elle. Et qui le lui avait payé ?

Une fois qu'ils eurent échangé leurs numéros, Amber l'interrogea à son tour :

— Et toi, tes examens, ça a été ?

— Très bien, merci. Il me faut deux A et un B pour être pris à Birmingham, c'est jouable.

— Génial.

Elle avait répondu d'un ton trop sarcastique. Elle se reprit :

— Je le pense vraiment. Je parie que tu as travaillé dur pour y arriver.

— En effet, opina Shaun.

— Alors, ça fait quel effet d'avoir un papa à plein temps ? Pas trop bizarre ?

Il eut un bref sourire :

— Si, un peu.

Max, qui se taisait depuis le début, intervint :

— Voilà ton copain.

— Ouf, je meurs de faim.

Amber tourna la tête. Cosse s'avançait vers eux à grandes enjambées souples.

— Bon, vous feriez mieux de filer, leur dit-elle.

Quelque chose lui disait que les présentations seraient embarrassantes. Shaun et Max n'appartenaient pas à la même espèce que Cosse, c'était le jour et la nuit.

— Cosse, je te présente Shaun et son pote Max. Ils partaient.

Tout en prononçant ces mots, Amber remarqua que le sac que son copain tenait à la main était bien trop lourd pour contenir deux hamburgers. Elle le pointa du doigt :

— C'est quoi ?

— Hein ? Ah, ouais, ça. Y avait trop de monde au snack alors j'en ai cherché un autre, et je suis tombé sur un groupe de mecs qui avaient des bières en rab et qui les vendaient pas cher.

Il tira fièrement de son sac des bouteilles en plastique d'un litre remplies d'un liquide trouble et ambré. On aurait dit l'eau croupie d'une mare.

— Pas cher ? Combien ?

— Dix livres.

Amber avait envie de hurler mais elle ne le pouvait pas, pas devant Shaun et Max. Ravalant ses larmes, elle protesta :

— Je déteste la bière brune.

Le breuvage paraissait répugnant.

— Relax, dit Cosse. Fais un effort, tu vas t'habituer.

Shaun fronça les sourcils, soucieux :

— Mais elle meurt de faim…

— Pas vraiment, nia Amber. C'est passé.

Elle secouait la tête, gênée. Cosse, lui, monta au créneau :

— Ces bières valent bien mieux que deux burgers pourris.

— Tu veux que j'aille t'en chercher un ? proposa gentiment Shaun.

— Pas question, se récria la jeune fille.

Ce serait la goutte d'eau. Elle se sentait déjà assez humiliée comme ça car Shaun se demandait manifestement ce qu'elle fabriquait avec un mec comme Cosse. Qui avait bien choisi son moment pour se comporter en parfait crétin.

— Tu es sûre ? C'est de bon cœur…

Il avait déjà ouvert son portefeuille dans lequel se trouvaient plusieurs billets de dix livres.

— Puisqu'il te dit que ça lui fait plaisir, lâcha Cosse en levant les yeux au ciel, comme si Amber faisait un caprice.

— Non merci, ça va. La bière me suffit.

Elle empoigna l'une des bouteilles, en dévissa le bouchon et, d'un air de défi, porta le goulot à ses lèvres. La bière était amère, infâme. Elle en but une grosse gorgée, s'essuya la bouche et se tourna vers son copain :

— Finalement, ce n'est pas si mal. Viens, on s'en va.

Avant de partir, elle adressa à Shaun un vague signe de la main :

— À plus.

34

Quand il la vit sur le pas de sa porte, Dex poussa un sifflement d'admiration :

— Waouh, tu es superbe !

Molly, aux anges, exécuta une petite révérence. Quel mal y avait-il à se pavaner, tout apprêtée, et à pêcher un petit compliment ? Elle était en beauté, ce soir-là, et cela faisait du bien de se faire regonfler un peu l'ego.

— Ça fait un choc, hein ? plaisanta-t-elle. Je me demandais si je pourrais t'emprunter un peu de lait.

— Bien sûr, entre. Tu es à court ?

— Non, mais la bouteille que je viens d'ouvrir sent bizarre, dit-elle en plissant le nez. Et le magasin est fermé.

Dex eut un rictus :

— Tu t'es habillée rudement chic pour manger tes céréales, dis-moi.

— Très drôle. Je sors, annonça fièrement Molly. J'ai un rencard. Et si j'invite mon cavalier à prendre le café après le dîner, j'aimerais autant ne pas lui servir de lait tourné.

Dex haussa un sourcil :

— Un rencard ? Avec qui ?

— Un homme que j'ai rencontré l'autre soir. Il a l'air plutôt sympa.

— Ravi de l'apprendre. (Il ouvrit le réfrigérateur et en sortit une brique de lait.) Il est célibataire, celui-là, au moins ?

La boutade était méritée, et Dex s'apprêtait à la dépanner, aussi Molly répondit-elle sans se départir de sa dignité :

— Oui. J'ai vérifié.

— En tout cas, tu es ravissante.

Dex admirait sa robe fourreau en coton indigo, ses sandales bleu nuit scintillantes, les peignes qui retenaient sa chevelure et son maquillage discret. Tout en lui versant du lait dans un pot, il ajouta :

— Tu sens bon. C'est quoi, ton parfum ?

Cette fois, il ne s'agissait pas d'un pot-pourri de senteurs diverses essayées chez Harrods.

— Oh, une eau de toilette bon marché…

— Elle me plaît.

Il s'approcha de son cou et huma la fragrance légère et élégante.

— Elle me plaît même beaucoup. On ne croirait pas qu'elle est bon marché.

— Tant mieux.

Quand Dex se tenait aussi proche d'elle, Molly en avait comme des papillons dans l'estomac. L'espace d'une seconde, elle croisa son regard et son cœur se mit à battre la chamade.

— Ton galant a bien de la chance, dit encore Dex.

— Tu m'étonnes, crâna Molly.

Dex entendait-il le martèlement sourd de son cœur dans son thorax ?

Il sourit :

— Tiens, ton lait. Ça suffira ?

— Largement, merci.

Elle lui prit le pot des mains et sursauta quand le téléphone de Dex émit un bip strident. Il avait reçu un texto. Molly y jeta un coup d'œil discret. Le nom d'Amanda s'affichait à l'écran, suivit du message suivant : « Je serai là vers 8 h. Bisous ! »

— Ça se passe bien, entre vous ? demanda-t-elle.

Il l'avait vue regarder son portable, il n'aurait servi à rien de s'en cacher.

— Pas mal. Elle est sympa… Tiens, ça doit être ton cavalier.

Une voiture s'engageait dans la rue. Molly s'approcha de la fenêtre.

— Oui, c'est lui. Il est en avance.

— Il doit être motivé. Bon, à plus tard. Amuse-toi bien, dit Dex en lui ouvrant la porte.

L'estomac de Molly refit quelques loopings.

— Merci, répondit-elle d'une voix enjouée.

La suivait-il du regard tandis qu'elle regagnait sa maison ? Quand elle eut placé le lait dans son réfrigérateur, elle rassembla son sac à main et ses clés et alla saluer Vince d'un baiser sur la joue. En parfait gentleman, il lui ouvrit sa portière et Molly, radieuse, s'installa. Il s'était mis aussi sur son trente-et-un. N'importe quelle femme aurait été fière d'être vue à son bras.

Tout en affectant la nonchalance, ce qui n'est pas chose aisée quand on se sent observée, Molly parvint à s'asseoir sans trébucher ni montrer sa petite culotte par inadvertance. Avec un peu de chance, Vince et elle ressemblaient à un de ces couples glamours qu'on voit dans les pubs à la télé.

— Je suis en avance, désolé, lui dit Vince. Je suis toujours en avance…

— Aucun problème, j'étais prête. Et nous ne sommes pas à dix minutes près.

Vince fit la moue :

— Je sais, mais j'ai attendu vingt minutes dans la voiture à l'angle de la rue.

— Vraiment ? glapit Molly, incrédule.

— Non, confessa-t-il, l'air penaud. En fait, ça fait une demi-heure.

La soirée ne fut pas désagréable. Elle fut même très agréable, se reprit Molly avec un certain agacement. Pourquoi ne parvenait-elle pas à s'enthousiasmer davantage ? Vince l'avait pourtant emmenée dans un excellent restaurant français de Malmesbury. À l'évidence, il avait scrupuleusement étudié l'offre gastronomique de la région afin de dénicher le meilleur établissement. Les mets étaient succulents et le vin délicieux, bien que Vince n'en eût guère profité, puisqu'il devait reprendre le volant. Mais ils s'étaient bien amusés, tous les deux. La conversation coulait avec naturel au point que, quand Vince s'était absenté, l'une des quadragénaires assises à la table d'à côté avait glissé à l'oreille de Molly :

— Pardonnez mon impertinence, mais qu'est-ce qu'il est beau, votre amoureux. On le dévore des yeux depuis que vous êtes entrés.

— Une vraie star de cinéma, avait renchéri son amie, les mains jointes en signe d'adoration.

Cela faisait plaisir. Mais… sous-entendaient-elles qu'il était trop bien pour elle ?

— C'est un acteur ? Il est connu ? demanda la première, pleine d'espoir.

— Non, il est architecte.

— Ah, pas mal non plus. Surtout, ne le laissez pas filer. Les hommes comme lui, ça ne court pas les rues.

— C'est notre premier rendez-vous…

— Raison de plus, lui souffla l'autre tandis que Vince émergeait des toilettes. Vos enfants seraient beaux.

Et voici qu'ils approchaient de nouveau des Bruyères. Pensant à son pot de lait frais, Molly proposa :

— Un café avant de reprendre la route ?

— Avec plaisir.

— Salut, les amoureux ! les héla Dex tandis qu'ils descendaient de voiture. Alors, ce dîner ?

Il était assis à sa table de jardin. Derrière lui, la porte d'entrée était entrebâillée. Sur la table trônait une cannette de bière, à côté se dressait une sorte de trépied métallique qui scintillait dans l'obscurité.

— Super ! dit Molly. Qu'est-ce que tu fabriques ?

— J'observe les étoiles. Regarde, dit-il en tapotant fièrement son trépied, je me suis acheté un télescope.

— Tiens ? Cela m'étonne de toi.

— Je m'étonne moi-même, approuva Dex, et pourtant, je suis mordu. Je n'avais pas idée de l'immensité de l'univers qui nous entoure.

Joignant le geste à la parole, il ouvrit grands les bras, et leva les yeux vers le ciel.

— Oui, les galaxies, c'est généralement assez vaste, le taquina Molly.

— Je m'appelle Dex, dit-il à Vince en se levant pour lui serrer la main. Vous voulez vous joindre à moi ? J'ai des bières au frais, ou encore du vin. Regardez comme le ciel est dégagé…

Le faisait-il exprès ? Est-ce que cela l'amusait ? Quoi qu'il en soit, il avait atteint son but. Déjà, Vince tirait à lui une chaise de jardin et inspectait le coûteux télescope que Dex s'était payé sur une lubie et dont il se serait sans doute lassé d'ici à la fin de la semaine.

— Bon, d'accord, dit Molly. Mais Vince conduit, on se contentera de café.

— Pas de problème. Seulement, il faudra que tu rentres le préparer chez toi…

Les yeux de Dex pétillaient dans la pénombre.

— J'ai prêté du lait à une voisine tout à l'heure, il ne m'en reste plus une goutte.

Vince partit une heure plus tard. Molly le raccompagna à sa voiture. Dex, depuis son jardin, entendait le murmure étouffé de leurs voix. Il ne distinguait pas leurs propos, ni même leurs silhouettes car Molly s'était arrangée pour s'abriter derrière la haie de genévrier.

Enfin, la voiture de Vince s'éloigna dans l'allée et elle revint.

— Tu permets ? demanda-t-elle.

Elle s'accapara la dernière cannette de bière et la vida dans son verre, et :

— Bon, tu peux m'expliquer ce qui t'a pris ?

— Je te demande pardon ?

— Qu'est-ce qui t'a pris de nous inviter à te tenir compagnie ? De bombarder Vince de questions… que dis-je ? De le soumettre à un véritable interrogatoire ?

Zut, elle avait remarqué.

— J'avais envie d'en savoir un peu plus long sur lui, de voir quel genre d'homme il était. Tu vas le revoir ?

— Oui.

Vraiment ? Mais ce type était soporifique. Il n'avait pas fallu longtemps à Dex pour remarquer que Vince manquait cruellement de charme et de personnalité.

— Quoi ? lui demanda Molly, un brin agressive.

Un seul mot de travers, et elle lui sautait à la gorge.

Pour une fois, Dex jugea plus sage de garder pour lui son avis.

— Il a l'air sympa. Bien joué, jolie prise.

C'était pile ce que Molly avait envie d'entendre. Plus détendue, elle répondit fièrement :

— Je trouve aussi. Et en plus, il est beau.

— Hum, pas mal. Bien sûr, il ne m'arrive pas à la cheville…

— Il est bien mieux que toi.

— Comment oses-tu ?

Dex se plaqua la main sur le torse comme si elle venait de lui décocher une flèche en plein cœur.

— Nos voisines au restau n'ont pas arrêté de lorgner sur lui. D'après elles, il ressemble à une star de cinéma. Elles n'ont pas tort.

— Et moi, alors ? Je suis Quasimodo ?

— Tu es mignon aussi. Mais tu n'as pas d'aura hollywoodienne.

L'ego de Dex en prit un coup. Heureusement, il se souvint qu'il possédait, lui au moins, un sens de l'humour aiguisé :

— Ainsi, tu as touché le gros lot. Je me demande bien ce qu'il te trouve, badina-t-il.

Molly lui lança l'anneau de sa cannette puis, pour faire bonne mesure, lui donna sous la table un coup de pied taquin. Il coinça sa jambe entre ses pieds nus et l'y immobilisa durant quelques secondes.

— Bon, à quand le prochain rencard ?

Il lui posait la question d'un ton de franche camaraderie. Car après tout, Molly et lui étaient amis. Rien qu'amis.

— Samedi prochain.

— Quoi ? Mais ça tombe le...

— Pas de panique, le coupa Molly, sensible à son affolement. Je n'ai pas oublié, je serai là. Promis. On sortira après.

Dex souffla, à demi rassuré. Ce n'était pas idéal, mais on ferait aller. Samedi, Delphi aurait un an. On fêterait son anniversaire.

L'émotion serait à son comble, ce jour-là, et il avait espéré, voire escompté, que Molly serait là, à ses côtés, pour le soutenir.

35

Ce n'était pas l'envie qui lui en manquait, mais Frankie était trop polie pour fourrer son nez dans les affaires des autres. Seulement, il arrive que le destin s'en mêle. Et que des occasions se présentent d'elles-mêmes. Des occasions trop belles pour qu'on les laisse filer.

Gros Pat, le menuisier des Bruyères, était tout sauf gros. Il tenait ce surnom de sa tradition à se déguiser pour chaque carnaval en Obélix. La veille, Frankie lui avait envoyé par e-mail une description détaillée du meuble qu'elle cherchait à faire réaliser, et il était passé dans la matinée lui expliquer qu'il ne pourrait pas accéder à sa requête.

— Désolée, ma belle, je ne peux rien pour toi cette fois.

Il brandit sa main droite, toute pansée.

— J'ai bien failli me couper deux doigts, hier. Y avait du sang partout. D'après les toubibs, j'en ai pour des semaines avant de reprendre le boulot. J'ai plus qu'à crier des ordres à mes empotés de fils pour boucler les commandes accumulées.

— Oh, mon pauvre, s'apitoya Frankie en lui offrant une part de gâteau aux noix qu'il souleva maladroitement dans sa grosse patte gantée. Je comprends tout à fait. Merci vraiment d'être passé. C'est très douloureux ?

— T'as même pas idée.

Il secoua la tête, les traits tordus par la souffrance.

— Bref, pour ta vitrine, adresse-toi donc au vieux Stefan. Il saura t'arranger ça. Ben quoi ? Fais pas cette tête, ricana-t-il. Je ne t'enverrais pas chez un concurrent si j'étais en état de t'aider, mais là...

La mâchoire de Frankie s'était décrochée, mais pas pour les raisons que Gros Pat imaginait.

Une fois seule, Frankie réfléchit à sa suggestion devant une tasse de thé. Elle trouvait l'idée excellente. Au point que ce devait être un coup du sort. Il suffirait de trouver le moyen d'introduire dans la conversation le sujet de Hope Johnson et, avec un peu de chance, Stefan lui confierait soudain toute l'histoire de leurs amours contrariées, et conclurait dans un soupir : « Si seulement je connaissais le moyen de retrouver sa trace. »

Frankie voulait en avoir le cœur net. Il n'était que neuf heures, elle avait largement le temps de lui rendre une petite visite avant d'ouvrir le café.

Une belle journée d'été s'annonçait. Balançant son cabas au bout de son bras, Frankie traversa le village, parvint à la rivière, franchit le pont de bois et s'engagea dans le sentier qui longeait la berge.

Elle se trouvait sur un terrain privé mais, depuis des générations, les Hanham-Howard autorisaient les villageois à emprunter ce sentier, bien qu'il fît partie de leur domaine. Ces mêmes Hanham-Howard permettaient à Stefan d'y habiter. Peut-être une loi interdisait-elle ce genre d'arrangement mais nul ne s'en était plaint jusqu'à présent. Depuis sept ans, la caravane ne bougeait plus de sa clairière, et Stefan l'entretenait si bien qu'elle évoquait le jardin d'Éden. Le décor était bucolique au possible et Stefan semblait y couler des jours heureux. Mais Frankie ne l'enviait pas, l'hiver, il devait peler de froid.

Assis sur le marchepied, il savourait les rayons du soleil matinal tout en contemplant les oiseaux qui sautillaient çà et là dans l'herbe. Frankie s'approcha. Il tendit la main, paume vers le haut, et un oisillon arriva à tire-d'aile pour y prélever des graines.

Il inclina la tête.

— Bonjour, dit Frankie.

Elle se figea pour mieux admirer le tableau.

— On se croirait dans un dessin animé de Walt Disney.

— Ils me rendent visite tous les jours. À force, on s'est apprivoisés.

Devinant que Frankie aussi lui rendait visite dans un but bien précis, il s'enquit :

— Qu'est-ce que je peux faire pour toi ?

Le corps souple, le teint mat, Stefan portait une chemise jaune pâle et un jean près du corps. Rien n'échappait à ses yeux noirs perçants et son regard était impénétrable.

— J'ai passé une commande à Gros Pat, mais il s'est blessé à la main, hier, et il ne va pas pouvoir travailler un bon bout de temps. Il m'a suggéré de m'adresser à toi.

— C'est quoi, cette commande ?

— J'ai besoin d'une vitrine pour mettre au mur de mon café. C'est pour exposer ça.

Elle ouvrit son cabas et en sortit la robe pourpre.

Fidèle à lui-même, Stefan ne cilla pas. Il demeurait insondable. Il aurait fait un redoutable joueur de poker.

— Je vois. C'est dans mes cordes. Tu peux la déplier en entier ? (Il l'étudia pendant quelques secondes.) C'est bon, j'ai les mesures en tête. Il te la faut pour quand ?

— Quand tu pourras. Merci mille fois.

Bluffait-il réellement à merveille, ou bien n'avait-il pas reconnu le vêtement ? Possédait-il une télévision ? Connaissait-il seulement le feuilleton ? Frankie en rajouta une couche :

— C'est la robe de l'épisode culte de *Next to You*, celui qui se passe à Noël.

Stefan se borna à hocher la tête.

— Ça ne prendra pas longtemps, dit-il. Je peindrai le bois en noir pour mieux mettre en valeur le contenu de la vitrine.

— Bonne idée. Encore merci.

— Je t'en prie. Repasse me voir à la fin de la semaine.

Et il reporta son attention sur les oiseaux qui attendaient leur déjeuner.

À en juger par le grondement impérieux des barreaux de son lit, Delphi était réveillée. Il était sept heures et demie, c'était correct. Dex se glissa hors des draps, longea le couloir et poussa la porte de la nursery.

Vêtue de son pyjama rose à lapins, debout sur son matelas, la petite l'attendait avec un port de reine. À sa vue, elle gazouilla, ravie. Et d'agiter ses barreaux de plus belle.

— Salut, ma beauté !

Dex la hissa hors de son lit et elle noua ses bras nus autour de son cou et planta sur sa joue un gros baiser.

— Joyeux anniversaire, Delphi. Eh, oui, c'est ton anniversaire !

— Bababababa !

Delphi bava tendrement sur sa joue.

Elle avait un an, déjà. Pourtant, Dex avait l'impression qu'il s'agissait de son deuxième anniversaire. Le premier avait été le jour de sa naissance.

Dex repensa à cette nuit-là, un an auparavant, jour pour jour. Il avait déboulé à la maternité au milieu de la nuit et rencontré Delphi pour la première fois. Il se rappelait comme si c'était hier l'élan d'amour qu'il avait ressenti et la fierté qui s'était peinte sur le visage de sa sœur en les voyant ensemble, tous les deux. Sa sœur, qui venait de devenir maman, de donner le jour à un petit être parfait et qu'elle aimait plus que tout au monde. Sa sœur, comblée de bonheur.

La gorge de Dex se noua. Laura aurait dû être là, aujourd'hui. Mais, emportée par une mort prématurée, elle n'assisterait pas à l'anniversaire de sa fille bien-aimée. Cruel destin. Elle allait rater tant de choses, tant d'anniversaires, de premiers pas, de premiers mots, de premières fois, de moments si précieux…

À moins qu'elle ne les regardât de là-haut, comme l'affirmaient certaines personnes bien intentionnées dans l'entourage de Dex. Auquel cas, il y avait fort à parier que, perfectionniste comme elle l'était, elle s'arrachait les cheveux en gémissant : « Bon sang, mais tu t'y prends comme un manche. »

Dex faisait-il vraiment n'importe quoi ?

Il l'ignorait, mais cela lui semblait probable. Cela dit, franchement, les auteurs des innombrables guides qu'il avait potassés donnaient tous des conseils contradictoires. À son humble avis, ils étaient aussi paumés que lui.

Restait à faire de son mieux et à croiser les doigts.

— Ta maman t'aimait plus que tout au monde, dit-il à la petite.

Ils se dirigèrent vers le palier et y effectuèrent leur arrêt quotidien devant le vitrail transpercé de lumière.

— Gaga areuh, déclara Delphi en écrasant contre le verre sa menotte.

— Allez, c'est l'heure de ton petit déjeuner. Ensuite, on prendra le bain. Il faut te faire très, très belle, c'est ta fête, aujourd'hui.

Ensuite, Molly passerait à la maison, ils couvriraient Delphi de cadeaux et filmeraient l'événement pour la postérité. Laura ne serait pas des leurs, mais Delphi allait passer une merveilleuse journée, Dex y veillerait.

Frankie regarda les invités envahir son jardin. Par chance, le soleil brillait toujours. C'était elle qui avait proposé à Dex d'organiser sa fête au café, et il avait accepté, enchanté. Il l'avait grassement payée pour qu'elle dresse un buffet de roi. Seul, il n'y serait jamais arrivé. La moitié des habitants du village étaient conviés. Heureusement, le jardin était grand et la météo plus que clémente. Un magicien divertissait des enfants de tous âges, un groupe de musiciens jouait, les adultes buvaient du champagne et on avait paré les cornes de Bert le bouc de rubans de toutes les couleurs.

Tous les bébés ne pouvaient se targuer de fêter leur anniversaire avec autant de pompe et d'apparat.

Lois, qui avait brièvement fermé le Cygne pour faire un saut à la fête, glissa à Frankie :

— Quel homme. Il se met en quatre pour cette enfant. Ça ne doit pas être évident tous les jours.

— Je sais, il s'en sort comme un chef.

Ensemble, elles considérèrent Dex qui aidait Delphi à déchirer l'emballage fleuri du cadeau que lui avait offert Mary, l'une des doyennes des Bruyères. En découvrant son contenu, il feignit le ravissement devant une gigantesque barboteuse tricotée main.

— Magnifique ! C'est exactement ce qu'il lui fallait. Vous êtes très douée ! Merci infiniment.

Dex fit la bise à Mary, qui gloussait d'aise, découvrant son sourire édenté. Sa main noueuse se referma sur l'avant-bras du jeune tonton :

— Quel petit ange. La prochaine fois, je lui confectionnerai une salopette. Quant à vous, que diriez-vous d'un bon pull-over ? N'hésitez pas, c'est de bon cœur. Il me reste de la laine orange dont je ne sais pas quoi faire. Cela siérait à votre teint.

Frankie se retint de pouffer. Delphi avait été couverte de vêtements tricotés main, elle avait de quoi s'habiller jusqu'à l'adolescence. Grâce à son charme et à son affabilité naturels, Dex avait un succès fou auprès des vieilles dames des Bruyères.

— Tiens, voilà mon père, dit Lois.

Frankie pivota. Stefan s'acheminait vers elles. Elle s'illumina en voyant ce qu'il portait sous le bras.

— Ça correspond à ce que tu voulais ? lui demanda-t-il en exhibant son œuvre, une magnifique vitrine noire à porte de verre.

Elle mesurait exactement la bonne taille.

— Stefan, c'est parfait ! Tu as un de ces talents. Combien je te dois ?

— Vingt livres, ce n'est pas trop ?

— Tu es fou, ce n'est pas assez. Tu as fait un super boulot, et ce bois...

Stefan haussa les épaules :

— Le bois, je l'avais déjà, je n'ai eu à payer que la vitre.

— Quarante, insista Frankie en ouvrant son sac à main.

— Disons trente et qu'on n'en parle plus.

L'argent n'intéressait guère Stefan.

— C'est pour quoi, cette vitrine ? se renseigna Lois.

— Pour la robe rouge que Hope portait dans l'épisode de Noël de *Next to You*. Je vais l'exposer au café.

— Ah, celle avec les petits pois blancs, comme des flocons ? Où l'as-tu dénichée ?

Il lui démangeait de dire la vérité, mais Frankie avait promis. De toute façon, Stefan n'avait pas l'air d'écouter leur conversation.

— Sur eBay. Tiens, dit-elle en tendant les billets à Stefan. Encore merci. S'il me faut autre chose, je saurai vers qui me tourner.

Elle lui sourit. Si seulement elle avait pu deviner quelles pensées s'agitaient derrière son masque impénétrable…

— Avec plaisir, dit ce dernier. À ton service. Je vais remettre son cadeau à la petite.

Il brandit un paquet à l'emballage soigné et s'éloigna en quête de Delphi. Lois s'attendrit :

— Je sais ce que c'est. Il a fabriqué la même pour le premier anniversaire d'Addy, et pour moi aussi, à l'époque.

Delphi déchira le papier, révélant une boîte en bois aux faces creusées de trous de différentes formes. Sous le couvercle se trouvaient des cubes de formes correspondantes. Aussitôt, folle de joie, Delphi s'évertua à fourrer l'étoile dans le trou en forme d'ovale.

— Voilà qui devrait l'occuper un certain temps, s'esclaffa Lois.

— Ton père a dû y passer des heures, s'émerveilla Frankie. Quel homme…

— Je sais.

Sur le buffet, les plats commençaient à se vider.

— On va manquer de sandwiches. Je vais aller en refaire.

— Quoi ? Tu ne vas pas te terrer dans ta cuisine, tu raterais la fête. Bon, si je te file un coup de main, ça sera vite expédié.

Lois ponctua ses mots d'un petit coup de coude.

Côte à côte, les deux femmes improvisèrent une chaîne de montage sur le plan de travail. Lois beurrait les tranches de pain et en retirait la croûte, puis les passait à Frankie, qui les garnissait et les découpait en triangles.

Enhardie par le fait qu'elles ne pouvaient se regarder dans les yeux, Frankie se lança :

— Ta maman est morte depuis si longtemps… Ton père ne se sent jamais seul ?

— Papa ? Qui sait ? Il prétend le contraire, mais j'ai du mal à le croire.

Lois coupait et tartinait à la vitesse de l'éclair. Elle secoua la tête, faisant tinter ses créoles.

— Tu le connais, un vrai mec, pas du genre à se confier. J'aimerais bien qu'il rencontre quelqu'un, mais il n'y met pas du sien. Il dit qu'il n'a jamais aimé que deux femmes…

— Deux ?

— Il y a eu maman, bien sûr. Ils étaient fous l'un de l'autre. Ils n'avaient que dix-sept ans quand ils se sont mis en ménage. C'était le coup de foudre. Une belle histoire.

Un frisson parcourut la nuque de Frankie.

— Et la deuxième, c'était qui ?

Flûte. La deuxième, ce devait être Lois, bien sûr.

— Je ne l'ai jamais su. Il ne l'a évoquée qu'une seule fois, il y a quelques années de cela.

Songeuse, Lois reposa son couteau.

— J'ignore pourquoi, d'ailleurs. Je lui demandais s'il n'avait jamais songé à se recaser, et il m'a répondu : « Si, une fois. »

Le frisson s'accentua.

— Mais tu ne sais pas de qui il s'agissait ? Il ne t'a pas donné plus de détails ?

— Non. Il m'a seulement dit qu'ils s'aimaient mais que c'était impossible.

Elle se remit à beurrer sa tartine.

— Impossible ? Pourquoi ?

Lois haussa les épaules.

— Là, tu me poses une colle. Elle devait être mariée. Sinon, je ne vois pas.

— Et son appartenance aux gens du voyage ? Ça aurait pu compliquer les choses, non ?

La main de Frankie tremblait et elle renversa la moitié de la sauce pimentée sur ses crevettes.

— Bah, fit Lois, ce n'est pas la fin du monde. Ça arrive. Regarde-moi.

Elle pointa du doigt Addy, sa fille de sept ans, qui jouait dehors.

— Son père n'était pas gitan. Certes, c'était un con fini, mais ça, c'est une autre histoire, dit-elle avec une moue de mépris.

— Ainsi, d'après toi, ton père n'aurait pas hésité à, euh, fréquenter une femme…

— … qui ne soit pas gitane ? Non, je ne vois pas pourquoi, répondit-elle avec un regard amusé.

En un sens, c'était une bonne nouvelle. Mais c'était également une énigme. Stefan avait-il sensiblement assoupli ses vues sur la question au cours des dix dernières années, ou bien avait-il prétexté son appartenance aux gens du voyage pour repousser Hope ? Et, si oui, pourquoi ?

Et pourquoi Lois la scrutait-elle de cet œil intrigué ?

Il était grand temps de changer de sujet. D'une voix enjouée, Frankie conclut :

— Bref, espérons qu'il rencontre quelqu'un. Je crois qu'on a terminé.

Elles avaient regarni les plateaux qui réservaient une surprise aux amateurs de crevettes.

— On y retourne ? Merci pour ton aide, Lois.

36

C'était bien elle. Elle était là...

Henry, qui, à peine arrivé, paniquait déjà de ne pas la voir dans le jardin, poussa un soupir de soulagement. La porte venait de s'ouvrir, découvrant Frankie, les bras chargés de victuailles. Enfin. Il eut l'impression qu'une pièce du puzzle venait de se mettre en place, la dernière, complétant le tableau. Elle portait une robe d'été rose et plusieurs colliers d'argent, et bavardait en souriant avec... Catastrophe ! Lois, la cinglée du pub... Et elle l'avait repéré. Le visage de la barmaid s'éclaira et elle courut à sa rencontre.

— Henry, tu es en retard, dit-elle en l'embrassant.

S'il ne s'était pas détourné à temps, le baiser aurait atterri sur sa bouche et non sur sa joue. Où devaient s'étaler à présent de grosses traces de rouge à lèvres cramoisi.

Lois s'esclaffa.

— Eh ben, on fait son timide ? Trop craquant. Dex m'a dit que tu nous ferais l'honneur de ta présence. Je t'attendais avec impatience. Hep !

Elle tendit le bras et Frankie pila net.

— C'est lui, le mec dont je te parlais, dit Lois. Le fameux Henry. Henry, je te présente Frankie. Elle était à Londres lors de ta dernière visite.

Henry conserva un air impassible. Mais, sous la surface, ses yeux lançaient des cœurs et des étoiles de toutes les couleurs, comme dans un dessin animé. Pourvu que cela ne se remarque pas. Enfin, elle était là, face à lui. Bien réelle.

Et elle lui souriait avec chaleur.

— Enchantée, dit Frankie.

De près, elle avait les yeux turquoise cerclés de bleu foncé, les cils presque blonds et une nuée de taches de rousseur sur le nez. Elle était parfaite. Son odeur aussi. Henry le savait, jamais il n'oublierait cette rencontre.

— De même, murmura-t-il.

Puis, il lâcha un « ouille ! » sonore et plaqua la main sur son pantalon. Il venait de recevoir un jet de liquide glacé.

— Pardon, monsieur, dit d'une voix haut perchée la petite aux boucles noires emmêlées qui, trébuchant sur un barreau de chaise, avait renversé son verre. Je l'ai pas fait exprès…

— On le sait bien, Addy, ne t'en fais pas, ma puce, la rassura Frankie.

Elle imprima à la fille de Lois une brève accolade. Lois, elle, ne perdait pas de temps :

— Ne bougez pas, je vais chercher des serviettes et vous éponger ça.

Alarmante perspective. Henry baissa les yeux pour constater l'étendue des dégâts. Le verre de la fillette contenait du Coca-Cola, ce qui tombait mal, étant donné qu'il portait un pantalon de toile beige clair.

— Ce n'est pas grave, dit-il à la petite, ça arrive.

— Et voilà ! pépia Lois.

Elle revenait de la cuisine, un rouleau d'essuie-tout au poing. Déjà, elle en détachait des feuilles.

— Je vais le faire, merci, s'empressa de lui dire Henry en les lui prenant des mains. J'aurais dû apporter un pantalon de rechange.

— Suivez-moi donc au pub, je vais vous arranger ça, suggéra Lois avec enthousiasme.

Henry avait besoin de tout sauf de ça. Mortifié, il se mit à bégayer :

— N-non, m-m-merci, ça va aller…

— Nous sommes chez moi, intervint Frankie. Permettez que je m'en occupe.

Indiquant la porte, elle lui dit d'une voix douce :

— Suivez-moi. Dans une seconde il n'y paraîtra plus.

Une offre pareille ne se déclinait pas.

Quand ils se furent arrachés à la foule, Henry la remercia avec sentiment.

— Je vous en prie, lui répondit gaiement Frankie. Votre effarement ne m'a pas échappé.

— Vraiment ?

En s'engageant à sa suite dans l'escalier, il pria pour qu'elle ne lût pas dans les pensées.

— Vous l'aurez remarqué, Lois est un peu… brute de décoffrage, dit Frankie.

Elle décrocha de la patère au dos de la porte de la salle de bains un peignoir vert anis molletonné, et le lui remit.

— Tenez. C'est le mien, il ne vous ira sans doute pas mais ce sera toujours mieux que rien. Je vais faire couler l'eau, allez donc vous changer.

Henry se réfugia sur le palier, retira son pantalon taché et enfila le peignoir. Il était bien trop petit et lui donnait une dégaine particulièrement ridicule, mais il appartenait à Frankie, aussi n'objecta-t-il pas.

Dans la salle de bains, Frankie lui prit le pantalon et le mit à tremper dans le lavabo où moussait un mélange d'eau chaude et de lessive liquide. Par-dessus l'épaule, elle lui lança :

— Et vos sous-vêtements, ils sont comment ?

S'il s'était attendu à entendre cette question. Et posée par Frankie elle-même, rien de moins.

— Euh, à peu près secs, merci.

En fait, son caleçon était légèrement humide, mais Henry n'avait aucune intention de s'en séparer.

— Lois nous a beaucoup parlé de vous. Je crois qu'elle a un faible pour vous. Je me demandais si vous partagiez son sentiment, jusqu'à ce que je vous voie vous décomposer.

— C'est-à-dire qu'elle est un peu directe.

— À qui le dites-vous, s'attendrit Frankie. Ainsi, elle n'est pas votre genre de femme.

Henry fit non de la tête, lentement, tout en se demandant comment Frankie réagirait s'il lui déclarait tout de go : « Mon genre de femme, c'est vous, voyons. N'est-ce pas évident ? Vous êtes tout ce dont j'ai toujours rêvé. »

Bien sûr, il n'en ferait rien. Il n'avait pas encore complètement perdu la boule. En la regardant tordre et frictionner son pantalon d'une main exercée, il bredouilla :

— Elle est charmante mais ce genre de tempérament, ce n'est pas ma tasse de thé.

Bon sang, avait-il vraiment employé cette expression ringarde ?

— Bref, se rattrapa-t-il, merci d'avoir volé à ma rescousse.

— Sinon, Dieu sait quel traitement elle serait en train de vous infliger, à l'heure qu'il est. Voilà, la tache est partie, il ne reste plus qu'à le mettre au sèche-linge.

Ils regagnèrent le rez-de-chaussée. Frankie lui demanda :

— Quelle taille mesurez-vous ? Un mètre quatre-vingt-dix ? Si vous n'étiez pas si grand, vous auriez pu emprunter un pantalon à un voisin, mais j'ai bien peur que rien ne vous aille...

— Votre peignoir est superbe mais, si ça ne vous ennuie pas, je préférerais attendre que mon pantalon soit sec avant de retourner me mêler aux invités.

— Bien sûr.

Dans la buanderie, Frankie enfourna le pantalon dans le sèche-linge, sélectionna le programme « cycle rapide » et le mit en marche.

— Ça ne prendra pas longtemps.

Puis elle le conduisit via l'entrée dans un joli salon bleu et ivoire.

— Faites comme chez vous. N'hésitez pas à allumer la télé. Vous voulez quelque chose à boire ?

— Non, merci.

Les joues de Frankie se creusèrent de fossettes :

— Je vous apporte votre pantalon dans vingt minutes.

Ralentissant à l'approche de son ancien domicile, Joe distingua des voix, de la musique et aperçut du monde dans le jardin, derrière la maison. Apparemment, on faisait la fête.

Il avait mal choisi son moment. Mais était-ce sa faute ? Amber ne prenait pas ses appels et Frankie semblait avoir éteint son téléphone à tout jamais. Aussi s'était-il déplacé. Parce que sa conscience le tenaillait. L'heure était grave, il fallait désamorcer la crise.

Tout le monde ou presque se trouvait dans le jardin. Parmi les ballons, les adultes dansaient, les enfants gambadaient. La porte communicante entre le café et la maison était entrebâillée, Joe s'avança. Personne dans la cuisine. Mais, à travers le mur du salon, il entendit la télévision. Amber avait dû se réfugier là pour fuir la foule et les festivités.

Joe tourna le bouton et poussa la porte. Il s'était préparé psychologiquement à affronter sa fille, mais pas à tomber nez à nez avec un illustre inconnu, antillais, taillé comme une armoire à glace, et vêtu en tout et pour tout de la robe de chambre de sa femme. Affalé sur le canapé, il suivait une émission d'athlétisme.

— Qui êtes-vous ? Que faites-vous ici ? balbutia Joe, d'une voix où l'outrage et la stupéfaction le disputaient à la frayeur. Ce type avait une de ces musculatures…

Après un bref silence, le colosse en robe de chambre répliqua :

— Je vous retourne la question.

— Je suis chez moi.

Mais quelle mouche avait donc piqué Frankie ?

L'autre haussa un sourcil, vaguement intrigué :

— Ainsi, vous êtes l'ex-mari.

— Comment, « ex-mari » ? Nous sommes toujours mariés, que je sache. Or, vous portez le peignoir de ma femme.

Joe avait craché les mots sans s'en apercevoir. Mais pourquoi diable s'escrimait-il à chercher des poux à cette espèce de Mohammed Ali ?

— En effet. Je ne le lui ai pas volé, si c'est ce que vous insinuez. C'est elle qui me l'a prêté.

— Et voilà, c'est sec !

Derrière Joe, la porte s'ouvrit et lui fracassa l'épaule. Frankie entra, le vit, et poussa un cri :

— Joe ! Qu'est-ce que tu fais là ?

Il avait l'épaule en feu mais s'il se la frottait, il passerait pour une mauviette.

— Il faut que je te parle, dit-il d'une voix calme.

Elle écarquilla les yeux :

— À quel sujet ?

— C'est privé. Et important.

Il avisa le pantalon qu'elle tenait, et le colosse se leva du canapé.

— Merci, je vais vous laisser, dit ce dernier en reprenant son vêtement. Mais je reste à côté. En cas de besoin, n'hésitez pas à m'appeler.

Et il sortit.

— C'est qui, ce type ? demanda aussitôt Joe.

Sa femme haussa les épaules.

— Cela ne te regarde pas.

— Je demandais ça comme ça, pour faire la conversation.

— C'est un ami.

— Quel genre d'ami ?

— Le genre sympa. Et ne me regarde pas comme ça. Je vais refaire ma vie, l'informa-t-elle d'un air de défi.

— Toi ? Tu ne saurais pas par où commencer.

Flûte. Il s'était mal exprimé. Frankie le toisait, visiblement blessée :

— Peut-être que j'ai changé.

— Bien sûr, je te demande pardon.

Il ne fallait pas qu'ils se disputent, il n'était pas là pour ça.

— Il faut qu'on parle d'Amber. Elle ne m'adresse plus la parole.

— Tiens ? Bizarre. Je me demande bien pourquoi.

Joe la dévisagea. La Frankie qu'il connaissait n'aurait jamais recouru au sarcasme.

— Shaun l'a croisée par hasard à un concert. Ils ont un peu discuté. Elle prétend qu'elle est en train de rater ses examens. Elle dit qu'elle n'a rien révisé.

— Bien, je lui en toucherai un mot.

— Ce n'est pas tout. La suite, Shaun ne me l'a pas dite mais j'ai surpris hier une conversation avec un de ses amis. Apparemment, il a trouvé Amber complètement déphasée. Elle avait bu et fumé du haschisch. (Il implora Frankie du regard.) Il faut qu'on intervienne. Qu'on remédie à ça.

Frankie se braqua.

— Tu sous-entends que c'est ma faute ?

— Je dis seulement que tu ne peux pas rester les bras croisés. Moi, elle filtre mes appels.

— Reste là.

Sans un mot d'explication, Frankie se leva et disparut. Elle revint peu après, sa fille sur les talons. Le cœur de Joe se serra. Il l'aimait tant. Puis la peine l'accabla lorsqu'elle porta sur lui un regard de dégoût.

— Tu m'as menti, siffla-t-elle, glaciale, à sa mère.

— Je suis désolée, ma chérie, mais ton père a insisté pour te parler.

Dans le regard d'Amber flamboya un mélange de satisfaction et de dédain.

— Je n'y tiens pas, lâcha-t-elle.

— Shaun m'a dit, pour tes examens. Il paraît que tu n'as rien révisé, répondit posément son père.

— Qu'est-ce que ça peut te faire ?

— Amber, je suis ton père.

— Plus à mes yeux.

— Il paraît aussi que tu bois ? Que tu te drogues ?

— J'en étais sûre. Quel cafteur, grinça-t-elle, les mâchoires serrées.

— Il ne m'a rien dit. J'ai surpris une conversation. Il parlait de toi…

La voix d'Amber se fit railleuse :

— Tu lui trouves des excuses, à ton fils parfait ? Tu le protèges ?

— Si tu te drogues, cela me regarde.

— Et comment, que ça te regarde. Parce que c'est ta faute si j'en suis là.

Elle sortit en claquant la porte.

— Je lui parlerai. Tu peux partir, maintenant, dit Frankie.

Joe avait envie de lui demander pardon, de la prendre dans ses bras et de lui dire qu'il l'aimait, mais il ne le pouvait pas.

Alors, en silence, il tourna les talons et s'en alla.

37

Frankie trouva sa fille dans le jardin. Elle écoutait les musiciens en sirotant un jus d'orange.

— Il est parti ? lui demanda-t-elle.

— Oui. Ma chérie…

— Maman, ne fais pas cette tête, rien de ce qu'il a dit n'est vrai.

L'estomac de Frankie se vrillait.

— Mais pourquoi Shaun aurait-il inventé…

— Il n'a rien inventé, il m'a crue. Tu ne comprends pas ? J'ai monté le coup de toutes pièces. Pour que papa s'imagine que j'étais en train de gâcher ma vie. Je savais que Shaun irait tout lui rapporter. Et ça a marché.

Elle affichait un large sourire.

— Je suis bien contente. Mais j'aurais dû te prévenir. Désolée. Je ne pensais pas qu'il se pointerait ici…

— Alors… Mais Shaun a dit que…

— Maman, je lui ai raconté des histoires. Je lui ai dit que je n'avais pas révisé et que j'allais me planter à mes examens. Or tu m'as bien vue travailler comme une folle tous les soirs, hein ? Je n'ai aucune intention d'avoir fait tout ça pour rien. Quant à mon état le jour du concert… Je les avais repérés, Shaun et son copain. Tu les aurais vus, de vrais enfants de chœur. Ils faisaient tache dans le paysage. C'était à se tordre. Alors, quand ils se sont approchés, je leur ai fait croire que j'étais défoncée. Pour rigoler. Et puis, je voulais faire souffrir papa, et ça m'a semblé le moyen idéal d'y arriver. Mais tu me connais, toi, maman, tu sais que je ne me drogue pas et que je déteste la bière. Cosse en avait acheté une bouteille mais elle était immonde, je n'y ai pas touché. Ha, je les ai bien eus, les deux minets ! Il faut croire que j'ai des dons de comédienne.

Ses yeux étincelaient. Pour achever de convaincre sa mère, elle feignit derechef un état d'ivresse avancé. Agrippant le bras de sa mère, la paupière tombante, la voix comme avinée, elle balbutia :

— Je vais me rétamer aux exams, mais j'en ai rien à foutre…

L'effet était saisissant. Et Amber s'était toujours farouchement opposée aux drogues en tout genre. Son histoire se tenait. Frankie avait toujours fait confiance à sa fille. Elle la crut.

— Ouf, Dieu merci, dit-elle, soulagée. Tu m'as fait peur, tu sais.

— Pardon, maman. (Elle la serra dans ses bras.) Ne t'en fais pas. Je vais bien.

Molly et Henry passaient non loin de là. Frankie se précipita :

— Je vous dois des excuses, à propos de ce quiproquo…

Henry, compréhensif, sourit :

— C'est oublié.

— Quel quiproquo ? s'enquit Molly.

— Joe est passé à l'improviste. Il a trouvé Henry dans le salon, sans pantalon, vêtu en tout et pour tout de mon peignoir de bain.

— Non ?

— Henry ne s'est pas laissé démonter. Il est resté parfaitement zen.

Modeste, Henry plaisanta :

— Du moins, aussi zen qu'on peut l'être quand on porte un minuscule peignoir de femme.

— Après votre départ, Joe m'a demandé ce qu'il y avait entre nous. (Frankie s'empourpra.) Il se faisait des films et, ma foi… je ne l'ai pas détrompé. J'espère que vous ne m'en voudrez pas.

Henry secoua la tête :

— Vous avez bien fait. Il faut savoir saisir les occasions lorsqu'elles se présentent.

Décidément, se dit Frankie, il avait de l'humour. Et du charme…

— Dommage qu'on se soit ratés lors de votre dernière visite, dit Molly. Mais on nous a tout raconté à votre sujet.

— En fait, je vous ai déjà vue, lui répondit Henry. De loin. Vous deviez rentrer de Londres. Il y avait un lapin sur la chaussée, vous êtes descendue de voiture pour le secourir.

— C'est vrai. On était arrêtées au feu. C'était vous, dans la voiture d'en face ? Ce maudit lapin m'a pissé dessus, vous savez. Mais aujourd'hui, c'est votre tour, ajouta-t-elle en désignant le pantalon d'Henry.

— Quelle coïncidence, pouffa Frankie. Il doit y avoir quelque chose dans les astres.

Le portable de Molly se mit à vibrer. Elle venait de recevoir un SMS de Vince.

« Salut, ça va ? À quelle heure veux-tu que je passe te chercher ? Et pour ma chemise, tu préfères le bleu ou le vert ? »

Elle hésita. Il était dix-sept heures et la fête battait son plein.

Dex, qui se tenait tout près, l'interrogea :

— Tout va bien ?

— Oui... Je me demandais juste combien de temps la fête allait encore durer.

— Je ne prévois pas de bouter tout le monde dehors dans l'immédiat.

Dex filmait Delphi qui arborait fièrement une énième confection en tricot, un bonnet jaune en laine mousseuse doté de rabats pour les oreilles. Elle ressemblait à un poussin tout juste sorti de l'œuf.

— L'ambiance est bonne, je ne vois pas de raison d'interrompre les festivités. Ah, mais j'oubliais, c'est ce soir, ton rencard. Tu pars à quelle heure ?

— J'ai encore un peu de temps.

Molly tira la langue à la petite Delphi, qui donnait des claques dans les grandes mains d'Henry. Elle dirait à Vince de passer à huit heures, cela irait.

— Babababababa ! babillait Delphi, toute guillerette, en empoignant les doigts d'Henry. Gagagaga... Papapapapa !

— Bravo ! Tu as entendu ça, Dex ? s'exclama Molly en se tournant vers lui. Elle a dit « papa » ! C'est la première fois, non ?

— Si, dit-il, un peu aigre. Cela aurait été encore mieux si elle me l'avait dit à moi et pas à Henry, mais bon, c'est un début.

Les regards se croisèrent et Molly fondit. C'était un événement d'entendre Delphi prononcer ce mot pour la première fois, surtout le jour de son anniversaire. Même s'il y avait erreur sur la personne.

— Papa, reprit Molly.

Elle avait capté l'attention de Delphi. Alors, elle indiqua Dexter.

— C'est lui papa.

— Papapapapapa, répétait la petite en nouant un bras autour du cou de Henry, et de lui coller sur le coin de la mâchoire un gros bisou baveux.

— D'un point de vue génétique, cela me paraît peu probable, commenta dans son dos une voix goguenarde.

Molly sursauta, c'était Amanda.

Dex reposa sa caméra. Amanda frôla Molly en s'acheminant jusqu'à lui. Elle le salua d'un baiser. Sur la bouche.

— Salut, toi.

Tous les regards s'étaient braqués sur eux. Aux quatre coins du jardin, des sourcils se haussaient, des nuques se dévissaient, des rumeurs se propageaient à la découverte de ce scoop. Quant à Molly, il lui semblait que le sol venait de se dérober sous ses pieds.

— Tout bien considéré, je trouve qu'on n'a pas de raison de se cacher, déclara Amanda, radieuse, à Dexter.

Puis elle pivota et annonça à la foule de curieux :

— Pas de panique, Dex n'est pas mon patient, et Delphi non plus. Nous ne faisons rien d'illégal. Nous sommes tous deux célibataires, majeurs et vaccinés, et il se trouve qu'on s'entend bien. Mais je ne suis pas là pour Dex…

Elle cueillit Delphi dans les bras de Henry.

— Joyeux anniversaire, poussin ! Tu en as, un joli bonnet. Quelle beauté fatale…

Delphi avait accaparé l'attention des uns et des autres tout l'après-midi mais, à voir Amanda la manipuler comme s'il s'agissait de son propre bébé, Molly ressentit un malaise plus vif encore que lorsqu'elle avait embrassé Dex.

Quelle était cette sensation ? De la jalousie ? En tout cas, cela lui transperçait la poitrine. Delphi, la bouche en cœur, couvrait Amanda de baisers.

— Que tu es gentille, gazouillait la doctoresse.

— Mamamama, dit Delphi.

La sensation ressemblait de plus en plus à un coup d'Opinel en plein cœur. S'arrachant à l'insoutenable tableau, Molly se pencha sur son téléphone. Vince attendait toujours sa réponse.

« Passe tout de suite ! »

— Au fait, chuchota Lois à son père en l'attirant à l'écart, garde ça pour toi, mais je préfère te prévenir, Frankie a le béguin.

Stefan fronça légèrement les sourcils.

— Pour qui ?

— Pour toi, papa.

Il se décomposa, pour le plus grand amusement de sa fille.

— Tu dois te tromper.

— Non, j'en suis sûre. Tout à l'heure, elle m'a assaillie de questions sur toi et ton passé amoureux. Autant te dire que ça ne m'a pas pris longtemps pour tout lui raconter, ajouta-t-elle, espiègle. Mais tu l'aurais vue. Elle me scrutait d'un air avide, elle voulait connaître tous les détails.

— Zut. Je trouvais bizarre, aussi, qu'elle passe me voir à la caravane. Mais je n'avais pas compris pourquoi.

— Normal, tu es un homme.

Lois adorait son père mais elle connaissait par cœur les tares dont était affublé le sexe opposé. On ne tenait pas un pub fréquenté en majorité par des hommes pendant si longtemps sans détecter leur balourdise et leur ignorance absolue des notions les plus élémentaires de psychologie.

— Tu es certaine de ce que tu avances ?

— Papa, j'ai toujours raison. Le mari de Frankie l'a quittée. Elle est toute seule et elle brûle de retrouver quelqu'un. De se sentir désirable et désirée. Il lui faut un homme pour prendre la place de Joe et apparemment, elle a jeté son dévolu sur toi.

— C'est fâcheux, grommela Stefan. Elle est charmante, mais je… Ce n'est pas…

— Je sais bien, papa. C'est pour ça que je te préviens, lui dit doucement Lois. Tu veux que je lui parle ? Que je l'éconduise gentiment de ta part ? Enfin, que je lui fasse comprendre que tu n'es pas intéressé ?

— Surtout pas ! se récria Stefan, horrifié par cette idée. N'en fais rien, je t'en prie. Je vais l'éviter, cela vaudra mieux.

38

Molly n'avait jamais goûté tel soulagement. Tout en guettant du coin de l'œil l'arrivée de son cavalier, elle avait vu Stefan s'esquiver puis, enfin, la voiture rutilante de Vince s'était garée devant le café. Dix minutes plus tôt à peine, Amanda s'était exclamée :

— Alors, comme ça, tu as un amoureux ? Félicitations.

On aurait dit une de ces mères poules qui s'extasient quand leur enfant fait pipi sur le pot pour la première fois.

— Il s'appelle Vince, avait répondu Molly.

— Je sais, Dex m'a beaucoup parlé de lui. Il est sympa ?

— Très.

— Génial. J'ai hâte de le rencontrer. D'après Dex, cela faisait un moment que tu étais toute seule...

Un an, pour être exacte. Ces douze derniers mois avaient constitué pour Molly une sorte de désert sexuel. Le seul homme avec qui elle s'était retrouvée au lit n'était autre que Dex. Et il ne s'était rien passé.

Avait-il raconté cet épisode à son amie ? Sans rien omettre de son ivresse, de sa présomption, de sa gaucherie ?

Dans le doute, mieux valait ne pas y faire allusion.

Amanda attendait une réaction.

— En effet, opina Molly.

Merci de me le rappeler, songea-t-elle.

— En tout cas, s'il te faut un moyen de contraception, passe un coup de fil au cabinet et prends rendez-vous, on s'occupera de toi.

Amanda la toisait de l'air fat de celle dont la contraception est assurée.

Mais peu importait, Vince était arrivé. Debout dans l'allée près de son véhicule, il sortit un mouchoir et essuya une tache sur sa carrosserie immaculée. Il était à tomber, avec son costume de lin marine et sa chemise vert pâle.

— C'est lui ? demanda Frankie.

Elle poussa un sifflement.

— Pas mal !

— Je sais, s'enorgueillit Molly.

Il s'agissait, d'un point de vue purement plastique, d'un spécimen parfait. D'ailleurs, même si Molly trouvait gênant d'y penser en cet instant, ce n'était pas faux, il faudrait sans doute qu'elle reprenne la pilule. En revanche, pas question de recourir pour ça aux services d'Amanda.

Elle salua Vince, le conduisit jusqu'au jardin, le présenta à quelques invités. Ils parvinrent à hauteur d'Amanda et de Dex. Vince lui serra la main.

— Ravi de te revoir.

— De même, dit Dex, nonchalant.

— Moi, c'est Amanda. Enchantée.

Une fois ces présentations achevées, Amanda prit le bras de Dex comme pour marquer son territoire. Et de féliciter Molly devant tout le monde :

— Bien joué...

Ses yeux pétillaient. Comme si elle tenait à marquer sa stupéfaction de voir Molly au bras d'un tel Apollon. Pourvu qu'elle ne se remette pas à parler de contraception.

— On dit bonjour, au revoir, bafouilla Molly. Il faut qu'on file.

On avait admiré son cavalier, il était temps de détaler.

— Pourquoi ? s'en mêla Vince. La réservation est pour huit heures. On peut rester jusqu'à sept heures vingt. (Il marqua une pause, et se ravisa.) Enfin, sept heures et quart, au cas où.

Elle le reconnaissait bien là. À l'évidence, la ponctualité était à ses yeux une vertu cardinale.

— Oui, mais je dois d'abord passer chez moi me changer et me débarbouiller, objecta Molly.

Elle se mordit la langue. Avait-elle vraiment employé ce verbe ? Voilà qui ne lui était encore jamais arrivé.

— Ah, je n'ai pas pris ça en compte. (Vince consulta sa montre, fit un rapide calcul mental.) Bien, en ce cas, allons-y.

Amanda haussa un de ses jolis sourcils épilés à l'attention de Molly, comme pour lui rappeler de ne pas faire de folies de son corps sans contraception, puis se fendit d'un large sourire.

— Passez une bonne soirée. Et, puisque nous sommes quasiment voisins, pourquoi ne sortirions-nous pas ensemble tous les quatre, un de ces soirs ? (Elle se tourna vers Dex.) Ou nous pourrions les inviter à dîner le week-end prochain, qu'en dis-tu ?

— Bonne idée, acquiesça Dex sans rien perdre de sa nonchalance. Il se trouve que j'ai beaucoup progressé en pâtes au fromage.

C'était son dernier exploit culinaire. Molly ne put s'en empêcher :

— Seulement depuis que je t'ai fait découvrir le parmesan en sachet.

Amanda mima l'effroi :

— Ne racontez pas des horreurs pareilles devant la petite. C'est moi qui cuisinerai. Vous m'en direz des nouvelles. Faites-moi confiance, je suis une pro aux fourneaux.

— Vraiment ?

Dex paraissait impressionné.

— Et comment, affirma-t-elle, insolente.

Aguicheuse, elle ajouta :

— C'est l'un de mes nombreux talents…

Beurk. Décidément, l'heure était venue de s'éclipser.

— Ne vous sentez pas obligé de faire ça…

Frankie s'adressait à Henry qui, les manches retroussées, les bras plongés jusqu'aux coudes dans l'eau savonneuse, nettoyait les verres n'ayant pas trouvé place dans le lave-vaisselle.

Il chassa ses protestations :

— Je vous en prie, ça me fait plaisir.

Il était vingt heures et la fête avait pris fin. Les musiciens avaient remballé leurs instruments et repris la route, et les derniers invités se dispersaient.

— Ma foi, c'est toujours agréable de voir un homme participer aux tâches ménagères.

Frankie s'arma d'un torchon et entreprit de sécher les verres.

— Vous passez la nuit aux Bruyères ?

Henry eut un sourire. Du menton, il désigna Dex et Amanda qui roucoulaient dans le jardin.

— Avec les amoureux ? Non, je vais leur laisser un peu d'intimité. Je rentrerai dans quelques heures. Mais j'ai passé une excellente journée.

— Moi aussi.

Oups, un verre encore savonneux échappa à la prise de Frankie. Faisant preuve de réflexes hallucinants, Henry le rattrapa au vol avant qu'il ne se brise sur le carrelage.

— Tenez, dit-il en le lui rendant.

— Impressionnant.

À l'évidence, Henry était sportif.

— Maman ? Je m'en vais.

Amber venait de débarquer dans la cuisine. Elle étreignit brièvement sa mère.

— Je dors chez Nicole. Je rentre demain aprèm.

Pour la première fois, un soupçon germa dans l'esprit de Frankie. Elle qui avait toujours cru sa fille sur parole…

— Tiens ? Qu'est-ce que vous avez de prévu ?

— Rien de spécial. On pensait se shooter à l'héro puis boire quelques bouteilles de gin pur. Je plaisante. Pour de vrai, on va se faire du pop-corn au caramel et regarder des comédies sentimentales. Et je serai rentrée pour le déjeuner parce que j'ai encore deux dissertes à préparer en plus de mes révisions. Mais ne le dis pas à papa. Et surtout, ne t'inquiète pas. Tout va très bien. D'accord, maman ?

— Tu te moques de moi.

Ce que Frankie adorait, bien qu'elle ne l'eût jamais reconnu. Elle se détendit et rendit à sa fille son accolade.

— Bon, en ce cas, à demain. Amusez-vous bien.

— Promis. Salut.

Amber leur adressa un petit signe de la main et s'éloigna en trottinant.

— Elle est charmante, constata Henry lorsqu'elle fut partie. Vous avez fait du bon boulot.

— Merci, dit Frankie, aux anges.

— Et vous, que faites-vous, ce soir ?

— Moi ? Je m'affale dans le canapé avec une tasse de thé et je regarde la télé. Je m'endormirai sans doute sur place et je me renverserai du thé partout. Mais que voulez-vous, j'aime vivre dangereusement.

Henry rinça un dernier verre et se jeta à l'eau.

— Si vous voulez, on pourrait sortir boire un verre, ou dîner quelque part. Enfin, je ne veux pas m'imposer. Mais si ça vous tente...

Frankie écarquilla les yeux. Rêvait-elle, ou venait-il de l'inviter à sortir ?

— Je... C'est très aimable à vous mais... Seigneur...

La panique l'étreignait.

— Je vous remercie, reprit-elle, mais je ne me sens pas prête pour... Vous voyez ce que je veux dire.

Quelle excuse minable. Pitoyable. Hélas, les mots s'étaient précipités tout seuls hors de la bouche de Frankie. Son instinct avait pris le dessus sur son cerveau.

— Bien sûr, je comprends. C'est normal. Je n'ai rien dit.

Henry semblait aussi pressé qu'elle d'oublier l'épisode. Une chance.

— Merci, lui dit-elle avec chaleur. Vous n'y êtes pour rien, vous savez, c'est moi qui ai besoin de temps.

— Je n'aurais pas dû.

À son air contrit mais soulagé, Frankie réalisa qu'il était bien plus timide qu'il ne le paraissait de prime abord. Ce qui était fou. On pouvait donc manquer de confiance en soi malgré un physique aussi imposant ?

L'un des derniers invités pénétra dans la cuisine et demanda son numéro à Henry dont il avait sondé plus tôt l'expertise en matière de placements financiers. Henry se sécha les mains, ouvrit son portefeuille et lui tendit sa carte de visite. L'autre le remercia et partit. Ensuite, gauchement, Henry sortit une seconde carte et murmura :

— Je vous la laisse, au cas où. Si vous avez besoin de quoi que ce soit... Au pire, rien ne vous empêche de la jeter à la poubelle dès que j'aurai le dos tourné.

Ses mains frôlèrent celle de Frankie, qui éprouva une infime mais délicieuse bouffée d'adrénaline.

— La jeter ? Bien sûr que non.

Henry ne disait rien, il se contentait de fixer sur elle ses yeux noirs, impénétrable. Cette fois, ce fut un torrent d'adrénaline qui se déversa sur Frankie.

Elle détourna le regard, le souffle coupé.

Il venait de se passer quelque chose.

Mais quoi ?

39

Dex et Amanda avaient insisté pour qu'Henry prolonge sa visite, mais il savait pertinemment que seul Dex avait sincèrement envie de le voir rester. Amanda, pour sa part, ne désirait qu'une chose, se retrouver seule avec son amoureux. Dès que Delphi fut couchée dans son lit à barreaux, il prit rapidement congé.

Il était huit heures et quart et le soleil se couchait à l'horizon. Sur la bretelle d'accès, Henry accéléra et s'inséra sur l'autoroute M4. Quelle journée. En se rendant aux Bruyères, ce matin-là, il avait écouté à la radio l'émission de quelque expert spécialiste de la « pensée positive ». D'après lui, pour améliorer son existence, il suffisait de prendre en main son destin. « Ne regrettez jamais ce que vous avez fait, intimait-il aux auditeurs. Regrettez uniquement ce que vous n'avez pas fait. »

Une philosophie terrifiante, en vérité. Mais Henry n'arrivait plus à se défaire de cette idée. Elle lui trottait dans la tête, il se la répétait en boucle, comme un disque rayé.

Ainsi, il avait pris un risque, agi sur un coup de tête, joué le tout pour le tout, pour voir si l'expert disait vrai. Il avait rencontré Frankie, bavardé avec elle, et, découvrant qu'elle lui plaisait encore plus qu'il n'avait osé l'espérer, il l'avait invitée à sortir avec lui.

Et s'était vu immédiatement éconduit.

Pourtant, il n'avait pas baissé les bras. L'espoir, cet imbécile, brûlait toujours en lui. Il avait enchaîné sur une manœuvre encore plus ridicule et maladroite. Il lui avait collé entre les mains sa carte de visite, alors même qu'elle venait de lui faire comprendre on ne peut plus clairement qu'il ne l'intéressait pas le moins du monde.

Quel idiot. Qu'est-ce qu'elle avait dû penser, à le voir s'empêtrer et se couvrir de honte comme un adolescent à moitié demeuré ? Les poings d'Henry se crispèrent sur le volant. Au supplice, il se repassait en boucle la liste de ses bourdes et de ses impairs, de ses avances indésirables que la douce Frankie avait repoussées avec une délicatesse sans faille.

Henry n'avait à s'en prendre qu'à lui-même.

On ne l'y reprendrait plus à écouter les soi-disant experts à la radio. Il n'était pas près de reprendre les devants.

Le silence. Encore le silence, et rien que le silence.

Allongée sur le canapé, Frankie alluma la télé, zappa quelques instants, puis l'éteignit de nouveau. Elle regarda sa tasse de thé qui avait refroidi et s'était couvert d'une pellicule.

Pourquoi certains soirs passaient en un éclair tandis que d'autres se traînaient comme un escargot neurasthénique ? Jamais soirée ne s'était autant éternisée. Frankie en poussa un soupir de frustration. Dans cette maison vide, elle se sentait plus seule que jamais. Amber découchait. Molly était sortie avec Vince. Joe se trouvait à Tetbury avec sa Christina. Sur une échelle de un à dix, l'ennui de Frankie frisait le vingt. Et les heures s'étiraient, interminables, devant elle... Elle regrettait d'avoir décliné l'invitation d'Henry.

Fidèle à elle-même, elle s'était débrouillée pour refuser une offre parfaitement alléchante. Et il était trop tard pour changer d'avis.

À moins que... ?

Non, il ne fallait plus y penser. Bien sûr, qu'il était trop tard.

Frankie se leva et se rendit à la cuisine. Elle sortit du réfrigérateur une bouteille de vin.

Un quart d'heure plus tard, toutefois, cette pensée la titillait encore. Et s'il n'était pas trop tard ?

Et si... ?

Sur le canapé, son portable se mit à sonner et elle fit un bond de trois mètres. Était-ce Henry, l'appelant pour s'assurer qu'elle n'avait pas changé d'avis ?

Sauf qu'il n'avait pas son numéro.

— C'est moi, dit Joe. Tu as parlé à Amber ?

Frankie avait bien besoin de ça.

— Elle va très bien. Elle ne se drogue pas, elle jouait la comédie pour te faire tourner en bourrique. Et elle travaille d'arrache-pied pour réussir ses examens.

Il avait le droit de savoir.

— Tu la crois ?

Frankie se hérissa :

— Oui. Je suis sa mère et je sais quand elle me dit la vérité.

— Hum. Et c'était qui, le type qui portait ton peignoir ?

Ah. Voilà donc pourquoi il lui téléphonait.

— Je te l'ai dit, c'est un ami.

Le verre de Frankie était vide. Elle s'achemina jusqu'à la cuisine pour le remplir.

— Bon, ne fais pas de bêtises, d'accord ?

— Je te demande pardon ?

— Tu sais très bien de quoi je veux parler. Tout le monde t'a à l'œil. Tout le monde se demande comment ta situation va évoluer. Alors évite de te donner en spectacle, OK ?

Cette fois, Frankie ne se contenta pas de se hérisser. Avisant la bouteille qu'elle tenait encore à la main, elle se réjouit pour Joe qu'il ne se trouvât pas à sa portée. Elle la lui aurait volontiers abattue sur le crâne, et allègrement, encore.

— Je vois. Je me suis suffisamment donnée en spectacle lorsque mon mari m'a révélé la double vie qu'il menait à mon insu ces vingt dernières années, faisant de moi la risée du village, c'est ça ?

— Écoute, je te parle de dignité. Je dis ça pour toi, moi. Ne t'emballe pas comme ça. Tu sais bien que j'ai raison, au fond.

Bon sang, elle ne pouvait pas supporter quand il se mettait en tête de la raisonner d'un ton calme et posé.

— Je t'insulterais bien, mais la cagnotte à gros mots est pleine.

Elle raccrocha de toutes ses forces le combiné et se versa une nouvelle rasade de vin, entrechoquant son verre contre le goulot de la bouteille, sa main tremblant de rage.

Comment osait-il lui parler de dignité ? Lui conseiller de ne pas se ridiculiser ? Ça l'aurait bien arrangé, c'est sûr, qu'elle reste toute seule chez elle, sans faire de vagues, et surtout sans passer de bon temps. Eh bien, qu'il aille au diable. Ses conseils à la noix, il pouvait se les garder.

Frankie avala une grosse gorgée de vin et écouta son cœur qui lui martelait les côtes. Puis elle regagna la cuisine et saisit la carte de visite qu'Henry avait posée sur le plan de travail.

Elle composa le numéro. Cela sonnait.

Frankie ne se reconnaissait pas. Ce genre d'initiative ne lui ressemblait guère. Mais l'heure du changement avait sonné.

La sonnerie fit place à l'annonce d'un service de messagerie vocale. Frankie s'aperçut, un peu tard, qu'elle n'avait pas réfléchi à ce qu'elle voulait dire à Henry.

— Bonsoir, c'est moi… pardon, c'est Frankie. Désolée de vous déranger… Je me demandais si votre offre tenait toujours. Mais bon, vous ne décrochez pas, vous devez être en train de conduire… de rentrer à Londres… J'aurais dû me décider plus tôt. Tant pis. Ce n'est pas grave. Au revoir.

Son élan de hardiesse était totalement retombé. Frankie raccrocha et lança un « et merde » appuyé. Puis elle aperçut le portable et son sang se glaça. Elle avait mal raccroché. La messagerie d'Henry l'enregistrait toujours.

— Pardon ! glapit-elle, et de presser de toutes ses forces la touche « off » de son téléphone.

Voilà, il était bien éteint, cette fois. Frankie s'enfouit la tête dans les mains.

Henry se gara à une station-service et écouta le message qu'on venait de lui laisser. Jamais il n'avait approché d'aussi près l'état d'esprit d'un gagnant du loto.

Il rappela immédiatement.

— Allô ? dit prudemment Frankie.

— C'est moi. Je peux repasser, alors ?

— Comment ? Bien sûr, se reprit-elle en haussant la voix. Je vous croyais déjà reparti, quelque part sur l'autoroute.

Henry réfléchit à toute allure. À quelle distance des Bruyères se trouvait-il ? S'il faisait demi-tour à la prochaine jonction et qu'il mettait les gaz, combien de temps lui faudrait-il pour revenir ? Il ne pouvait pas avouer à Frankie où il se trouvait.

— Ne bougez pas, lui dit-il, béat, en tournant la clé de contact, j'arrive !

Il était neuf heures et demie quand, enfin, la sonnette retentit.

Le cœur battant, Frankie ouvrit la porte.

— Vous étiez en route pour Londres, dit-elle.

— Mais maintenant, je suis là.

— C'est n'importe quoi.

— Je sais, opina-t-il gaiement.

— Pardon pour ma grossièreté sur votre répondeur. Je croyais avoir éteint le téléphone.

— Au contraire. Ça m'a donné le courage de vous rappeler. Et… de faire demi-tour.

Frankie soupira. Quelque chose d'invraisemblable était en train de se produire. Bizarrement, leurs maladresses respectives, une fois combinées, s'annulaient les unes les autres. Les avances confuses d'Henry avaient été contrées par le message bafouillant de Frankie. Un point partout, la balle au centre. Et les masques étaient tombés.

— Où est votre voiture ? Je ne vous ai pas entendu arriver.

— Je ne voulais pas me garer dans votre allée sans votre permission. Je l'ai laissée derrière l'église.

Il hésita, puis :

— Vous êtes toujours partante pour sortir ? Il est peut-être un peu tard…

— C'est vrai qu'il est tard.

Frankie hochait la tête machinalement comme un petit chien à ressorts.

— Restons plutôt ici. J'ai du vin. À moins que vous ne préfériez du café ?

Zut. En lui proposant de l'alcool, semblait-elle l'inviter à passer la nuit sous son toit ? Cette conversation était un vrai champ de mines.

Mais elle était grisante.

— Les deux me vont, dit Henry. Je m'en remets à vous.

Il avait un regard hypnotique. Frankie sortit du buffet un second verre à pied et alla brancher la cafetière.

— Je vais vous servir les deux, vous n'aurez qu'à décider.

Tout en préparant le café et en versant le vin, elle sentait sa présence derrière elle. Où voguaient ses pensées ? Devinait-il l'état dans lequel il la plongeait ?

— Amber est sortie pour la nuit ? demanda Henry, brisant le silence.

— Oui.

D'ailleurs, il le savait déjà.

— Et vous n'attendez personne, ce soir ? Oups, se rattrapa-t-il, l'air déconfit. C'est le genre de question que poserait un tueur en série. Pardon. Je vous jure que je ne suis pas un tueur en série.

— Me voilà rassurée, s'amusa Frankie. Non, je n'attends personne. Vous êtes nerveux ?

— Très. Pas vous ?

— Si, affreusement. Tenez.

Elle lui tendit ses boissons et le conduisit au salon.

— Pouvez-vous les poser un instant ? Je voudrais... Si vous me le permettez...

Il valait mieux expédier l'affaire, ensuite, l'atmosphère se détendrait. Frankie, frisant la tachycardie, attendit qu'il eût posé sa tasse et son verre sur la table basse, puis s'avança droit vers lui, noua ses bras autour de son cou, et l'embrassa.

Qu'était-elle en train de faire ?

Qu'importe, c'était divin.

On sonna à la porte. Ils se figèrent. Bon sang, elle qui lui avait juré n'attendre personne...

— Je ne sais pas qui c'est, chuchota Frankie, mais il faut que j'aille ouvrir.

— Qu'est-ce que je fais ?

— Reste là. Ne t'en fais pas, je vais nous débarrasser de cet intrus.

Elle referma derrière elle la porte du salon et gagna la porte d'entrée. Était-ce une heure pour sonner chez les gens ?

— Coucou ! claironna Lois. Dis donc, je t'ai fait peur, ou quoi ? T'es blanche comme un linge.

40

C'était bien sa veine. Lois, la plus grande fan de Henry.

— Je... Je n'attendais personne. Tu m'as fait peur.

Frankie se tapota le cœur qui battait à cent à l'heure.

— Qu'est-ce que je peux faire pour toi ?

— Addy a oublié son bracelet ici cet après-midi. C'est un modèle élastique, avec des perles en plastique turquoise et argent. Une babiole, mais elle en est folle. Elle m'a suppliée de revenir le chercher.

— Je ne l'ai pas vu.

Addy était bien mignonne mais, en l'occurrence, elle lui cassait les pieds.

— Ne t'en fais pas, elle sait où il est. Elle avait peur que Bert le bouc ne le lui fauche d'un coup de dents, alors elle l'a retiré et posé à l'intérieur. Il est dans la coupelle d'argent sur le manteau de cheminée.

— Oh. Reste ici, je vais te le chercher.

Frankie brandit les mains comme un agent de la paix pour lui signaler de ne pas bouger et elle se dirigea à reculons vers le salon.

— Je m'en occupe, ajouta-t-elle.

Peine perdue. Lois, sourde à ses signaux, la suivait. Comment réagirait-elle en tombant nez à nez avec...

Personne. Le salon était vide. Sur la table basse, une seule tasse à café. Pas trace d'Henry. Où était-il donc passé ? Serait-il disciple de David Copperfield ?

— Ah, le voici. Intact. Tiens.

Frankie ramassa le bijou et le fourra dans les mains de Lois un peu brusquement.

— Merci.

Lois se tut et la dévisagea avec attention. Que lui voulait-elle donc ?

— Il y a du monde au pub, ce soir ? C'est samedi, j'imagine que oui...

Elle tentait de la chasser, mais Lois ne saisit pas l'allusion.

— Écoute, je ne veux pas te mettre mal à l'aise, mais il faut que je te dise quelque chose. Papa n'est pas intéressé.

Perplexe, Frankie lui demanda :

— Intéressé par quoi ?

L'autre marqua un petit temps de silence puis, aussi gentiment que possible, annonça :

— Par toi.

Frankie en éclata presque de rire. Elle se couvrit la bouche de la main.

— Je te demande pardon ?

— Allons, pas de ça avec moi. Il n'y a pas de quoi avoir honte. Il ne faut pas être devin pour comprendre pourquoi tu m'as bombardée de questions au sujet de mon père. Mais je préfère te prévenir, c'est sans espoir. T'inquiète, tout ça reste entre nous. Je suis une tombe.

Frankie raccompagna Lois jusqu'à la porte, ferma la porte et la verrouilla à double tour.

De retour dans le salon, elle déclara :

— Lois est partie. Où te caches-tu ?

— Pas dans la cheminée, en tout cas, lui répondit la voix d'Henry.

L'estomac noué, Frankie tira le rideau de la baie vitrée. Il était là, un verre de vin plein dans chaque main.

Elle s'en était doutée. C'était la seule cachette que la pièce offrait.

Henry leva solennellement la main droite et vida le contenu de son verre.

Frankie prit le sien et l'imita.

— Tu sais, pour le père de Lois... Il ne me plaît absolument pas.

Il hocha la tête.

— Je sais. Si tu mentais, tu serais en train de bredouiller et de t'emmêler les pinceaux.

Elle se dérida. Dans le mille.

— Comment l'as-tu deviné ?

Henry haussa ses larges épaules.

— Je serais dans le même état. On est pareils, toi et moi.

C'était vrai. Malgré leurs physiques aux antipodes, ils partageaient de nombreux traits de personnalité. À nouveau, l'adrénaline afflua dans les veines de Frankie, sans même qu'il ait eu besoin de la toucher, cette fois. Pourtant, elle n'aurait rien eu contre...

Mais elle devait se montrer honnête envers lui.

— Avant toute chose, je veux être franche envers toi. Je m'en tiens à ma version. Mon mari m'a humiliée et je commence tout juste à me faire à l'idée de mon célibat. Je ne suis pas prête pour entamer une nouvelle relation... Oh, mais je m'emballe, pardon.

Les joues lui cuisaient. Qu'est-ce qu'elle racontait ? Il habitait à Londres. Ils venaient de se rencontrer, l'après-midi même. S'imaginait-elle vraiment qu'il cherchait à établir une relation stable avec elle ?

D'ailleurs, Henry secouait la tête, confirmant ses doutes. Il devait la trouver grotesque, cette quadragénaire potelée qui se figurait avoir tapé dans l'œil d'un beau jeune homme tel que lui, après que son mari l'avait trompée pendant deux décennies...

Gardant cependant son sérieux, il dit à Frankie :

— Tout va bien. Viens là.

Et Frankie, trop heureuse, obéit.

Voilà qui était embarrassant. Le corps de Molly, ce crétin, lui jouait des tours. Elle avait monstrueusement envie de bâiller. Au point que sa mâchoire menaçait de se déboîter.

— Elles sont bonnes, tes carottes ? s'enquit Vince en désignant dans son assiette le légume en question.

Afin de lever tout malentendu potentiel, certainement.

— Super. Délicieuses.

Flûte. Elle avait réussi à réprimer un bâillement mais déjà le suivant pointait le bout de son nez. Quelle plaie, cela faisait déjà la deuxième fois. Ils se succédaient sans interruption, échappant totalement à son contrôle.

— Tout va bien ?

Vince semblait soucieux. Molly, elle, se couvrait discrètement la bouche. Le pauvre, que devait-il penser ?

— Super ! s'exclama Molly de sa voix la plus gaie, hochant la tête avec vigueur.

Mais rien à faire, les bâillements restaient tapis en elle, attendant leur heure. Elle se dépêcha d'engloutir son plat tandis que Vince lui racontait une réunion avec l'un de ses clients, puis elle se leva et annonça vivement :

— Je reviens tout de suite.

Les toilettes étaient vastes et luxueuses. Molly y poussa trois énormes bâillements. La crise était-elle passée pour autant ? Elle craignait que non. Bon, réfléchissons. On bâillait quand on manquait d'oxygène. Bon sang, mais bien sûr. Ce qu'il lui fallait, c'était un peu d'exercice. La preuve, aux Jeux olympiques, on ne voyait jamais les champions d'athlétisme s'arrêter à mi-course pour bâiller. La pièce était vide alors, autant en profiter.

Molly trottinait furieusement sur place depuis quelques minutes quand son portable se mit à sonner.

Catastrophe, et si c'était Vince qui lui téléphonait depuis la salle pour savoir ce qu'elle devenait ? Mais non, c'était le nom de Dex qui s'affichait à l'écran. Ouf. Sans réfléchir, Molly décrocha.

— Allô ?

Aïe. Elle était complètement essoufflée.

— Molly ?

— Oui ?

— Je… Je t'interromps, peut-être ?

— Comment ?

— Je t'appelle au mauvais moment ? Au moment… crucial ?

— Mais non !

— Tu halètes.

— Pas du tout.

— Mais si. Un vrai petit chien. Tu es sûre que toi et Vince, vous n'étiez pas en train de…

— Certaine. Merci. J'étais en train de rire, voilà tout.

— Tiens ? Il a de l'humour ?

Son sarcasme conforta Molly dans sa décision. Si elle avait avoué qu'elle faisait un footing aux toilettes pour combattre une attaque subite de bâillements intempestifs, Dex se serait moqué d'elle jusqu'à la fin des temps.

— Beaucoup, mentit-elle. Il me racontait des histoires drôles. On s'amuse comme des fous.

Elle gloussa pour appuyer son propos, comme si le fou rire menaçait de la reprendre d'un instant à l'autre et de la faire basculer dans l'hilarité.

— Hum, dit Dex. Tant mieux.

Son scepticisme restait palpable. Il était incorrigible. Molly, qui avait entre-temps repris son souffle, l'interrogea :

— Puis-je connaître la raison de ton appel, Dex ?

— Amanda aimerait que nous dînions ensemble tous les quatre. Elle a un emploi du temps de ministre à son cabinet et voudrait fixer une date. Que diriez-vous de mercredi soir ?

— Non, désolée, je ne suis pas libre mercredi.

En fait, elle l'était, mais il n'y avait pas de raison qu'elle se plie aux contraintes d'Amanda. Elle avait une vie, elle aussi, non mais.

— Vendredi, alors ?

— Bouge pas, je demande à Vince. Mais, je sais qu'il est débordé, cette semaine.

Au moins, elle n'avait plus envie de bâiller. La main sur le combiné, elle regagna la salle où Vince l'attendait.

— Dis-moi, Dex et Amanda voudraient qu'on dîne ensemble vendredi. Tu serais libre ?

— Oui, super idée. Où étais-tu passée ? J'ai cru un instant que tu t'étais faufilée par la fenêtre des toilettes et que tu m'avais abandonné, blagua-t-il.

Priant pour que Dex n'ait rien entendu, Molly reprit la communication :

— On est libres vendredi.

— Cool, dit Dex, une note d'ironie dans la voix. Dis, je peux te poser une question ?

— Je t'en prie, dit-elle en s'efforçant de garder son calme.

— Tu étais hors d'haleine parce que tu essayais de te glisser par la fenêtre des toilettes, c'est ça ?

Quel cauchemar, ce type. Et quelle ouïe surnaturelle.

— Au revoir, Dexter, dit Molly.

Elle raccrocha.

41

Dingue.

Dingue !

Pour un observateur extérieur, Frankie paraissait endormie mais, derrière ses paupières closes, un ouragan se déchaînait.

Elle venait d'avoir une aventure d'un soir, pour la première fois de sa vie. Pour se venger de Joe, notamment. Bien qu'il ne l'apprendrait vraisemblablement jamais.

Bon, pour être parfaitement honnête, elle n'avait pas seulement eu à cœur de se venger. L'alchimie du désir avait joué un rôle non négligeable dans cette affaire. Un tourbillon de désir surgi d'on ne sait où l'avait assaillie par surprise. Elle avait été mariée vingt ans. Cela faisait longtemps que cela ne lui était pas arrivé. D'abord, elle s'était sermonnée. Ils ne se connaissaient pas, il ne fallait pas, un peu de pudeur, tout de même. Mais elle avait fini par envoyer balader la voix de la raison qui la tannait et, jetant ses scrupules aux orties, s'était retrouvée au lit avec un type rencontré le jour même.

Aussi incroyable que ça paraisse, ils avaient couché ensemble.

Elle s'était dévêtue, entièrement, et avait fait l'amour avec un homme sublime qu'elle n'avait pas l'air de rebuter.

Et dont elle ignorait jusqu'au nom de famille.

Une part d'elle s'était offusquée d'une telle impulsivité, d'une telle lascivité. Elle aurait presque aimé que la partie de jambes en l'air s'avère décevante, pour lui servir de leçon.

Seulement, cela avait été loin d'être décevant. Cela avait été tout simplement magique et spectaculaire. Jamais elle n'avait été à ce point comblée.

Sans rouvrir les yeux, Frankie sentit un grand sourire s'étaler irrépressiblement sur son visage. Était-elle donc une femme de mœurs légères, une indigne traînée ?

Si oui… tant mieux. Elle assumait.

Il était à présent cinq heures trente, le soleil s'était levé et Henry se glissait sans un bruit hors du lit. Et Frankie se sentit flancher.

— Tu comptes te sauver sur la pointe des pieds ? lui demanda-t-elle d'un ton désinvolte.

Qui cachait un réel désarroi.

— Bonjour. Non, mais je me disais qu'il valait mieux que je file avant d'être repéré par tout le quartier. Hier soir, tu m'as dit que cela ne se reproduirait pas. Je ne veux pas que tu te sentes oppressée ou que tu te demandes comment te débarrasser de moi. En plus, on m'attend à neuf heures pour une partie de squash. Il ne faut pas que je traîne.

Il la bombardait de prétextes divers et variés, et son débit saccadé le trahissait. En réalité, il redoutait qu'elle ne revienne sur sa parole et l'implore à présent de devenir son petit ami officiel.

— Bien sûr, je comprends.

Jamais Frankie ne se serait abaissée à l'implorer de la sorte, mais il ne pouvait pas le deviner. Avec conviction, elle l'approuva :

— Tu as raison. Bonne idée, file avant qu'on ne te voie.

— Et ne crains rien, je ne dirai rien à Dex. Cela restera entre nous.

— Parfait. Ce sera notre secret.

— Viens là.

Il s'était recouché, tout compte fait, et la serra dans ses bras.

— Hier soir... C'était fabuleux, lui dit-il.

— Oui.

Il était craquant, et elle fondait, mais il ne fallait rien en laisser paraître. Ils s'étaient mis d'accord pour une histoire d'un soir, sans lendemain. Il fallait s'en tenir aux termes du contrat.

— J'ai bien fait de venir à la fête, hier.

Il hésita, puis l'embrassa sur la joue.

— Je trouve aussi, dit Frankie.

La gêne s'installait. La veille, ils vibraient tous deux de désir, atteignaient au comble de l'intimité et voilà qu'Henry l'embrassait comme si elle était sa vieille tante.

Mais qu'est-ce qu'elle s'imaginait ? Le cœur de Frankie se serra. Le temps d'une soirée, elle avait été Cendrillon, mais la fin du bal avait sonné. Le Prince Charmant avait obtenu ce qu'il voulait, et voilà qu'il filait à l'anglaise.

Pour la deuxième fois en moins de douze heures, Henry quittait les Bruyères, le cerveau en ébullition. Il avait passé une nuit extraordinaire. Seul aurait pu le comprendre un adolescent qui, rêvant que Beyoncé le choisisse parmi la foule lors d'un de ses concerts, le fasse monter sur scène, danse avec lui, puis l'invite à une soirée privée, verrait son fantasme se réaliser.

Frankie n'était pas Beyoncé, mais elle valait plus encore aux yeux de Henry. Mille fois plus. Or, ils avaient passé la nuit ensemble, chose qu'il n'aurait osé espérer dans ses rêves les plus fous.

Heureusement, il avait réussi à camoufler son exultation. Sinon, il l'aurait sans doute terrifiée. Il avait eu de la chance. S'était trouvé au bon endroit, au bon moment.

À deux reprises, elle lui avait signifié qu'elle ne recherchait pas de relation sérieuse. Ce qu'il comprenait, bien sûr. Il savait aussi en se levant ce matin-là qu'il n'avait pas le choix. Il devait feindre la distance, garder des dehors nonchalants.

Il aurait fait n'importe quoi, absolument n'importe quoi pour ne pas effaroucher Frankie.

— Toi ici ? s'exclama Molly.

On était vendredi après-midi et Vince se tenait sur le pas de sa porte, un cabas bleu marine à la main. Un changement d'heure aurait-il eu lieu à son insu ?

— Il n'est que six heures. On avait dit sept heures, je crois.

— Je sais. Je suis parti plus tôt du bureau exprès. (Il brandit son sac de toile.) Tu te rappelles ce que je t'ai dit la semaine dernière, à propos de ta voiture ?

— Euh… non. Ah si, qu'elle était poussiéreuse.

— Tout juste. Ainsi qu'éraflée et même tachée de rouille, par endroits. Tu te souviens ?

Oui, elle s'en souvenait, maintenant. Cela n'avait pas fait partie des conversations les plus fascinantes de son existence.

— Oui.

— Alors ? Tu t'en es occupée ?

— Non.

Les voitures, ce n'était pas son rayon. Tant que la sienne démarrait et freinait lorsqu'elle le lui commandait, c'était tout ce qui lui importait.

— Ha ! J'en étais sûr. Mais c'est capital. Il faut remédier à cela. La rouille, ça se propage comme des mauvaises herbes, l'informa Vince.

— Oh, non. Vraiment ?

Il était sexy en diable, avec son air sévère.

— Tout à fait. Si tu laisses traîner ces éraflures sur ta carrosserie, elles finiront par rouiller, elles aussi.

— Zut.

— C'est de l'entretien, une voiture. Mais ce n'est pas sorcier.

Il lui fit signe de le suivre dans l'allée.

Molly savait bien que ce n'était pas sorcier. Seulement, c'était assommant. À son grand étonnement, elle regarda Vince ouvrir son cabas et en sortir un objet blanc emballé dans de la Cellophane. Il l'ouvrit et révéla une salopette de protection jetable qu'il entreprit de passer par-dessus ses vêtements.

— C'est pourquoi, cet attirail ?

— Pour protéger ma chemise et mon pantalon.

Il zippa la fermeture de son drôle d'accoutrement bouffant, resserré par des élastiques aux chevilles et aux poignets et doté d'une capuche qui lui recouvrait les cheveux. On aurait dit un de ces scientifiques effrayants dans *E.T. l'extraterrestre*.

— Euh… OK, fit Molly, hésitante.

Vince dégainait de son cabas toutes sortes de pots, de pinceaux et de chiffons et les alignait en rangées bien nettes sur le sol.

— Bon, je rentre me faire belle, dit-elle.

— Reste plutôt près de moi. Je vais tout t'expliquer, étape par étape. Comme ça, la prochaine fois, tu sauras comment t'y prendre.

Éric, le plus proche voisin de Frankie, avait plus de quatre-vingts ans. Ces derniers temps il peinait à promener Casanova, son vieux labrador, aussi les villageois se relayaient-ils pour le faire à sa place. Ce soir-là, c'était Frankie qui s'y collait.

Cela lui fournit l'occasion de régler un autre problème.

En chemin, elle longea la maison de Molly.

— Vous ressemblez à un de ces experts médico-légaux qu'on voit à la télé, dit-elle à Vince.

— Il m'apprend à traiter la rouille qui envahit ma carrosserie, lui expliqua Molly.

— Oh.

Frankie en resta sans voix.

Agenouillé le long de l'aile de la voiture, du côté conducteur, Vince leva les yeux :

— Et vous, Frankie ? Vous entretenez votre véhicule ?

— Euh... Je l'ai emmené au Lavomatic l'autre jour...

— J'espère que vous n'avez pas oublié de le cirer après.

Frankie inclina la tête.

— À vrai dire, si...

Pourquoi Molly, plantée derrière le jeune homme, lui faisait-elle les yeux ronds ?

— Ah, mais c'est capital ! Vous ne devriez pas négliger cette étape. Si Molly avait ciré sa voiture, elle n'en serait pas là à l'heure qu'il est. Mieux vaut prévenir que guérir.

— Ah. Bon, je le saurai pour la prochaine fois.

Elle comprenait à présent le signal que lui envoyait désespérément Molly. Elle l'enjoignait à fuir, sans demander son reste, pendant qu'il en était encore temps.

Par chance, Frankie était munie d'un chien qui avait besoin d'être promené. C'était le prétexte tout trouvé pour détaler. En outre, elle avait besoin d'éclaircir certains malentendus. Elle quitta le village et, le labrador sur les talons, s'engagea sur le sentier qui longeait la rivière. Des libellules dansaient à la surface de l'eau, renvoyant des éclats de lumière irisés en filant çà et là dans leur course heurtée. Frankie suivit le coude décrit par le cours d'eau et, au-delà, la caravane lui apparut, ainsi que Stefan, perché comme à son habitude en haut du marchepied.

Déguerpirait-il à son approche ?

Elle le saurait incessamment. Moins de vingt secondes plus tard, comme elle l'avait prévu, il se leva et se claquemura chez lui. Déjà, l'autre jour, alors qu'elle arrivait au magasin, dont il sortait justement, elle l'avait vu discrètement changer de cap pour l'éviter. Et, depuis peu, il contournait le parc pour gagner le village sans avoir à passer devant chez elle.

Frankie eut un pâle sourire. Le pauvre, il devait être terrorisé. Craignait-il qu'elle ne lui saute dessus en lui déclarant sa flamme ?

Parvenue à la caravane, elle toqua à la porte.

— Stefan ? Bonjour. Je peux te parler ? Ce ne sera pas long.

Il entrouvrit la porte, visiblement paniqué.

— Bonjour…

— Ne prends pas cette mine horrifiée. Écoute ce que j'ai à te dire.

Mieux valait cracher le morceau en une seule fois :

— Lois est à côté de la plaque, je ne m'intéresse pas à toi, mais alors, pas le moins du monde. Si c'était le cas, je serais incapable de t'en parler comme je le fais actuellement, je serais dans tous mes états. Alors arrête de me fuir comme la peste, tu veux ? Détends-toi. Tu n'as pas à m'éviter, je ne te cours pas après. Je sais que Lois se trompe rarement mais, cette fois, c'est le cas.

Silence.

Enfin, Stefan marmonna :

— C'est vrai que tu perdrais sans doute tes moyens si tu en pinçais pour moi.

Telle était la leçon que lui avait apprise Henry.

— Je sais, ça tombe sous le sens. Si tu me plaisais, je bredouillerais, je rougirais… Or, regarde-moi. (Elle ouvrit grands les bras.) Je suis parfaitement maîtresse de moi.

— C'est bon, je te crois. Ouf. Je suis bien soulagé. Sans vouloir t'offenser.

— Je t'en prie. Tu es bien trop vieux pour moi, sans vouloir t'offenser, non plus.

— Je l'avais bien dit à Lois.

Toute tension avait quitté ses traits. Dans son dos, la bouilloire se mit à siffler.

— Je me faisais du thé, tu en veux ?

— Avec plaisir.

Frankie jeta un coup d'œil à Casanova qui ronflait, pelotonné à ses pieds.

— Pauvre petit père, il a passé l'âge de ces histoires rocambolesques, commenta Stefan avec un doux sourire. Laisse-le dormir. Entre.

L'intérieur de la caravane constituait un véritable miracle de fonctionnalité et de modularité. À mi-chemin entre moderne et ancien, l'ensemble était d'une propreté immaculée. Le parquet ciré était recouvert de tapis tissés main, le poêle en fonte irradiait la pièce de sa chaleur, un velours écarlate tendait les banquettes. Aux fenêtres pendaient des rideaux aux couleurs de pierres précieuses, et des tableaux ornaient les murs. Le véhicule comprenait également une salle de bains, une chambre, une bibliothèque bien fournie et un coin atelier, avec table de travail et boîte à outils.

— Tiens, dit Stefan en tendant à Frankie une tasse de thé et une tranche de cake aux fruits confits.

Il s'assit en face d'elle.

— Alors ? Comment tu t'en sors, depuis le départ de Joe ?

Il ne tournait pas autour du pot. Frankie haussa les épaules.

— Ça va. Ça prend du temps, mais on s'habitue.

— En effet. C'est pour ça que tu as questionné ma fille à mon sujet ?

— Plus ou moins… C'est vrai que tu es seul depuis longtemps. Je me demandais comment tu le vivais.

Elle le scrutait, cherchant une réponse à la question qu'elle n'avait pas formulée, mais il demeurait impassible.

— Tu l'as dit toi-même, on s'habitue. La nouvelle donne devient la norme. Après la mort de ma femme, j'ai dû m'occuper de Lois. J'en ai fait ma priorité.

— Elle m'a dit qu'il y avait eu quelqu'un d'autre, des années plus tard. Quelqu'un que tu aimais d'un amour impossible. Cela a dû être déchirant…

Elle s'aventurait en terrain glissant mais c'était peut-être sa seule chance, il fallait la saisir. Frankie prit son courage à deux mains et se lança :

— Pourquoi ne pouviez-vous pas être ensemble ? Pardon si je suis indiscrète…

Stefan se concentra sur la porte ouverte ; un merle s'était posé sur le marchepied. Le vieux gitan lui jeta un morceau de cake et observa l'oiseau qui s'avança en sautillant, saisit la miette dans son bec et repartit à tire-d'aile. Doucement, sans regarder Frankie, il répondit :

— Ça aurait nui à sa carrière. Elle avait une réputation à protéger. Les gens s'intéressaient à sa vie privée. Ils se seraient attendus à mieux de sa part. Avec moi, elle se serait compromise. Elle méritait le meilleur. En gros, ça l'aurait desservie sur le plan professionnel.

Il secoua la tête et ajouta :

— Je n'aurais pas supporté ce genre de jugement. Je suis fier de qui je suis, même si je n'inspire pas toujours aux autres la même fierté. Je n'aurais pas toléré qu'on la tourne en dérision, qu'on la méprise de m'avoir choisi.

Frankie en restait sans voix. Ainsi, Lois disait vrai. Ce n'était pas parce que Hope n'appartenait pas aux gens du voyage qu'il l'avait répudiée. C'était pour protéger son image et sa carrière florissante.

Sauf qu'après la rupture, la carrière de Hope avait coulé corps et biens. Elle s'était retirée de la sphère publique et n'avait plus jamais accepté un seul rôle. Tant de sacrifices pour rien.

L'orgueil et les préjugés sévissaient toujours.

Frankie brûlait de confier à Stefan ce qu'elle savait, mais elle n'en fit rien. Elle avait donné sa parole à Hope. Il lui fallait l'honorer.

— Comment s'appelait-elle ? demanda-t-elle, tout en sachant qu'elle allait trop loin.

S'il se confiait à elle… Alors, cela changerait tout. Et Stefan se doutait peut-être qu'elle connaissait déjà la réponse à cette question. De fait, il dardait sur elle ses petits yeux inquisiteurs, rusés, sans rien laisser transparaître de ce qu'il se tramait dans sa tête.

Il eut un geste de dénégation à peine perceptible.

— C'est sans importance.

— Pas forcément…

— Chut. Je ne l'ai jamais dit à personne, pas même à ma propre fille. Qu'est-ce qui te fait croire que je te le dirais, à toi ?

Frankie n'insista pas. Une porte venait de se fermer, la conversation était terminée. Stefan n'avait qu'une parole et il emporterait son secret et celui de Hope dans la tombe.

— Je vois, dit Frankie en finissant son gâteau. Délicieux, ce cake. C'est toi qui l'as fait ?

Stefan esquissa un sourire en coin. Il vida sa tasse.

— Je travaille le bois, Frankie. Pas les fruits confits. Je l'ai acheté chez Marks & Spencer.

42

Molly n'avait qu'une hâte, que le dîner s'achève. Elle avait l'impression de vivre un cauchemar, comme si, coincée dans une salle d'examen, elle ne comprenait rien aux intitulés et n'avait rien révisé.

Bien sûr, Amanda et Dex n'étaient pas des examinateurs, ils ne se moquaient pas d'elle alors qu'elle séchait, mais son malaise persistait. En position de vulnérabilité, elle se réfugiait dans une attitude défensive.

Elle qui s'était fait une telle joie de présenter Vince à ses amis. Elle qui croyait avoir trouvé la perle rare.

Il ne servait à rien de se voiler la face. Vince était tatillon, pédant et doté d'un sens de l'humour défaillant. Et Dex et Amanda, bien que trop polis pour le relever, l'avaient certainement noté. Physiquement, Vince était parfait mais il ne brillait pas par sa personnalité. Bien qu'animé des meilleures intentions, il était ennuyeux. Voire soporifique. Chaque fois qu'il ouvrait la bouche, Molly se crispait, priait pour qu'il prononce une phrase éblouissante de spiritualité, surprenant ses convives et les forçant à réviser l'opinion qu'ils s'étaient forgée de lui.

Hélas, à moins de s'improviser ventriloque et de placer elle-même les mots dans la jolie bouche de son cavalier, Molly devrait se faire une raison.

Les plats, comme promis, furent divins. Loin d'atténuer le calvaire de Molly, cela ne fit que l'accentuer. Amanda en ressortait grandie, infiniment supérieure à elle. En entrée, elle avait concocté des coquilles Saint-Jacques légèrement poêlées, servies sur lit de lentilles vertes au vin rouge. Pour le plat de résistance, avec une éblouissante maîtrise, elle avait fait griller des steaks bien tendres, accompagnés de sauce au poivre, de pommes de terre sautées et de brocolis. Même ces derniers, mijotés dans du beurre et du citron, s'étaient avérés délicieux.

Et voici qu'elle leur servait des soufflés à la framboise et au Baileys. Un tout petit raté aurait suffi à remonter le moral de Molly mais non, tout était impeccable. Le mot « raté » ne faisait pas partie du vocabulaire d'Amanda. Elle était belle, taillée comme un mannequin, brillante et, de surcroît, elle possédait le don de réaliser des soufflés qui ne s'effondraient pas en fin de cuisson. Quelle injustice.

— Quel délice, commenta Molly.

Mentir eût été inutile.

Amanda pouffa :

— Merci. Dex m'a raconté tes mésaventures chocolatées…

Super. Merci, Dex. La semaine passée, Molly avait découvert une recette de gâteau à réaliser dans un mug, au micro-ondes. Elle avait invité Dex et Delphi, sûre de son coup, ils allaient se régaler. Sauf qu'elle avait dû manquer une étape, parce que le résultat avait ressemblé à du béton à prise rapide.

Dex, cela va sans dire, en avait profité pour copieusement se moquer d'elle.

— On a essayé de faire honneur à son dessert, véridique, disait-il à présent, hilare. Mais j'ai failli y laisser mes dents.

— Oh. Molly n'a pas encore cuisiné pour moi, dit Vince. Dois-je m'inquiéter ?

S'agissait-il d'une plaisanterie ? Impossible à dire.

— À propos, ajouta-t-il en se tournant vers elle, Muriel m'a demandé de tes nouvelles, hier. Elle serait ravie que tu lui rendes une petite visite, un de ces jours.

Il posa sa main sur celle de Molly et ajouta :

— Elle est ravie que nous nous entendions si bien et voudrait t'accueillir officiellement au sein de la famille.

Quoi ?

— Dites donc, ça devient sérieux, entre vous, observa Dex en haussant un sourcil.

Molly secouait la tête :

— Du calme, on n'est pas fiancés.

— Je sais, pardon, se reprit Vince.

Il pressa ses doigts entre les siens.

— Elle voudrait seulement te présenter aux cousins. Elle t'aime bien, tu sais. Moi aussi, d'ailleurs.

— Oh, comme c'est romantique, roucoula Amanda.

Molly piqua un fard.

Quelle calamité… Ce n'était pas romantique, c'était catastrophique. Autant Molly avait eu un vrai béguin pour Muriel, autant pour Vince… Or, on ne fréquente pas un homme pour la simple raison qu'on adore sa grand-mère.

— Il fait nuit, le ciel est dégagé, remarqua Vince en pointant par la fenêtre. Toujours féru d'astronomie, Dexter ?

— Tout à fait. Tu devrais t'y mettre, tu ne sais pas ce que tu rates.

Vince, qui avait manifesté peu d'enthousiasme pour ce passe-temps la dernière fois, répondit :

— Je ne crois pas que ce soit mon truc, pour ne rien te cacher. En revanche, si tu sors ton engin, je l'inspecterais bien de plus près.

Molly croisa le regard de Dex. Il réprimait un gloussement. Elle le défia en silence de relever l'ambiguïté du propos de Vince.

— Quoi ? demanda ce dernier, qui avait perçu la gêne ambiante mais n'y comprenait rien.

— Pardon, dit Dex. Je repensais au gâteau raté de Molly. Chaque fois, ça me fait rire.

Dix minutes plus tard, Molly revenait des toilettes ; dans la cuisine, elle trouva Dex en train de déboucher une bouteille de vin.

— Merci pour tout, c'était super. Mais on va y aller.

— Quoi ? Mais il n'est que onze heures.

— Je sais.

Dex reposa la bouteille et lui demanda à voix basse :

— Tout va bien ?

— Parfaitement.

Elle aurait été incapable de démêler les fils qui s'embrouillaient dans sa tête, surtout face à Dex.

— Je suis fatiguée, c'est tout.

— Vince et Amanda sont dans le jardin. J'ai montré mon « engin » à ton copain, il a été très impressionné, blagua Dex, les yeux pleins de malice.

— Ne te moque pas de lui.

— Ne te marie pas avec lui, riposta Dex.

Le temps se figea. Une émotion indéfinie flottait, palpable, entre eux. Puis la gorge de Molly se serra. Elle se faisait des idées. Dex était heureux avec Amanda, qui était une battante, pleine d'assurance et de talent. Ils étaient faits l'un pour l'autre, formaient un couple modèle. Dex voulait seulement la mettre en garde, parce qu'il sentait bien que Vince ne correspondait pas à ses critères, au cas où cela lui aurait échappé, à elle, la principale intéressée.

En un mot, sa tentative pour se dénicher un mec bien se soldait par un échec cuisant. Une fois de plus.

— Promets-le-moi, murmura Dex, le visage proche du sien.

— Allons, je t'en prie. Et d'abord, qu'est-ce qui te fait croire que j'ai envie de me marier ? Je le connais à peine. Et je ne suis pas désespérée au point de...

— Dites donc, vous deux, les héla Amanda depuis le perron. Vous en mettez du temps à ouvrir cette bouteille.

Elle s'avança et prit Molly par la manche.

— Viens donc nous tenir compagnie. Vince était justement en train de m'expliquer par le menu comment traiter les taches de rouille sur la carrosserie d'une voiture. Quel amour, il a vraiment bon fond.

Elle baissa la voix et ajouta avec emphase :

— Au fait, je ne t'ai pas vue au cabinet. Tu as tout ce qu'il te faut pour... tu sais quoi ?

Amanda, joignant le geste à la parole, désignait le bas-ventre de Molly.

— Pour quoi ? s'enquit Dex, éberlué. Molly, tu es malade ?

L'opinion de Molly était faite. Amanda méritait d'être rayée de l'Ordre des médecins.

— Mais non, dit gaiement cette dernière. On avait juste une petite conversation entre filles, sur certains sujets typiquement féminins, si tu vois ce que je veux dire.

Pour plus de clarté, elle enlaça Dex par la hanche et frotta sa cuisse contre la sienne d'une façon plus que suggestive.

— Oh, mais j'y pense, on n'a pas encore de photos de nous deux. Tu peux faire quelques portraits de moi et Dex ?

Elle brandit son portable, fit quelques réglages et le tendit à Molly.

Ils étaient si sexy, tous les deux, si bien assortis. Ils riaient, prenaient la pose sous les crépitements du flash.

— Ah, vous voilà. Je me demandais où vous étiez passés, dit Vince en les rejoignant dans la cuisine. Tu as un appareil à huit mégapixels ? Le mien en fait dix, je vais en prendre quelques-unes, moi aussi.

Quand le couple de l'année eut fini de poser, Amanda suggéra :

— À votre tour.

Vince se tenait raide comme un capitaine de navire, le bras crispé autour des épaules de Molly. Amanda les mitraillait.

— Allez, on se détend. On est là pour s'amuser !

— Mais on s'amuse, protesta Vince.

Quand Amanda lui rendit son téléphone, il inspecta le résultat et le montra à Molly.

— Je vais faire imprimer la plus réussie. On pourra l'encadrer et l'offrir à Muriel. Elle sera si contente.

Molly hocha la tête, sourit, et appela la mort de ses vœux. Sur les clichés, Vince et elle possédaient tout le sex-appeal de deux mannequins en plastique dans un grand magasin des années cinquante.

À quoi bon se leurrer ? Cette relation ne pouvait pas durer. Dès que le moment s'y prêterait, il lui faudrait rompre avec Vince.

43

Quelle belle propriété. Et c'était le bon nom sur la grille. Frankie était arrivée.

Frankie poussa le portillon et s'engagea dans l'allée de gravier qui sinuait entre les parterres de fleurs sauvages. Enhardie par les événements des mois passés, elle prenait davantage d'initiatives et de risques, désormais. Parvenue au dernier tournant, elle aperçut la villa. Pourvu qu'elle ne soit pas vide.

Car Frankie venait y trouver quelqu'un de bien particulier.

Il n'avait fallu qu'un peu moins de deux heures pour rallier cette minuscule vallée encaissée entre les collines de Blackdown, près de Honiton, dans le Devon. La villa n'aurait pas pu être mieux cachée. Ce qui expliquait sans doute pourquoi Hope avait choisi d'y séjourner. Elle logeait chez sa mère. Si tant est qu'elle y logeait encore. Cela faisait des semaines qu'elle avait envoyé la robe à Frankie, dans ce paquet expédié depuis cette adresse. Il se pouvait fort bien qu'elle ait entre-temps poursuivi son chemin.

La porte bleu pâle délavée ne comportait pas de sonnette. Frankie frappa.

Pas de réponse.

Pleine d'un sombre pressentiment, Frankie réessaya.

Enfin lui parvint le bruit de pas ainsi qu'une voix hésitante, derrière le battant.

— Qui est là ?

Miracle, c'était Hope.

— Bonjour, c'est Frankie Taylor, du café des Bruyères...

— Comment ? Que se passe-t-il ? Vous êtes seule ? la questionna Hope, abasourdie.

— Oui, je vous le promets. Ne vous alarmez pas, tout va bien.

Un bruit de chaînette. La porte s'entrebâilla de quelques centimètres.

— Vous êtes bien sûr qu'il n'est pas là ? demanda Hope en scrutant Frankie, puis l'allée.

— Je ne vous aurais jamais fait un coup pareil. Je n'ai rien dit. Ni à lui, ni à personne.

La porte se referma. On ôta la chaînette de sûreté. Puis Hope réapparut, rassérénée.

— En ce cas, je suis ravie de vous revoir. Mais en quoi puis-je vous être utile ?

— Je voulais vous dire quelque chose, alors je vous ai écrit une lettre... (Elle sortit de son sac à main une enveloppe à son adresse.) Mais j'ignorais si vous étiez encore dans les parages, et je ne voulais pas que mon courrier se perde ou bien échoue entre de mauvaises mains.

— Entrez.

Hope la guida jusqu'au balcon filant qui surplombait la vallée. Il s'y trouvait un banc de bois fané par le soleil, une table, une carafe de citronnade, un verre, un livre de poche, un chapeau de paille et un paquet de bonbons à la réglisse. Au fond du jardinet à flanc de coteau murmurait un ruisseau.

— Quelle vue ! s'émerveilla Frankie, la main en visière.

— N'est-ce pas ? Il m'arrive de rester ici des heures. Asseyez-vous.

Hope regonfla du plat de la main un assortiment éclectique de coussins.

— Je vais vous chercher un verre, mettez-vous à l'aise.

Quand elle fut de retour, Frankie lui tendit l'enveloppe et patienta pendant que Hope en lisait en silence le contenu.

Quand elle découvrit la raison pour laquelle Stefan avait mis un terme à sa relation avec celle qu'il aimait, des larmes perlèrent dans ses yeux, roulèrent sur son menton et s'écrasèrent sur son pantalon de lin. Elles y firent une tache humide.

Puis, elle se sécha les yeux du revers de la main et se peignit un frêle sourire.

— Merci. D'avoir découvert la vérité et de m'en avoir informée. Je n'en reviens pas qu'il ait fait ça pour moi, pour me protéger. Moi et ma carrière. Quelle perte de temps. Mais il était si fier… Si seulement il s'était rendu compte qu'à mes yeux, il valait mille fois mieux que n'importe quel rôle dans n'importe quel film ! Je me serais moquée du qu'en-dira-t-on. Stefan aurait dû le savoir. Les hommes sont aveugles, parfois…

— Et fiers, vous avez raison.

— Quel gâchis. Mais je suis contente de connaître le fin mot de l'histoire.

— Je ne lui ai pas parlé de vous, mais j'en mourais d'envie. Si seulement vous m'y autorisiez…

— Non.

Hope frémit et indiqua son visage.

— Je vous en ai déjà parlé. Il serait trop déçu.

— Sincèrement, je n'en crois pas un mot.

Comment faire comprendre à cette femme blessée, fragile, à cette ancienne splendeur que Stefan n'était pas superficiel ? Lorsqu'il créait meubles et objets à partir de simples morceaux de bois, c'était parce qu'il en devinait la beauté intérieure, la beauté cachée.

— En vous arrangeant un peu... dit Frankie.

Zut, elle manquait de délicatesse. Hope voulut la rassurer :

— Je sais ce que vous essayez de me dire. Mais ce n'est pas d'un peu de maquillage que j'ai besoin, c'est d'un nouveau visage. (Baissant les yeux, elle grimaça.) Et d'un nouveau corps.

Quelque temps plus tard, Frankie prit congé avec moult effusions, regagna le portail et attendit son chauffeur.

Comme Hope, qu'il n'avait pourtant jamais rencontrée, Henry avait radicalement transformé la façon dont Frankie menait sa vie.

Depuis quinze jours, il ne quittait pas ses pensées. Elle brûlait de le revoir. Mais seule une créature aux mœurs légères l'aurait rappelée la première, non ?

D'un autre côté, il était un peu tard pour jouer les vierges effarouchées.

Le bruit d'un moteur au loin lui tira un sourire. Si l'histoire de Hope et de Stefan lui avait appris une chose, c'était que la vie était brève et qu'il fallait parfois savoir prendre des risques. Deux jours plus tôt, elle avait envoyé un SMS à Henry pour lui proposer de se revoir. Il l'avait aussitôt appelée pour lui proposer de passer la nuit du samedi avec elle dans un hôtel du Devon. Tous frais payés, bien entendu.

Et, à son propre étonnement, Frankie avait accepté. Elle lui avait simplement demandé d'en profiter pour rendre une petite visite à une amie. Henry n'y voyait aucun inconvénient.

Sans lui, se serait-elle déplacée pour voir Hope ?

Sans Hope, aurait-elle trouvé en elle le courage de relancer Henry ?

Sans doute que non.

Or le voilà qui arrivait dans un nuage de poussière le long de la route brûlante, surgi de nulle part pour l'emmener dans le charmant hôtel de campagne de Honiton où leur chambre les attendait. La voiture ralentit, la vitre conducteur s'abaissa et le cœur de Frankie se gonfla comme un ballon. Henry ôta ses Ray-Ban et lui décocha un sourire éblouissant.

— Bonjour, belle inconnue. Cela vous dirait de passer la nuit sous un lit à baldaquin avec un grand brun ténébreux ?

— Ça dépend. C'est vous, le grand brun ?

— Absolument.

— Je préférais m'en assurer. En ce cas, je veux bien, merci.

Il la regardait avec des yeux qui la faisaient fondre.

— En voiture.

Lorsqu'elle se fut installée à ses côtés, il lui serra brièvement la main :

— Comment va ton amie ?

Frankie ne lui avait rien dit de Hope et, délicat, Henry ne lui avait pas demandé de détails.

— Très bien. Ça m'a fait plaisir de la revoir.

Frankie avait été frappée de constater que Stefan et Hope passaient tous deux les longues heures de leurs existences solitaires assis devant chez eux à contempler qui les fleurs sauvages, qui les saules pleureurs, qui les oiseaux, qui le coteau descendant en pente douce jusqu'au ruisseau… Ne seraient-ils pas plus heureux, la vue ne serait-elle pas plus belle s'ils l'admiraient ensemble ?

Mais Frankie avait fait de son mieux. Avec le temps, peut-être, ses conseils se décanteraient-ils et produiraient-ils sur Hope l'effet souhaité.

— Tant mieux, dit Henry.

La voiture sinuait le long de la route mouchetée de soleil. Les arbres en bordure de la chaussée formaient presque au-dessus d'eux une canopée.

— Je ne connaissais pas du tout le Devon, dit Henry. Cela me plaît beaucoup.

— C'est beau, n'est-ce pas ? approuva Frankie.

— Et toi, tu es belle, murmura-t-il en lui jetant un regard de côté.

Par la vitre ouverte, la brise plaquait des mèches sur les joues de Frankie. Les traits radoucis, Henry ajouta :

— Je ferais peut-être mieux de tenir ma langue, mais quelque chose me dit que nous allons passer un merveilleux week-end. Je suis ravi que tu m'aies contacté.

Et voilà. Un peu de courage, et le tour était joué. Il avait suffi de se jeter à l'eau. Frankie s'inclina contre l'appuie-tête et savoura le bien-être qui montait en elle.

— Et moi donc… renchérit-elle.

44

— Bababa… Papapa… Mamamama… Ppprrrrrrrttttt !

— Non, Delphi ! gronda Dex.

Delphi babillait dans sa chaise haute, ponctuant ses propos de grands coups de cuiller sur son petit plateau.

— Tatatagaaah !

Hilare, elle agitait ses mimines et projeta une cuillerée de porridge au bout de la table.

— Non ! répéta Dex.

Il lui confisqua la cuiller et lui fit les gros yeux, mais Delphi piailla de rire.

— Ce n'est pas drôle ! Je ne ris pas !

Pour toute réaction, Delphi enfourna ses doigts dans le bol de porridge et en tartina deux grosses poignées sur son T-shirt préféré, celui à l'effigie de Bob le bricoleur.

— *Non.*

Dex voulut saisir le bol mais Delphi fut plus rapide et d'un ample mouvement du torse, elle l'envoya valser à l'autre extrémité de la cuisine. Ce qui n'aurait pas été un drame en temps normal, mais la malchance avait voulu que Dex dilue trop le porridge, ce matin-là. Une bouillie beigeasse maculait désormais le plancher, la porte et jusqu'à la fenêtre.

— Hiiiiii ! glapit la petite dans un transport de joie.

Il n'y avait pas à tortiller, parfois, les bébés, c'était franchement la plaie. Dex sortit Delphi de sa chaise. Il la portait à bout de bras quand il glissa dans une mare de porridge et dérapa. Afin de ne pas lâcher sa précieuse cargaison, il la serra contre lui, souillant du même coup ses propres vêtements.

Malédiction.

Alors, Delphi lui porta le coup de grâce :

— Pfffrrrrttttt !

Elle venait de lui crachouiller du porridge baveux partout sur le visage. La journée démarrait sur les chapeaux de roues.

Le téléphone sonna et Dex fut tenté de ne pas décrocher. Puis il vit s'afficher un nom familier, celui de Phyllis, la gentille voisine de Laura, à Londres, qui l'avait si chaudement recommandé lorsqu'il avait déposé son dossier pour devenir le tuteur légal de Delphi.

Pourquoi avait-il entrepris cette démarche, déjà ? Il se le demandait presque, en cet instant. Dire que dans un univers parallèle, il menait toujours son ancienne vie d'insouciance, sans bébé, et surtout sans porridge…

Tout en maintenant le téléphone à bonne distance de la petite engluée de bouillie, il appuya sur « décrocher » et répondit :

— Bonjour Phyllis. Vous allez bien ?

— Ça, alors, comment avez-vous deviné que c'était moi ?

Phyllis ne s'était jamais faite aux évolutions technologiques du vingt et unième siècle.

— Pourrais-je parler à Dexter, je vous prie ?

— C'est moi, Phyllis. Votre nom s'affiche à l'écran quand vous m'appelez.

— Pas possible ? C'est de la sorcellerie ! s'ébahit Phyllis.

Puis elle baissa la voix et chuchota :

— Dites, un ami de Laura est passé, il voudrait vous parler. Il n'était pas au courant qu'elle nous avait quittés, le pauvre. Il est dans tous ses états.

À Cheltenham, Molly se réapprovisionnait en fournitures pour arts plastiques lorsqu'elle reçut ce SMS de Dex :

« Il faut que je te voie. C'est urgent. Peux-tu passer dès que tu seras de retour ? »

Elle lui répondit immédiatement.

« Suis à Cheltenham, serai de retour vers 15 h, ça ira ? Que se passe-t-il ? »

La réponse ne tarda pas :

« Je te raconterai. Dépêche-toi stp. Bisou. »

Était-ce en raison de son « stp » ? Ou de son insignifiant « bisou » ? Toujours est-il que le cœur de Molly se serra. Pourvu qu'il ne s'apprête pas à lui annoncer la grossesse imprévue d'Amanda et ses fiançailles avec elle.

Quoique, après son sketch sur la contraception, ce serait ironique.

Molly gagna les caisses. La caissière scanna ses articles, stylos spéciaux, crayons, gommes, carnets à dessin... Elle avait prévu de s'acheter ensuite quelques vêtements, mais le message de Dex avait piqué sa curiosité. Mieux valait rentrer directement.

Un frisson lui courut dans le dos. En fait, elle rirait jaune si vraiment Amanda était enceinte. Ce serait l'horreur.

Serais-tu jalouse ? lui souffla une petite voix.

Pff. Molly balaya cette insidieuse pensée, inséra sa carte bleue dans le lecteur et composa son code secret.

Chaque chose en son temps. D'abord, découvrir ce que Dex lui voulait.

Il l'attendait dans l'allée, en jean et en polo, la petite dans les bras. Depuis sa voiture, Molly remarqua son anxiété. Il avait les muscles noués et l'air préoccupé. Elle descendit de voiture.

— Merci d'avoir fait si vite, lui dit Dex, les yeux plus sombres que jamais.

— Que se passe-t-il ? Elle est malade ?

— Non. Ce n'est pas ça.

Il conduisit Molly à l'intérieur et se mit à faire les cent pas dans le salon en respirant profondément, comme s'il cherchait par où commencer. Delphi, pendant ce temps, ronflait doucement.

— Pourquoi est-ce que tu ne la couches pas ? Elle dort profondément, remarqua Molly.

Mais Dex refusa :

— Non, je n'en ai pas envie.

Il se cramponnait à elle comme à une bouée.

Molly se rendit compte qu'elle s'enfonçait les ongles dans les paumes. La nervosité de Dex la contaminait.

— Phyllis m'a appelé ce matin. Tu sais, la voisine de Laura, à Islington…

— Oui, tu m'as parlé d'elle. Celle qui a plus de quatre-vingts ans et qui te faisait des gâteaux quand tu étais petit.

— Tout juste.

Dex inclina la tête pour sentir contre sa joue les cheveux duveteux de Delphi.

— Bref. Un certain Matt s'est pointé chez elle ce matin. Il avait d'abord sonné chez Laura et les nouveaux proprios l'ont envoyé chez Phyllis. Il cherchait ma sœur. Il n'était pas au courant.

— Le pauvre, ça a dû lui faire un sacré choc.

Vu l'état de Dex, Molly devinait de quoi il retournait.

— Tu m'étonnes, reprit-il. Mais ce n'était rien comparé à ce qui l'attendait. Phyllis lui a parlé de Delphi.

Apparemment, le mec est tombé des nues. Il ignorait que Laura avait eu un enfant.

Seigneur.

— C'est lui ? demanda Molly, la bouche sèche. C'est le père de Delphi ?

Dex haussa les épaules et reprit ses allées et venues. Dans sa mâchoire, un muscle tressauta.

— Je n'en sais rien, mais c'est possible. Il veut la voir. Je l'ai eu au téléphone. Il va passer dans l'après-midi pour la rencontrer. Rien que d'y penser, j'en ai la nausée. C'est ma fille, maintenant. L'idée qu'on me la prenne m'est insupportable.

Sa voix se brisa. Que lui dire ?

— Rien ne dit qu'il en a l'intention, murmura Molly. En général, les hommes ne se bousculent pas au portillon pour devenir père célibataire.

Dex secoua la tête :

— Dans ce cas, il se serait tiré sans demander son reste en apprenant l'existence de la petite. Lui, il a arraché mon adresse à Phyllis et bondi au volant de sa voiture pour venir la voir. Il a une idée derrière la tête, j'en suis sûr.

— La curiosité, c'est une chose. C'en est une autre que d'adopter un bébé. C'est un bouleversement majeur. Peu d'hommes se montreraient à la hauteur.

Dex ferma brièvement les yeux.

— Mais si ce Matt décide de tenter l'expérience ? D'accord, statistiquement, c'est peu probable, mais on ne sait jamais.

— Tu as appelé les services sociaux ? Tu leur as demandé la marche à suivre ?

— Non, dit-il sans cesser de secouer la tête. Je ne veux pas les mêler à ça. Qui sait de quel côté ils se rangeraient ?

Logique imparable. Autant fuir le médecin de peur du diagnostic lorsqu'on présente des symptômes bizarres. D'un autre côté, les assistantes sociales de Dex avaient beau être adorables, elles argueraient sûrement que Delphi avait le droit de rencontrer son père biologique. Et si ce dernier exigeait la garde de son propre bébé, qui pourrait la lui refuser ?

— Pourquoi est-ce qu'il se réveille précisément aujourd'hui ? demanda Molly. Après tout ce temps ?

Le muscle dans la mâchoire de Dex palpitait comme un métronome.

— Il était en Australie. C'est là qu'il vit.

En Australie ? S'il obtenait la garde de Delphi, il l'emporterait au bout du monde.

— Tu en as parlé à Amanda ?

Leurs regards se croisèrent et un étrange courant passa entre eux. Amanda, comme les assistantes sociales, appartenait aux canaux officiels.

— Non, articula lentement Dex. Seulement à toi.

Matt l'Australien devait arriver à dix-sept heures et Dex en avait l'estomac en vrac.

À quinze heures, les plans d'action possibles étaient au nombre de deux. Quitter les Bruyères et se terrer dans une planque quelque part pendant plusieurs mois, ou éliminer l'importun, l'enterrer discrètement au fond du jardin, bétonner le tout et en faire un patio.

À quinze heures trente, Dex conçut une troisième idée. Les assistantes sociales ne l'auraient certainement pas approuvée, mais il ne comptait pas leur demander leur avis.

Avec de tels enjeux, il était prêt à tout.

— Hello ! les salua Tina, radieuse. Entrez, désolée pour le foutoir, je viens de récupérer les enfants à l'école… Hep, vous deux ! On arrête de se bagarrer ! Il y a assez de gâteaux pour tout le monde.

Dex et Molly s'engouffrèrent dans sa maison. Tina habitait le village voisin et rien n'entamait jamais sa bonne humeur, bien qu'elle eût sept enfants dont le volume sonore seul eût poussé une femme plus fragile à se tourner vers la boisson. Dex l'aimait bien.

— J'ai un service à te demander. J'attends mon assistante sociale pour un contrôle de routine. Elle aimerait voir comment Delphi interagit avec les autres enfants. Je pourrais t'emprunter George ?

— Avec plaisir ! Prends-en autant que tu veux !

Tina enjamba quelques bambins de six à huit ans qui jouaient avec le chien, affalés par terre, tout en regardant la télé. Elle ramassa le petit George.

— Dis, mon grand, ça te dit d'aller jouer chez ta copine Delphi ?

Avec un calme olympien, George posa sur sa mère ses grands yeux pâles bordés de cils blonds. C'était un enfant calme et serein. Tant qu'il avait de quoi manger, rien n'entamait sa placidité. Il n'avait qu'une semaine de moins que Delphi mais, tandis qu'elle ressemblait déjà à une vraie petite fille, avec ses yeux sombres, George était chauve et potelé comme un bébé hippopotame.

— Hiiiiiiiii ! couina Delphi, ravie, en empoignant une de ses oreilles en guise de salutation.

— Merci, dit Molly en cueillant le garçon des bras de Tina. Ne t'en fais pas, on en prendra bien soin. On te le ramène pour sept heures, ça ira ?

— Parfait !

Elle envoya un baiser à son fils et lui fit un petit signe de la main.

— À tout à l'heure, mon poussin ! Amuse-toi bien !

Molly recula d'un pas pour admirer son œuvre.

— Pauvre George. Il n'a pas l'air content.

— Pardon de t'infliger ça, mon grand, dit Dex. Mais c'est un cas de force majeure.

Depuis le canapé, George leur lança un regard noir. La robe à smocks rose que Delphi ne remplissait pas encore tout à fait le serrait. Il arborait des socquettes blanches à froufrous et ses cheveux blonds avaient été noués en palmier sur le sommet de son crâne au moyen d'un chouchou fuchsia. Une seconde plus tard, comme s'il acceptait son destin, George se fendit d'un sourire résigné et se pencha avec intérêt sur la dentelle blanche qui ourlait sa robe.

— C'est très bien, mon poussin. Je veux dire, ma poussinette, se reprit Dex.

Molly soupira :

— S'il se travestit une fois adulte, on saura pourquoi.

45

Molly était partie en emportant Delphi. Dex se posta à sa fenêtre, guettant l'arrivée de Matt. George, après avoir dévoré quelques biscuits et regardé un épisode des *Teletubbies*, s'était endormi sur son pouf. Il y avait peu de chances pour que Matt exige un test ADN. Et, au pire, il n'y aurait qu'à emprunter de nouveau le petit George. C'était la seule solution.

Solution illégale, certes, immorale, inqualifiable, mais, mis au pied du mur, Dex y recourrait sans hésiter. Il ferait n'importe quoi pour qu'on ne lui prenne pas sa fille.

Pour qu'on ne l'embarque pas en Australie.

À cinq heures moins dix, une voiture se gara non loin de la maison. Un type d'environ un mètre quatre-vingt-cinq en émergea. Il avait les épaules carrées et portait un T-shirt tout simple et un jean. Il n'était ni beau, ni laid et avait une bonne tête. Châtain, la peau pâle, des taches de rousseur… Aucun point commun avec Delphi. Qui, de toute façon, tenait de sa mère ses cheveux d'un noir de jais et ses yeux sombres. La petite était une Yates, ça ne faisait pas un pli.

Dex se prépara psychologiquement à l'affrontement. Il n'avait rien à craindre, il mentait comme personne. Des douzaines de filles en avaient fait les frais. Bien sûr, les enjeux n'avaient jamais été tels…

Et voilà, plus moyen de reculer.

— Dexter, bonjour. Merci de me recevoir, dit Matt en lui serrant la main. Je n'en reviens pas. Quelle tragédie. Laura… Je suis littéralement tombé des nues. Et quand Phyllis m'a appris qu'il y avait un bébé…

— Je sais. Entrez.

George ronflait paisiblement dans le salon. Dex mena Matt à la cuisine et alluma la cafetière.

— Quand êtes-vous parti pour l'Australie ?

— Il y a un peu moins de deux ans. J'avais un élevage de bétail dans l'outback, dans le Queensland… Je ne suis pas très doué pour garder le contact… Mais si j'avais su qu'elle était enceinte. Bon sang, si je m'étais douté…

— Si Laura avait voulu vous en informer, elle aurait trouvé un moyen. Elle était ravie de devenir maman. C'était son vœu le plus cher. Et c'était une maman en or. Delphi se porte comme un charme. Je suis son tuteur légal et j'en suis gaga. D'ailleurs, la procédure d'adoption est en cours. Elle m'appelle déjà « papa », pour elle, son père, c'est moi.

— Oui, oui… Je peux la voir ?

Matt le regardait bizarrement. Fou de panique, Dex brûlait les étapes, parlait trop.

— Bien sûr, dit-il. Elle dort, suivez-moi.

La porte s'ouvrit et George entrouvrit ses yeux clairs. Il ressemblait plus que jamais à un petit hippopotame déguisé en fillette. Muet, la main sur la bouche, Matt le regardait.

— Delphi, gazouilla Dex. Par ici, ma belle. Viens voir papa.

Parler ainsi à George lui fit un drôle d'effet. Il se pencha et le prit dans ses bras.

— Là, tu es gentille. Regarde qui est là.

Un filet de bave pendait de la lèvre inférieure du bébé ; Dex n'y toucha pas. Toute salive autre que celle de Delphi le dégoûtait.

— La voilà, dit-il en se retournant face à Matt.

George cligna des yeux, leva sur l'inconnu un regard médusé, et bava de plus belle.

Matt lui rendit son regard. Le fil de salive s'étirait toujours davantage, comme un élastique.

Dex retenait son souffle.

— Qu'est-ce que c'est que cette mascarade ? demanda enfin Matt. Ce bébé n'est pas Delphi.

— Comment ?

— Ce n'est pas Delphi, répéta Matt en secouant la tête.

— Bien sûr que si !

— Vous me prenez pour un imbécile ?

Il dégaina son portable, appuya sur quelques boutons et en montra l'écran à Dex.

Malédiction. Sur la photo, prise quelques semaines avant la mort de Laura sans doute, Phyllis, sur son beau canapé bleu ciel, portait fièrement Delphi sur ses genoux.

Delphi, avec ses beaux traits fins, ses yeux pétillants, ses pommettes ciselées et son irrésistible sourire. Et ses cheveux noirs.

Manifestement, Phyllis, toujours prête à rendre service, avait montré le cliché à Matt, qui l'avait à son tour immortalisé.

Dex en avait des haut-le-cœur. Son plan tombait à l'eau. Et maintenant, qu'allait-il se passer ?

— Qui est-ce ? demanda Matt en désignant George.

— Le fils d'une amie.

— Parce qu'en plus, c'est un garçon ? s'emporta Matt. Et Delphi, où est-elle ?

— Chez... Chez la voisine.

— Pourquoi ce subterfuge ?

— Parce que je tiens à ma nièce comme à la prunelle de mes yeux. J'ai paniqué. Je n'ai pas supporté l'idée que vous puissiez me la prendre. L'idée de la perdre…

Sa gorge se noua.

— J'étais désespéré. Aussi ai-je pris des mesures… désespérées.

Matt hochait la tête, pensif.

— Je vois. Oui, je comprends. Mais j'aimerais voir la vraie Delphi, maintenant, si cela ne vous fait rien.

Dex s'apprêtait à le conduire chez Molly quand l'autre précisa :

— Au fait, si vous me prenez pour son père, rassurez-vous. Ce n'est pas le cas.

Molly et Delphi construisaient une tour de cubes quand on sonna à la porte. Encore, et encore, et encore.

Folle de frayeur, Molly bondit et ouvrit à la volée la porte d'entrée. Elle n'avait jamais vu Dex aussi joyeux. Sans perdre de temps, il lui débita son topo :

— On est sauvés, tout va bien, il n'est pas le père !

— Hourra ! hurla-t-elle de soulagement.

Elle lui aurait percé les tympans si Dex ne l'avait pas prise dans ses bras, étouffant le son de sa voix. Ils restèrent un moment enlacés, et Molly sentit toute la peur qui s'était accumulée en elle se dissiper comme par enchantement. Puis, elle se dégagea, le regarda, et tous deux éclatèrent de rire.

— On s'est inquiétés pour rien, dit-elle. Personne ne va te prendre Delphi.

Elle s'était rattrapée à temps, mais avait bien failli dire « nous » à la place de « te ».

— Je sais. Je suis si soulagé…

Il en secouait la tête, complètement sonné. Et il la reprit dans ses bras. L'émotion le laissait sans voix. L'instant d'après, ils s'embrassaient. C'était la sensation la plus naturelle du monde. Sa bouche sur celle de Molly…

— Papapa !

Delphi avait traversé le salon en rampant et se hissait à présent en position verticale à l'aide du pantalon de Molly. Elle tira avec insistance sur un pan de sa chemise afin qu'on la portât. Elle voulait participer aux réjouissances.

— Papapapapaaa.

Et elle tombait à pic, puisque ce baiser était une très mauvaise idée. Molly la souleva de terre, l'embrassa sur la joue et la tendit à Dex, qui en fit de même.

— Ma chérie !

Les yeux embués, il la contempla. Et fut gratifié en retour d'un coup de poing dans l'oreille.

— Aïe !

— Bladada.

Comme pour s'excuser, Delphi tendit son petit bras et lui caressa tendrement la joue.

— Moi aussi, je t'aime, lui murmura Dex, avant de se ressaisir. Allez, on y va. Matt nous attend. Je lui ai confié la petite Georgette, et j'ignore lequel des deux est le plus terrifié…

— Oui, elle lui ressemble. C'est fou. C'est Laura tout craché.

Matt tendit l'index, Delphi l'attrapa.

— Ces yeux… Elle vous ressemble, à vous aussi, dit-il à Dex.

Dans un coin du salon, Molly rhabillait George en petit garçon. Docile, il se laissait faire sans protester. Elle se gardait bien de se mêler de la conversation.

Dex racontait à Matt les détails sinistres de la mort de Laura.

Ensuite, ce fut au tour de Matt d'expliquer la relation qu'il entretenait avec elle.

— Nous avons travaillé ensemble il y a des années et sommes restés très proches. Grâce à Laura. Moi, je vous l'ai dit, je ne suis pas doué pour maintenir le contact, précisa-t-il avec une moue contrite. Chaque fois que nous nous retrouvions, c'était comme si l'on s'était quittés la veille. Laura était une fille épatante. On s'entendait bien, on aimait bavarder ensemble. Mais ce n'était jamais allé plus loin.

Un silence.

— Puis, il y a quelques années, Laura m'a parlé de son désir d'enfant. Avec les hommes, elle n'avait pas de chance. Elle m'a demandé de l'aider.

Dex s'était glacé.

— De l'aider… comment ?

— Je ne vais pas vous faire un dessin. Laura n'avait besoin que d'un père biologique. Elle voulait un enfant, pas un père pour l'élever à ses côtés. J'ai accepté.

— C'était quand, ça ?

— Il y a quatre ans. On a fait quelques tentatives, mais cela n'a rien donné. Pauvre Laura, elle était si déçue. Elle avait tellement envie d'un bébé… Puis on m'a offert du boulot en Alaska, et je suis parti. J'y suis resté un an. Quand je suis revenu, on s'est revus, elle et moi, mais on n'a pas… Disons que je sortais avec quelqu'un, à l'époque, alors vous voyez… Bref, peu après, je suis parti pour l'Australie. Quand on sillonne le globe comme moi, on perd vite de vue les amis. Ils poursuivent le cours de leur vie, ils sont occupés, on l'est soi-même. En plus, j'ai perdu mon téléphone, et tout mon répertoire avec.

Il s'absorba dans ses pensées.

— Je me disais que je finirais bien par la retrouver tôt ou tard. Je suis arrivé la semaine dernière et j'ai voulu la revoir. J'avais perdu son numéro, mais pas son adresse, j'y suis donc allé à l'improviste, à tout hasard. Mais c'est un ado qui m'a ouvert, il parlait à peine anglais. J'ai pensé que Laura avait déménagé. Comme je la savais proche de sa voisine, je suis allé lui demander sa nouvelle adresse…

Il se tut abruptement, ferma les yeux, soupira tristement.

— Elle m'a tout raconté. Je n'arrivais pas à y croire. D'ailleurs, dit-il en se frottant le front, je n'y arrive toujours pas. Laura était formidable.

— Oui, dit Dex. Je sais.

— Quand Phyllis m'a appris l'existence de Delphi, je suis tombé de l'armoire. En un sens, je me réjouissais, Laura avait enfin eu ce bébé dont elle rêvait. Mais elle était morte, laissant sa fille orpheline de mère… D'ailleurs, puisque vous m'avez pris pour le père, j'en déduis que vous ne savez pas qui c'est ?

Il venait seulement d'y penser.

— En effet, lui répondit Dex. Laura parlait d'une aventure sans lendemain. De toute façon, c'est sans importance, parce que je m'apprête à adopter Delphi, décréta Dex d'un ton sans réplique. Pour le moment, je suis son oncle, mais bientôt, je serai son père.

— Incroyable. Pour ne rien vous cacher, ça aussi, ça m'a drôlement surpris. Quand Phyllis m'a appris qui s'occupait de l'enfant…

— Que voulez-vous dire ?

— Eh bien… Je sais que nous ne nous étions jamais rencontrés, mais Laura parlait souvent de vous. Et, sans vouloir vous vexer, je ne vous voyais pas en papa.

Il affichait une moue navrée.

Molly suivait la scène de loin. Comment Dex allait-il prendre ce sous-entendu peu élogieux ?

Delphi essayait de lui retirer sa montre. Il en souleva le fermoir et la lui passa autour de la cheville car c'était à cet endroit précis de son anatomie qu'elle affectionnait de porter des milliers de livres sterling d'horlogerie suisse, ces derniers temps.

— Bah, fit-il. C'est vrai qu'à l'époque, j'étais un sacré… coquin.

Il surveillait son langage. Delphi commençait à répéter tout ce qu'elle entendait, il fallait faire attention.

— Je ne me serais jamais cru capable d'élever la petite, reprit-il. La première fois que j'ai réellement parlé à Molly, c'était juste après la mort de Laura.

Il regarda Molly. À l'évocation de ce souvenir pénible, une boule se formait dans sa gorge.

— Ce soir-là, je lui ai dit que jamais au grand jamais je ne serais capable de m'occuper d'un bébé.

Il se tut, soutenant son regard. Mille émotions intenses défilaient dans ses yeux.

— C'est elle qui m'a donné confiance en moi.

— Et je ne m'étais pas trompée sur ton compte, murmura Molly.

Surtout, ne pas pleurer.

— Au final, je m'en sors. Plus exactement, je m'en sors pas trop mal, un jour à la fois, dit Dex. Il y a du progrès. Je n'aurais jamais cru cela possible. Delphi a changé ma vie. Je ne me doutais pas qu'on puisse éprouver de tels sentiments pour un petit être même pas doué de parole. Je l'aime plus que tout au monde. Désolé pour ma tirade gnangnan. Je suis beaucoup moins mièvre, normalement.

Il se pencha, attrapa le peton de Delphi et l'agita pour faire tinter la grosse Breitling qu'elle portait en bracelet.

— C'est que j'en suis fou, vous comprenez…

— Est-ce qu'elle vous a rendu meilleur ? demanda Matt.

Dex haussa les épaules.

— Je l'ignore. Je l'espère.

Matt se tourna vers Molly :

— À votre avis ?

— Je dirais que oui.

— Voilà qui aurait fait plaisir à Laura.

Dex hocha la tête.

— En effet. Elle m'avait d'ailleurs désigné pour être le tuteur de Delphi.

Il sourit, déposa un baiser sur ses boucles brunes emmêlées, et conclut :

— Comme quoi, ma grande sœur savait vraiment tout mieux que tout le monde…

Molly laissa Matt et Dex à leurs souvenirs de Laura et ramena George à sa mère.

— Tu ne lui diras rien, pour la robe, hein ? glissa-t-elle au poupon en traversant le parc.

Tina les accueillit à la porte.

— Le fils prodigue est de retour !

Elle prit son petit des bras de Molly et le dévora de baisers.

— Il a été sage ? s'enquit-elle.

— Comme une image.

— Je le reconnais bien là. Et l'évaluation, ça s'est passé comment ?

— Très bien. Touchons du bois, mais normalement elle devrait être positive.

Un petit mensonge n'avait jamais tué personne.

— Tant mieux ! se réjouit Tina. Dex le mérite. Justement, on parlait de lui avec les autres mamans, l'autre jour, en attendant la sortie des classes.

— Ah ?

Molly sourit en visualisant la scène. Pas étonnant que Dex alimente les conversations des mamans des

Bruyères, ce n'était pas tous les jours qu'elles accueillaient parmi leurs rangs un père célibataire aussi glamour.

— Oui, on se disait que sa vie ressemblait à un film hollywoodien. L'incorrigible noceur tourne le dos à la métropole pour élever un bébé au milieu de nulle part. Au début, il s'y prend comme un manche, et il fait tout de travers, mais, peu à peu, il progresse, et il finit par se caser avec la nana qui le soutient depuis le début.

Les yeux de Tina pétillaient.

— Ah, oui, je vois le genre… bredouilla Molly.

Flûte, elle rougissait. Toutes les mamans du quartier comméraient donc sur la nature de ses relations avec Dex.

— Évidemment, continuait Tina, il y a des obstacles à surmonter. C'est ce qui fait le suspense du film. Mais tout le village sait qu'ils sont faits l'un pour l'autre et croise les doigts pour eux. À la fin, il y a un coup de théâtre ultra romanesque et c'est là qu'ils comprennent qu'ils s'aiment pour de vrai, et c'est le happy end.

Molly repensa au baiser qu'elle avait échangé avec Dex un peu plus tôt. Mais Tina poursuivait en battant des mains :

— Et Dex le citadin vécut heureux jusqu'à la fin de ses jours avec la belle Amanda, médecin du village.

Molly vit la voiture de Matt quitter l'allée peu après huit heures ce soir-là. Quelques instants plus tard, on sonna à sa porte.

— Pourquoi est-ce que tu n'es pas revenue ? s'étonna Dex en s'engageant à sa suite dans le salon.

— Tu n'avais plus besoin de moi.

Molly se rassit derrière son pupitre à dessin et décapsula son stylo.

— En plus, j'ai du boulot en retard. Et puis, la crise est finie. Je suis ravie que tout se soit arrangé. Matt a l'air sympa.

— En effet. Nous avons beaucoup parlé de Laura. Entre autres choses. Il voudrait rester en contact avec nous, et être pour Delphi une sorte d'oncle d'Amérique, enfin, d'Australie. Tu sais, le genre qui passe à la maison une fois tous les deux ans, les bras chargés de cadeaux improbables.

Silence.

— Écoute, je viens de coucher Delphi, tu ne veux pas passer à la maison ? On pourrait trinquer à la non-paternité de Matt et au fait qu'il ne nous ait pas pris Delphi.

« Nous ». Ce n'était qu'une façon de parler mais, pour Molly, ce fut comme un coup de poignard en plein cœur. Elle secoua la tête, concentrée sur son croquis. Il représentait Boogie sur une planche de surf.

— Il faut que je boucle cette planche. J'ai des échéances.

— Oh. D'accord.

Une gêne s'installa. Consciente qu'il la fixait, Molly gardait les yeux rivés sur sa feuille.

— Tu peux en parler à Amanda, maintenant. Mais évite de mentionner l'opération Troc de Bébé.

— OK. Bon, je ne peux pas laisser Delphi toute seule, dit-il en regagnant la porte. Merci pour ton aide pendant l'« opération ».

— Je t'en prie.

Molly hachura soigneusement le dessous de la planche de surf.

La porte se referma sur Dex. La gorge de Molly se serra. Elle avait la chair de poule et devait lutter pour ne pas fondre en larmes.

Bon sang, quelle idiote, se morigéna-t-elle, honteuse.

Une heure plus tard, un véhicule se gara dans la rue et Amanda en jaillit. Ses cheveux courts brillaient, une robe turquoise sans manches soulignait sa silhouette parfaite qu'allongeaient encore des escarpins assortis. Levant les yeux, elle aperçut Molly qui l'épiait depuis sa chambre. Elle lui adressa un petit signe de la main avec un sourire insolent et satisfait, presque triomphal.

Non, mais quelle bêcheuse.

Molly frémit. Avait-elle vraiment pensé cela ? Elle s'aigrissait. Ce qu'elle avait appris au sujet de sa rivale l'après-midi même aurait dû la rendre plus charitable.

Si seulement Tina ne lui avait rien dit.

C'était là le problème des ragots. Une fois qu'on savait, on ne pouvait plus faire machine arrière.

Quand Molly reçut un appel entrant de Vince, à neuf heures et demie, elle fut tentée de ne pas décrocher. Leur relation ne menait nulle part. Vince était quelqu'un de bien, mais cela ne suffisait pas. Il serait plus correct de mettre un terme à leur histoire sans tarder.

Il fallait donc décrocher.

— Vince, salut. Écoute…

— Bonjour, jeune fille, c'est Muriel. Je suis avec Vince. Vous vous souvenez de notre conversation à propos de *Mamma Mia* ? Vous aviez tenté de vous procurer des places mais c'était complet ? Eh bien, il semble que de nouveaux billets ont été mis en vente. Vince consulte le site Internet à l'heure où je vous parle et il reste une loge pour la représentation de jeudi, à Bristol. Seulement, le temps file, il faut que nous réservions au plus vite… Alors, qu'en dites-vous ?

— Euh…

Zut, elle mourait d'envie de voir ce spectacle.

— Il reste trente-sept secondes au chronomètre, commenta Muriel. Trente-six... Allons dites oui, Molly, ce sera follement divertissant ! Trente-trois...

— D'accord, je viens, bafouilla Molly, achevant de fouler au pied sa moralité.

— Vrai ? Que je suis contente ! Nous allons nous amuser comme des petits fous !

La vieille dame jubilait. Peut-être Molly n'avait-elle pas si mal agi, tout compte fait.

— Tu entends ça, Vince ? Elle a dit oui ! piailla Muriel, tout excitée. Eh bien vas-y, qu'est-ce que tu attends ? Réserve les billets !

46

Vince ressemblait à tout sauf à un poisson dans l'eau. On aurait dit un poisson en plein désert de Gobi.

Ou du moins dans une version bruyante et bondée du désert en question. L'Hippodrome de Bristol était comble et le public en liesse. Tout le monde dansait et chantait, debout, les mains en l'air, battant la mesure avec le pied. Muriel, installée du côté de l'allée, exultait, et sa joie irradiait Molly, assise à ses côtés.

On ne pouvait en dire autant de Vince. À la droite de Molly, il faisait de son mieux pour participer et échouait lamentablement. Son malaise était palpable. Manifestement, se dandiner était pour lui une expérience mortifiante. Il était purement et simplement incapable de se détendre, de surmonter ses inhibitions et de s'amuser.

Pourtant, sans le connaître, on l'aurait pris pour un excellent danseur. Hélas, les apparences étaient trompeuses. Tout le monde n'a pas le rythme dans la peau.

— Fabuleux ! lâcha Muriel quand ils furent de retour dans sa fastueuse demeure avec vue sur les Downs. N'êtes-vous pas de mon avis ?

— Oh, si ! lui répondit Molly, émerveillée. Merci de m'avoir invitée.

— Ma chérie, merci de nous avoir honorés de votre présence.

Vince s'absenta un instant pour répondre à un appel urgent et Muriel en profita pour se pencher sur la table de la cuisine et, baissant la voix :

— Je crains que ce cher Vince ne partage pas notre enthousiasme, susurra-t-elle.

Molly fit la grimace :

— J'avais remarqué.

— Mais c'était gentil de sa part de nous accompagner, n'est-ce pas ? C'est tout Vince, ça. Il est si attentionné, si généreux... Je vous sers ?

Muriel avait dégainé de sa poche une flasque de brandy et en avait versé une copieuse rasade dans son café.

— Non, merci, je conduis.

— Vous ne passez pas la nuit chez Vince ? s'étonna Muriel, désignant du menton la direction de l'appartement de son petit-fils. Vous savez, insista-t-elle, comme petit copain, on ne fait pas mieux. Il est si gentil, si prévenant...

Elle ressemblait de plus en plus à une marchande de tapis.

— En plus, ajouta-t-elle encore, il ne vous trahira jamais. Vince ne mange pas de ce pain-là.

Dans la cuisine, la tension montait. Elles le sentaient l'une comme l'autre. Molly hésita avant de répondre :

— Je sais.

— Il cotise à une caisse de retraite depuis ses vingt et un ans.

— Je... Ah, formidable.

Muriel cessa de tourner autour du pot :

— Bon, au risque de passer pour une vieille fouine, dites-moi, pensez-vous avoir un avenir avec lui ?

C'était l'heure de vérité.

— Non, je ne pense pas, chuchota Molly.

— Il me semblait, aussi. Zut.

Muriel soupira et se reversa une rasade de brandy.

— Quel dommage. Enfin, c'est la vie.

Des trémolos dans la voix, elle ajouta :

— C'est que j'aimerais tant voir mes petits-enfants heureux avant de mourir. Mais il faut se faire une raison, autant essayer de fourrer une pieuvre dans un bocal à confitures.

Vince redescendait l'escalier en prenant congé de son interlocuteur. Molly vida d'un trait son café :

— Je ferais mieux d'y aller.

Muriel l'étreignit et lui glissa à l'oreille :

— Merci d'avoir essayé. Je finirai bien par lui trouver quelqu'un. Même si je dois y consacrer le restant de mes jours.

— Voilà, désolé… Tu pars déjà ?

Vince paraissait déçu. Molly prit son sac et ses clés.

— J'ai passé une excellente soirée, lui dit-il.

— Moi aussi, répondit-elle.

Elle n'avait pas le courage de rompre maintenant, ce serait trop cruel. Cela attendrait le lendemain. Elle repasserait lui parler.

Elle prit congé de Muriel et Vince la raccompagna jusqu'à la porte. Là, elle lui donna un bref baiser.

— Merci encore.

— Qu'est-ce que tu fais là ? balbutia-t-elle, catastrophée, en le trouvant sur le pas de sa porte le lendemain en fin d'après-midi. Tu n'as pas eu mon texto ? Je t'ai dit que je passerais.

— Je sais, rétorqua-t-il, tout sourire, mais j'ai préféré te faire la surprise. Je nous ai réservé une table au Manor House et, en attendant…

— Mais...

— … On va étudier ça.

Il s'était avancé jusque dans la cuisine et, d'un geste triomphant, il brandit ce qu'il cachait derrière son dos. Une liasse de brochures de voyage.

— Non, ne proteste pas, c'est cadeau. Tu regrettais de n'avoir jamais vu Venise alors c'est décidé, on y va.

Au secours...

— Mais...

— À moins que tu ne préfères Florence ? Ou Paris ? Ou... Tombouctou ?

Il avait prononcé le nom de cette dernière destination sur le ton de la plaisanterie. Molly leva la main pour le couper dans sa lancée.

— Vince, stop, laisse-moi deviner. C'est Muriel qui t'a soufflé cette idée ?

— Non.

Un silence.

— Enfin, il se peut qu'elle me l'ait suggérée. Mais j'y avais déjà pensé de mon côté. On a bien mérité quelques jours de vacances, tu ne trouves pas ? Juste tous les deux, pour faire plus ample connaissance...

Il remarqua la mine de Molly et s'assombrit.

— Je suis désolée, Vince, mais je ne peux pas partir en vacances avec toi.

Déjà, il affichait une tête de chien battu. Voilà pourquoi Molly avait repoussé cette corvée. Et le plus dur restait à faire.

— Je pense qu'on devrait cesser de se voir, toi et moi. Ça ne colle pas entre nous.

— Hein ? fit Vince, abasourdi.

— Tu n'y es pour rien. Le problème vient de moi.

Avait-elle vraiment osé proférer pareil cliché ?

— Tu mérites mieux que moi, enchaîna-t-elle. Un jour, une fille tombera folle amoureuse de toi, une fille qui saura apprécier toutes tes qualités...

Une pause. Enfin, Vince percuta :

— Mais cette fille, ce n'est pas toi.

Molly secoua faiblement la tête.

— Non.

— Oh, marmonna Vince, les yeux rivés sur ses brochures de voyage.

— Je suis désolée.

— Mais... ma grand-mère t'adore...

S'évertuait-il à lui fendre le cœur ?

— Moi aussi, je l'aime beaucoup. Tu trouveras quelqu'un qui te conviendra mieux que moi, je te le promets.

— On dit ça...

Il déposa ses prospectus sur la table et les aligna soigneusement.

— On dit ça, mais j'attends toujours.

Vince sortit et mit le contact. S'il s'était attendu à ça... Molly n'était donc pas la bonne, elle non plus.

Il avait soif. En général, il conservait toujours dans la voiture une bouteille d'eau minérale, pour les cas d'urgence, mais Muriel la lui avait vidée la veille en rentrant du spectacle et il avait oublié de la remplir avant de partir. Or il pouvait difficilement retourner quémander un verre d'eau chez Molly.

Il était sept heures. L'épicerie des Bruyères était fermée, de même que le café de Frankie. Restait le Cygne Insolent. Vince contourna le parc et se gara devant le pub.

C'était une chaude soirée d'été et la terrasse était bondée mais, à l'intérieur, le pub était presque désert. Il y faisait sombre et frais.

— Bonjour, toi ! le héla la barmaid, radieuse. Qu'est-ce que je te sers ?

— Un verre d'eau, s'il vous plaît.

— Plate ou gazeuse ?

— Plate.

Il n'aimait pas l'eau pétillante.

— Tu attends Molly ?

À son nom, Vince tressaillit.

— Non. Non.

— Oh. Tout va bien ?

Vince considéra la barmaid. Crinière sauvage, boucles d'oreille surdimensionnées, rouge à lèvres écarlate et tartines de mascara. Il se la rappelait, maintenant, il l'avait croisée à la fête d'anniversaire de Delphi, c'était la tenancière. Comment s'appelait-elle, déjà ? Louise ?

— À vrai dire, non, laissa-t-il tomber.

Il régla sa bouteille d'eau et en but la moitié d'une traite.

— Mince, je suis désolée d'apprendre ça. Elle a rompu avec toi ?

Vince la regarda. Lois, voilà. L'émotion surgit de nulle part et s'abattit sur Vince. Il secoua la tête.

— Là, là, ça va aller, lui dit Lois en lui tapotant la main. Je ne veux pas me mêler de ce qui ne me regarde pas. Mais je suis une tombe.

Il poussa un soupir et inspecta de plus près les yeux sombres et le doux sourire de sa confidente improvisée. Cela ne lui ressemblait pas de s'épancher auprès d'une inconnue, mais il était au bout du rouleau.

— Je me fais tout le temps larguer, grommela-t-il.

Il se tut, but un peu d'eau. Sa main tremblait.

— Pourquoi ? demanda-t-il. Aucune fille ne m'a jamais donné de raison valable. D'après elles, je suis « un mec bien », et je n'ai rien fait de mal, mais elles n'ont pas envie de me revoir. Je suis si repoussant ?

— Tu rigoles ? objecta Lois. Tu es à tomber. Sans rire, regarde-toi dans une glace, tu filerais des complexes à Brad Pitt.

— Alors pourquoi est-ce que je suis tout seul ? Je voulais emmener Molly en vacances, mais elle a décliné.

Lois posa devant lui un verre plein de liquide.

— Qu'est-ce que c'est ?

— Du whisky. C'est la maison qui régale. Bois, ça te fera du bien.

— Mais je conduis…

— Un verre, ça ne va pas te tuer.

Vince, qui n'était pas un gros buveur, se lança. Le breuvage était étonnamment bon.

— Merci beaucoup, dit-il.

Lois s'éloigna pour servir un client et il la suivit des yeux. Elle portait une robe noire imprimée de roses fuchsia géantes. Le décolleté était garni de dentelle et dévoilait ses épaules hâlées et son imposante poitrine. Elle était clinquante, criarde, une caricature de fêtarde, avec ses escarpins rose bonbon aux talons éraflés ; toutefois, elle se montrait compatissante et généreuse, et Vince eut soudain envie de s'attarder en sa compagnie.

De toute façon, que ferait-il de sa soirée s'il rentrait maintenant ? Rien.

Sinon fuir le regard désappointé de sa grand-mère.

Pour la énième fois.

— Tu es à marée basse, remarqua Lois. Je te fais un café ?

Le client avait regagné la terrasse ; ils étaient à nouveau seuls.

— Non, merci, marmonna Vince en contemplant le fond de son verre.

Puis il se redressa et la regarda droit dans les yeux :

— Je vais plutôt reprendre un whisky.

47

— J'ai préféré te mettre au courant, chuchota Lois dans le combiné.

— Mon Dieu, soupira Molly à l'autre bout du fil. Je pensais qu'il était rentré chez lui directement. Dans quel état est-il ?

— Il est ivre. Mais ça va. Il ne cause pas de dégâts.

— Je n'en reviens pas. Il n'est pas du genre à se soûler.

— Il noie son chagrin. Tu ne veux pas venir le chercher et lui donner une seconde chance ?

— Non. Je suis désolée, mais c'est inutile. C'est fini entre nous.

— Pourquoi, si ce n'est pas indiscret ?

— Je n'en sais rien moi-même. Sur le papier, il a tout pour plaire. Il est gentil, beau, attentionné… Il a même traité ma voiture contre la rouille, c'est te dire. Mais entre lui et moi, ça ne colle pas.

— Bah, ça arrive, dit Lois, radoucie. Il s'en remettra, va.

— Zut, il est en voiture… Appelle-lui un taxi, hein ? Surtout, ne le laisse pas reprendre le volant.

Lorgnant Vince par la porte ouverte, Lois répondit :

— T'inquiète, je n'en ai pas l'intention.

Il était une heure du matin. Dans son lit, Lois fixait le plafond sans trouver le sommeil. Son cerveau frisait la surchauffe.

À onze heures trente, la terrasse s'était vidée. Mais pas trace du taxi qu'elle avait commandé pour Vince. Elle avait fini de débarrasser les tables et de ranger la caisse et il ne s'était toujours pas présenté.

— Cela ne fait rien, ne vous tracassez pas pour moi, avait dit Vince, un peu mal en point. Je vais dormir dans ma voiture.

— Pas question. J'ai une chambre d'amis.

Il l'avait suivie. À l'étage, il l'avait observée depuis le cadre de porte tandis qu'elle dépliait le canapé-lit. Ensuite, Lois avait sorti couette et draps de la buanderie :

— J'en ai pour deux minutes. Tu as faim ? Soif ? N'hésite pas à demander si tu veux quoi que ce soit.

— Ce que je veux ? Qu'une certaine personne me trouve désirable.

Lois avait pivoté et lu l'expression de son visage.

Visage diablement séduisant, du reste.

— Tu parles de Molly ?

— Non. Je… Je n'ai pas l'habitude de ce genre de situation. Tu n'es pas mon genre. Du tout…

— Sympa, merci.

— Mais je te trouve très attirante. Et sexy. Mais je me laisse emporter. Je te demande pardon.

Le cœur de Lois tambourinait.

— Il n'y a pas de mal. Au contraire.

— Vraiment ?

— Bien sûr. Tu n'es pas mal non plus, tu sais.

Voilà qui était audacieux.

Ils s'étaient dévisagés, aussi sidérés l'un que l'autre. Vince chancelait un peu. Lois avait la gorge sèche. D'où venait donc cette subite explosion de désir ?

Une seconde plus tard, ils s'étaient jetés l'un sur l'autre et s'embrassaient à bouche que veux-tu. Comme ça, sans préambule. L'adrénaline pulsait dans les veines de Lois et rien n'aurait pu les arrêter. Ils avaient quitté en titubant la chambre d'amis et son canapé-lit sans draps pour gagner la chambre à coucher.

La scène s'était déroulée une heure et demie auparavant. Vince, rattrapé par l'alcool, dormait profondément à ses côtés. Mais avant, il lui avait fait l'amour, non pas une mais deux fois.

Deux.

Cela faisait longtemps que cela n'était pas arrivé à Lois. Et apparemment, Vince était dans le même cas. Avec Molly, lui avait-il avoué, les choses n'étaient pas allées aussi loin. Lois s'en était réjouie. Quand, à son tour, elle lui avait confié n'avoir pas fait l'amour depuis deux ans, il ne l'avait pas crue. Normal, attifée comme elle l'était, on la prenait pour une fille facile, toujours partante pour faire la fête, et plus si affinités, avec le premier galant venu.

Bah, elle avait l'habitude. Pourtant, le nombre de ses amants était étonnamment réduit. Ce n'étaient pas des anges, d'ailleurs. Lois avait le chic pour se toquer de *bad boys* égoïstes qui immanquablement la traitaient mal ; certains avaient même levé la main sur elle. Cela ne faisait que quelques années qu'elle commençait à s'intéresser aux hommes corrects, bien élevés et gentils. L'ennui, c'était qu'avec son physique tapageur et son côté rentre-dedans, les gentils, elle leur faisait peur. Dès qu'elle leur manifestait un tant soit peu d'attention, ils prenaient leurs jambes à leur cou.

Jusqu'à ce soir.

Dans le noir, Lois se fendit d'un immense sourire. Ça, pour une surprise. Vince possédait toutes les qualités qu'elle recherchait chez un homme. Et, par miracle, il semblait l'apprécier. Assez, du moins, pour passer la nuit avec elle, ce qui était un très bon début.

Elle n'était pas née de la dernière pluie, elle savait que ce n'était pas gagné. Vince venait de se faire larguer par Molly. Mais cela n'importait pas pour le moment. Physiquement, ils se plaisaient, ils seraient bien, ensemble.

Lois se rapprocha de son corps endormi, savoura la douce tiédeur qu'il exhalait et, sans cesser de sourire, sentit ses paupières se fermer. Avec un peu de temps, elle saurait le conquérir, elle le savait.

La vie était belle.

Ce fut l'horloge interne de Lois qui la réveilla, comme toujours, à six heures trente. Elle se glissa hors des draps, fit une toilette de chat, se brossa les dents, ébouriffa ses cheveux, se mit du khôl et du mascara, prépara deux tasses de thé et se recoucha.

Même le matin, Vince sentait bon.

Caressant son torse du bout des doigts, elle s'inclina et lui murmura à l'oreille d'une voix suave :

— Bonjour, toi.

Vince ouvrit les yeux aussi sec. Et s'assit comme un diable surgissant de sa boîte. Comprenant où il se trouvait, il se décomposa. Lois en était mortifiée.

Quelle horreur.

— Mon Dieu, quelle heure est-il ? lui demanda-t-il.

— Sept heures moins le quart.

— Il faut que je file, je vais être en retard au boulot.

Il mentait. Il lui avait dit la veille qu'il commençait à travailler à neuf heures. On se trouvait à mille lieues du film romantique que s'était fait Lois. Dans sa version des faits, il l'enlaçait et l'embrassait et lui murmurait : « Toi, ici ? Quelle bonne surprise. » Puis, peut-être, il envisageait à voix haute de se faire porter pâle au bureau pour la journée.

Au lieu de quoi, il avait jailli de son lit comme une fusée, empoigné ses vêtements éparpillés et bégayé :

— Je... je suis désolé, c'est la première fois que je fais ce genre de chose...

La honte de Lois était telle qu'il lui sembla qu'une portion de son âme venait de se flétrir à tout jamais.

Une seconde plus tard, Vince s'était enfermé dans la salle de bains, où il devait sauter dans son pantalon et boutonner sa chemise de travers, à la vitesse de l'éclair.

Quand la porte se rouvrit, elle s'était recomposée.

— Tu n'as pas à t'excuser. On a passé une bonne soirée, tu ne trouves pas ? Et tu n'es pas pressé. Tu ne veux pas que je te cuisine un petit déjeuner à l'anglaise ?

— Non merci, sans façons.

Il ne parvenait même pas à soutenir son regard.

— Mais je t'ai fait du thé, regarde...

Bon sang, allait-il falloir l'implorer à genoux ?

— Tu ne comprends pas, balbutia Vince.

Il désigna la chambre, se désigna lui.

— Ce n'est pas moi, ça. J'avais bu et j'ai fait quelque chose que je n'aurais jamais fait en d'autres circonstances.

Il frisait l'hyperventilation.

— Je t'en prie, n'en parle à personne, lâcha-t-il.

— Promis, dit Lois.

Elle lui colla d'autorité la tasse dans les mains. Paniqué mais poli, il l'engloutit en trois gorgées, et vira au rouge écrevisse car la boisson était brûlante.

— Bon, je file.

Il farfouilla dans ses poches et parut soulagé d'y retrouver ses clés.

— C'était bien, hier soir.

Lois n'avait pas pu se retenir de le lui dire, si pitoyable que cela fût.

— Euh, oui, pour moi aussi, merci pour tout, tu es très… sympathique.

Il fit un pas heurté et l'embrassa sur la joue avec toute la raideur d'un pic-vert.

Lois, qui ne pleurait jamais, sentit les larmes lui monter aux yeux.

— C'est vrai, tu sais. Je suis une fille sympa. Plus que tu ne le crois.

Elle parvint à se composer un maigre sourire pour masquer la douleur qu'elle éprouvait à se voir ainsi rejetée.

— Je n'en doute pas. Pas un mot à Molly, c'est entendu ?

Vince n'avait qu'une envie, se sauver. À l'évidence, il se mordait les doigts d'avoir trop bu et couché avec une fille qui ne répondait à aucun de ses critères ; il avait l'impression de s'être ridiculisé.

Lois secoua la tête.

— Pas un mot. Promis.

Après son départ, Lois alla réveiller Addy. Sa chambre se trouvait à l'autre bout du palier. Pendant que cette dernière se brossait les dents, Lois descendit préparer le petit déjeuner. Le téléphone sonna, c'était Molly.

— Je viens de voir la voiture de Vince quitter le parking. Tout va bien ?

— Très bien. Le taxi n'est jamais arrivé alors je lui ai déplié le canapé-lit.

C'était la stricte vérité.

Molly la remercia, soulagée :

— Il ne t'a pas trop embêtée ?

— Du tout. Il était un peu éméché et tristounet, mais c'est tout.

— Pauvre Vince, je m'en veux. C'est un brave homme. Je déteste les ruptures.

Molly paraissait désolée et résignée à la fois.

— Le pire, ajouta-t-elle, c'est quand ils insistent, comme Graham, l'été dernier. Tu te souviens ? Celui qui m'avait offert cet affreux poisson ?

— Je ne crois pas que Vince reviendra à la charge, sois tranquille.

Elle l'avait suivi des yeux tandis qu'il quittait le parking à 80 kilomètres-heure dans un crissement de pneus. Soudain abattue, elle conclut :

— À mon avis, on n'est pas près de le revoir par ici.

48

Amber aimait la musique forte mais là, elle avait l'impression qu'on la lui injectait directement dans le cerveau. Le volume sonore faisait vibrer les lattes du plancher et lui martelait la tête. Un type lui avait renversé sa boisson dans le dos, un autre en reculant venait de lui broyer le pied.

— Aïe ! glapit-elle, mais le vacarme étouffa sa voix.

La fête se tenait dans le squat de Carter, un ami d'ami de Beeny. Il l'occupait avec quelques potes et, ce soir, ils avaient invité toutes leurs connaissances, mêmes les plus obscures.

Combien étaient-ils ? Impossible à dire, le squat comptait de nombreuses pièces, il faisait noir et les gens s'agglutinaient. On y perdait rapidement ses repères. Mais les invités avaient tous une chose en commun, ils boycottaient visiblement le shampoing.

En plus, Cosse lui avait fait boire quelque chose qui ne contenait pas que de la bière. Amber s'était mise à tituber, à perdre l'équilibre et à se cogner contre les murs, et Beeny s'était esclaffé : « Ha ha, t'as eu la main lourde sur la vodka ! »

Elle avait ri avec les autres pour ne pas se sentir exclue, mais ensuite Beeny lui avait roulé un deuxième joint, elle avait décliné, et il avait affiché une moue dédaigneuse :

— Qu'est-ce qui te prend, Milady ? Ma beuh n'est pas assez bonne pour toi ?

Beeny avait changé. Amber ne l'appréciait plus du tout. Mais c'était l'ami de Cosse, alors elle était bien obligée de se le coltiner.

— Ta gueule, Beeny, fous-lui la paix, s'en était mêlé Phil, un autre nouveau pote de Beeny, tout en nouant un bras qui se voulait rassurant autour de la taille d'Amber. Milady n'a pas envie de fumer ta saloperie. C'est son droit.

Cela s'était passé vingt minutes plus tôt. Entre-temps, elle avait perdu de vue toute tête connue. Il était temps de partir à leur recherche. L'esprit tout embrumé, il lui semblait devoir se tailler un chemin à travers l'écran de fumée pestilentielle qui envahissait la pièce. Elle parvint au grand escalier en colimaçon et gravit les marches. Vacillant, elle se heurta au poteau de la rampe et bredouilla un mot d'excuse, comme une vraie lady. C'était Phil qui l'avait rebaptisée « Milady ». Apparemment, comparée aux autres membres de la bande, elle faisait bourge. Encore quelques marches le long de l'escalier nu, puis le palier. Oh là là ! que de portes, que de portes. Bon, tentons celle-ci…

Quand Amber comprit ce qu'elle avait sous les yeux, elle se figea. La pièce comportait pour seul élément de mobilier un matelas sale posé à même le sol. Des gens s'y entassaient. Phil, à genoux, lui tournait le dos ; il leva la tête et elle vit la seringue dans sa main. À sa grande horreur, son regard se posa ensuite sur Cosse.

Quelqu'un brailla : « Qu'est-ce qui se passe ici ? », et il lui fallut plusieurs secondes pour réaliser que ce quelqu'un, c'était elle.

Cosse avait retroussé sa manche, découvrant un bras maigre enserré d'un garrot. Secouant la tête, incrédule, Amber cria :

— Qu'est-ce que tu fous ?

— Putain, faites sortir Lady Amber, vagit une fille aux cheveux filasse qu'Amber n'avait jamais vue de sa vie.

Mais Cosse lui tendait la main, lui faisait signe d'approcher. D'une voix douce et persuasive, il lui dit :

— Tout va bien, ma puce, tout va bien. Il faut absolument que tu essaies. C'est dément.

— Tu es fou, ou quoi ? C'est de l'héroïne !

— Je sais, justement.

Ses yeux sombres étaient pleins d'amour et de chaleur. Il referma la main sur les doigts d'Amber.

— Allez, essaie, tu vas adorer. Vas-y, Phil en a plein, tu le rembourseras plus tard.

Voilà donc pourquoi Cosse lui avait emprunté ses quinze dernières livres et pourquoi elle n'avait jamais revu la couleur des vingt livres qu'elle lui avait prêtées la semaine d'avant. Voilà qui expliquait également les bleus qui lui maculaient le creux du coude. Bon sang, quel cauchemar. Il avait bien fait allusion à d'autres drogues, de temps en temps, mais elle ne se doutait pas que c'en était à ce point. Le cerveau d'Amber fonctionnait toujours au ralenti mais le regard qu'elle promenait de Cosse à Phil était lucide.

Phil, qui donnait une pichenette à la seringue qu'il tenait tête en bas. Il avait les ongles crasseux.

— Pour toi, poupée, c'est dix livres le shoot.

Amber lui fondit dessus et fit valser la seringue hors de sa main. Aussitôt, on l'attrapa par l'arrière, et une douleur fulgurante lui incendia l'oreille.

— Sale conne.

C'était la nana à l'affreuse tignasse qui la traînait par les cheveux contre le parquet.

— Ça, tu vas le regretter.

Elle était étonnamment forte. Derrière, Amber entrevit Phil qui ramassait la seringue.

— C'est bon, tu peux l'utiliser quand même… marmonna Cosse.

— Aïïïe !

Amber avait l'oreille en feu. On ouvrit la porte et on la jeta dehors, et sa tête alla s'écraser contre le mur d'en face. Son assaillante, flanquée d'un type aussi osseux qu'elle mais aussi fort, la gorge tatouée d'une tête de mort, la poussèrent en direction de la cage d'escalier. Un souffle fétide la happa :

— Casse-toi. Et t'avise pas de revenir.

Dehors, il faisait nuit noire et il pleuvait des cordes. Il était onze heures du soir. Amber titubait dans l'allée, la main plaquée sur l'oreille, en état de choc. Elle sortit son portable, l'écran se couvrit de sang.

Bon. Un peu de concentration. Où se trouvait-elle ? La maison était paumée en pleine campagne, et elle ne distinguait de lumière nulle part.

Maman, je t'en prie, aide-moi, viens me chercher.

D'un doigt tremblant, Amber appuya sur le raccourci « Maison » de son répertoire et écouta la tonalité. Cela sonnait dans le vide. Et si sa mère était déjà couchée ? Elle n'entendrait pas le téléphone, au rez-de-chaussée…

Le répondeur s'enclencha.

— Maman ? Maman… Tu es là ?

Rien. Elle raccrocha, essuya les gouttes de pluie et de sang qui tachaient son écran. Est-ce qu'au moins il lui restait de la batterie ? Presque pas. De mieux en mieux. Elle tenta de retrouver ses esprits pour déterminer où elle pouvait bien être. Entre Tetbury et Stroud ? Elle se prit les pieds dans un muret et tomba à genoux. Désespérée, elle composa un numéro qu'elle n'avait pas appelé depuis des mois.

En vain. Le portable de son père était éteint. Son oreille saignait abondamment, elle en avait plein le

T-shirt. Elle cligna des yeux pour en chasser la pluie, ou bien ses larmes, puis trouva à tâtons le muret de pierre et le suivit jusqu'à ce qu'il cède à un portail de bois. Toujours à l'aveuglette, elle le longea et ses doigts rencontrèrent une plaque rectangulaire. À la lueur de son téléphone, elle parvint à déchiffrer l'inscription qui y était gravée. Morton. Ferme Morton.

Il ne lui restait que quatre pour cent de batterie. D'une main tremblante, elle passa en revue son répertoire, et y trouva le numéro de Shaun, qu'elle n'avait jamais composé non plus. S'il se trouvait chez lui... Ce n'était pas loin d'ici... Et il était son frère, après tout. Trois pour cent. Poussant un couinement de peur, Amber appuya sur « appeler ».

— Allô ? Amber ?

Shaun paraissait médusé.

— Shaun ?

Dieu merci. Au son de sa voix, elle se mit à pleurer.

— Tu sais où est papa ?

— Il est à Londres pour affaires... Qu'est-ce qu'il y a ?

— Shaun, je n'ai plus de batterie et je ne sais pas où je suis et je veux rentrer chez moi...

Des bruits de pas retentirent derrière elle ; quelqu'un la hélait.

— Dis-moi ce qu'il t'arrive.

— J'étais à une fête, à la ferme M... Morton, hoqueta-t-elle. Mais je n'aime pas ces gens. Cosse est... bizarre. Tu peux m'aider ? Je crois que je ne suis pas loin de chez toi...

Phil surgit des ténèbres :

— Qui est-ce que tu appelles ? La police ? Tu veux nous gâcher la soirée, Milady ?

Il l'empoigna brutalement par le bras et lui arracha son portable.

— Non ! s'écria Amber.

— Pas de panique, dit Phil dans le combiné. Tout va bien, elle va bien.

En raccrochant, il vit le nom de Shaun affiché à l'écran et se détendit très nettement. Il éteignit le téléphone complètement. Puis, il poussa Amber en direction de la maison.

— Tu viens avec moi. Je vais m'occuper de toi.

Frankie était couchée mais pas endormie.

Ni seule, d'ailleurs. Profitant de ce qu'Amber passait la nuit chez une amie, elle avait invité Henry. L'heure qui venait de s'écouler avait été magique.

Ils se lovaient à présent l'un contre l'autre. Elle perçut la sonnerie lointaine du téléphone et entreprit de se dégager :

— Il faut que je réponde.

Elle décrocha juste avant que le répondeur ne s'enclenche. Qui pouvait bien l'appeler à une heure pareille ?

— Allô ?

— Bonsoir, c'est Shaun. Dites, vous avez eu Amber au téléphone ?

Sa voix percuta Frankie comme un boulet de canon. Shaun ?

— Non, pourquoi ?

— Parce qu'elle m'a appelé tout à l'heure… Elle paraissait bouleversée. Je ne veux pas vous alarmer, mais elle pleurait, puis quelqu'un lui a pris le combiné et m'a dit que tout allait bien, mais j'ai du mal à le croire, et maintenant son portable est éteint…

— Mon Dieu ! Et elle t'a appelé, toi ?

— Elle essayait de joindre papa, enfin, je veux dire, son père. Mais il est à Londres pour affaires et lui aussi a coupé son téléphone.

Si Amber tentait de joindre Joe, il avait dû se passer quelque chose de grave. Frankie sentit la panique sourdre en elle.

— Qu'est-ce que je fais ? J'appelle ses copines ? Elle m'a dit qu'elle passait la nuit chez Emma…

Un mensonge, donc.

— Elle est à une fête avec Cosse. Elle m'a dit qu'elle se trouvait à la ferme Morton, mais je ne sais pas où c'est. Je sais juste que ce n'est pas loin de Tetbury. Ma mère est là, précisa Shaun d'une petite voix. Elle propose qu'on parte sillonner les environs en voiture…

Frankie se plaqua la main sur la bouche. Henry descendait l'escalier.

— Que se passe-t-il ? Tout va bien ?

— Remercie ta maman, dit Frankie, mais ce n'est pas la peine. On arrive.

— Je veux vous aider, dit Shaun.

— On passe te chercher.

— OK, mon adresse est le…

— Je sais où tu habites.

La semaine suivant le départ de Joe, Frankie et Molly s'étaient coiffées de chapeaux et, lunettes noires sur le nez, étaient allées repérer en voiture la tanière de l'ennemie.

Les routes étaient désertes. Henry, qui avait tenu à ce qu'ils prennent sa voiture, conduisait pied au plancher. Ils gagnèrent Tetbury en vingt-cinq minutes.

Ils s'engagèrent dans Parnall Avenue et elle les vit qui l'attendaient dans l'allée, devant le numéro 22, la seconde famille de Joe, Shaun et sa mère.

— J'ai trouvé la ferme, dit Shaun en agitant son portable. Amber s'est trompée, ce n'était pas Morton mais Horton. Ça m'est revenu d'un coup, la baraque a été reprise par des squatteurs il y a quelque temps. Sur Twitter, un de mes contacts a fait mention d'une fête qui s'y donne là-bas ce soir…

— Allons-y. Je vous présente mon ami Henry.

Shaun s'installa sur la banquette arrière.

— Je suis Christina, dit sa mère.

Elle était blonde et mince et son regard plein d'empathie.

— On raconte des horreurs sur le squat Horton… Permettez-moi de vous accompagner.

Elles étaient mères, toutes deux. Si Shaun avait été à la place d'Amber et Frankie à celle de Christina, Frankie aussi aurait voulu l'aider. C'étaient des choses qui se faisaient. Elle hocha sèchement la tête, signe qu'elle y consentait. Puis elle sourit brièvement à la femme qui avait partagé avec elle son mari pendant toutes ces années.

— Entendu. Merci. Allons-y.

49

La ferme Horton tombait en ruines, les mauvaises herbes envahissaient le terrain alentour. La pluie battait. Dehors, personne. Mais des lumières brûlaient et l'on entendait des éclats de voix et de la musique forte.

Shaun et Frankie s'avancèrent vers l'entrée. Frankie en avait une boule au ventre. S'ils avaient tous réagi de manière excessive ? Si Amber allait parfaitement bien ? Quelle humiliation ce serait pour l'adolescente de voir sa mère débarquer, affolée, devant tous ses amis. On se moquerait d'elle pendant des années…

Ils frappèrent à la porte et patientèrent. Enfin, elle s'entrouvrit et une fille au regard vitreux et aux cheveux gras les lorgna d'un œil soupçonneux.

— Vous voulez quoi ?

Frankie se composa tant bien que mal un sourire affable :

— Bonsoir, on cherche Amber.

— Qui ça ?

— Ma fille. Elle a dix-sept ans. Rousse, frisée ?

L'autre eut une moue de dédain.

— Connais pas.

Et de leur claquer la porte au nez. On entendit le bruit d'un verrou qu'on fermait de l'autre côté. Ils retournèrent à la voiture et racontèrent la scène aux deux autres.

— Bon, la méthode douce n'a pas marché, observa Henry.

Christina, sensible à la terreur qui étreignait Frankie, tenta de la rassurer :

— Tout va s'arranger.

Mais si elle se trompait ? Si quelqu'un s'en prenait à sa fille chérie ? Frankie en était malade.

Tous les quatre s'acheminèrent jusqu'au bâtiment et le contournèrent. Henry ouvrait la marche. À l'arrière, ils trouvèrent une porte, appuyèrent sur la poignée – fermée. Frankie avisa une petite fenêtre aux carreaux cassés et l'indiqua aux autres.

— Ça fera l'affaire, décréta Henry.

Il y passa précautionneusement le bras et ouvrit la fenêtre de l'intérieur.

— L'ennui, c'est que je n'arriverai pas à me faufiler par là, dit-il.

— J'y vais.

Christina, en jean et baskets, se hissa sur le rebord étroit et se glissa par l'ouverture. Quelques secondes plus tard, la porte arrière s'ouvrit.

— Bon sang, ça pue, là-dedans ! s'écria Henry.

Ils avaient pénétré dans un débarras encombré de vaisselle sale et de cannettes de bière vides. Au fond se dressait une porte menant à l'intérieur du bâtiment principal. Tournant discrètement le bouton de la porte, Henry chuchota :

— C'est parti.

La musique vous prenait aux tripes et l'air charriait des relents de fumée et de crasse. Des centaines de personnes dans un état d'ébriété plus ou moins avancé peuplaient l'espace, certains frôlant le coma éthylique. Henry, avec sa carrure imposante, s'attira quelques regards, de même que Shaun, avec son look de premier communiant flanqué de deux quadragénaires qui n'avaient clairement rien à faire là.

Une main sale se referma sur l'avant-bras de Shaun :

— C'est quoi, ce délire ? Vous êtes qui, vous ?

D'une secousse, Shaun se libéra.

— Où est Amber ? demanda Frankie.

— Qu'est-ce que j'en sais ? répondit l'autre.

— Bon, je ne la vois pas au rez-de-chaussée, dit Henry après avoir balayé la salle.

Avec son gabarit, il jouissait d'une bonne vue d'ensemble de la foule.

— Montons, décida-t-il en montrant du doigt l'escalier.

À l'étage, deux types tentèrent de freiner Henry dans sa progression :

— T'approche pas de cette porte, mec.

Mais Henry les repoussa sans efforts. La voie ainsi dégagée, il s'avança. Frankie aperçut les matelas répugnants posés à même le plancher et son cœur fit un bond. Ce garçon, là, c'était Cosse. Des seringues usagées jonchaient le sol, entourées de morceaux d'aluminium, et il flottait dans l'air une odeur inhabituelle...

— Cassez-vous, putain ! leur cria un homme, une seringue à la main.

À partir de ce moment-là, la situation leur échappa. Quelqu'un tenta de cogner Henry, aussitôt imité par plusieurs autres. Tel un grizzli, il repoussait ses assaillants en rugissant :

— Où est Amber ? Je ne la vois pas...

— Essayons les pièces suivantes, dit Christina en prenant Frankie par le bras et en l'attirant hors de ce guet-apens. Appelez-la, elle reconnaîtra votre voix.

— Amber ! *Amber !*

Shaun surgit en courant de la pièce voisine.

— Une fille vient de demander si c'était la copine de Cosse, qu'on cherchait, « celle qui pissait le sang ». Elle n'est pas loin, dit-il, hors d'haleine.

Du sang ? Seigneur.

— Amber ! hurla-t-il en enfonçant la porte suivante.

Il en ressortit aussitôt.

— Elle n'est pas là.

Frankie tenta une autre pièce. Vide.

— Amber, ma fille, où es-tu ?

Elle inspira à fond et hurla :

— Amber !

Et une voix faible, chuintante, lui répondit :

— Maman...

Christina tendit l'oreille et désigna la troisième porte.

— Par ici !

Mais Frankie ne parvenait pas à l'ouvrir.

— C'est bloqué.

— Henry ! appela Christina.

Il déboula.

— La porte est fermée. Elle est là !

— Dégagez le passage, ordonna Henry.

Il banda les muscles et se jeta à pleine puissance contre le battant, jambe tendue devant lui. La porte céda et s'ouvrit à la volée.

Malade d'inquiétude, Frankie entra en titubant. Sur le sol s'étendait un énième matelas grisonnant et, dessus, pleurant toutes les larmes de son corps, Amber. Couverte de sang, mais vivante. Elle leva vers ses sauveurs un regard éperdu et tendit les bras vers sa mère :

— Maman...

Quelle soirée...

De retour à Tetbury, ils s'entassaient tous les cinq dans le salon du 22, Parnall Avenue. Entre eux s'était nouée une étrange solidarité, remarqua Frankie en frottant le dos de sa fille.

Étrange, mais émouvante. Quand Amber s'était enfin trouvée en sécurité, Frankie et Christina avaient de concert éclaté en sanglots.

Bien qu'ayant repris ses esprits, la jeune fille restait sous le choc et accablée de remords. On lui avait arraché une de ses grosses créoles d'argent, lui déchirant le lobe de l'oreille, d'où les quantités affolantes de sang qui inondaient le côté droit de son T-shirt blanc. Henry avait téléphoné à un ami chirurgien qui lui avait confirmé qu'il n'y avait rien à faire dans l'immédiat. Une fois que l'inflammation se serait résorbée, on recoudrait la plaie sous anesthésie locale. Mais il n'aurait servi à rien de foncer aux urgences dès ce soir-là.

Tant mieux. Frankie n'aurait pas eu la force de faire quoi que ce soit, à part cajoler et consoler sa fille chérie et prier pour que cette mésaventure lui fasse passer l'envie de recommencer.

— C'est décidé, déclara Shaun. Je reprends le karaté.

Il lança un regard à Amber.

— Tu aurais vu Henry. Il a assuré. Il a défoncé la porte comme… comme Superman ! J'ai fait du karaté quand j'étais petit mais je n'ai jamais dépassé la ceinture jaune. Cette fois, je n'arrêterai pas avant d'avoir ma ceinture noire. Sans rire, ça peut s'avérer utile.

Amber se tourna vers Henry.

— Merci, lui dit-elle en versant quelques larmes de gratitude. Désolée de vous avoir pourri la soirée. Merci à tous.

— Christina aussi a aidé, elle a réussi à se faufiler par une fenêtre grande comme ça, dit Frankie, bonne joueuse en mimant l'espacement de ses mains écartées. Sans elle, on n'aurait jamais pu entrer.

Christina, qui distribuait des bols de soupe à la tomate, haussa les épaules, modeste :

— Je vous en prie, c'était tout naturel. On est contents que tu n'aies rien, dit-elle à Amber avec chaleur.

Alors retentit le bruit de clés dans la serrure de la porte d'entrée. Il était une heure du matin ; Joe, alerté par un SMS de Shaun, était rentré de Londres en un temps record.

Frankie serra fort la main de sa fille. Amber était tout ce qui importait, à présent ; elle était sa priorité.

Joe surgit dans le salon. Apercevant sa fille sur le canapé, il s'exclama d'une voix blanche :

— Amber !

Amber se remit à pleurer et se leva maladroitement, les bras tendus devant elle comme une enfant.

— Papa... Tu m'as tellement manqué.

— Tenez, dit Christina en offrant à Frankie une boîte de mouchoirs. Je pense qu'on en aura tous l'utilité.

Par la suite, Amber leur jura ses grands dieux qu'elle avait définitivement rayé Cosse de sa vie. Elle ne voulait plus jamais le revoir. Penaude, elle leur avoua qu'il lui avait piqué toutes ses économies pour financer sa consommation de drogues. C'était un égoïste, un parasite et un minable.

— Si ça se trouve, il est en prison, à l'heure qu'il est, dit Frankie.

En effet, après avoir quitté le squat, ils avaient appelé la police. Avec un peu de chance, ils feraient une descente à la ferme et arrêteraient les dealers. Amber ne voulait pas porter plainte pour la violence dont elle avait fait l'objet car elle n'avait qu'une envie, reléguer le scabreux épisode dans le passé, et reprendre le cours de sa vie.

Quand Joe avait appris les détails de l'histoire, il s'était tourné vers Henry :

— Et vous, comment vous êtes-vous retrouvé mêlé à ça ?

— C'est le nouveau copain de maman, avait répondu Amber. Enfin, je crois. Je me trompe, maman ?

Sur ses lèvres flottait l'ombre d'un sourire.

Frankie avait consulté Henry du regard et confirmé :

— C'est bien ça.

— Cool, avait dit Amber.

Dans un soupir, elle avait posé la tête sur l'épaule de son père avant d'ajouter :

— Ça peut servir d'avoir un superhéros sous la main. Moi, je vote pour.

Plus tard, dans la cuisine, alors que Frankie s'apprêtait à rentrer avec Amber à la maison, Christina l'avait abordée.

— Je profite de l'occasion pour vous présenter mes excuses. Je n'ai jamais voulu que les choses se passent comme ça.

Miraculeusement, Frankie n'éprouvait plus aucune rancœur envers elle.

— Je sais, Christina. Tout va bien.

— Merci. Et je suis contente qu'Amber et son père se soient réconciliés.

— Moi aussi.

— Elle lui a tellement manqué.

Christina avait levé les yeux. Dans le couloir, Amber et Shaun, tout émus, se disaient au revoir.

— Elle nous a fait une peur bleue, avec ses bêtises, mais il faut la comprendre. Tout devrait s'arranger désormais.

— Je le pense aussi, avait répondu Frankie. Vous semblez bien la connaître.

— C'est tout comme, s'était expliquée Christina avec un doux sourire. Cela fait dix-huit ans que son père me parle d'elle. Elle est la bienvenue sous mon toit, en tout cas. Si vous n'y voyez pas d'inconvénient, bien sûr.

Étrange conversation.

— Pareillement, avait renchéri Frankie, sincère. Que Shaun n'hésite pas à passer à la maison s'il en a envie. Il est adorable, et très bien élevé.

— Merci. Amber aussi est épatante. On a fait du bon boulot, toutes les deux…

Au moment de prendre congé, Frankie n'embrassa pas Christina, c'eût été pousser le bouchon un peu loin.

Mais la prochaine fois, peut-être. Qui sait ?

50

Il se tramait quelque chose et cela ne plaisait pas à Molly.

Ou, plus exactement, cela lui plaisait beaucoup. Or c'était mal. D'où les affres et les tourments auxquels elle était en proie.

Ils se trouvaient dans le jardin de Dex, près de la haie de genévrier. Dex lui avait commandé un portrait de lui avec Delphi. Un vrai portrait, à l'huile, et non une caricature griffonnée en trois coups de crayon. Molly, emballée, avait accepté sans réfléchir, sans songer que son regard croiserait sans cesse celui de son modèle. Et sans prévoir l'effet que cela produirait sur elle.

Pour ne rien arranger, Dex s'amusait à prendre des poses de star de cinéma. Il haussait un sourcil, arborait une moue sexy, un éclair de malice dans les yeux. En un mot, il faisait le clown.

— Arrête ! dit Molly.

— Mais, c'était mon regard à la Brad Pitt.

— Tu me déconcentres.

— Attends, je te fais Hugh Grant.

Il modifia l'angle de sa mâchoire, l'inclinaison de son menton, et susurra d'une voix mielleuse :

— Salut, beauté, ça roule ?

Molly leva les yeux au ciel :

— Tu ressembles à Joey dans *Friends*.

Dex plissa les paupières et hocha lentement la tête comme le personnage dans la série en question :

— Sauf que lui aurait dit : « Ça va, vous ? »

— Bon, tais-toi, s'il te plaît, il faut que je m'applique. Tiens-toi tranquille.

Dex obtempéra. Ou presque. De temps à autre, profitant de ce qu'elle étudiait ses traits, il gonflait la bouche de manière comique et lui envoyait un baiser discret.

Quel pignouf !

Molly avait beau savoir que pour lui, ce n'était qu'un jeu, une manière de tuer le temps cela la perturbait.

Elle leva les yeux au ciel de manière ostentatoire.

— Très drôle, ironisa-t-elle.

Elle venait d'achever le dessin de sa bouche. Dex lui demanda d'un ton léger :

— En parlant de comiques, tu en es où avec ce cher Vince ?

Molly s'absorba aussitôt dans la courbe de son sourcil gauche. Bizarrement, Lois n'avait raconté à personne qu'éconduit par Molly, Vince s'était soûlé au pub et avait passé la nuit sous son toit. Au village, on le croyait toujours en couple avec Molly. Qui, pour une raison mystérieuse, ne les détrompait pas, au contraire.

En fait, la raison, Molly la connaissait très bien. Elle nourrissait depuis quelque temps ces pensées… déplacées au sujet de son voisin. Mieux valait que Dex la croie toujours casée, cela simplifiait la situation. Parce qu'il avait son Amanda et formait avec elle le couple parfait. Et, depuis que Tina lui avait confié son secret, Molly ne pouvait rien y trouver à redire. Maintenant qu'elle savait, elle ne pouvait que souhaiter leur bonheur. Il aurait fallu qu'elle ait un cœur de pierre pour vouloir s'immiscer entre eux.

Bref, Molly s'autorisait donc quelques mensonges innocents.

Pour se protéger, en somme.

Dex attendait sa réponse. Molly se composa un grand sourire et affirma :

— Tout se passe à merveille. Il est à Toronto pour quelques semaines, son cabinet y est chargé de la construction d'un hôtel.

En l'occurrence, elle disait vrai.

— Je vois. Il doit te manquer ?

— Oui, bien sûr.

— Bien sûr.

Dex la scruta.

— Je peux te poser une question ? Ton Vince… Tu ne le trouves pas un peu… ennuyeux, parfois ?

Dex disait toujours ce qu'il avait sur le cœur. Avec toute la délicatesse d'un char d'assaut.

— Ennuyeux ? N'importe quoi. Il est discret. Même que certaines personnes de ma connaissance devraient en prendre de la graine, argua Molly, acerbe.

— Ne te vexe pas.

— Je me vexe si je veux.

Bien qu'elle eût rompu avec Vince, elle restait sensible à la critique.

— En plus, s'obstina-t-elle, tous les goûts sont dans la nature. D'autres trouveraient Amanda trop directe.

Mais Dex refusait de mordre à l'hameçon :

— Tu as raison. Désolé, je ne voulais pas te fâcher. C'est vrai que c'est appréciable, la discrétion. Je ne pensais pas que c'était ton style, voilà tout.

— Eh bien, tu te trompais.

— Et toi ? poursuivait-il, curieux. Tu aimerais parfois être plus audacieuse, plus directe, comme Amanda ?

— Non, dit Molly en secouant la tête.

Plus directe ? Non merci. Elle était très bien telle qu'elle était. Elle haussa un sourcil :

— Et toi ? Tu aimerais parfois être plus beau et plus intelligent, comme Vince ?

— Évidemment. Tout le temps.

Ce genre de réponse lui coupait tous ses moyens. Fallait-il éclater de rire, ou lui en coller une ?

— Papa.

Ils tournèrent tous deux la tête. Delphi, qui dormait sur son tapis d'éveil, sur la pelouse, venait de se réveiller. Elle bascula sur le ventre, tendit en l'air son petit derrière et se mit debout. Les bras en balancier, elle fit quelques pas hésitants, s'arrêta, puis bifurqua en direction de Molly, qui était la plus proche. Molly l'applaudit et l'attrapa avant qu'elle ne tombe :

— Bravo, ma grande. Tu es fortiche. Allez, va voir papa, maintenant.

— Papapa.

La petite rayonnait. Elle trottina jusqu'à Dex, qui la prit dans ses bras et fit pleuvoir sur ses joues une grêle de baisers.

— Papa.

En équilibre sur une jambe, Delphi lui empoigna le visage des deux bras et lui colla sur le nez un bisou baveux.

Molly fondit. Ils s'aimaient tant. Elle reposa crayon et pinceau et prit quelques photos. Elle en aurait besoin pour peindre la petite quand celle-ci aurait la bougeotte.

Pour le moment, toutefois, elle posait complaisamment, immobile, bien installée sur les genoux de Dex, à peine si elle jouait avec sa montre. Molly accéléra la cadence. Elle traça le contour de sa joue potelée, l'angle de sa frimousse étonnée, les coins de sa bouche rehaussés car, pour son plus grand plaisir, elle venait d'arriver à soulever le fermoir de la montre de son papa.

Dex dévisageait Molly. Bien qu'elle fût toute à son portrait, ça ne lui avait pas échappé. Elle en avait des picotements partout. Chaque fois qu'elle jetait un coup d'œil dans sa direction, elle le trouvait en train de la fixer, et, chaque fois, l'adrénaline montait.

La bouche sèche, Molly nettoya ses pinceaux à l'aide d'un chiffon imprégné de térébenthine avant de les essuyer sur son jean. Cette séance virait peu à peu à la torture psychologique. Condamnée à peindre de loin le visage qu'elle brûlait de toucher… Bon sang, mais comment s'était-elle fourrée dans un tel pétrin ?

Une abeille bourdonnait près du pied nu de Delphi. Dex la chassa de la main. Delphi lui rendit sa montre et se mit à jouer avec les boucles métalliques en forme de marguerite de sa salopette turquoise.

— Jolie salopette, dit Molly pour chasser les pensées qui l'obsédaient. Elle est nouvelle ?

— Oui, c'est Amanda qui la lui a offerte.

Brrr.

— Ah.

— Le T-shirt aussi. Hein, ma chérie ? gazouilla-t-il en pointant le vêtement jaune sur lequel était imprimé un dragon. C'est un cadeau d'Amanda.

Delphi, des étoiles dans ses yeux sombres, battait joyeusement des pieds contre le genou de Dex.

— A-mama ! dit-elle.

Écrasée par le chagrin, Molly détourna le regard. Dex… Ses sentiments pour lui n'avaient pas changé. Enfin, si. Ils avaient totalement échappé à son contrôle. Mais elle n'avait pas le droit d'y céder, pas depuis qu'elle connaissait la vérité à propos d'Amanda.

C'était Tina, la maman de George, qui la lui avait révélée alors qu'elle s'extasiait sur le couple que formaient Dex et Amanda :

— Tu ne sais pas ce que ma copine Kaye m'a raconté ? lui avait-elle glissé. Ça faisait des années qu'elle essayait d'avoir un bébé, sans succès. Alors elle a fait des tests à l'hôpital et il s'est avéré qu'elle a un problème et qu'elle ne peut pas avoir d'enfant. Kaye s'est effondrée, elle s'est mise à pleurer devant le docteur. Or il se trouve que ce docteur, c'était Amanda Carr.

— Ah, avait articulé Molly, se crispant au seul nom de sa rivale.

Elle ignorait ce que Tina s'apprêtait à lui dire, mais elle avait un mauvais pressentiment.

— Amanda a été géniale. D'abord, elle a serré Kaye dans ses bras. Ensuite, elle lui a dit qu'elle comprenait ce qu'elle ressentait, parce qu'elle partageait son sort. Tu comprends ? Elle aussi, elle est stérile.

Tina en avait les yeux humides.

— C'était gentil à elle de se livrer comme ça, tu ne trouves pas ? En tout cas, ça a beaucoup aidé Kaye. C'est quand même formidable qu'Amanda et Dex se soient trouvés. Elle qui ne peut pas avoir d'enfant et lui qui élève tout seul sa petite Delphi… Si ce n'est pas du happy end, ça ? Ça tient du miracle.

Ou du désastre. Question de point de vue, avait songé Molly.

Elle revint au moment présent ; Dex venait de lui dire quelque chose et il guettait sa réaction.

— Pardon, tu disais ?

Il secoua la tête, amusé.

— Ah, les artistes, vous vivez dans votre bulle, complètement coupés du monde.

Se couper du monde, Molly n'aurait rien eu contre. Le monde ces derniers temps ne lui réservait que de mauvaises surprises.

— Désolée. Tu as toute mon attention. Je t'écoute.

— Tu avais l'air triste. Je me demandais à quoi tu pensais. C'est tout.

Comment les hommes se débrouillaient-ils pour ne jamais vous poser cette question, sauf au moment précis où il vous était impossible de répondre en toute franchise ? Molly se voyait mal raconter à Dex qu'elle pensait à la stérilité de sa copine. Si Amanda ne lui en avait pas parlé… Non, il n'y avait pas à tortiller, Molly devait tenir sa langue. Les médecins étaient bien tenus au secret médical, la moindre des choses était de leur rendre la politesse.

— Triste, moi ? Pas du tout. Je me concentrais. En bonne artiste que je suis.

Molly agita son pinceau pour divertir la petite.

Tina et Kaye aimaient les commérages mais Molly, elle, ne répandrait pas de ragots.

Entre autres parce que, si cela s'ébruitait, à tous les coups, ce serait elle qui paierait pour toutes les autres.

51

À sept heures, on sonna et Frankie, qui se trouvait dans la cuisine, se dépêcha d'aller ouvrir. Elle était arrivée. Frankie allait bientôt voir son plan en action.

Du moins l'espérait-elle.

Celle qui se tenait derrière la porte souleva le bord de son chapeau de paille et ôta ses lunettes noires.

Catastrophe.

— Alors ? demanda Hope avec un sourire incertain. Qu'en dites-vous ? Ça ira, comme ça ?

Quatre jours plus tôt, elle avait appelé Frankie. Cela faisait des semaines qu'elle cherchait le courage et la confiance en elle nécessaires pour se jeter à l'eau et elle se sentait enfin prête. « Il est temps, avait-elle annoncé. Je me lance. » Elles avaient convenu d'un rendez-vous.

— Entrez. Vous êtes… méconnaissable.

Frankie la fit entrer en se demandant comment procéder. Pour faire bonne impression, Hope s'était relookée, et le résultat ne la flattait guère.

— J'ai suivi vos conseils, dit Hope d'une petite voix. Je suis allée chez le coiffeur. Pour la première fois depuis de longues années. Je sais, ça me change…

À vrai dire, sa coupe était jolie, ses cheveux, bichonnés, avaient meilleure mine et même la teinture était réussie. Concernant sa tenue non plus, rien à redire.

Elle portait un twin-set bleu ciel discret mais flatteur ainsi qu'une jupe trois-quarts. Sa manucure était déjà plus déconcertante. Elle avait les ongles rose fluo.

Hope surprit le regard de Frankie et agita les mains :

— J'ai les orteils assortis. C'est une petite jeune qui m'a fait ça, au salon de coiffure.

— Super, dit Frankie.

Les ongles, passaient encore. Seigneur, comment formuler la chose avec tact ?

— Quand je leur ai dit que je voulais me faire belle, poursuivit Hope, elles ont insisté pour me maquiller. Ce sont de braves filles, si serviables…

Les « braves filles » n'y étaient pas allées de main morte. Elles l'avaient littéralement tartinée de maquillage : épaisse couche de fond de teint, poudre et blush, espèce d'enlumineur de teint pailleté, crayon à lèvres trop foncé, rouge à lèvres trop vif, trois sortes de fards à paupières, crayon à sourcils, khôl, mascara… Le tout appliqué avec art, mais sans subtilité.

— Euh, bredouilla enfin Frankie. Vous êtes satisfaite du résultat ?

— Moi, vous savez, le maquillage, je n'y connais rien. Mais alors, rien du tout. Je n'en ai pas porté depuis le dernier jour de tournage de *Next to You*. J'ai toujours trouvé que ça me faisait une drôle de tête. Mais les filles m'ont dit que ça m'allait bien. J'ai perdu l'habitude, depuis le temps, alors forcément, ça me fait bizarre mais je vais m'habituer.

Elle hocha la tête avec détermination.

— Vraiment, elles sont charmantes, ces petites. Elles m'ont dit que je ressemblais à une princesse.

En réalité, elle ressemblait au croisement d'un vieux drag-queen avec Kim Kardashian. Frankie émit une suggestion :

— On pourrait peut-être atténuer un peu tout ça ? En enlever rien qu'un peu...

— Oh, non, les pauvres, elles se sont donné du mal, je ne peux pas leur faire ça. Elles y ont passé des heures. De toute manière, ce maquillage doit me donner confiance en moi, lui rappela gaiement Hope. Sans lui, je me sentirais nue et démunie.

Seigneur. Tant pis, Frankie se fit une raison. Hope sortirait peinturlurée comme une voiture volée, et advienne que pourra.

— Bon. Vous êtes prête ?

— Non, dit Hope. Mais allons-y tout de même.

— En ce cas...

Frankie prit ses lunettes de soleil et pria pour que tout se déroule selon son plan.

— C'est parti !

Les branches filtraient le crépuscule tandis qu'elles progressaient le long de la rivière. Hope était contente d'avoir Frankie pour l'épauler, la soutenir émotionnellement et, accessoirement, lui montrer le chemin.

Mais elles étaient arrivées. Bientôt, il lui faudrait voler de ses propres ailes. Elles s'approchèrent de la berge et Frankie, baissant la voix, lui montra le virage suivant :

— Continuez tout droit, la clairière et la caravane se trouvent juste derrière.

— Je me sens mal.

Hope avait la gorge complètement asséchée. Le trac, à côté de ce qu'elle était en train de vivre, c'était de la gnognotte.

— Tout va bien se passer. Retirez-moi tout ça.

Docile, Hope ôta son chapeau de paille à bords mous et ses immenses lunettes de soleil qu'elle avait portés tout au long du chemin.

Frankie tendit la main :

— Donnez, je vais les rapporter à la maison.

— Je préfère les garder avec moi.

Frankie avait-elle perdu la tête ? Si Stefan la rejetait, Hope aurait plus que jamais besoin de dissimuler son identité.

— Comme vous voulez. Bonne chance.

— Merci.

Hope regarda Frankie faire demi-tour et s'éloigner. Elle se sentait aussi abandonnée que lorsqu'on l'avait mise en pension à l'âge de sept ans.

L'heure était venue de prendre son courage à deux mains. Elle calma sa respiration et scruta la clairière derrière les buissons. La caravane était bien là, face à l'eau, fidèle au souvenir qu'elle en gardait.

Elle parcourut encore une cinquantaine de mètres, passa un coude dans la rivière et l'aperçut. Stefan, perché sur le marchepied. Jamais le cœur de Hope n'avait battu si vite de toute sa vie. Cramponnée à son chapeau comme à une bouée, elle se força à continuer de mettre un pied devant l'autre. Comment parvenait-elle encore à se mouvoir ? Cela tenait du prodige. Seigneur, c'était bien lui, elle le voyait nettement, désormais. Ces cheveux sombres, ondulés, lissés vers l'arrière, ce profil anguleux si cher à son cœur… Ces traits parfaits, gravés dans sa mémoire et miraculeusement préservés.

Hope eut un moment de découragement. Ses traits à elle, par contraste, s'étaient terriblement détériorés.

Stefan portait un jean noir étroit et une chemise rouge. Une lame de couteau luisait dans sa main. Il taillait un morceau de bois, le sculptait avec minutie, une habitude qu'il avait prise lorsqu'il avait arrêté de fumer, des années auparavant, et qu'il avait visiblement conservée.

Plus la distance qui les séparait se rétrécissait, plus Hope sentait son courage se flétrir et s'évaporer. Il n'avait ni levé les yeux ni regardé dans sa direction. Elle pouvait encore changer d'avis et s'en aller.

À moins que son cœur affolé ne lâche subitement et qu'elle ne s'écroule, morte, à ses pieds.

Elle admira ses mains agiles, bronzées, qui travaillaient le bois.

Et si elle passait devant lui sans s'arrêter ni détacher son attention de la rivière ?

— Ainsi, tu es revenue.

À ces mots, prononcés d'une voix douce, Hope pila. Elle n'avait pas un instant détourné le regard. Elle avait gardé les yeux rivés sur Stefan. Et savait donc sans le moindre doute qu'à aucun moment, il ne l'avait regardée, pas même une fraction de seconde.

Alors comment savait-il ?

D'une voix à peine audible, elle croassa :

— Pardon ?

Alors, il leva les yeux et la contempla, et le monde et le temps se figèrent. Leurs regards se croisèrent. Stefan répondit :

— Allons, Hope. Tu crois que je n'attendais pas ce moment ?

Ses yeux de gitan, sombres et bons, la fascinaient toujours autant.

— Mais… Comment as-tu su que c'était moi ? C'est Frankie qui t'a dit… ?

— Frankie ? Non. Je l'ai su immédiatement.

— Comment ? Tu n'as pas levé les yeux de ton travail. Pas une seule fois.

Stefan posa son couteau et son morceau de bois, se leva et s'avança vers elle de sa démarche souple de félin.

— J'ai perçu du mouvement à la périphérie de mon champ de vision. J'ai reconnu ta démarche pendant que tu avançais le long du sentier. La démarche des gens ne change jamais.

— Oh.

— Je suis content de te revoir.

Les palpitations de Hope ne s'arrangeaient guère.

— Moi aussi, je suis contente.

Stefan secoua la tête.

— Mon amour. Tu m'as manqué.

— Toi aussi.

Sa voix se brisa. Elle n'aurait pas pu proférer un mot de plus.

— Hope.

Il leva la main gauche et caressa doucement sa joue du revers de la main.

Pour toute réaction, Hope se mit à trembler. C'était une sensation exquise.

— Tu m'avais repoussée. Tu disais notre amour impossible. Mais tu te trompais. Nous aurions pu être heureux ensemble.

— Je sais. Entre-temps, je l'ai compris.

Il soupira tristement.

— À l'époque, dit-il, je croyais faire le bon choix. Une brillante carrière te tendait les bras. Je ne pouvais pas t'y arracher. Je ne me le serais jamais pardonné.

Hope le considérait.

— Jamais tu n'as pensé que tu valais mille fois plus à mes yeux que cette prétendue carrière ? J'y ai renoncé de toute façon. Sans toi, je n'y avais plus goût.

— Je sais. Mais, autrefois, je voyais les choses autrement. J'avais l'impression de te rendre ta liberté, pour que tu partes à la conquête d'Hollywood. Ce qui aurait été impossible si nous étions restés ensemble. On se serait moqué de nous, on nous aurait ridiculisés, toi comme moi. Je ne l'aurais pas supporté.

La gorge nouée, les yeux embués au souvenir de ces années perdues, Hope chuchota :

— Et maintenant ?

Stefan plaça les mains sur ses épaules et la regarda intensément, droit dans les yeux.

— Je n'ai jamais cessé de t'aimer. Pas une seule seconde. Et tu m'es revenue. Nous avons perdu suffisamment de temps. Hope, tu es tout pour moi. Tu l'as toujours été.

Hope se jeta à son cou, trouva sa bouche et y fit pleuvoir des baisers dont chacun l'emplissait d'une allégresse toujours renouvelée. Elle rêvait de cet instant depuis si longtemps…

Stefan, Stefan, je ne te laisserai plus jamais m'échapper.

Quand ils cessèrent de s'embrasser, ils s'enlacèrent longuement, vibrant d'émotion. Stefan lui lissa les cheveux et murmura :

— Mais qu'est-ce que tu t'es mis sur la figure ?

Ainsi, il avait remarqué.

— J'essayais désespérément de te plaire. Et dorénavant, je me maquillerai comme ça tous les jours. Il le faut, crois-moi. Sans, je suis affreuse.

Hope exultait comme après trois coupes de champagne et les mots lui avaient échappé. Mais cela n'avait pas d'importance, il n'y aurait plus de mensonges à l'avenir, seulement de la franchise.

— J'ai mal vieilli, Stefan. Ce masque me donne confiance en moi.

Elle grimaça, et ajouta :

— Et il permet d'éviter que tu prennes tes jambes à ton cou. Je t'assure, sans cela, je suis repoussante.

Stefan secoua la tête :

— N'importe quoi.

— C'est la vérité. Si j'étais venue te trouver au naturel, tu aurais fait mine de ne pas me reconnaître. Tu m'aurais laissée poursuivre mon chemin.

— Jamais.

— Pourtant si.

— Si tu crois ça, c'est que tu ne me connais pas. Rappelle-toi. Quand on se retrouvait après tes longues journées de tournage, quelle était la première chose que tu faisais ?

Hope se le rappelait. Comment l'oublier ? Elle s'enduisait le visage de crème à la rose et se démaquillait, sous l'œil amoureux de Stefan. Il disait aimer la voir « redevenir elle-même ».

— Mais j'étais jeune, dit Hope avec un geste de désespoir. Mon visage… a beaucoup changé.

Sans dire un mot, Stefan la conduisit à l'intérieur de la caravane. Il ouvrit un placard et y prit un bocal rempli de crème rose pâle.

Hope écarquilla les yeux.

— Ne crains rien, la rassura Stefan, un petit sourire aux lèvres. Elle n'a pas vingt ans d'âge. J'ai montré à ma petite-fille comment la confectionner, l'autre jour.

Hope prit le bocal, en dévissa le couvercle et en inhala le parfum. C'était la même recette roumaine que Stefan utilisait autrefois. Il lui en avait confié les ingrédients :

— Racine de guimauve, églantine et angélique…

— Tout juste.

Il lui tendit une boîte de mouchoirs.

Hope, tout en appliquant la mixture au parfum délicat, scrutait l'expression de Stefan. Elle s'enduisit les joues et le front de crème et la retira doucement à l'aide de mouchoirs. Quand sa peau se trouva nue, la peur qui lui pesait sur la poitrine s'envola tout à fait.

Il lui souriait. Béatement. Tout allait bien se passer.

— C'est mieux, dit-il en hochant la tête, satisfait. Bien mieux. Là, je te retrouve.

— Vieille et fripée.

— Belle. La plus belle fille du monde.

Hope fit la grimace :

— « Fille » ? Moi ?

— À mes yeux, tu seras toujours une jeune fille.

Il se tut, posa le bout de ses doigts sur sa lèvre supérieure et traça le contour de sa bouche. Puis il la prit dans ses bras une nouvelle fois et Hope crut un instant qu'elle allait mourir de bonheur. Elle le retrouvait, comme par le passé, même son odeur restait la même.

Sa vie venait de prendre un tournant. Elle avait forcé son destin, était revenue aux Bruyères, et jamais plus elle ne serait séparée de Stefan. Heureusement qu'elle avait trouvé le cran de revenir.

Enfin, elle était à sa place.

52

— Ben, mon vieux, ça va jaser, dit gaiement Lois en s'installant à la place du mort.

La veille, Dex l'avait entendue téléphoner au garage de Marlbury pour faire réparer sa voiture. Le garage se trouvait à quinze kilomètres des Bruyères, aussi avait-il demandé à Lois comment elle prévoyait de rentrer. Ce à quoi elle avait répondu qu'elle prendrait un taxi. Gentiment, Dex lui avait proposé de la ramener. Mais voilà que la réceptionniste du garage n'arrêtait pas de leur lancer des œillades appuyées.

— Tu la connais ? demanda-t-il à Lois.

— Son fils est dans la classe d'Addy. Elle adore les commérages. Tu ne sais pas ce qu'elle vient de me demander ? « Ça ne dérange pas le Dr Carr que vous soyez si proches ? »

Amusé, Dex jeta un regard à la commère, qui les épiait toujours du coin de l'œil.

— C'est fou, je ne la connais même pas. Comment sait-elle qui je suis ?

— Tout le monde sait qui tu es, répliqua Lois en levant les yeux au ciel. Tu alimentes les conversations des mamans à la sortie des classes. Tu dois bien t'en douter. Quand tu as emménagé ici, elles ne se sentaient plus de joie, un bon parti, célibataire et beau comme un camion s'installait dans la région.

Ces derniers temps, elles ont remisé leurs fantasmes au placard et font mine de se réjouir que tu te sois casé avec Amanda.

Casé ? Dex ne serait pas allé jusque-là. Dérouté, il objecta :

— On sort ensemble, c'est tout. Notre relation n'a rien d'officiel…

Leur relation s'était surtout bâtie à l'initiative d'Amanda, oui. Il était effrayant de penser qu'on les considérait déjà comme « casés », tous les deux.

— Allez, ne boude pas ton plaisir, vous filez le parfait amour. Et c'est un super médecin. Toutes les mamans soutiennent votre couple et attendent le happy end qui résoudra tous les problèmes…

Elle gesticulait, faisant tinter ses bracelets.

— Quel happy end ? Quels problèmes ? Qu'est-ce que tu me chantes ?

Mais Lois avait fui son regard et fixait obstinément le vide. Son profil laissait apparaître un rougissement fort atypique chez elle. Le silence s'étirait. Dex, qui depuis une ou deux semaines se demandait si le moment n'était pas venu de procéder à l'inévitable rupture, sentit qu'elle lui taisait quelque chose d'important.

— Qu'est-ce que c'est que cette histoire de conte de fées ? répéta-t-il lentement.

Lois haussa les épaules :

— J'ai dit ça sans réfléchir. C'est tout moi, ça. La reine des gaffes. J'aurais mieux fait de me taire.

— Dis-moi, Lois.

Que se tramait-il donc ?

— Demande à Amanda, elle te le dira.

— Lui demander quoi ? Allez, Lois. Crache le morceau.

Il coupa le contact :

— Je ne te ramènerai pas tant que tu ne m'auras pas donné d'explications.

Elle hésita et finit par prendre une décision.

— Bon, après tout, tu es en droit de savoir.

— Il me semble, oui. Je t'écoute.

— Alors, voilà. Toi, tu as ta petite Delphi, qui est si jolie, et tu es célibataire. Puis il y a Amanda, qui l'est aussi. Et justement… elle ne peut pas avoir d'enfants.

Toujours mortifiée d'avoir commis pareil impair, Lois se dépêcha d'en finir :

— C'est pour ça que votre couple est si merveilleux. Ensemble, vous formez une famille.

— Elle est stérile ?

Dex encaissa la révélation comme un coup de poing au sternum. Non que ce fût une caractéristique qu'il jugeât rédhibitoire chez sa partenaire. Mais il se sentait soudain accablé par une écrasante responsabilité.

— Désolée, murmura Lois.

— Comment le sais-tu ?

— Elle l'a dit à l'une des mamans, à l'école. Tout le monde est au courant.

Du menton, Lois indiqua le starter.

— On peut y aller, maintenant ?

Dex tourna la clé dans le contact.

— Ne t'en fais pas. Je te remercie de m'en avoir parlé.

— Tu ne m'as pas vraiment laissé le choix, grommela Lois. Je ferais un piètre agent secret. Pourtant, d'habitude, je suis plutôt discrète…

— Tu es bien obligée, tu tiens un bar.

— Je peux en profiter pour te poser une question ? Tu l'aimes ?

— Qui ? bredouilla Dex, désarçonné.

Il pensait à Molly, se demandait si elle aussi était au courant, pour Amanda. Puis il se reprit :

— Ah, Amanda ?

S'il l'aimait ? Certainement pas. Mais il ne pouvait pas formuler la chose comme ça. Il préféra éluder et contrer cette question par une autre :

— Alors comme ça, tout le monde au village soutient notre… « couple » ?

— Je n'ai pas dit ça. Moi, par exemple, j'émettrais quelques réserves. Pour ne rien te cacher, je t'aurais bien vu avec Molly.

Ce fut au tour de Dex d'éviter son regard et de se concentrer sur la route. Lois le scrutait.

— Ce tic nerveux en dit long. Il s'est passé un truc, avec Molly ?

— Non, nia-t-il en secouant frénétiquement la tête. Jamais.

— Mais tu as tenté ?

— Oui.

— Et ?

— Elle m'a repoussé.

— Vraiment ? Curieux. Je croyais qu'elle en pinçait pour toi.

— Eh bien, tu te trompais. En plus, maintenant, elle est avec son Vince…

Son beau Vince qui présentait si bien. Et polissait si bien les carrosseries.

Un silence. Puis, Lois relança la conversation.

— Vince, oui… Tu en penses quoi, de ce mec ?

Dex parvenait de mieux en mieux à garder ses pensées pour lui et à dissimuler ses sentiments. Il préférait ça. Ainsi, il se ridiculisait un peu moins souvent.

— Vince ? Il est sympa. Je ne suis pas sûr qu'il convienne à Molly, mais elle a l'air emballée…

Lois opina.

— Les goûts et les couleurs…

Ils parcoururent les derniers kilomètres en silence, chacun perdu dans ses pensées.

Dans la vie, on n'a pas toujours ce qu'on veut.

Au Crown Inn de Marlbury, à une table près de la fenêtre, Dex attendait qu'Amanda rentre du travail.

Il appréhendait la conversation qui se profilait, mais il fallait en passer par là. L'ironie voulait qu'il se trouvât sur le lieu de leur première rencontre, dans ce bar où ils s'étaient attendris ensemble sur la piètre performance des Games we Play.

Il était de retour face à la petite scène, mais cette fois, c'était pour rompre. Ce qui n'était jamais agréable, mais Dex ne voyait pas d'autre solution. Cela valait mieux pour tout le monde.

La Peugeot gris métallisé aux faux airs de voiture de sport s'arrêta devant la maison d'Amanda. Dex la vit descendre de son véhicule et le verrouiller à l'aide de sa clé électronique. Il finit son café d'un trait et se prépara pour l'épreuve qui l'attendait.

Amanda, qui s'était d'abord réjouie de sa visite inopinée, avait rapidement déchanté.

— Quoi ? Mais… pourquoi ? l'interrogeait-elle, les yeux ronds de stupeur.

— Parce que… tu mérites mieux.

— Ah, je t'en prie, pas de ça avec moi. Garde tes clichés pour toi. Je ne comprends pas, on s'entend bien, on s'amuse bien, non ? Surtout au lit. Tu ne peux pas dire le contraire.

— Je sais, mais…

— Tu ne trouveras pas mieux que moi.

En l'entendant si assurée, Dex comprit pourquoi il avait envie de la quitter. Une bonne dose de confiance en soi, c'était une chose, mais il y avait des limites à ne pas dépasser.

— Tu as peut-être raison, mais je suis prêt à courir le risque.

Il regretta ses propos, il s'était promis de se montrer gentil.

— Je suis désolé, se rattrapa-t-il, mais c'est mieux ainsi, crois-moi. Finalement, tu me remercieras. Il vaut mieux rompre maintenant.

— Il y a quelqu'un d'autre ?

Amanda traversa sa cuisine scintillante de propreté et remplit un verre d'eau au robinet.

Dex hésita et fit non de la tête. Allait-elle lui lancer le verre d'eau au visage ?

— Tu mens. Tu te fiches de moi. Tu as quelqu'un d'autre, c'est évident. Une nouvelle conquête.

— Non, promis.

Si seulement...

— Mais on va si bien ensemble.

— En théorie, oui. Mais pour moi, ça ne colle pas.

Pour un serial largueur tel que lui, il s'y prenait vraiment comme un manche.

Machinalement, il posa sa main sur son cœur et dit :

— Je veux vivre une relation qui soit une évidence.

La main d'Amanda se crispa sur son verre.

— Quoi que je dise, quoi que je fasse, c'est ton dernier mot ?

— Oui. Je suis désolé. Sincèrement. Pour tout.

— Bien.

Heureusement, Amanda n'était pas du genre à supplier. Son orgueil se réveillait. Elle but son verre d'eau et le posa au fond de l'évier.

— Dommage. Tu vas me manquer. Delphi aussi. D'ailleurs, où est-elle ? Laisse-moi deviner. Tu l'as confiée à Molly le temps de te débarrasser de cette corvée.

— Frankie s'en occupe.

Il avait jugé inconvenant de confier la petite à Molly, étant donné les circonstances.

— Tu vas lui manquer, à elle aussi, dit-il gentiment, bien qu'il en doutât. Écoute, je sais ce que tu ressens, mais on ne peut pas rester ensemble juste pour Delphi, ce serait de la folie.

— C'est ça, ce que tu crois ? Qu'il vaut mieux rompre maintenant pour ne pas risquer de traumatiser Delphi quand elle sera plus grande ?

— Je ne faisais pas allusion à ça, bredouilla Dex avec compassion, mais au fait que tu ne peux pas avoir d'enfants. Je sais que Delphi tombe à pic pour toi et que c'est la raison pour laquelle tu veux que l'on reste ensemble.

Amanda inclina la tête et l'observa attentivement pendant quelques instants.

— Qu'est-ce que c'est que ces salades ? lâcha-t-elle enfin.

— On m'a tout raconté, dit Dex, qui ne tenait pas à nommer ses sources. Tout le monde est au courant.

— Au courant de quoi, je te prie ?

— Que tu es stérile.

— Vraiment ? Comme c'est intéressant. On aurait pu m'en informer. C'est mon utérus, tout de même.

Hein ?

— Bon, fit Dex, je vais te répéter ce qu'on m'a dit…

Lois lui avait exposé la situation dans le détail et il tentait à présent de tout bien se remémorer.

— L'une de tes patientes est venue te consulter à la clinique, incapable de concevoir et, comme elle était bouleversée, tu l'as consolée en lui disant que tu avais le même problème.

Il eut un geste d'impuissance.

— Voilà, c'est tout ce que je sais.

Amanda hocha lentement la tête. Tout s'expliquait.

— Je vois. J'aurais dû me méfier. Au village, tout se sait. En fait, cette patiente n'arrivait pas à avoir d'enfant parce qu'elle souffrait d'endométriose. Or moi aussi, j'en suis atteinte. Sauf que l'endométriose peut provoquer toutes sortes de symptômes, dont l'infertilité ne fait pas forcément partie. En général, cela complique la conception, mais sans nécessairement l'exclure. Zut, elle a tout compris de travers… Et donc, on me croit stérile ? Tout le village s'apitoie sur mon sort ?

Les coins de ses lèvres se rehaussèrent en un sourire amer.

— J'en ai bien peur, admit Dex.

— Et toi, tu débarques aux Bruyères avec Delphi... Je comprends, maintenant, pourquoi les mères que je reçois en consultation s'extasient sur notre relation.

— Ah, parce que tes patientes aussi... ?

— Ça n'arrête pas. Je m'en étonnais. Jusqu'à maintenant.

— En effet.

— C'est ça, qui t'a fait fuir ? demanda Amanda, visiblement soulagée. Ne t'inquiète pas. Je ne présente que des symptômes légers, il y a très peu de chances pour que je sois stérile. En fait, la grossesse est même le meilleur remède dans ma situation. Donc pas de panique, on peut continuer de se fréquenter.

Dex leva la main pour la couper dans son élan :

— Non, attends, je... Pardon, mais cela ne change rien aux faits. Je préfère qu'on en reste là.

Amanda se fendit d'un rictus acerbe, puis se radoucit :

— Bah, ça valait le coup d'essayer. Je persiste à penser qu'il y a quelqu'un d'autre. Et je pense même savoir qui c'est. Tu veux que je te le dise ?

Dex sentit son estomac se nouer encore un peu plus, et refusa tout net :

— Non.

— Tu es sûr ? Dommage, je suis sûre que j'aurais mis dans le mille.

Elle souriait crânement. Sans toutefois parvenir à masquer sa peine.

53

Le portrait était achevé. Sur son chevalet, au milieu du salon, dissimulé par un vieux pashmina mauve, il attendait le moment d'être dévoilé. Molly entra, Dex sur les talons. Pouvait-il se douter de ce qu'elle éprouvait, lui qui n'était pas artiste ? Elle avait les nerfs en pelote. Chaque fois qu'elle s'apprêtait à montrer une toile à son modèle, elle le scrutait, guettant avec angoisse sa réaction. Parfois, des signaux presque imperceptibles trahissaient sa joie, ou sa déception, le cas échéant.

— Quel suspense, dit Dex, la petite dans les bras. Tu as intérêt à m'avoir représenté en sosie de Johnny Depp, sinon ça va barder.

Le hasard avait fait qu'il portait la même chemise blanche que sur son portrait. En revanche, son jean était différent et ses cheveux avaient poussé. En raison du beau temps qui régnait depuis quelques jours il était également plus bronzé.

— Johnny Depp ? Pourquoi ne me l'as-tu pas dit plus tôt ? Je me suis inspirée de Mister Bean.

Elle s'avança et retira le foulard de la toile.

— Gaaaa !

Delphi, totalement indifférente au tableau, piailla et tenta d'empoigner le pashmina qui flottait entre les mains de Molly. Détendue, elle le lui donna de bonne grâce. Dex aimait le portrait, cela se voyait.

— Mister Bean ne m'a jamais semblé si beau, observa-t-il.

Il alla examiner la toile de plus près, presque incrédule :

— C'est épatant. Delphi… Et moi… On est plus vrais que nature.

— Merci.

Son appréhension envolée, Molly savourait ses compliments ainsi que le sentiment du travail bien fait.

— J'ai voulu vous peindre tels que vous êtes réellement. Le lien fort qui vous unit m'a beaucoup aidée. On… On sent bien l'amour que vous dégagez.

Elle en faisait trop.

D'un autre côté, c'était la vérité.

Delphi gigotait, elle voulait qu'on la pose. Dex s'inclina et dit :

— Tiens, regarde ça. C'est son nouveau truc.

Tous deux l'observèrent. Elle s'assit sur le tapis et s'enveloppa du pashmina, comme E.T. dans la scène d'Halloween, en plus petit. Molly s'attendrit. Mais déjà Dex se retournait vers le tableau, passant toute la toile au crible.

Enfin, il décocha un grand sourire à Molly.

— Tu es sacrément douée.

Il est des moments dans la vie où il faut savoir oublier toute modestie et reconnaître l'évidence :

— C'est vrai. Je suis plutôt contente du résultat.

— Ga ! pépia une petite voix sous le pashmina.

De petits bras en émergèrent. On aurait dit un bébé fantôme en mal d'affection.

— Merci, Molly. Tu as dépassé mes attentes.

Il farfouilla dans les poches de son jean et :

— Tiens, je t'ai acheté ça…

— Hein ?

Il lui tendait un petit étui en cuir plat.

— Mais, tu m'as déjà payée.

Il avait insisté pour lui payer son tarif habituel, et à la commande, en plus. Molly, bien sûr, lui aurait volontiers offert le portrait, mais Dex avait refusé tout net.

Et voici qu'il levait les yeux au ciel, mimant l'exaspération :

— J'avais envie de te faire un cadeau, ce n'est pas un crime, si ? C'est pour te remercier… pour ton amitié… tes baby-sittings… pour tout.

— Mais…

— Détends-toi, c'est une bricole. J'aime faire des cadeaux. Sois sympa, n'en fais pas toute une histoire, sinon je vais me sentir gêné.

Molly doutait fort que Dex ait déjà fait l'expérience de la gêne, ne serait-ce qu'une fois dans sa vie mais, conciliante, elle céda et prit l'étui.

Quand elle en souleva le couvercle, elle en eut le souffle coupé.

— Dex !

Il haussa les épaules et sourit à demi.

— S'il ne te plaît pas, tu peux l'échanger.

— Tu plaisantes ? Je l'adore ! C'est fou, c'est pile celui que j'ai repéré dans un magazine, la semaine dernière, au café. Sauf que c'est à Frankie que je l'ai montré, pas à toi.

Elle le dévisageait, interdite.

— Toi, tu prenais des photos de Delphi, près de la fenêtre. Tu n'as même pas vu le magazine, alors le bracelet… Quelle coïncidence.

Dex se délectait de la confusion de Molly. Il sortit le bijou de son étui, l'ouvrit et invita son amie à tendre le poignet. Elle s'exécuta et le regarda lui passer le bracelet. Il était fait de maillons plats en or rose, de formes différentes. Certains étaient ronds, d'autres ovales, d'autres rectangulaires et d'autres en forme de losanges. Ce qui produisait un effet curieux, original, à mi-chemin du moderne et de l'ancien. Elle l'avait vu au bras d'une championne olympique de natation, une blonde, et avait cherché en vain sur la page davantage d'informations.

Elle consulta Dex du regard :

— C'est inouï… Comment as-tu fait ? Comment as-tu su ?

Fier de son coup, il répondit :

— J'étais bien à l'autre bout de la pièce, mais je t'ai entendue t'émerveiller sur quelque chose. Alors, plus tard, j'ai demandé à Frankie ce qui t'avait tant plu.

Impressionnée, touchée par cette attention, Molly n'en restait pas moins perplexe :

— Mais le magazine ne précisait pas d'où il venait. Je le sais, j'ai bien cherché.

Tout en sachant qu'elle ne pourrait pas se le payer, de toute façon.

— En effet, dit Dex. J'ai dû recourir à la télépathie. J'ai envoyé un message au cosmos par projection astrale et la réponse s'est fait jour dans mon esprit, comme par magie.

Molly affichait une moue dubitative.

— Bon, OK, j'ai contacté la nageuse via Twitter et je lui ai demandé où elle l'avait acheté. Elle a répondu et, par chance, le joaillier en avait encore un en stock.

— Habile. Il ne fallait pas. J'avoue qu'il me plaît énormément. Je… Merci.

Elle avait envie de l'embrasser, mais quelque chose l'en empêchait. Et si, une fois lancée, elle ne parvenait plus à s'arrêter ?

— Cool. Je suis content.

Dex semblait attendre quelque chose. Un baiser, à vrai dire. Voyant que rien ne se profilait, il reprit :

— Tu vas le porter ?

— Tous les jours. Je ne le retirerai plus jamais.

— Vince n'y verra pas d'inconvénient ? Ça ne le dérangera pas que tu portes un bijou offert par un autre ?

— Pas du tout.

Soudain, elle eut une idée :

— Ne bouge pas, je reviens tout de suite. Je vais chercher quelque chose.

Elle fonça à l'étage, fouilla dans le tiroir du haut de sa table de nuit, démêla un nœud de chaînes et de colliers divers et variés et, enfin, mit la main sur ce qu'elle cherchait.

Elle dévala l'escalier et s'exclama gaiement :

— Regarde, tu ne trouves pas qu'elle irait parfaitement avec mon nouveau bracelet ?

Elle posa sa breloque dans la paume de Dex et recula d'un pas pendant qu'il étudiait la petite grenouille en or rose perchée sur le manche de sa bêche.

— Elle est belle, n'est-ce pas ? Et ils iront si bien ensemble. On croirait que c'est fait exprès.

Dex leva la tête, une étrange lueur au fond des yeux. Se pouvait-il que la breloque lui déplût à ce point ?

— Où l'as-tu trouvée ?

— C'est une drôle d'histoire, à vrai dire. Devine.

— Aucune idée, fit Dex en secouant légèrement la tête.

Molly glissa sa main dans une poche imaginaire :

— Dans ma poche. Dans la poche de mon manteau. C'est fou, non ? Je n'ai jamais su comment elle avait atterri là.

— Je l'avais achetée pour Laura.

— Quoi donc ?

— Cette breloque.

Il la tournait et la retournait entre ses doigts.

— C'était peu avant Noël. Je l'avais repérée chez un antiquaire de Burlington Arcade, à Londres.

Molly en ouvrait des yeux ronds.

— Et… Elle la portait en bracelet ? La seule fois où je l'ai vue…

— Elle ne l'a jamais portée. J'avais prévu de l'échanger. Je la gardais donc dans ma poche. Puis, un jour, elle a disparu. Elle s'est volatilisée…

Il fronçait les sourcils, tâchait de se rappeler.

Le cœur de Molly fit un bond. Elle avait deviné.

— Le lendemain de la mort de Laura, tu es passé chez Frankie après mon cours, tu te souviens ? Je t'ai fait une tasse de café. Puis je t'ai reconduit ici et tu t'es endormi sur le canapé… Mais je ne t'ai pas fait les poches, promis, juré.

Il ne manquerait plus qu'il la soupçonne de la lui avoir volée. Mais non, il souriait.

— Je le sais bien, ne t'en fais pas. J'étais en état de choc, ce soir-là. Tout est un peu flou dans ma mémoire. Je me souviens seulement qu'il pleuvait des cordes.

— Attends, laisse-moi réfléchir.

Elle ferma les yeux pour reconstituer la scène dans sa tête. En tant qu'illustratrice, elle était dotée d'un sens de l'observation affûté. Il avait fait un temps effroyable, le soir en question, il tombait une pluie battante. Dex, trempé comme une soupe, tremblait de la tête aux pieds, aussi Molly avait-elle insisté pour qu'il enlève son manteau. Elle l'avait suspendu au dossier d'une chaise, contre le radiateur, par-dessus son propre manteau.

Elle rouvrit les yeux.

— Ce soir-là, quand je préparais le café, dans la cuisine, tu n'aurais pas sorti la breloque de ta poche ?

— Je n'en sais rien… C'est possible.

Ses méninges s'activaient, et :

— Maintenant que tu me le dis… Oui. Oui, en effet.

Molly hocha lentement la tête. Le mystère était résolu.

— Nos deux manteaux étaient suspendus au même dossier de chaise. Tu as dû la replacer dans la mauvaise poche. Et voilà.

Il regarda la petite grenouille :

— Et c'est toi qui l'avais. Pendant tout ce temps.

— J'ai collé des affichettes au café, au cas où. J'en ai mis au Cygne, aussi, et chez l'épicier. Mais personne ne me l'a jamais réclamée. Mais tu l'as retrouvée. Tant mieux, je suis ravie.

— Garde-la, murmura-t-il en la lui fourrant dans les mains. Qu'est-ce que j'en ferais, moi ? Tu me vois la porter en boucle d'oreille ? Allez, reprends-la, elle est à toi, maintenant.

Il referma dessus les doigts de Molly.

— Je me réjouis que ma petite grenouille ait trouvé son chemin jusqu'à toi.

Ils se tinrent un moment en silence, mains dans les mains, yeux dans les yeux. Molly se concentrait sur sa respiration, car son souffle s'accélérait ; Dex avait un drôle d'effet sur sa sécrétion d'adrénaline…

— Papa !

Delphi avait escaladé le canapé. La paupière lourde, elle piquait du nez. Elle pointa du doigt le foulard, resté par terre, et agita les jambes. En langage des signes, cela voulait dire « ramasse-moi ça et fais-m'en une couverture, c'est l'heure de ma sieste ».

Dex obéit. Pour cela, il lâcha la main de Molly. Qui le laissa partir à regret.

Pitoyable, elle était pitoyable. Il fallait qu'elle se ressaisisse.

Dex ébouriffa les cheveux de Delphi et l'embrassa sur le front.

— Dors bien, mon bébé.

— Dodo, approuva Delphi en se frottant la joue avec un coin du pashmina.

— Tu crois que le tableau plaira à Amanda ? demanda Molly, non sans un vif pincement au cœur.

Dans un an, qui sait ? Dex lui commanderait peut-être un portrait de famille les représentant tous les trois, Dex, Delphi et Amanda, heureux comme des princes.

Molly se retourna. Dex ne répondait pas.

— On a rompu, lâcha-t-il enfin.

Quoi ?

Ces mots crépitaient entre eux comme de l'électricité. Un frisson parcourut la nuque de Molly.

— Ah bon ? demanda-t-elle, la bouche sèche.

— Oui.

— Pourquoi ?

— Ça ne marchait pas.

Le soulagement inonda Molly. Suivi de près par la culpabilité. Pauvre Amanda.

— Quand est-ce que... ?

— Hier.

— Oh. Elle l'a pris comment ?

— Mal, au début. Mais elle s'en remettra.

— Mais...

Malgré elle, Molly jeta un coup d'œil au bébé qui dormait déjà sur le canapé. Fallait-il en parler à Dex ? Amanda avait peut-être fait la fière mais elle devait être effondrée...

— Je vois que tu étais au courant, cingla Dex.

Zut.

— De quoi ?

— Ne fais pas l'innocente, tu ne sais pas mentir. Tu savais qu'Amanda ne pouvait pas avoir d'enfants.

Il eut un sourire en coin :

— Il paraît que tout le village sait ça. Sauf Amanda. Et pour cause, c'est faux.

Molly avait entendu parler d'expériences extrêmes où l'on a l'impression de quitter son corps. Ce qu'elle éprouvait à présent ressemblait fortement à ce phénomène. La voix de Dex, ses explications sur l'origine du malentendu lui parvenaient comme un écho distant. En parallèle, elle assimilait la nouvelle. Dex et Amanda avaient rompu. La veille encore, Molly avait fait un affreux cauchemar dans lequel ils se mariaient à l'église du village. Le prêtre était obligé de hurler pour couvrir le bruit des sanglots de Molly. Et voilà que leur relation était terminée. Qu'Amanda pouvait enfanter. Et qu'elle allait débarrasser le plancher.

Molly ne sentait plus ses pieds. Ni ses genoux, d'ailleurs.

Oups, elle n'avait rien écouté de ce que Dex lui racontait.

— Je te demande pardon ?

— Je disais, finis nos dîners à quatre.

Il haussa les épaules, et reprit :

— À trois peut-être, si toi et Vince me prenez en pitié et m'invitez à casser la croûte avec vous. J'accepterais avec reconnaissance votre charité envers le pauvre célibataire que je suis.

Elle avait la gorge nouée et la sensation qu'on tentait de l'étrangler avec un élastique.

— En fait… J'ai rompu avec Vince.

Dex avait changé de tête. Il se figea. Après un long silence, il fit :

— Ah ?

— Et oui.

L'élastique se resserrait.

— Quand ?

— Il y a quelques semaines, avant son départ pour le Canada.

Dex secouait lentement la tête.

— Pourquoi ne m'as-tu rien dit plus tôt ?

— Je ne sais pas…

Les joues de Molly lui cuisaient. Elle n'allait tout de même pas lui répondre : « Parce que tu étais avec Amanda. »

— C'était plus simple comme ça, bredouilla-t-elle.

— J'aurais aimé que tu me le dises.

— Pourquoi ?

Silence. Le rythme cardiaque de Molly s'accéléra. Dex semblait sur le point de lui dire quelque chose d'important. Mais il soupira et se détourna.

— Pour rien. Seulement, tu aurais dû m'en parler.

Il pivota pour s'assurer que Delphi dormait paisiblement, puis se passa la main dans les cheveux et reporta son attention sur le portrait.

Le silence se prolongeait. Pesant, presque gênant. À son tour, Molly regarda le tableau ; la proximité du corps de Dex lui donnait des frissons. Côte à côte, leurs bras se touchaient presque. Si elle bougeait, si elle plaçait nonchalamment sa main sur sa hanche, par exemple, sa peau frôlerait la sienne…

Mais il ne fallait pas y penser.

— C'était quoi, le plus difficile ? demanda soudain Dex, la faisant sursauter.

Le plus difficile ? C'était l'épreuve qu'elle était en train de vivre en cet instant précis.

— Tu parles du portrait ? Ma foi… Les mains, c'est toujours délicat.

Afin d'occuper les siennes, elle indiqua le portrait, au cas où Dex n'aurait pas compris de quoi elle parlait.

— J'imagine que les yeux aussi, ça doit être technique.

— En effet.

Elle contemplait ses yeux peints sur la toile. Couleur café, plus sombres encore vers les bords de l'iris, pétillant de malice, un peu plissés, ils semblaient lui rendre son regard. Il n'avait pas été facile de le soutenir, pendant l'exécution du portrait.

— Et les dents ? C'est dur ?

— Très, sans quoi, on ne pourrait pas mordre.

Son humour battait de l'aile.

Molly dut s'arracher à la contemplation de sa bouche sur la toile. Elle l'émoustillait. À la place, elle fixa un creux à la base du cou, dans l'ombre. Pendant qu'elle le peignait, il lui avait fallu lutter pour ne pas tendre les doigts vers son modèle et caresser l'original, sentir la chaleur de sa peau... Cela la démangeait encore.

— Tu aurais dû me dire que tu avais quitté Vince, répéta Dex.

S'agissait-il d'une impression, ou l'air dans la pièce vibrait-il ? Molly, respirant aussi calmement que possible, demanda :

— Pourquoi ?

Mais Dex secouait de nouveau la tête.

— Pour rien... Seulement... Bon sang, ça va te sembler dingue, mais je n'ai poursuivi ma relation avec Amanda que parce que tu sortais avec Vince. C'est minable, je sais, mais c'est la vérité. Je savais qu'il ne te convenait pas et ça me fendait le cœur de vous voir ensemble... Bref, j'étais jaloux. Je n'y peux rien. Je sais que je ne te plais pas, et je sais que je suis encore en train de tout gâcher, comme la dernière fois, alors qu'il nous a fallu si longtemps pour redevenir amis. Je ferais mieux de me taire. Mais je ne peux plus garder ça pour moi, parce que c'est la vérité. Et zut. Je suis désolé. Je suis un imbécile.

Il ferma les yeux et s'écarta avec un soupir déchirant.

Molly ne pipait mot, elle en était incapable. Elle pouvait à peine réfléchir. Elle l'attira à elle et l'embrassa. D'abord, tendrement, puis il l'enlaça, et le baiser se fit passionné. La joie déferla dans le corps de Molly, saturant chacune de ses terminaisons nerveuses. Rien n'avait jamais été aussi parfait.

Hors d'haleine, ayant perdu toute notion du temps, elle finit par se dégager.

— Oui, un imbécile, confirma-t-elle en regardant Dex. Tu ne pouvais pas me dire tout ça il y a quelques mois ? On aurait gagné du temps.

— J'ai essayé, lui rappela-t-il. Tu m'as clairement fait comprendre que je ne t'intéressais pas.

C'était vrai, elle l'avait repoussé.

— Tu étais différent, à l'époque. Tu as changé. En plus, se défendit Molly, tu n'avais qu'à ne pas te vanter de ton tableau de chasse. Je ne voulais pas être une conquête parmi d'autres, une de celles qu'on consomme et puis qu'on jette.

Une pause.

— Bon, OK, admit-elle. Il y a des mois, je ne t'aurais pas fait confiance. Mais il y a quelques semaines, si.

Dex se dérida :

— Tu aimes bien chercher midi à quatorze heures, je me trompe ?

Il se pencha et l'embrassa de nouveau. Puis :

— Nous avions sans doute besoin de mûrir pour que tout soit parfait quand enfin nous serions prêts. Je n'aurais jamais cru que tu me donnerais une seconde chance. Être ton ami, rien que ton ami... c'était une vraie torture. Mais je me rabâchais que cela valait mieux que rien.

Molly en tremblait comme une feuille. Elle tendit la main.

— Regarde, j'ai la tremblote.

— Tu as peur ?

Dex prit sa main dans la sienne.

— Moi aussi, j'ai peur, ajouta-t-il. Je n'ai jamais rien éprouvé de semblable. Je t'aime, Molly.

Sa voix se brisa. Il était trop ému.

— Je tiens à ce que tu saches, précisa-t-il, que je n'ai jamais dit ces mots à nulle autre que toi. Sauf à Delphi, bien sûr. Je n'ai jamais ressenti ça pour qui que ce soit auparavant. Mais toi... avec toi... c'est différent. Depuis le premier jour où je t'ai vue, quand tu as catapulté ce poisson dans mon jardin, j'ai su que tu me plaisais. Depuis... mes sentiments n'ont fait que grandir et aujourd'hui, l'idée de ne pas t'avoir à mes côtés m'est devenue insupportable. Je t'aime.

Il répétait ces mots avec stupeur.

— De tout mon cœur, conclut-il.

Il l'aimait vraiment. Molly crut qu'elle allait éclater de joie. Elle ne pouvait pas lui rendre sa déclaration, il était trop tôt, mais elle savait déjà qu'elle aussi, elle l'aimait. Elle risquait peut-être gros en s'attachant à un ancien Don Juan, mais le jeu en valait la chandelle. De toute façon, la vie n'offrait jamais de garantie. Même Joe, qu'on prenait pour le mari parfait, les avait tous dupés.

— Quand le village va apprendre ça... Les gens vont être sacrément déçus...

Elle noua ses bras autour du cou de Dex et huma sa divine odeur. Enfin, elle toucha le fameux creux à la base de son cou.

— Tu crois ? dit-il. Pourquoi ?

— Ils te voyaient déjà épouser Amanda, fonder une famille.

— Tant pis pour eux. Tiens, à propos de famille...

Dex lui murmura à l'oreille :

— Notre timing laisse à désirer.

— Que veux-tu dire par là ?

— Eh bien, je n'ai envie que d'une chose, là, maintenant, mais...

Du menton, il désigna le canapé. Molly suivit son regard et vit que la petite s'était réveillée et dardait sur eux un regard curieux.

— Quelque chose me dit qu'il va falloir attendre.

— Babadadaga, confirma Delphi en ouvrant et fermant ses petits poings, ravie d'avoir capté leur attention.

— Les enfants, le meilleur contraceptif au monde, plaisanta Dex en serrant Molly par la taille.

Dans ses yeux sombres dansait une flamme joueuse.

— Bah, on a tenu des mois, on tiendra bien encore un peu, dit Molly.

Elle ne s'était jamais sentie aussi heureuse, aussi vivante. Toute sa peau lui semblait une vaste zone érogène. Ivre d'amour et d'adrénaline, elle ajouta :

— C'est toujours agréable d'avoir quelque chose à attendre.

Dexter se pencha pour poser sur ses lèvres un dernier baiser ; Delphi se laissa dégringoler du canapé et trottina vers eux.

— Tu as parfaitement raison, dit Dex, radieux. Et cela vaudra la peine d'avoir attendu.

— Papapapa, brailla Delphi, les bras en l'air, et de se jeter contre lui. Paaapaaa !

54

La fête se tenait au Cygne Insolent. Tout le monde était là. Marquant un temps d'arrêt afin de parcourir la foule du regard, Molly s'émerveilla des changements qui étaient survenus au cours de l'année écoulée.

La vie de Dex, tout d'abord, avait subi de sacrés chambardements. Chambardements qui avaient peut-être bien achevé de forger son identité. Depuis la veille, il était officiellement le père de Delphi. Le tribunal de grande instance avait prononcé l'adoption, tous les papiers avaient été signés. L'émotion était à son comble ; même une ou deux assistantes sociales avaient pleuré.

Nul ne pleurait plus désormais. En ce premier septembre, on fêtait la bonne nouvelle. Malgré elle, Molly bondit de joie lorsque Dex réapparut dans son champ de vision, la petite sur la hanche. Sans hésiter, les derniers mois avaient compté parmi les plus heureux de son existence. Avec chaque jour qui passait, son amour pour Dex se renforçait. Non seulement leur vie sexuelle comblait toutes ses attentes, mais leur relation dépassait cette simple entente charnelle. Molly ne pouvait imaginer une vie sans Dex.

Frankie surgit de nulle part et lui donna un petit coup de coude taquin :

— Que tu es mignonne à te pâmer sur ton amoureux.

— Tu ferais mieux de t'occuper du tien, riposta Molly en adressant un signe de tête à Henry, qui discutait avec Joe et Christina.

Frankie ne voulait rien précipiter ; elle prenait son temps et Henry, toujours complaisant, patientait. Il passait régulièrement le week-end avec elle aux Bruyères et lui consacrait autant de temps qu'elle l'y autorisait. En parallèle, une improbable amitié s'était nouée entre eux et Joe et Christina. Amber, Dieu merci, était revenue dans le droit chemin ; bien qu'avec des résultats médiocres elle avait réussi ses examens, et Shaun l'aidait à rattraper le retard qu'elle avait accumulé. À la rentrée, pour sa terminale, elle intégrerait un nouveau lycée. Shaun entrait pour sa part à l'université, mais entre-temps, sa relation avec Amber s'était consolidée. Nul doute qu'elle résisterait à l'éloignement. Surtout, l'adolescente avait retrouvé sa joie de vivre d'antan, elle profitait à nouveau pleinement de la vie. Ses égarements en compagnie de Cosse et de ses affreux acolytes appartenaient au passé.

— Au fait, j'ai bavardé avec Muriel, tout à l'heure, dit Frankie. Quel personnage. Elle est impayable.

Au volant de son fauteuil électrique rouge vif, son petit chien perché dans son panier, la vieille dame se frayait un passage parmi les invités. Frankie lui sourit.

— Je sais, elle est géniale, renchérit Molly.

Elle était contente d'être restée en bons termes avec elle. Depuis sa rupture avec Vince, elle correspondait par e-mail avec la charmante excentrique, au point de l'inviter à la fête d'adoption de la petite.

— Regarde, dit Frankie le doigt pointé vers la piste. Addy danse avec Hope et Stefan.

Elles admirèrent le tableau. Hope partageait désormais la vie et la caravane de Stefan. Elle rayonnait, touchée de l'accueil que les habitants du village lui avaient réservé. Un journaliste qui avait eu vent de leur idylle s'était présenté un jour aux Bruyères dans l'espoir de leur soutirer un bon scoop. Tous sans exception lui avaient opposé un silence poli mais obstiné. Il était reparti bredouille. Ceux qui connaissaient leur histoire se réjouissaient pour eux. Quant à Addy, elle raffolait de sa nouvelle grand-mère.

— Lois l'appelle sa marâtre, pour rigoler, dit Molly. Hope trouve ça tordant. Elles s'entendent à merveille. D'ailleurs, je trouve Lois très en beauté, pas toi ?

De fait, Lois avait le teint lumineux. Ses anglaises noires lui tombaient en cascade sur les épaules, retenues de côté par une rose de soie surdimensionnée. Une robe à fleurs rouge et blanche servait d'écrin à sa pulpeuse silhouette ; son décolleté mettait en valeur sa poitrine généreuse et hâlée.

— Oui, c'est joli, cette robe, approuva Frankie.

Puis, timidement, elle ajouta :

— Dis, tu te souviens de ces quelques jours de congé qu'elle a pris la semaine dernière ? Tu vas me prendre pour une folle… Surtout qu'elle avait déjà tout ce qu'il fallait, là où il fallait, mais… Tu ne trouves pas qu'on dirait qu'elle s'est fait refaire les seins ?

Lois venait de s'asseoir pour souffler un peu quand une vieille dame en fauteuil, une amie de Molly, semblait-il, l'aborda en ces termes :

— Envoyez-moi au diable si je vous enquiquine, mais je voudrais vous poser une question.

Lois avala un morceau de son sandwich au jambon et à la tomate et planta son regard dans celui de la vieille dame.

— Posez donc, lui dit-elle d'un ton enjoué.

— Seriez-vous enceinte ?

Lois s'étrangla sur sa bouchée.

— Oh, pardon, dit Muriel. Voyez-vous, je me suis toujours piquée d'avoir des dons d'observation. Un peu comme Miss Marple, qui repère toujours les petits détails qui échappent aux autres… Or je vous ai vue inspecter ces sandwichs, à l'instant. Vous n'avez pas touché à ceux qui contenaient de la mayonnaise ou du fromage à pâte molle.

— Peut-être que je n'aime pas ça, remarqua Lois.

— Et vous buvez du jus d'orange.

Par chance, personne ne se trouvait à portée de voix. D'un autre côté, elle ne pourrait plus le cacher bien longtemps. Cette vieille toupie n'avait pas les yeux dans sa poche. Lois soupira.

— Bingo, je suis en cloque. Vous êtes diabolique. Personne n'est au courant alors si vous pouviez garder ça pour vous…

— Jeune femme, « Discrétion » est mon deuxième prénom… Je mens, en réalité, c'est Anthéa.

Elle lui tendit une main manucurée et lourde de bijoux :

— Je m'appelle Muriel. Toutes mes félicitations.

Lois pinça les lèvres.

— Merci.

— Miséricorde ! C'était un accident ?

— Plus ou moins.

— Et le papa ?

— Il ne sait pas, et ne saura jamais.

En fait, Lois était soulagée de parler enfin à quelqu'un de ce sujet qui la préoccupait depuis maintenant des semaines. Or, étrangement, il lui était plus facile de se confier à une illustre inconnue.

— Mais ça va aller, dit Lois. Je vais me débrouiller. J'ai de l'expérience en la matière…

Elle indiqua Addy qui dansait la farandole avec ses amis.

— Je l'ai déjà fait une fois, pourquoi pas deux ? Il faut croire que je ne sais pas choisir les hommes, voilà tout.

— Quel dommage. Le papa de votre fille, comment était-il ?

— Minable. Paresseux, égoïste. Et bagarreur quand il avait bu un verre de trop. Après lui, j'ai fait une pause, il m'avait fait passer l'envie. Oh, je sais que j'ai des allures de croqueuse d'hommes, mais vous pouvez me croire, j'ai plutôt tendance à faire ceinture.

— Je vois… Et… le dernier en date ? Comment était-il ?

La gorge de Lois se serra. Bon sang, elle était ridicule. Maudites hormones de grossesse qui lui jouaient des tours…

— Pour ne rien vous cacher, il était merveilleux. J'ai cru que c'était le bon. Mais, j'ai mis la charrue avant les bœufs. Nous avons passé une nuit ensemble, et je me suis imaginé que cela pourrait donner naissance à une belle histoire…

Elle se tut, reprit contenance, et poursuivit d'un ton plus posé :

— Mais au matin, il a filé sans demander son reste, et j'ai compris que je m'étais encore plantée. Il a détalé et je ne l'ai plus jamais revu.

— Mon pauvre petit. Les hommes se comportent parfois en vrais goujats.

Lois sourit.

— Sauf que lui n'est pas un goujat. C'est ça, le plus dingue. Il faut croire que je fais fuir les mecs bien.

— Vous sauriez le retrouver, si vous le souhaitiez ?

— Oui, mais je n'en ferai rien. J'ai ma fierté.

D'autant que cela impliquerait de demander à Molly le numéro de Vince. Brrr.

Muriel entreprit de lui tapoter le bras.

— Si cela peut vous consoler, je trouve que cet homme est un sot. Il ne sait pas ce qu'il perd. Vous m'avez l'air très bien. Si seulement mon petit-fils pouvait rencontrer quelqu'un comme vous.

Amusée, Lois tenta un instant de s'imaginer à quoi il pouvait ressembler. Puis elle se ressaisit :

— Hélas, je vais être assez prise, ces deux prochaines années. Dites-lui de patienter.

À dix-huit heures, la fête battait toujours son plein quand Lois aperçut Muriel qui peinait à enfiler sa veste. Elle alla lui proposer son aide.

— Permettez ?

— Merci, mon petit. C'est fort aimable à vous.

Elle lissa les revers de son élégante veste de velours ivoire.

— C'est que j'ai bu quelques gins, vous savez. Dites, pourriez-vous me rendre un service ? Mon petit-fils doit passer me chercher d'un instant à l'autre. Il m'a donné rendez-vous devant le café. Soyez un ange, portez mon sac tandis que je pilote cet engin de malheur.

— Avec plaisir.

Envers et contre tout, Lois se réjouissait de rencontrer le fameux petit-fils. Elle saisit le grand cabas de cuir verni et se mit en route vers la sortie aux côtés du drôle de véhicule rouge.

— Vous ne dites pas au revoir à Molly ? s'étonna Lois.

Muriel la désigna d'un grand geste du bras. À l'autre bout de la pièce, elle discutait avec Dexter et les assistantes sociales qui avaient encadré les procédures de garde puis d'adoption.

— Elle est occupée avec ses amis, je ne veux pas la déranger, je lui écrirai un e-mail dans la soirée. Ouh là, ça tourne. Accroche-toi, Wilbur !

Elles n'attendirent pas longtemps. La voiture apparut à l'angle du parc et approcha, roulant au pas.

Une voiture immaculée et sans une seule tache de rouille.

Quand Lois distingua le visage du conducteur, elle blêmit.

Voilà donc pourquoi le petit-fils de Muriel tenait tant à l'attendre dehors.

— Quelle synchronisation ! s'exclama Muriel. Je me suis bien amusée. Dis, mon garçon, tu feras attention en m'aidant à m'installer ? Je ne me l'explique pas, mais il semble que je sois un peu pompette. Et je t'interdis de demander de l'assistance à cette charmante personne, elle doit se ménager.

Muriel s'assura qu'ils étaient seuls et susurra d'une voix théâtrale :

— C'est qu'elle est enceinte, figure-toi.

On aurait dit que Vince venait de recevoir une décharge électrique. Sa stupeur était à la fois visible et palpable. Son regard glissa du visage de Lois vers sa poitrine plus généreuse encore qu'à l'accoutumée, puis vers son ventre, encore plat.

Enfin, presque. Les habitants des Bruyères ne l'avaient peut-être pas remarqué, mais il commençait à s'arrondir très nettement. Et, au cours des semaines à venir, la courbe ne ferait que s'accentuer.

Lois se sentit rougir.

Vince, au contraire, était blanc comme un linge.

Enfin, il articula en silence les mots suivants :

— Il est de moi ?

Puisqu'il lui posait la question… Lois, ébranlée mais déterminée à sauver la face, hocha discrètement la tête.

— Hé, là ! Qu'est-ce que c'est que ces messes basses ? tonna Muriel. Pourquoi vous regardez-vous en chiens de faïence ? J'ai raté un épisode ?

— Elle est au courant ? murmura Vince, ému, d'une voix étranglée. Tu lui as dit que...

— Bien sûr que non, s'indigna Lois.

Il ne la quittait pas des yeux.

— Dites donc, mes enfants, j'ai peut-être quatre-vingt-treize ans, mais je ne suis pas gâteuse.

Muriel venait d'avoir le déclic. Elle manœuvra son fauteuil afin de faire face à son petit-fils.

— C'était donc toi ? C'est toi qui as passé la nuit avec cette exquise créature et disparu au petit jour ? Je ne te félicite pas. Cette femme s'imaginait avoir trouvé la perle rare, figure-toi. Pourquoi l'as-tu traitée ainsi ?

— Non, Muriel, je vous en prie, l'implora Lois, mortifiée. C'est sans importance. Je n'étais pas son genre, voilà tout...

— Pas son genre ? Et puis quoi, encore ? jappa l'aïeule. Vous iriez très bien ensemble. Et je sais de quoi je parle, j'ai du flair, pour ces choses-là, je ne me trompe jamais ! C'est d'une fille comme vous que Vince a besoin.

Muriel empoigna l'accélérateur de son véhicule et se lança dans un demi-tour périlleux avant de piquer vers le pub à la vitesse de l'éclair. Wilbur en avait les oreilles qui volaient au vent.

— Wilbur et moi, on retourne boire un verre. On vous laisse régler vos petites affaires.

Lois touchait le fond. Dès que Muriel eut disparu, elle entreprit de dédramatiser la situation.

— Tout va bien, pas de panique. Dis donc, sacré numéro, ta grand-mère.

— Je sais, je suis confus. Tu... Tu aurais dû m'en parler.

Vince désignait, impuissant, la région de son ventre.

— Ah, vraiment ? Tu aurais sauté de joie ? Allons. On est grands, tous les deux. Quand tu t'es réveillé dans mon lit l'autre matin, tu ne supportais même plus de me regarder.

— Mais ce n'était pas toi, le problème, bafouilla-t-il. C'était moi. J'avais honte, tu ne comprends pas ? Jamais je ne m'étais comporté de la sorte par le passé. J'ai complètement paniqué, je n'en revenais pas d'avoir fait une chose pareille, une chose aussi... scandaleuse. Je te jure que cela n'avait rien à voir avec toi.

Lois haussa les épaules, découragée. Elle n'osait pas prendre la parole. Vince poursuivit :

— Depuis, je n'arrête pas de penser à toi. J'avais envie de te revoir. Mais il était trop tard, après la façon dont je m'étais conduit, tu n'aurais jamais accepté.

Était-il sincère ? Ou bien se payait-il sa tête ? Dans le doute, Lois croisa les bras :

— Aucune importance. Je n'attends rien de toi. Je suis une battante. Je sais me débrouiller toute seule.

Mais Vince ne la lâchait pas des yeux, secouait la tête :

— Tu plaisantes ? Tu portes mon enfant. Et je ne suis pas du genre à fuir mes responsabilités.

Sous son regard insistant, Lois avait le cœur qui battait la chamade. Il prononçait ces mots avec sentiment. Et s'il les pensait ?

— Bon, dit-elle après un silence. On fait quoi, alors ?

— Pour commencer, je dois ramener mon enquiquineuse de grand-mère à la maison.

À Bristol, donc.

— Je croyais que tu n'étais pas du genre à fuir tes responsabilités, observa Lois, pincée.

— Je reviendrai tout de suite après. Je serai là pour vingt heures. OK ?

Vince lui prit la main :

— Je reviens.

— Promis ? demanda Lois d'une petite voix.

— Oui, promis. Hé, mais tu trembles. Il ne faut pas.

— Je ne peux pas m'en empêcher.

Même sa voix s'éraillait.

— J'ai peur, dit-elle. Moi qui n'ai jamais peur de rien.

— Je suis là, lui dit Vince avec chaleur.

Il la couvait d'un regard bienveillant. Il s'était détendu. Un sourire commençait de se peindre sur son visage.

— Tu sais, murmura-t-il, si ça se trouve, tout cela est peut-être bien un rêve devenu réalité.

55

Pouvait-on être plus heureux que Dex, ce matin-là ?

Le lendemain de la fête, il avait entendu s'agiter les barreaux de bois du lit de Delphi et s'était rendu dans la nursery pour la prendre dans ses bras. En pleine forme (comme toujours au réveil, cette veinarde), elle trônait à présent au milieu du matelas king size de Dex, entourée de montagnes de duvet.

— Je t'aime, ma fille.

Il ébouriffa ses cheveux noirs et lui chatouilla les oreilles.

— Papapa, répliqua-t-elle, béate.

Elle n'avait que ce mot à la bouche, depuis quelques semaines. Et enfin, depuis la veille, c'était vrai, légal et officiel, il était son papa. Chaque fois qu'il y pensait, il se rengorgeait comme un coq, éperdu de fierté.

Mais quelle année. Elle avait été à la fois la pire et la meilleure de sa vie. La mort de Laura avait été un terrible coup dur qui avait engendré d'énormes bouleversements. Mais qui aurait pu prédire la joie qu'ils lui procureraient, finalement ? Il avait dit adieu à sa vie d'éternel célibataire, à sa brillante carrière, à sa voiture de luxe et à son appartement prétentieux. Ainsi qu'aux filles qui y défilaient l'une après l'autre, nuit après nuit.

Ces changements n'étaient pas tous définitifs. Il avait de l'argent de côté mais, tôt ou tard, il lui faudrait recommencer à travailler. Toutefois, dans l'immédiat, il faisait de Delphi sa priorité.

Quant aux filles... Les deux qui se trouvaient aujourd'hui à ses côtés lui suffisaient amplement.

— Tu as fait un bisou à Molly ? demanda Dex en montrant à Delphi la silhouette endormie sous la couette froissée.

Délicatement, la petite souleva une mèche des cheveux de Molly et posa sur sa joue un baiser mouillé.

— Oh, fit Molly d'une voix pâteuse. Quel adorable réveille-matin.

Sa breloque tinta contre son bracelet ; à son poignet, le bijou réfléchit un rayon du soleil tandis qu'elle se retournait sur le dos et prenait Delphi dans ses bras.

— Bonjour, mon cœur. Tu sens bon, tu sais.

— Merci, répondit Dex.

— Je parlais à ta fille, dit Molly en sortant une jambe de sous la couette pour lui asséner un petit coup de pied. Si tu veux des compliments, apporte-moi donc une tasse de thé.

Elle était si belle, étendue, les joues roses de sommeil. Elle avait des étoiles plein les yeux, et ses cheveux blonds brillants s'ouvraient en éventail sur la pile d'oreillers. Et Delphi qui essayait de l'escalader. Pas de doute, Molly était la femme de sa vie. Tout en elle lui plaisait. Elle avait fait de lui un homme meilleur et sa seule compagnie lui donnait envie de continuer à s'améliorer.

Il la contemplait et sentit la joie sourdre en lui, une fois de plus. Il ne le lui avait pas dit, parce qu'il craignait de la rebuter à force de mièvreries, mais, chaque fois qu'il se levait le matin, il l'aimait un peu plus que la veille. Et remerciait le bon Dieu qu'un autre type ne lui ait pas mis le grappin dessus avant lui. Dire qu'il avait failli laisser passer sa chance.

— Alors, ce thé, ça vient ? insista Molly en lui donnant un nouveau coup de pied.

Sur la table de nuit, son portable se mit à sonner.

— Encore un de tes amoureux transis, dit Dex.

— Cool. Tu me le passes, s'il te plaît ? demanda-t-elle en tendant le bras. J'ai un bébé sur le ventre.

Dex ramassa le téléphone et vit le nom qui s'affichait à l'écran. Il éclata de rire :

— Et voilà, qu'est-ce que je disais ?

Molly recracha la petite main que Delphi fourrait dans sa bouche.

— Quoi ? C'est qui ?

— Vince.

— Vraiment ? Zut, j'espère qu'il n'est rien arrivé…

Inquiète, Molly prit son portable et décrocha :

— Allô ? Muriel va bien ?

Dex observait Molly. Elle écouta la réponse de Vince et se détendit. Avec un petit hochement de tête à son adresse, elle lui chuchota :

— Elle va bien.

Alors Vince dit quelque chose qui lui fit écarquiller les yeux.

— Attends, pardon, mon portable a glissé. Tu peux répéter ?

Éberluée, elle alluma le haut-parleur.

— Je disais donc, je suis au pub, aux Bruyères, avec Lois.

On aurait dit que Vince récitait un texte appris par cœur.

— Désolé de te téléphoner de si bonne heure mais je devais te le dire avant que mon indiscrète grand-mère ne commette de gaffe. En plus, tu mérites d'être au courant avant le reste du voisinage. (Il s'éclaircit la gorge.) Voilà… Le soir où tu m'as quitté, j'ai passé la nuit ici. Lois est enceinte et c'est moi le père. Il va sans dire que ce n'était pas prévu, mais on en a longuement parlé et… on va tenter le coup. Maintenant, tu sais tout. J'espère que ça ne te dérange pas.

Dex regarda Molly. Qui lui rendit son regard sidéré. Enfin, elle s'exclama :

— Mais voyons, Vince, bien sûr que ça ne me dérange pas. C'est formidable ! Dis donc, tu caches bien ton jeu.

— Je sais, je me surprends moi-même, dit-il d'un ton effectivement ébahi. C'est sûrement un coup du destin.

— Muriel est au courant ?

— Oui, depuis hier.

— Elle exulte, j'imagine ?

Un peu sèchement, Vince rectifia :

— Ce n'est rien de le dire.

— En ce cas, nous aussi, nous sommes ravis. Félicitations à tous les deux.

Visiblement soulagé, Vince lui promit de transmettre ses vœux à Lois, et la remercia.

— Félicite-la aussi pour ses seins, ils sont magnifiques ! ajouta Molly, guillerette.

— Euh, fit Vince d'une voix incertaine. Très bien, je le lui dirai.

Quand Molly eut raccroché, Dex lui reprit son téléphone.

— Ah bravo, maintenant il doit te croire lesbienne.

— Mais tu les as vus ? Ils sont spectaculaires.

Molly mima le contour voluptueux des seins de son amie. Puis elle secoua la tête.

— Ça alors, Vince et Lois. Qui l'eût cru ? Il s'en passe, des choses, dans notre petit patelin.

Elle décocha à Dex une œillade complice :

— Il va devoir s'accoutumer à nous. Comme toi, il n'y a pas si longtemps.

Dex se rallongea à ses côtés. Delphi jouait avec la breloque de Molly.

— M'habituer à toi ? se récria-t-il. Jamais. Tu es trop épatante. Mais j'y pense...

Molly tourna la tête vers lui, quémanda un baiser.

— Quoi ?

— Si ça marche entre Lois et Vince, et qu'il s'installe aux Bruyères...

Il réprima un rictus goguenard.

— ... Tu sauras vers qui te tourner en cas de carrosserie rouillée.

Molly haussa un sourcil et répliqua sur le même ton :

— Peuh, je ne crains pas la rouille. D'ailleurs, depuis que je t'ai sous la main, je ne crains plus rien.

AVENTURES & PASSIONS

6 juillet

Jane Ashford

La succession du duc de Tereford - Coup de foudre

Inédit

Lorsqu'il est arrivé en Angleterre, le nouveau comte de Ferrington, Frederick Merrill, ne s'attendait pas à cet accueil froid et hautain de la part de son arrière-grand-mère, lady Wilton. Las de ses reproches constants sur sa naissance et ses manières, il décide de se rendre sur ses terres. Parvenu à Ferrington Hall, il croise Harriet Finch, qui vit dans le domaine voisin. L'attraction entre les deux jeunes gens est immédiate, et bientôt la passion les consume. Mais les mensonges et les manœuvres malveillantes de leurs familles font peser de lourdes menaces sur les amoureux.

✦

Eloisa James

Les Wilde - La provocatrice

Inédit

Lady Joan Wilde est une jeune femme qui entend vivre comme elle l'entend. Passionnée par le théâtre, elle a décidé d'interpréter Hamlet habillée en homme, et qu'importe le scandale que cela va provoquer ! Pour donner du réalisme à son personnage, elle choisit de s'inspirer d'un ami de la famille, Thaddeus Erskine Shaw, vicomte Greywick. Thaddeus, qui a déjà été éconduit par deux des sœurs de Joan, s'est toujours caché à lui-même les doux sentiments que lui inspire la belle capricieuse. Aussi, lorsqu'il comprend que la prochaine frasque de Joan risque de ruiner sa réputation, il décide d'entrer en scène…

Mary Jo Putney

Le serment - Le renégat

Inédit

En croisière sur la Méditerranée, Aurora Lawrence et sa cousine sont capturées par des pirates et envoyées dans un harem en Turquie. Les ravisseurs exigent une forte rançon. Désemparée, la mère d'Aurora fait appel à Gabriel Hawkins, un capitaine renvoyé de la Royale Navy, dont la réputation et les activités sont douteuses. Il est le seul à pouvoir négocier avec les forbans qu'il a déjà rencontrés. La mission est risquée et les dangers nombreux, mais il parvient à libérer les deux femmes. Or, sur le chemin du retour, Gabriel doit affronter un nouveau péril : la tempête que la délicieuse Aurora déchaîne dans son cœur…

✦

Ella Quinn

Les Worthington - Au premier regard

Inédit

Après avoir passé trois ans au Canada parmi les trappeurs, le duc de Rothwell revient en Angleterre pour apprendre la mort de son père et découvrir la gestion calamiteuse du domaine dont il vient d'hériter. Un matin, alors qu'il chevauche dans Hyde Park, il croise une belle et gracieuse amazone, Louisa Vivers, qui, au premier regard, embrase son cœur. Mais dans sa situation, impossible de penser au mariage. Car, entre les dettes de jeu de son père et les faux documents que sème la dernière maîtresse de ce dernier, Gideon est quasiment ruiné. Décidé à retrouver sa position, le jeune duc va demander conseil à son ami Matt Worthington, chez qui il est surpris de rencontrer celle qui occupe désormais toutes ses pensées…

Joanna Shupe

Les rebelles de la 5e avenue - L'amie d'enfance

Inédit

Après avoir été déshérité, Harrison Archer a quitté l'Amérique pour faire fortune à Paris. Au décès de son père, il est sommé par sa mère et son frère de revenir à New York pour épouser une héritière, afin d'éponger les dettes paternelles. Sur la liste des candidates établie par sa mère, il découvre le nom de son amie d'enfance, Madeline Webster, dont il est secrètement amoureux. À l'occasion d'un week-end à Newport où séjourne Madeline, le jeune homme décide de conquérir celle qui n'a jamais quitté son cœur. Malheureusement, le duc de Lockwood, un prétendant assidu, vient de la demander en mariage... Si Harrison comprend qu'il a perdu cette bataille, il reste déterminé à gagner la guerre...

✦

Julie Garwood

Un ange diabolique

Bibliothèque Ideale

Le marquis de Cainewood s'est juré de venger son frère. À bord de *L'Émeraude*, arborant fièrement le pavillon noir, le pirate défie les forces anglaises et a minutieusement préparé son piège. Soudain, la porte de sa cabine s'ouvre et, dans un tourbillon de boucles rousses, une jeune femme le supplie de l'aider. Subjugué par la beauté de cette apparition, le marquis en oublie sa traque. Mais qui est cette femme en détresse, pipelette et menteuse ? La seule certitude, c'est qu'il lui suffit d'un simple battement de cils pour faire perdre la tête à l'incorrigible séducteur !

Heather McCollum

Passions en Écosse - Le charmeur de l'île d'Islay

Cullen Duffie est le nouveau chef du clan McDonald de l'île d'Islay. Déterminé à prouver qu'il n'a pas hérité des travers de son père, Cullen s'attache à protéger les siens de l'envahisseur anglais. Lorsqu'un jour une belle inconnue échoue sur le rivage de son île, il décide de la secourir. Amnésique, Madeleine retrouve peu à peu la mémoire. Mais, plus ses souvenirs refont surface, plus elle réalise l'immense danger qu'elle fait courir au Highlander qui a su capturer son cœur…

J'AI LU

13503

Composition
FACOMPO

Achevé d'imprimer en Italie
par GRAFICA VENETA
le 2 mai 2022

Dépôt légal : juin 2022
EAN 9782290226797
OTP L21EPSN002257 N001

ÉDITIONS J'AI LU
87, quai Panhard-et-Levassor, 75013 Paris

Diffusion France et étranger : Flammarion